Christa S. Lotz

Die Nonne und die Hure

CHRISTA S. LOTZ lebt in Baden-Württemberg am Rande des Schwarzwaldes. Sie hat bereits mehrere historische Romane veröffentlicht.

Von seinem Ziehvater wird der junge Christoph nach Venedig geschickt, um lutherische Schriften vor der Gegenreformation in Sicherheit zu bringen. Beim Karneval in der Lagunenstadt lernt er Celina kennen. Verwandte haben sie in ein Kloster gesteckt, in dem es nicht mit rechten Dingen zugeht. Junge Nonnen müssen Geistlichen und anderen Männern zu Willen sein. Celina scheint in großer Gefahr zu schweben, weil sie sich diesem Treiben widersetzt. Christoph beschließt ihr zu helfen – ohne zu ahnen, dass er sich damit gegen die Mächtigen der Stadt stellt.

Christa S. Lotz

Die Nonne und die Hure

Venedig im Jahr 1560

Roman

aufbau taschenbuch

ISBN 978-3-7466-2464-8

Aufbau Taschenbuch ist eine Marke
der Aufbau Verlag GmbH & Co. KG

1. Auflage 2009

Umschlaggestaltung
Dagmar & Torsten Lemme, Berlin
unter Verwendung eines Ausschnitts
aus dem Gemälde »Isabella« von John Melhuish
De Morgan Foundation, London
Druck und Binden CPI Clausen & Bosse, Leck
Printed in Germany

www.aufbau-verlag.de

1. Teil

August 1560 bis April 1561

1.

Die Sonne brannte erbarmungslos nieder, Tag für Tag; auch in den Nächten kühlte es kaum ein wenig ab. Es war, als hätte sich ein Schatten über alles gelegt, über die Kuppe des Monte del Grappa, die sich in der Ferne erhob, über die Weinreben, Wälder und Olivenplantagen. Selbst die Farbe des Himmels hatte sich von einem klaren Blau in ein schmutziges Grau verfärbt.

Celina saß am Ufer der Brenta und ließ ihre Beine im kühlen Fluss baumeln. Kein Vogel war zu hören, keine Grille zirpte. Die Stille lastete schwer auf ihr. Irgendetwas würde passieren, sie spürte es an ihrem dumpfen, langsamen Herzschlag, am Kribbeln ihrer Hände, an der Gänsehaut, die trotz der Hitze langsam über ihren Körper kroch. Ein Plätschern schreckte sie aus ihrer Ruhe auf. Sie bemerkte einen Silberreiher, der im Fluss umher watete. Er tauchte seinen Schnabel langsam, fast bedächtig ein, zog einen zappelnden Fisch heraus und würgte seinen Fang hinunter, wobei er sich fast den Hals verrenkte. Eine bräunliche Flüssigkeit tropfte an seinem Gefieder herab.

Fressen und gefressen werden, dachte Celina, ist das der Sinn allen Lebens? Ging es nicht auch in der Welt der Menschen so zu? Sie hatten sich gegenseitig in ihren Kriegen abgeschlachtet, immer nur auf ihren eigenen Vorteil bedacht. Celina war jedoch nicht, wie jeden Sommer, auf das Landgut ihrer Eltern gekommen, um sich solch trüben Gedanken hinzugeben. In schneller Folge gingen ihr Erinnerungen und Bilder durch den Kopf: ihre behütete Kindheit, die Zuneigung ihrer Eltern, die sich nie Sorgen um ihr Auskommen machen mussten. Viele hatten mehr Mühsal zu ertragen.

Während andere neunzehnjährige Mädchen ihre Augen nach den Männern verdrehten oder mit einem passenden, möglichst wohlhabenden Mann verheiratet wurden, galt ihre ganze Liebe den Büchern, insbesondere den Werken von Dante und Petrarca. So wie Beatrice oder Laura wollte sie auch einmal geliebt werden. Doch sah das Leben nicht ganz anders aus? Manchmal hatte sie die Mägde in ihren Kammern stöhnen gehört, und später war einer der Knechte oder ein Fremder mit schweißglänzendem, hochrotem Gesicht herausgekommen.

Dieser Tag war anders als alle anderen zuvor. Es stand förmlich in der Luft geschrieben, dass etwas passieren würde, was ihr Leben verändern würde. Sie erhob sich und wandte sich zurück zum Haus, das durch einen parkähnlichen Garten vom Fluss getrennt war. Der Weg führte zum Hauptgebäude aus weißem istrischem Gestein. Hecken aus Buchsbaum säumten ihn, in der Mitte befand sich ein Springbrunnen mit zwei Löwen, aus deren Mäulern Wasser sprudelte. Standen da nicht zwei Gestalten an der Ecke des Hauses? Celina rieb sich die Augen; es war nichts zu sehen. Eine Wolke schob sich vor die Sonne und verdunkelte einen Moment lang den Himmel.

»Das Mittagessen ist fertig«, ertönte die Stimme ihrer Tante Faustina. Ich habe keinen Hunger, dachte Celina.

Sie ging um das Haus herum in den Garten und setzte sich an den Tisch, der mit Damasttüchern gedeckt war. Zum Schutz vor der Sonne hatte Onkel Eugenio weiße Leinensegel darübergespannt. Gläser aus Muranoglas standen neben den Tellern, Silbergabeln und Löffel lagen neben dem Essgeschirr. Celina setzte sich so, dass sie ihre Verwandten nicht anschauen musste.

»Hast du dich wieder am Fluss herumgetrieben?«, fragte Eugenio.

»Mir war heiß.«

»Celina ist eben eine Nixe, die es zum Wasser zieht«, bemerkte Tante Faustina spitz.

»Ich habe nichts dagegen, wenn sie sich für die Umgebung interessiert«, sagte der Onkel. »Und jetzt genug des Geredes. Der erste Gang ist aufgetragen.«

Auf dem Tisch stand eine Schüssel dampfender Pasta mit Sardellen- und Butterstückchen garniert.

»Ich habe keinen Hunger«, sagte Celina.

»Du brauchst nicht viel zu essen«, erwiderte ihre Tante. »Nimm von jedem Gang nur eine kleine Portion.«

Celina häufte sich etwas von der Pasta auf den Teller. Die Nudeln schmeckten bemerkenswert gut. Der nächste Gang wurde gebracht, kalter Truthahn mit Trüffelsoße. Es duftete so verlockend, dass sie sich von der Magd, einer kleinen, hübschen Venezianerin, ein etwas größeres Stück auflegen ließ. Sie hörte ein Hüsteln hinter sich und drehte sich um. Der Diener der Familie stand dort, er hielt einen Brief in der Hand, verbeugte sich und verkündete: »Ein reitender Bote hat eben dieses Schreiben überbracht. Er sagte, es gehe um das Schiff, mit dem die Herrschaften nach Istrien gereist seien.«

Celina spürte ein flaues Gefühl im Magen. Eugenio wischte sich mit einer Damastserviette den Mund ab und nahm den Brief entgegen. Er brach das Siegel. Faustina beugte sich zu ihm hinüber und versuchte, einen Blick darauf zu werfen.

Eugenio lehnte sich zurück und begann zu lesen. Celina sah, dass er unter seiner Sonnenbräune erbleichte.

»Was ist mit meinen Eltern?«, fragte sie mit klopfendem Herzen.

»Celina, du musst jetzt stark sein«, sagte Eugenio.

»Was ist passiert? Sag es mir!«, rief Celina.

Eugenio räusperte sich. »Das Schiff ist in einen Sturm geraten. Seitdem ist es verschollen.«

»Das kann nicht sein! Das glaube ich nicht!«, schrie Celina. »Von wem ist der Brief?«

»Vom Verwalter der Marmorsteinbrüche in Istrien. Andere Seeleute haben ihm von dem Unglück berichtet. Sie haben mit eigenen Augen gesehen, wie das Schiff abtrieb und aus ihrem Blickfeld verschwand. Sie vermuten, dass es untergegangen ist.«

Celina schossen Tränen in die Augen. Der Schmerz war so stark, dass sie aufsprang und die Treppe hinauf in ihr Zimmer lief. Dort warf sie sich auf das Bett. Die Sonne schien schräg zum Fenster herein, die Grillen hatten ihr schrilles Konzert wieder begonnen.

Celina sah ihre Eltern vor sich, wie sie ihr zum Abschied zugewinkt hatten, wie der leichte Wagen davonfuhr, der sie nach Venedig auf das Schiff bringen sollte. Es konnte nicht wahr sein, Eugenio hatte sich gewiss getäuscht. Sie presste die Faust auf den Mund, ihre Augen brannten, sie schluchzte in ihr Kissen hinein. Dann hielt es sie nicht mehr in dem Zimmer. Sie stand auf, lief hinaus, die Treppe hinunter, durch den Hof, am Springbrunnen vorbei den Weg, den sie kurz zuvor vom Fluss gekommen war. Alles war unverändert, die Welt war nicht stehen geblieben. Der Reiher saß bewegungslos in der Krone einer Erle. Celina setzte sich auf die grasige Böschung, umschlang ihre Knie.

Ich glaube es nicht, dachte sie, ich glaube es erst, wenn ich sie vor mir sehe. Aber warum sollte ihr Eugenio die Unwahrheit erzählen? Sie hatte doch selbst gesehen, wie er beim Öffnen des Briefes bleich geworden war. Wenn ihre Eltern tot waren, hatte sich mit einem Schlag alles, was sie und Celina je an Zukunftsplänen gehabt hatten, verändert und war völlig ungewiss geworden. Was wäre, wenn Onkel und Tante sie an einen Mann aus der Umgebung verheiraten würden? Schlimmer noch, wenn ihre Verwandten sie nicht bei sich behalten wollten und sie verstießen? Diese Vorstellung verursachte ihr Übelkeit.

Sie straffte ihren Körper, stand auf und ging mit langsamen, wie traumverlorenen Schritten zum Haus zurück. Als sie die Treppe zu ihrem Zimmer hinaufgehen wollte, hörte sie Eugenio und Faustina durch die offene Tür im Garten miteinander sprechen.

»Das kannst du ihr nicht antun«, sagte Faustina. »Gerade jetzt, wo ...«

»Es muss sein«, entgegnete Eugenio. »Du weißt, was für uns auf dem Spiel steht, meine Liebe.«

Was redete er da? Celina wollte nichts mehr hören, presste die Hände auf die Ohren und stürzte in ihr Zimmer hinauf. Im Bett zog sie sich die Decke über den Kopf. Eine Zeitlang lag sie da und hing ihren Gedanken nach. Dann erklangen Schritte auf der Treppe; die Tür quietschte leise. Jemand stand neben ihrem Bett.

»Celina«, hörte sie ihren Onkel sagen. »Nimm die Decke vom Kopf, bitte.«

Sie warf die Decke beiseite und setzte sich auf den Bettrand.

»Wir haben dich immer gern gehabt«, fuhr Eugenio fort, »haben auch gern für dich gesorgt, als deine Eltern meinten, diese Reise zu den Steinbrüchen antreten zu müssen.«

Celina wartete gespannt.

»Wir müssen dich in ein Kloster in Venedig geben«, sagte ihr Onkel. »Es ist keinerlei Mitgift für dich da. Deine Eltern haben nicht vorgesorgt.«

»Warum kann ich nicht hierbleiben?«, begehrte sie auf. »Das gehört doch alles uns.«

»Ja«, antwortete Eugenio. »Und dazu der armselige Palast in Venedig. Ihr Vermögen aber ist mit deinen Eltern untergegangen.«

»Und die Häuser?«

»Die gehören jetzt dem Hause Fugger, den Bankleuten, die ihnen Geld für die Steinbrüche gegeben haben.«

Celina sah sich hilfesuchend um, doch es war niemand da. Ihr Blick fiel auf den istrischen Marmor des Hauses, der im Licht glänzte. Für diesen Marmor hatten die Eltern ihr Leben verloren.

»Wie lange kann ich noch bleiben?«

»Etwa einen Monat. Solange brauche ich, um die Angelegenheit mit dem Kloster zu regeln.«

In den nächsten Tagen verhielten sich Onkel Eugenio und Tante Faustina sehr seltsam. Manchmal dachte Celina, sie sei den beiden doch zu sehr ans Herz gewachsen, als dass sie ihre Nichte einfach so fortschicken könnten. Dann wieder sah sie die beiden miteinander tuscheln und auseinander fahren, wenn sie sich ihnen näherte. Sobald Celina den Arbeitsraum ihres Onkels betrat, drehte er ihr mürrisch den Rücken zu, und wenn er sie dann anschaute, war sein Blick voller Strenge. Die Blätter färbten sich langsam bunt, Walnüsse lagen auf dem Boden verstreut, und das Licht der Sonne wurde blasser. Der Tag, an dem dieses Leben für sie beendet sein sollte, rückte immer näher.

2.

Eine Wolke schob sich vor die Sonne. Christoph schaute von dem Buch auf, in dem er gelesen hatte. Er war am Nachmittag aus Tübingen, seinem Studienort, auf die Burg Geldern in Württemberg gekommen. Es klopfte heftig an der Tür, und Christoph schrak zusammen. Sein Ziehvater, der Burgvogt Reinhard von Geldern, betrat den Raum.

»Gut, dass ich dich antreffe«, sagte Reinhard. »Ich wollte dir mitteilen, dass ich Gäste erwarte. Es sind Mitglieder eines geheimen Konsistoriums zur Rettung der Reformation.«

»Nanu, was hast du denn neuerdings für Verbindungen?«, fragte Christoph und schlug das Buch zu.

Reinhard räusperte sich. »Uns ist bekanntgeworden, dass man die lutherische Bibel und humanistische Schriften auf den Scheiterhaufen werfen will. Und mit den Büchern sollen alle Leute brennen, die man für Ketzer und Häretiker hält!«

»Kann die Kirche denn nie Ruhe geben?«, rief Christoph. »Der Protestantismus ist doch bei uns schon zur allgemeinen Religion geworden, dank Herzog Ullrich, so sehr er sonst zu verdammen sein mag.«

»Der Katholizismus ist wieder auf dem Vormarsch. In Frankreich hat man calvinistische Zirkel ausgehoben, ihre Mitglieder gepfählt und verbrannt.«

Christoph schoss das Blut ins Gesicht. Sprachlos schaute er den Mann an, dem er so viel zu verdanken hatte.

»Es tut mir leid, dass ich wieder daran gerührt habe. Wir müssen stark sein in diesen Zeiten. Der Mensch ist dem Menschen ein Wolf, kein Mensch, wenn er nicht weiß, welcher Art sein Gegenüber ist.«

»Du hast deine Lektionen gut gelernt«, erwiderte Christoph. »Es gibt die, die fressen, und jene, die gefressen werden.«

»Aus diesem Grund habe ich meine Freunde aus dem Konsistorium eingeladen. Ich möchte, dass du dich wappnest für eine Aufgabe, die dir eine schwere Bürde werden, ja, die sogar tödlich für dich enden könnte!«

Christoph hatte ein flaues Gefühl im Magen, doch er sagte: »Tod und Teufel fürchte ich nicht. Ich bin schon als Kind durch das Feuer der Inquisition gegangen.«

»Dann komm um …«, Reinhard warf einen Blick auf die mechanische Uhr, die in einem Gehäuse aus Bergkristall auf einer Konsole stand, »sieben Uhr zum Abendessen in den Speisesaal.«

Als Christoph aus dem Turmzimmer trat, blendete ihn das Licht der untergehenden Sonne. Die Hitze des Tages waberte noch zwischen den Mauern. Burg Geldern stand auf einem bewaldeten Sporn inmitten von Wäldern und Weinbergen, über die der Vogt zu einem beträchtlichen Teil gebot. Er klagte jedoch häufig wegen der Teuerung und des abnehmenden Ansehens der Ritterschaft. Christoph betrat den Speisesaal, in dem verstaubte Gobelins und gekreuzte Eisenschwerter an den Wänden hingen, Relikte aus einer Zeit, die unwiederbringlich ins Dunkel der Geschichte zurückgesunken war. Die Rundbogenfenster waren bleiverglast. In der Mitte des Raumes stand ein dunkler Holztisch, an dem die Gäste schon Platz genommen hatten. Zwei silberne Kerzenleuchter erhellten die Szene. Reinhard, der Burgvogt, stellte seine Besucher als Georg Stockinger, Johann Kerner und Balthasar von Althausen vor. Sie trugen die übliche Kleidung der Adligen: kurze Jacken aus Brokat oder Samt, Seidenhemden, Beinlinge und Kuhmaulschuhe. Ihre Barette hatten sie seitlich aufgesetzt und die pelzverbrämten Schauben locker über die Stuhllehnen geworfen. Christoph ließ sich auf einem der Stühle nieder. Auf einer hölzernen Platte lagen aufgeschnittene Weißbrotscheiben, und vor jedem der anwesenden Männer stand ein Becher mit Wein.

»Wir können Gott danken, dass wir so friedlich beisammensitzen«, sagte Reinhard. »Seitdem die Gesellschaft des Ignatius von Loyola vom Papst anerkannt worden ist, weht der Wind der Gegenreformation stärker. Ich fürchte, dass es noch einen Sturm geben wird!«

»Da kann ich Euch nur zustimmen«, meinte Georg Stockinger. »Das Konzil von Trient hat zwar den Ablass beseitigt, aber die Katholischen versuchen mit Macht wieder an Boden zu gewinnen.«

»Und was noch schlimmer ist«, ließ sich Johann Kerner vernehmen, »das, was die Inquisition Jahrhunderte lang mit den Ketzern gemacht hat, machen die Gegenreformisten nun mit den Reformierten.«

»Das ist wie ein Fass ohne Boden«, fiel Balthasar von Althausen ein. »Seit der Papst Luthers Werke und andere auf den ›Index verbotener Bücher‹ gesetzt hat, wird es immer schwieriger. In katholischen Gegenden ist es gefährlich, mit solchen Büchern erwischt zu werden. Wir brauchen auf jeden Fall jemanden, der nach Venedig geht und dort die Verleger unterstützt. Mit Geld, Worten und Taten.«

»Wir sollten uns überlegen, wer am besten geeignet ist, solch eine gefährliche Mission zu erfüllen«, meinte Reinhard.

»Ich schlage Christoph Pfeifer vor«, sagte Johann Kerner.

Die anderen klopften mit ihren Fingerknöcheln zustimmend auf den Tisch.

Christoph wurde es heiß.

»Warum gerade ich?«, fragte er. »Jeder von uns käme in Frage.«

»Du hast Philosophie und Theologie studiert und kannst dich als fahrender Schüler ausgeben. Das ist die beste Grundlage für so einen Auftrag.«

»Außerdem solltest du in deinem Alter etwas von der Welt sehen«, setzte Balthasar von Althausen hinzu.

Die Magd, ein ältliches Mädchen mit Kittelschürze und Schneckenfrisur, trug eine dampfende Schüssel herein. Die Männer tunkten Weißbrot in die safrangelbe Hühnersuppe.

»In der Kunst wie in der Wissenschaft hat es eine Revolution gegeben«, sagte Kerner, nachdem er sich das Fett mit einem Tuch vom Mund gewischt hatte. »Die Menschen können, dank des Buchdrucks, ihre Bibel selber lesen. Doch es gibt andere, die am alten Glauben festhalten und die neuen Gedanken vernichten wollen. Es wird deine Aufgabe sein, Christoph, einige dieser Bücher über die Alpen nach Venedig zu bringen. Du nimmst Verbindung mit einem Verleger namens Brinello auf und hilfst ihm, diese und andere Bücher vor der Verbrennung zu retten.«

Christoph wurde immer aufgeregter. Der Gedanke, allein nach Venedig zu gehen, erfüllte ihn gleichzeitig mit Angst und Freude.

»Diese Aufgabe übernehme ich gern«, sagte er. »Aber was ist, wenn ich gefasst werde?«

»Dann wird kein Sterbenswörtchen über deine Lippen kommen«, war Kerners Antwort.

»Ich werde lieber sterben, als euch zu verraten!«, rief Christoph aus.

»Es ist spät geworden, meine Herren«, sagte Reinhard und erhob sich. »Wir werden den Lauf der Dinge heute nicht mehr beeinflussen können. Leeren wir die Becher und gehen zu Bett.«

Nachdem die Männer sich gegenseitig zugeprostet hatten, zog sich jeder auf seine Kammer zurück. Christoph lag noch lange wach und dachte über das nach, was er gehört hatte. Sein Entschluss stand fest: Er würde nach Venedig gehen, nicht nur, um den Verlegern beizustehen, sondern auch, um an dem Neuen, das in die Welt gekommen war, teilzuhaben.

In aller Frühe stand Christoph auf. Im Burghof waren die ersten Geräusche des Tages zu hören. Milchkannen klapperten, ein Hahn krähte, und die Knechte und Mägde riefen einander Scherzworte zu. Christoph schnürte sein Felleisen und wandte sich zum Burgtor. Reinhard kam auf ihn zu und händigte ihm zwei versiegelte Briefe und einige Bücher aus.

»Das sind Empfehlungsschreiben für die Posthaltereien und für einen Freund von mir in Mittenwald. Schau, dass du unerkannt bis zur habsburgischen Grenze kommst.«

»Was sind das für Bücher?«, wollte Christoph wissen.

»Wichtiges Gedankengut für unsere venezianischen Freunde: die Lutherbibel sowie ein paar andere Schriften von ihm wie ›Von der Freiheit eines Christenmenschen‹, Die ›Confessio Augustana‹, das ›Augsburger Bekenntnis‹, ›Traktat gegen die Gewalt und den Primat des Papstes‹ – und ›Lob der Torheit‹ des Erasmus von Rotterdam. Lass niemand diese wertvollen Aufzeichnungen sehen, hüte sie wie deinen Augapfel. Ich habe mich nur schweren Herzens entschlossen, sie dir mitzugeben, aber die Gedanken müssen verbreitet werden, sonst ist bald alles wieder beim Alten.«

Christoph spürte, welche Bürde ihm damit auferlegt wurde.

»Ich werde die Bücher wohlbehalten nach Venedig bringen«, sagte er, nahm das Felleisen vom Rücken und legte die Bücher zwischen seine Kleider.

Die Männer umarmten sich.

Christoph zog die Kapuze seines Mantels tief ins Gesicht, stieg auf das bereitgestellte Pferd, einen schönen braunen Araberhengst, und passierte die Zugbrücke, die hinter ihm hinaufgezogen wurde. Nun war er ganz allein und auf sich gestellt.

Über Stuttgart und Ulm gelangte er in etwa zwei Wochen nach Augsburg, der Stadt der Fugger. Auf seinem Weg war er nicht aufgehalten worden, niemand hatte in sein Felleisen, den Rucksack mit dem Holzgestänge, hineingeschaut. Manchmal kaufte er etwas Mehl und formte mit Wasser einen Fladen daraus, manchmal auch ein Huhn; beides bereitete er dann abends an einem Feuer zu. Gelegentlich versorgten ihn Bauersfrauen mit Lebensmitteln.

Sollte er sich nach Augsburg hineinwagen, an die Stätte, von der Luther einst nächtens fliehen musste, durch eine Gasse, die seitdem ›Dahinab‹ genannt wurde? Christoph beschloss, die katholischen Gegenden weiträumig zu umgehen, ritt des Nachts und schlief tagsüber hinter verborgenen Hecken. Glücklicherweise war das Wetter beständig. Tag für Tag stieg die Sonne über einen wolkenlosen Horizont, verwandelte die Landschaft in einen Backofen und ging abends rotglühend hinter Wolken unter, die sich wie Tintenkleckse in den Himmel ergossen.

3.

Dieser Nachmittag würde der letzte sein, den Celina in Freiheit verbrachte. Sie war mit ihrem Onkel Eugenio von Bassano del Grappa zum Gestade des Adriatischen Meeres gereist. Das Land war hier flach, nur wenige Büsche und Bauminseln gab es hier. Vor ihr schwebte wie eine Fata Morgana die Inselstadt Venedig. Schimmernde Paläste, Kirchen und Türme waren zu erkennen. Zu ihrer Linken ragten einige kleinere Inseln aus der Lagune; hinter den Häusern schaukelten hohe Segel und Masten von Schiffen. Eine Gruppe von Fischern stand am Strand. Sie tranken Wein aus Steinkrügen oder flickten ihre Netze. Eugenio trat auf sie zu.

»Könnt Ihr uns in die Stadt bringen?«, fragte er.

Einer der Fischer nickte und schob ein schmales, flaches Ruderboot ins Wasser. Mit ein paar Scudi gab der Mann sich zufrieden und ruderte los. Die Sonne stach unbarmherzig herab und warf gleißendes Licht auf das Wasser der Lagune. Bunte Fische, Muscheln und Seegras waren in der Tiefe zu erkennen. Die Fahrt, die in Schweigen verlief, kam Celina vor wie ein Traum, an dessen Ende ein grausiges Erwachen stehen würde.

»Was machst du für ein Gesicht?«, fragte Eugenio.

»Ich habe Angst«, antwortete sie.

»Und wovor?«

»Davor, dass ich aus dem Kloster nicht mehr herauskomme.«

»Dummes Zeug! Du solltest uns dankbar sein für dieses Opfer, das wir für dich bringen.«

»Es gab in Bassano einmal ein Mädchen, das eines Tages

verschwand. Sicher ist sie auch in ein Kloster gekommen«, gab Celina zurück.

»Ach was, wer hat dir denn solche Märchen in den Kopf gesetzt? Das hast du wohl aus deinen Romanen? Ich habe deinem Vater schon oft gesagt, er solle dir verbieten, sie zu lesen.«

»Ich wollte selbst diese Bücher lesen, und Vater war damit einverstanden.«

»Mädchen brauchen das nicht«, sagte Eugenio. »Entweder sie heiraten, oder sie müssen sich anders durchs Leben schlagen. Sei froh, dass du in dieses Kloster kommst. Eine solche Gelegenheit erhält nicht jedes Mädchen deines Alters und Standes!«

Celina antwortete nicht. Als sie die ersten Bürgerhäuser und Palazzi erreichten, verengte sich das Meer zu einem Kanal. Sie fühlte sich wie geblendet, sah die Stadt mit ganz neuen Augen, obwohl sie schon lange hier lebte. An ihren Sommeraufenthalt in Bassano del Grappa wollte sie nicht zurückdenken; zu sehr schmerzte die Erinnerung daran. Die Fassaden am Canale Grande waren mit buntem oder glänzend weißem Marmor, mit Blattgold und Fresken überzogen. Viele Häuser erstrahlten in einem kräftigen Ziegelrot. Gondeln kreuzten immer wieder ihren Weg. Viele waren mit Aufbauten versehen, die ihre wohlhabenden Besitzer vor Regen schützen sollten. Auf samtenen Kissen saßen herausgeputzte Männer und Frauen, die sich von Dienern spazieren fahren ließen. Sie passierten einen Palast, der aus filigranem Elfenbein gebaut schien, die Ca' d'Oro. Das Fondaco dei Tedeschi stand unterhalb der Rialtobrücke, die sich in einem kunstvollen Bogen über den Canale Grande spannte. Der Bau war, ähnlich wie die Ca' d'Oro, aus filigran behauenem Stein und leuchtete weißgolden, rot und blau in der Sonne. Der Fischer trieb das Boot weiter den Canale Grande hinab und ließ die beiden am Markusplatz aussteigen. Gerüche nach Fisch und Gewürzen wehten herüber.

Auf dem Markusplatz empfing Celina eine ungeheure Weite; das Gold des Domes und das fein gewebte Weiß des Palazzo Ducale blendeten sie. Die Reichen trugen purpurfarbene Togen, die übrigen Männer farbenprächtige, enge Strümpfe und Wämser aus Samt. Ein Markt wurde abgehalten. Es gab orientalische Stände, mit bunten Markisen, fremdartigen Speisen; Schlangenbeschwörer, Bauchtänzerinnen und Sklavenhändler waren unter das Volk gemischt. Viele Menschen waren maskiert, obwohl es erst Ende September war und die Theatersaison mit den ersten Karnevalsfesten erst im Oktober beginnen würde. Celina hörte das Schwatzen der Menschen, das Rufen der Händler, roch den eigenartigen Dunst der Kanäle, eine Mischung aus Seife, brackigem Salz und Eseldung. Dicht an den orientalischen Markt grenzte ein deutscher Teil, in dem Bier ausgeschenkt und gebratene Ferkel angeboten wurden.

»Nimm nur Abschied von der Welt«, sagte Eugenio Gargana.

Wie ein schwarzer Schatten legten sich diese Worte auf Celinas Gemüt. Wofür musste sie so schwer büßen? Eugenio nahm sie an der Hand und zog sie hinter sich her. Es dauerte eine Weile, bis sie am Dogenpalast und dem Markusdom vorbeigekommen waren. Zwei Gassen dahinter stand das Kloster San Zaccaria. Wie viele der benachbarten Gebäude war es aus hellem istrischem Stein erbaut. Celina musste wieder an ihre Eltern denken. Der Lärm des Marktes drang nur noch gedämpft hierher, maskierte Menschen eilten vorbei, dem Markusplatz zu. Das Tor des Klosters lag in tiefem Schatten; ein kühler Hauch wehte von dort herüber. Celina erschauerte trotz der Sonnenwärme. Ihr Onkel schob sie zum Tor und wandte sich zum Gehen. Celina stand wie erstarrt.

»Auf Wiedersehen«, sagte Eugenio. »Wir werden dich bald besuchen.«

Die Schritte des Onkels entfernten sich klackend. Sollte sie sich umdrehen, ihm hinterherlaufen, ihn auf Knien darum bitten, sie wieder mit nach Hause zu nehmen? Sollte sie weglaufen? Doch wohin konnte sie schon gehen? Dann gab sie sich einen Ruck, warf einen letzten Blick auf die Gasse, durch die sie gekommen waren, sog den Duft nach warmem Herbstlaub, nach dem brackigen Wasser der Kanäle ein und ging hinein. Eine Nonne in weißem Gewand kam auf sie zu. Ihr Gesicht unter dem Schleier wirkte hochmütig und verkniffen. Ihre Wangen waren rot, als hätte sie ein wenig Rouge aufgelegt.

»Ich bin Margarethe, Pförtnerin des Klosters«, sagte sie. »Du bist gewiss Celina Gargana. Wir haben dich erwartet.«

Die Nonne ergriff Celinas Ellenbogen und führte sie durch den Klosterhof. An dessen beiden Enden erhob sich ein Kreuzgang mit zwei übereinander gebauten Rundbogengruppen. Auf dem Weg begegneten sie einigen Nonnen, die sie freundlich grüßten. So schlimm kann es hier also nicht sein, dachte Celina. Das Besucherzimmer war ein großer Raum, ausgestattet mit bequemen Sesseln und einer Liege; in der Mitte war es durch ein Gitter abgeteilt. Überrascht stellte Celina fest, dass in den Nischen Fresken angebracht waren. Sie konnte nicht genau erkennen, was die Bilder darstellten, aber es schienen bacchantische Feste des alten Griechenland zu sein. Das Zimmer war angefüllt mit Männern, Frauen und Kindern, die ihre Verwandten im Kloster besuchten und ihnen dabei dies und jenes zusteckten, Münzen, Würste oder Konfekt.

»In diesem Raum darfst du deine Eltern und Geschwister empfangen«, erklärte Margarethe. »Aber du musst das, was du von ihnen bekommst, bei der Äbtissin abgeben. Kennst du die Regeln des heiligen Benedikt?«

»Meine Tante hat mich eingewiesen.«

»Es gilt, was der Prophet sagt«, antwortete Margarethe. »Siebenmal am Tag singe ich dein Lob. Diese geheiligte Siebenzahl wird von uns erfüllt, wenn wir unseren schuldigen Dienst leisten zur Zeit von Laudes, Prim, Terz, Sext, Non, Vesper und Komplet. Von den nächtlichen Vigilien sagt derselbe Prophet: ›Um Mitternacht stehe ich auf, um dich zu preisen.‹ Finde dich in einer Stunde in der Kirche zur Vesper ein.«

»Darf ich eine Frage stellen, Schwester Margarethe?«

»Nun?«

»Warum sind so viele Besucher in dem Kloster?«

»Unsere Laienschwestern und Chornonnen haben vielfältige verwandtschaftliche Beziehungen, das kommt unserem Kloster zugute.«

Margarethe übergab Celina einer jungen Nonne, die sie schweigend zu ihrer Zelle geleitete und ihr dort ihre Habseligkeiten abnahm. Celina sah sich in dem Raum um, der von nun an ihr Zuhause sein sollte. Auf dem kalten Steinfußboden war trockenes Schilf ausgebreitet. Außer einer Strohmatratze und einem Kruzifix an der Wand war der Raum leer. Sie sank auf die Matratze und weinte. Zumindest hatte sie ein wenig Geld dabei. Als die Kirchenglocke die sechste Stunde schlug, stand sie auf. Gehorsam war die erste Pflicht in einem Kloster, das hatte sie von ihrer Tante gelernt. Auf ihrem Weg zur Kirche sah sie Mönche in schwarzen Gewändern, die Laken, Tische und Stühle trugen. Andere brachten Kuchen, Weinkrüge und salzige Leckereien aus der Küche.

Was haben Männer in einem Frauenkloster zu suchen? überlegte sie.

Die Vesper wurde in einer Form abgehalten, die Celina erwartet hatte. Neben Psalmen wurde das Kyrieeleison gesungen, es wurde gebetet und um Vergebung von den Sünden gefleht. Auf dem Rückweg zu ihrer Zelle bemerkte sie einige schwarze Hühner, die gackernd im Gang herumliefen. Manche der Zellen standen offen. Celina wunderte sich, wie reich sie eingerichtet waren. Hatte nicht der heilige Benedikt Armut gepredigt? Was sie sah, sprach diesen Regeln Hohn. Da gab es Betten, Truhen, verzierte Kissen, Käfige mit Tauben und Papageien, Körbe mit Obst, Weinkrüge und Schälchen mit Süßigkeiten. Ob das die Verwandten mitgebracht hatten? Oder waren es die Reste der Mahlzeiten aus dem Refektorium?

Die eine oder andere Nonne winkte Celina verschwörerisch zu oder blinzelte sie aus schwarz ummalten Augen an. Manche Zellen waren geschlossen, die letzten in weiße Gewänder und Schleier gehüllten Nonnen eilten zu ihren Domizilen. Celina bemerkte, dass sie ihre Zelle nicht abschließen konnte. Eine auf den Fußboden gestellte Kerze brannte darin. Sie wollte sich gerade niederlegen und das Licht löschen, als eine Schwester hereinkam.

»Das Licht muss die ganze Nacht hindurch brennen«, mahnte sie. »Ich bin übrigens Suor Gratiosa. Merke: Den Chorschwestern und der Äbtissin musst du den größten Respekt entgegenbringen! Um Mitternacht wird eine Glocke läuten, dann musst du schnell aufstehen und zur Mette in die Kirche kommen«, fügte Gratiosa hinzu. »Dort wirst du dann den Schleier nehmen.«

Celina blieb in tiefer Verzweiflung zurück. So hatte sie sich ihr Leben nicht erträumt. Wie viele der Nonnen waren wohl freiwillig hier? Hatte sie nicht eine gesehen, die lahmte? Die Frau war bestimmt ins Kloster gebracht worden, weil ihre Familie keine Mitgift für sie hatte aufbringen wollen. Hatte sie, Celina, nicht ein ganz normales Gesicht, mit dunklen Augen, weichen, geschwungenen Lippen, ganz normale schwarze Haare, eine schlanke Figur? Was hatte den Onkel dazu bewogen, sie ausgerechnet hierher zu bringen?

Celina musste eingeschlafen sein, denn als sie die Augen wieder aufschlug, war die Kerze fast ganz heruntergebrannt und Suor Gratiosa stand mit einem weißen Nonnengewand vor ihr.

»Zieh das an, es ist dein Brautkleid«, sagte sie.

Celina tat, wie ihr geheißen. Daraufhin zog Gratiosa ein Rasiermesser heraus und griff in ihre Haare.

»Was machst du da?«, fragte Celina entsetzt.

»Damit du den Schleier tragen kannst, muss ich dir die Haare abschneiden.«

Jede einzelne schwarze Strähne, die unter den scharfen Schnitten Gratiosas zu Boden fiel, tat Celina körperlich weh. Schließlich, als das Werk vollbracht war, traten sie auf den Gang hinaus. Andere Nonnen mit verschlafenen Gesichtern und weißen Gewändern zogen still durch den Kreuzgang zur Kirche. Steinerne Teufel und himmelfahrende Heilige schmückten das Marmorportal. Celina betrat das Gotteshaus, in dem es nach Weihrauch roch und eine düstere Atmosphäre vorherrschte. An den Wänden waren die Standbilder der Dogen aufgereiht. Vor dem Altar stand ein Mann in der Kleidung eines Patriarchen. Die Chornonnen nahmen Stellung auf der Empore, die Laienschwestern, mit ihnen Celina, knieten auf dem Steinfußboden. Ein eisiger Wind pfiff durch die Fenster, die nicht verglast waren. Nach Gebeten und Gesängen befahl der Patriarch Celina, sich auf den Boden zu legen. Sein stechender Blick machte ihr Angst. Die Kälte der Steine drang ihr bis in die Knochen.

Die Nonnen sangen Litaneien.

»Jetzt küss den Boden, zum Zeichen deiner Bereitschaft, die Weihe zu empfangen.«

Celina rührte sich nicht.

»Küss den Boden!«, befahl der Patriarch mit einem drohenden Unterton in der Stimme.

Celina beugte sich vor, öffnete ihre Lippen und berührte flüchtig mit ihnen den Boden. Es wurde dunkel um sie. Der Patriarch hatte ein schwarzes Tuch über sie geworfen. So ist es also, lebendig begraben zu werden, dachte sie und spürte Bewegungen um sich herum, ein schwaches Leuchten, Wärme. Man hatte Kerzen aufgestellt. Es war wie in einem Sarg, als würde sie ihr eigenes Begräbnis erleben. Sie konnte kaum noch atmen. Ein Luftzug, es wurde wieder hell, der Wind pfiff immer noch durch die Kirchenfenster, die Nonnen sangen immer noch Litaneien.

»Steh auf!«, befahl der Patriarch. Sie erhob sich langsam und steif.

»Sprich mir nach: ›Ich gelobe Armut, Keuschheit und Gehorsam gegenüber diesem Kloster gemäß den Regeln des heiligen Benedikt.‹« Sie senkte den Kopf, was der Patriarch offensichtlich als Zustimmung auffasste.

»Ich verheirate dich mit Jesus Christus, dem Sohn des allmächtigen Vaters, deines Beschützers. Daher empfange diesen Ring des Glaubens als Zeichen des Heiligen Geistes, dass du dazu berufen bist, die Gattin Gottes zu sein.«

Wer hat mich dazu berufen? begehrte sie innerlich auf. Aber es hatte keinen Zweck, sich zu widersetzen. Sie ließ sich den schmalen Silberring an den Finger stecken. Die Nonnen sangen weiter, die Orgel setzte ein. In der Mitte einer Prozession wurde Celina zum Refektorium geleitet. Der Speisesaal war mit Säulen, Fresken und Bildern an den Wänden ausgeschmückt. Auf Tischen mit weißen Tüchern waren Speisen angerichtet, in Wein gegarte Meeräschen, Sardinen in ›saor‹, einer Marinade aus frittierten Zwiebeln, Essig, Gewürzen, Pinienkernen und Rosinen, Klippfisch und Krebse. Die anderen ließen sich lachend und lärmend nieder, Mönche und Nonnen, aßen nach Herzenslust, tranken Zitronenlikör und Wein und ließen sich zum Nachtisch süße Mandeltörtchen reichen.

Celina saß wie versteinert in dieser Gesellschaft, die sich mit einem Mal so völlig gewandelt hatte. Hatte sie nicht gerade noch Armut und Gehorsam schwören müssen? Sie bekam keinen Bissen herunter, es würgte sie, wenn sie die Speisen nur ansah, und sie sehnte sich nach nichts mehr als nach Ruhe. Als nach Beendigung des Mahls eine Nonne zur Mandoline griff, entfernte sie sich aus dem Saal. Niemand bemerkte ihr Fortgehen. Von fern hörte sie Lachen und Musik. Sie gelangte in ihre Zelle, warf sich auf die Strohmatratze und weinte sich in den Schlaf.

4.

Nachdem Christoph die Gegend um Augsburg verlassen hatte, gelangte er zwei Tage später nach Schongau. Diesen katholischen Ort konnte er nicht umgehen, da er den Empfehlungsbrief Reinhards bei sich trug. So durchritt er das Städtchen und sah sich dabei nach der Posthalterei um. Vor einem Fachwerkbau mitten im Ort standen ein paar Burschen, die ihm neugierig entgegenschauten. Christoph zog die Kapuze tiefer ins Gesicht. Gleich neben der Posthalterei befand sich ein Gebäude, aus dem helle Hammerschläge klangen. Zwei Pferde waren rechts und links der Tür an Eisenringe gebunden. Als Christoph die Schmiede betrat, schlug ihm die Hitze des Feuers entgegen, vor dessen Glut ein großer, kräftiger Mann Hufeisen bearbeitete. Der Schmied drehte sich um, und Christoph blickte in ein von Ruß geschwärztes freundliches Gesicht. Der Mann trug einen ledernen, dreckverkrusteten Schurz. Aus seiner Mütze quollen lange graue Haare hervor.

»Ich suche Meister Haber«, sagte Christoph und zog das Empfehlungsschreiben aus dem Wams.

»Der bin ich«, erwiderte der Mann lächelnd. »Wenn ich nicht das Eisen im Feuer habe, bewirte ich hungrige und durstige Gäste im Schankraum nebenan. Lesen habe ich nicht gelernt, aber ich kenne das Siegel von meinem alten Freund Reinhard. Auch ich nannte einmal eine Burg mein Eigen, bis die Not mich zwang, alles zu verkaufen.«

»Habt Ihr ein Obdach für mich?«

»Aber gewiss. Ich werde euch auch nicht fragen, warum Ihr aus unserem Land verschwinden wollt. Das wollt Ihr doch, nicht wahr?«

»Ich will nach Venedig, um mich in der Buchdruckerkunst fortzubilden.« Das war nicht einmal gelogen. Christoph hatte wirklich vor, sich mit diesem Handwerk, das in der Lagunenstadt sehr verbreitet war, vertraut zu machen. Nachdem er sein Pferd einem Knecht übergeben hatte, führte Meister Haber Christoph in das Post- und Wirtschaftsgebäude. Über eine knarrende Stiege gelangten sie in eine Kammer. Christoph setzte sich auf die schmale Bettstatt und bat den Meister, ihm ein Barbiermesser zu bringen. Suchend schaute sich Christoph um. Wo sollte er den Rucksack mit den Büchern unterbringen? Er konnte ihn nicht einfach, für jeden sichtbar, im Zimmer stehen lassen. Gegenüber dem Bett stand eine einfache Truhe aus Eichenholz. Christoph nahm den Rucksack und legte ihn hinein.

Als Haber zurückkam, brachte er neue Kleider mit, nach der italienischen Mode, wie er sagte, Pumphosen aus feinem Tuch, ein ebenso feines Wams, ein Atlashemd und einen schwarzwollenen Mantel. Christoph schnitt sich mit dem Messer die Locken ab, rasierte sich und kleidete sich neu ein. Es war besser, wenn er sein Äußeres ein wenig veränderte; niemand wusste, ob die Gegner der Reformation sich an seine Fersen geheftet hatten. Die Sonne war inzwischen untergegangen, und er verspürte Hunger.

In der Gaststube waren lärmende Zecher versammelt. Die Wirtin brachte Christoph einen Krug Bier, einen viertel Laib Brot und eine geräucherte Wurst. Einer der Zecher schaute zu ihm herüber.

»Was seid Ihr denn für einer?«, grölte er. »Ihr schaut ja aus wie ein Italiener.«

Der Schmied kam aus der Küche und erklärte: »Das ist Enrico Calvacci. Er wird von Mittenwald aus mit den Rottfahrern nach Venedig gehen.«

»Kann er nicht selbst antworten?«, schrie der Zecher.

»Es ist so, wie der Schmied sagt«, gab Christoph zurück. Ihm war unbehaglich zumute, doch er versuchte, es sich nicht anmerken zu lassen.

»Bist du nicht öffentlich der neuen Lehre dieses Martin Luther angehangen? Verdammt sei meine Seele, wenn ich dieses Gesicht nicht auf einem der Flugblätter gesehen habe.«

»Ihr müsst mich verwechseln«, sagte Christoph. Das Herz pochte ihm bis zum Hals. Gab es tatsächlich schon einen Steckbrief von ihm? Davon hatte er nichts gewusst.

»Ihr wart derjenige«, beharrte der Mann. »Ich war kürzlich im Württembergischen und muss es doch wissen!«

»Gar nichts weißt du«, herrschte ihn der Wirt an. »Du hast nur mal wieder zu tief ins Glas geschaut und siehst Gespenster!«

Dröhnendes Lachen der Männer folgte auf diese Worte, und der Sprecher wandte sich kleinlaut seinem Bierkrug zu.

An einem anderen Tisch saßen Pilger; die Jakobsmuscheln am Hut deuteten darauf hin, dass sie aus Santiago de Compostela kamen. In die Stille hinein sagte einer von ihnen: »Die Türken haben eine ordentliche Streitkraft, sie sind wild und verwegen, das hat uns jeder auf dem Jakobsweg erzählt.«

»Das sind Vielweiberer«, kam es vom Tisch der Zecher. »Sie rauben Christenkinder und erziehen sie zu Sklaven!«

»Sie sind schon in Gefahr, die christlichen Inseln und Seestädte«, antwortete der Pilger. »Aber haben wir nicht aus dem Grauen des unendlichen Meeres neue Goldländer heraufziehen sehen, paradiesische Landschaften, braune Völker, die von Gott nichts wussten?«

»Von dem Gold habe ich nie was gesehen«, krähte der Zecher. »Das haben sich die da oben unter den Nagel gerissen.«

»Dafür haben die Seefahrer ihr Leben riskiert, und die da oben haben diese Reisen finanziert«, gab der Pilger mit einem freundlichen Lächeln zurück. »Viel mehr beunruhigt mich die Botschaft aus Italien, dass die Südländer unzufrieden mit dem Papst seien. Die Käuflichkeit der Ämter ist zwar mit dem Trienter Konzil geregelt worden, aber nach wie vor sind die Hirten der Kirche viel zu lasterhaft.«

Der Wirt kam aus der Küche und bahnte sich seinen Weg, zwei Bierkrüge in den Händen. Er zwinkerte Christoph zu.

»Das steht Euch nicht zu, darüber zu urteilen«, dröhnte der Zecher, der das große Wort führte. »Viel schlimmer sind die wandernden Gesellen, die das gedruckte Wort der Kirchenfeinde in viele deutsche Städte und in das Ausland tragen.«

»Wollt Ihr etwa behaupten, die Buchdruckerkunst sei zum Schaden der Menschen erfunden worden?«, fuhr Christoph auf. »Durch sie gibt es jetzt Kalendertafeln in den Hütten der einfachsten Handwerker, Gebetbücher und komische Literatur: Fastnachtsscherze, volkstümliche Gedichte. Viele wollen jetzt lesen lernen.«

»Wer seid Ihr denn, dass Ihr solche Worte im Munde führt?«, fragte der Zecher mit einem lauernden Unterton.

Bin ich zu weit gegangen? dachte Christoph.

»Ich bin ein Scholar«, entgegnete er ruhiger. Er musste seine Rolle besser spielen. »Ich bin in einem entlegenen Tal in Italien geboren, und es drängt mich, mich einmal aus der armen und gedrückten Masse des Volkes hervorzuheben. So ging ich an eine Lateinschule im Kirchspiel einer größeren Stadt. Bei den Stiftern dieser Schule bekam ich Obdach und Lager, musste mir aber meinen Lebensunterhalt erbetteln.«

»Und Ihr seid einer von denen, die es an die Universität geschafft haben, he?«, rief der Zecher. »Habt Ihr Euch das nicht alles nur ausgedacht?«

Christoph begann zu schwitzen, je mehr er sich auf dem Prüfstand befand. Vielleicht wäre es besser gewesen, diese Stadt zu meiden.

»Ihr aber habt Euch nicht anfechten lassen«, stellte ein Pilger mit anerkennendem Nicken fest und kam ihm damit zu Hilfe. »Ihr habt Euch von unten herauf zu geistiger Bedeutsamkeit emporgearbeitet, das sehe ich Euch an.«

Er hatte es geschafft, die Gäste zu überzeugen. Christoph entspannte sich.

»Wirt«, rief der Pilger, »bringt doch mal ein Schachzabel, ich möchte unser fahrendes Schülerlein im Schachspiel schlagen!«

Als Christoph später den Gastraum verließ, trat der Wirt ihm in den Weg und flüsterte ihm zu: »Es ist zu gefährlich hier für Euch, mein Herr. Verlasst die Stadt vor Morgengrauen, das rate ich Euch dringend!«

Christoph zählte das Geld für Speise, Trank und Unterkunft in die Hand des Wirtes, verabschiedete sich und stieg zu seiner Stube hinauf. Wich da nicht eben ein Schatten von der Tür? Er rieb sich die Augen. Da war nichts. Ich sehe schon Gespenster, dachte er, oder ich habe einfach zu tief in den Bierkrug geschaut. Er vergewisserte sich, dass der Rucksack noch am selben Platz in der Truhe war. Lange konnte er nicht einschlafen. Es ist glimpflich ausgegangen, aber wie soll das weitergehen? fragte er sich immer wieder. Hätte ich nur mein Maul nicht so weit aufgerissen.

5.

Das Leben im Kloster ging seinen Gang, nur unterbrochen durch die Mahlzeiten und die abendlichen Kartenspiele mit den Mönchen. Celina bemerkte immer wieder, dass sich kaum jemand an die Regeln des heiligen Benedikt hielt, jedoch schwieg sie zu allem und verrichtete ihre Arbeit im Garten. Auch hier stellte sie fest, dass einige Nonnen private Beete besaßen, andere hielten sich Schweine in den Ställen oder ließen sich an den Festtagen besondere Mahlzeiten von ihren Verwandten bringen, etwa eine Gans, Truthähne oder Mandelgebäck. Eine Schwester nähte Chorhemden für die Priester eines anderen Klosters und nahm offenbar auch Geld dafür. An einem grauverhangenen Tag Mitte November ließ die Äbtissin, Suor Mathilda, Celina ins Besucherzimmer kommen. Beim Eintreten erkannte sie ihren Onkel Eugenio, dessen gebräuntes Gesicht mit dem gewichsten Schnurrbart hinter dem Gitter hervorschaute, daneben das Eidechsengesicht ihrer Tante Faustina.

Celina trat an das Gitter.

»Wir haben einen Korb mit Lebensmitteln bei der Pförtnerin abgegeben«, begann Faustina.

»Und wir sind gekommen, um endgültig Abschied von dir zu nehmen, Kind«, fuhr Eugenio fort. »Das Kloster hat hundert Dukaten von uns für deinen Aufenthalt erhalten, das dürfte für das erste Jahr reichen.«

»Ich wollte nicht hierher«, sagte Celina leise. »Niemals hätte ich freiwillig den Schleier genommen.«

»Es gibt Dinge im Leben, die wir nicht beeinflussen können«, antwortete Eugenio.

»Inzwischen ist die Todesnachricht, deine Eltern betreffend, eingetroffen«, sagte Faustina. »Man hat sie nicht weit von Triest aus dem Meer gefischt. Ein Angestellter der Marmorbrüche hat sie als Luigi und Palladia Gargana erkannt.«

Celina stiegen die Tränen in die Augen, aber sie biss die Zähne zusammen. Vor ihren Verwandten wollte sie nicht weinen.

»Wie wir vorausgesagt haben, ist so gut wie nichts vom Vermögen geblieben. Wir sind gezwungen, das Wenige für das Begräbnis auszugeben«, erklärte ihr Onkel.

»Und was ist mit den Häusern?«, fragte Celina.

»Die müssen wir unter Wert verkaufen, um Schulden deiner Eltern zu begleichen. Anton Fugger hat uns schon ein Angebot gemacht.«

Dann war also alles vorbei! Celina war fortan ein mittelloses Mädchen, das im Kloster ihr Leben lang nur geduldet sein würde. Nicht einmal Kleidung oder Sonderrationen beim Essen würde sie sich leisten können.

»Ich danke euch beiden, dass ihr gekommen seid«, sagte sie und wandte sich zum Gehen. »Lebt wohl.«

»Celina, bleib doch noch einen Moment«, rief Faustina. »Wir können nichts dafür, dass dein Schicksal diese Wendung genommen hat. Du solltest dankbar dafür sein, dass du nicht in der Gosse gelandet bist.«

»Ich bin euch dankbar, bis in alle Ewigkeit«, sagte Celina über die Schulter. Sie hörte Faustina mit Eugenio schimpfen, unterdrückte jedoch die Regung, sich noch einmal umzudrehen. Andere Besucher kamen in den Raum; er füllte sich mit Verwandten, die Körbe, Beutel und Käfige mit Tauben und schwarzen Hühnern bei sich hatten.

Eines Morgens verkündigte Suor Mathilda, dass zwei Tage später der Patriarch der Stadt Venedig zu Besuch kommen würde. Er habe den Auftrag, in den Klöstern die Einhaltung der Sittlichkeit und der Regeln des heiligen Benedikt zu überprüfen. In anderen Einrichtungen habe es Verfehlungen gegeben.

»Jede von euch soll in sich gehen und schauen, welchen Lebenswandel sie führt. Wenn sie etwas in ihrem Besitz hat, soll sie es dem Kloster als Eigentum übergeben. Die seidenen Gewänder, die ich gesehen habe, bringt in die Kleiderkammer, damit wir sie für gute Zwecke verkaufen können. Nicht jede von euch hat vermögende Verwandte. Denkt an die Armen unter uns, für die niemand den Aufenthalt bezahlt. Und jetzt an die Arbeit! Ich erwarte euren Bericht nach dem Gottesdienst«, endete die Äbtissin.

Celina dachte an das Säckchen mit Geld, das sie unter ihrer Matratze versteckt hatte. Nein, das würde sie nicht hergeben. Sie war nicht freiwillig in das Kloster gekommen. Warum also sollte sie sich allen Regeln beugen? Sie würde kurz vor der Begehung durch den Patriarchen das Geld an sich nehmen und an ihrem Körper verstecken. Die Kleider, die sie mitgebracht hatte, waren in der Kleiderkammer aufbewahrt. Mehr hatte sie nicht zu verbergen, im Gegensatz zu vielen ihrer Mitschwestern, die eine ängstliche Betriebsamkeit entwickelten. Es wurde nicht nur geputzt, es wurden nicht nur Kleider, Schmuck und Speisen weggetragen, nein, die Nonnen trugen ab sofort wieder die vorgeschriebene Klostertracht mit Hauben, Skapulieren und flachen Schuhen. Die hochhackigen bunten Schuhe, die geschlitzten Röcke und Seidenstrümpfe wurden versteckt. Schminktöpfe, Puder und andere Utensilien verschwanden. Eine fieberhafte Unruhe hatte die Nonnen erfasst. Celina schien es sogar, als sängen und beteten sie lauter als sonst. Zusammen mit dem Cellerar rollten Laienschwestern Fässer mit Himbeerwein und Bier ins Cellarium, wo sie die geistigen Getränke in der hintersten Ecke verstauten. Hunde, Schweine und Papageien wurden an einen geheimen Ort gebracht oder leihweise den Huren übergeben, die tagtäglich in der Nähe des Klosters defilierten.

Am Morgen des dritten Tages mussten sich alle Nonnen im Kapitelsaal versammeln. Als die Glocke der Kirche die neunte Stunde schlug, zog der Patriarch ins Kloster ein. Francesco Cornaro war ein großer, kräftiger Mann mit einem dunklen Bart. Er trug eine schwarzseidene Soutane mit rotem Innenfutter und seine Escime, die Mütze. Im Saal war es totenstill. Suor Mathilda wirkte aufgeregt; sie wies mit leiser Stimme eine Laienschwester an, dem Patriarchen und seinen zwei Begleitern Wein anzubieten.

Der Patriarch blickte in die Runde, machte eine segnende Geste und erhob seine Stimme: »Schwestern in Christo, ich bin heute gekommen, um das Kloster einer Prüfung zu unterziehen. In der Stadt sind in den letzten Monaten Gerüchte laut geworden, nach denen es in venezianischen Klöstern nicht immer so zugeht, wie es zugehen sollte. Armut und Keuschheit sind die Hauptgebote des heiligen Benedikt, daneben gilt es zu beten und zu arbeiten. Ich kann nicht verhehlen, dass Verfehlungen aufgedeckt wurden. Nicht nur Verstöße gegen das Armutsgebot, sondern auch gegen das der Keuschheit. Wir werden sehen, wer unter euch ohne Sünde ist und wer wegen seiner Vergehen bestraft werden muss. Sollte ich herausbekommen, dass sich männliche Mitglieder unseres Stadtstaates oder auch ausländische Herren hier eingeschlichen haben, werden sie hohe Strafen erwarten. Eine jahrelange Verbannung ist noch das Mindeste. Der Zehnerrat erwägt sogar, die Todesstrafe für den Verkehr mit einer Nonne einzuführen! Nun wollen wir ein Lied miteinander singen, und dann werden mich einige von euch bei meinem Rundgang begleiten.«

Der Patriarch deutete auf Celina und auf vier andere Nonnen. Die Schwestern begannen einen mehrstimmigen Psalm anzustimmen.

»Geht wieder an die Arbeit«, rief Suor Mathilda ihren Schützlingen zu und klatschte in die Hände. Sie selbst machte sich mit den ausgewählten Nonnen daran, den Patriarchen auf seinem Rundgang zu begleiten. Zunächst begaben sie sich zum Refektorium. Einige Laienschwestern waren damit beschäftigt, den Boden zu fegen. Der Patriarch bedeutete der Gruppe, anzuhalten und sich nebeneinander aufzustellen.

»Jetzt sagt mir erst einmal eure Namen«, sagte er in freundlichem Ton.

Celina beeilte sich, dem Patriarchen ihren Namen zu nennen, da er sie als Erste angesehen hatte. Auch die anderen stellten sich der Reihe nach vor: Alessia, Giulia, Gaia, Rebecca.

»Jetzt sag mir, Celina – werden während der Mahlzeiten Texte aus der Heiligen Schrift verlesen, wird das Schweigegebot eingehalten?«

»Das wird so gemacht, dafür kann ich mich verbürgen, Euer Seligkeit.«

Die Anrede hatte Suor Mathilda ihnen eingeprägt.

»Könnt ihr anderen das bestätigen?«, fragte der Patriarch und schaute eine nach der anderen an. Die jungen Frauen nickten scheu und demutsvoll.

»Schreib es auf!«, wandte sich der Patriarch an einen seiner Begleiter. »Und nun wollen wir die Küche inspizieren.«

Die Klosterküche befand sich gleich neben dem Refektorium; durch eine Öffnung in der Wand wurden die Speisen an die Laienschwestern gereicht, die sie auf den Tischen verteilten. Es war ein großer Raum mit gemauerten Wänden und einem Steinfußboden. Unter einem riesigen Rauchfang brannte ein Feuer, darüber kochte eine würzige Brühe in einem Eisenkessel. An den Wänden waren die Gerätschaften aufgehängt, und in der Mitte stand ein schwerer Holztisch, an dem vier Schwestern damit beschäftigt waren, das

Gemüse fürs Mittagessen zu putzen. Die Schwestern hielten in ihrer Arbeit inne.

»An euch hätte ich nur zwei Fragen«, sagte der Patriarch. »Wird darauf geachtet, dass nur Fleisch von zweibeinigen Tieren auf den Tisch kommt, also von Geflügel, wie Benedikt es vorschreibt? Gibt es das Laster der Völlerei oder der Trunksucht?«

»Nein, Euer Seligkeit«, antwortete eine der Novizinnen. »Bei uns herrscht stets das Maß der Zurückhaltung und Demut vor den Gaben Gottes. Meist gibt es gar kein Fleisch, und wenn, dann nur für die Kranken, Schwachen und für die Gäste.«

»Das höre ich gern«, meinte der Patriarch. »Aber wehe, mir kommt etwas zu Ohren!«

Sie verließen die Küche, durchquerten den Kreuzgang mit seinem Grasboden und gingen zu den Ställen hinüber.

»Ihr besitzt aber viele Pferde, Kühe und Schweine«, bemerkte der Patriarch, während er sich umschaute.

»Die Pferde sind von Besuchern, die Kühe brauchen wir für Milch und Butter und die Schweine für die Kranken«, erwiderte Suor Mathilda. Eine leichte Röte überflog ihr Gesicht.

»Ich sehe, hier wird fleißig gearbeitet«, stellte der Patriarch mit einem Blick zur Wäscherei fest. »Wenn genauso viel gebetet wird, bin ich zufrieden. Jetzt will ich noch die Zellen sehen.«

Celina spürte das Gewicht des Geldbeutels auf ihrem Bauch. Hoffentlich fiel die leichte Wölbung dem Patriarchen nicht auf. Die Zelle von Suor Mathilda war als Erste an der Reihe. Es waren keine Spuren von dem Luxus, der hier normalerweise herrschte, zu erkennen. Als sie zur letzten Zelle kamen, verengten sich die Augen des Patriarchen.

»Was befindet sich hinter jener Decke an der Wand?«, wollte er wissen.

»Nichts«, antwortete Suor Mathilda. »Die Decke hängt dort lediglich, um die Kälte abzuhalten.«

Ohne auf ihre Worte zu achten, ging der Patriarch mit schnellen Schritten in den Winkel und riss die Decke zur Seite. Ein Aufseufzen ging durch die Gruppe der Nonnen. In der Wand gähnte ein Loch.

»Was ist das für ein Loch?«, fragte der Patriarch mit unheildrohender Stimme.

»Ich … ich weiß es nicht«, stammelte Suor Mathilda.

»Und was ist das?« Der Patriarch zog angewidert eine Männerhose aus dem Loch und hielt sie hoch. Celina sah, wie die Zornesadern an seinen Schläfen anschwollen.

»Ihr braucht nicht zu antworten, Suor Mathilda. Schreib«, sagte er zu seinem Begleiter. »In diesem Kloster wird gegen die Regeln Benedikts verstoßen. Wer bewohnt diese Zelle?«

»Ich«, meldete sich das Mädchen, das seinen Namen mit Alessia angegeben hatte.

»Wie kommt diese Hose in deine Zelle?«

»Sie ist von … meinem Bruder!«, stammelte das Mädchen.

»Du lügst! Es war Männerbesuch da. Und was hat das Loch zu bedeuten?«

»Das war schon immer da, ich weiß nicht, was es zu bedeuten hat«, sagte Alessia, die rot geworden war.

»Nenn mir die Namen der Männer, die sich Zutritt zum Kloster verschafft haben.«

Die junge Frau wirkte deutlich eingeschüchtert.

»Sie heißen Giovanni und Angelo«, sagte sie mit leiser Stimme.

»Wer hat dir geholfen, sie hereinzulassen?«

»Ich«, sagte Giulia.

»Wie habt ihr das Loch in den Stein gehauen? Die Wand scheint mir sechs Steine dick zu sein.«

»Wir haben eine Stange aus dem Zellengitter von Alessia

gebrochen und damit das Loch in die Wand gehauen. Es dauerte einen Monat.«

»Wie kommt es, dass das Loch in der Mauer nicht bemerkt wurde?«

»Wir haben von außen einen Stein dagegengerollt. Innen haben wir das Loch mit schwarzem und weißem Kalk gefüllt.«

»Wie oft sind diese Männer gekommen?«

»Sie kamen immer mit einem Boot. Sie lieben mich und Alessia.«

»Habt ihr Unzucht getrieben?«, fragte der Patriarch.

Giulia sah sich hilfesuchend um, doch die anderen schauten betreten zu Boden.

»Jedes Mal, wenn sie kamen, hatten wir die ganze Nacht Verkehr«, platzte Alessia heraus.

»Das genügt!«, brüllte der Patriarch. »Ihr beiden werdet unter Arrest gestellt. Jetzt sagt mir noch, wo die beiden Männer wohnen.«

»In der Calle di Teatro.«

»Folgt mir!«, herrschte der Patriarch die Mädchen und die Äbtissin an. Er stürmte zum Besucherzimmer.

»Was sind das für unanständige Gemälde an der Wand? Die lässt du sofort entfernen, Mathilda! Und jetzt wollen wir doch mal sehen, was sich im Cellarium für Schätze verbergen.«

»Nein, nicht ins Cellarium«, flehte Suor Mathilda. »Schaut doch lieber in die Kleiderkammer, dort liegen Schätze an Schmuck und schönen Kleidern, die unsere adligen Nonnen mitgebracht und seit ihrer Weihe nicht mehr angerührt haben.«

»Nichts da! Ich will das Cellarium sehen.«

Der kleine Zug machte vor der Kellertür Halt.

»Was sind das für merkwürdige Geräusche?«, wollte der Patriarch wissen.

»Vielleicht haben sich ein paar Vögel hierher verirrt.« Suor Mathilda war puterrot geworden.

»Wer hat den Schlüssel?«

»Ich«, sagte Mathilda und drehte den Schlüssel im Schloss. Celina hörte ein aufgeregtes Gackern. Sie spürte einen Luftzug und sah eine Unmenge großer schwarzer Vögel auf sich zukommen. Die Nonnen stießen unterdrückte Schreie aus. Federn wirbelten durch die Luft, und die Tiere stoben die Kellertreppe herauf.

»Ich glaube es nicht«, sagte der Patriarch. »Ihr habt hier einen ganzen Stall voll Hühner versteckt. Ich befehle, dass sie alle eingefangen und geschlachtet werden. Und du, Mathilda, wirst mir in den nächsten Tagen noch Rede und Antwort stehen.«

Mit diesen Worten gab er seinen Begleitern ein Zeichen zum Gehen. Betreten blickten die Mädchen einander an.

»Ich habe gesündigt, oh, wird mir diese Sünde je verziehen werden«, heulte Giulia.

Alessia stieß sie in die Seite. »Hör auf zu flennen, dumme Gans. Du wirst ja, außer mit Arrest und ein paar Geißelhieben, nicht bestraft. Aber dein Buhle wird dran glauben müssen.«

Hatte Alessia kein Herz? Celina war froh, als Suor Mathilda die Mädchen zur Ruhe rief und sie nach oben zum Mittagessen schickte.

6.

Als die Sonne am nächsten Tag über die Berge stieg, war Christoph schon zwei Stunden unterwegs. Am Abend gelangte er in die Nähe von Oberammergau, nach einem zweiten, strammen Tagesritt, immer in der Angst, entdeckt zu werden, nach Mittenwald. Die herausgeputzten Häuser der Bürger und Kaufleute scharten sich um die Kirche, während die ärmlichen Katen der Handwerker und Bauern am Ortsrand standen. Die Straße aus dem Empfehlungsschreiben fand er bald, ohne jemanden fragen zu müssen. Es war das Haus des Kaufmanns Franz Pichler, breit und ausladend, mit hohem Giebel und tiefgezogenem Walmdach. Eine Magd mit Leinenhaube und Schürze öffnete ihm.

»Wen darf ich den Herrschaften melden?«, fragte sie, indem sie ihn mit hochgezogenen Augenbrauen musterte. Statt einer Antwort übergab Christoph ihr den Brief. Nach einer Weile erschien sie erneut und führte ihn in ein Gemach, das mit orientalischen Teppichen, dunkel gebeizten, geschnitzten Truhen und behaglichen, lederbezogenen Lehnstühlen ausgestattet war. Von der Decke hingen Lüster aus Muranoglas. Der Mann, der ihm entgegenblickte, war mit einem blutroten Wams und einem Seidenhemd bekleidet. Seine dunklen Augen funkelten in dem grob geschnittenen Gesicht mit der leicht gebogenen Nase.

»Seid willkommen in meinem Haus und nehmt Platz«, sagte er mit einer befehlsgewohnten Stimme. »Wie geht es Reinhard, dem alten Kämpfer?«

»Er befindet sich auf seiner Burg und hat die üblichen Sorgen eines Burgherrn«, erwiderte Christoph.

»In dem Schreiben werdet Ihr mir empfohlen«, fuhr der Kaufmann fort, »und Ihr kommt zur rechten Zeit. Gleich Morgen brechen meine Rottmänner mit einem Verband von Ganz- und Halbgut nach Italien auf. Sie werden den alten Handelsweg über Innsbruck und den Brennerpass nach Venedig gehen.«

Christoph versuchte seine Verlegenheit zu verbergen, als er fragte: »Was ist das – Ganz- und Halbgut?«

»Je nach der Richtung, die der Tross einschlägt, besteht das Ganzgut aus Seide, Baumwolle oder Gewürzen, das Halbgut aus Südfrüchten, Olivenöl, Metallen, Leinen, Schafwolle, Pelzen, Holzwaren und Salz.«

»Und auf welche Weise werden sie transportiert?«

»Meist in Pferde- und Ochsenkarren, und bis nach Innsbruck ist das auch recht leicht. Doch jetzt wollen wir uns nicht länger mit Reden aufhalten. Mein Diener wird Euch in das Nachtquartier geleiten, danach bitte ich Euch zu Tisch.«

Der Kaufmann zog an einer Klingelschnur, und ein Diener erschien. Er leuchtete Christoph mit einer Öllampe die Treppe hinauf. Im Zimmer griff Christoph zu einer Karaffe, goss Wasser in die bereitgestellte Porzellanschüssel, wusch sich und trocknete sich mit einem Baumwollhandtuch ab. Er schaute in den Spiegel. Die kurzen Haare und die bräunlich gefärbte Gesichtshaut ließen ihn älter aussehen. Seine klaren graublauen Augen blickten ihm ein wenig melancholisch entgegen. In den Augenwinkeln und um den sensiblen Mund herum hatten sich Fältchen gebildet.

Christoph zog sich um und begab sich nach unten in den Speiseraum. Ein großer, schön gedeckter Tisch befand sich in der Mitte des Zimmers. Der Hausherr stand plaudernd inmitten einer Gruppe von vornehm gekleideten Damen und Herren. Als Christoph eintrat, wandte Pichler sich ihm zu und stellte ihn den Anwesenden vor.

»Das ist Alois Breitnagel.« Er wies auf einen mittelgroßen, beleibten Mann mit gezwirbeltem Schnurrbart, der mit Barett, lindgrünem Hemd, tannenfarbigem Wams und ebensolchen Strümpfen bekleidet war. Die großen Füße steckten in Schuhen aus weichem Leder, so weit ausgeschnitten, dass der dicke Spann über die Ränder quoll.

»Er wird den Verband über die Alpen bringen«, erklärte Pichler. »Wie Ihr seht, trägt er die neueste Mode aus Italien, die ja maßgeblich für uns im Norden ist.«

Die anderen wurden als die Dame des Hauses und als Kaufleute mit ihren Söhnen und Töchtern vorgestellt. Die Frauen trugen kunstvoll aufgesteckte Frisuren; die Dekolletés ihrer eng anliegenden Kleider waren weit ausgeschnitten. Einige hatten perlenbesetzte Zierschürzen umgebunden, und an ihren Ohren, Fingern und Kragen blitzten wertvolle Schmucksteine. Zum Essen legten alle ihre knielangen, kunstvoll geschlitzten Schauben ab. Nachdem man sich niedergelassen hatte, trug eine kleine, scheu aus dunklen Augen blickende Italienerin den ersten Gang auf. Es war eine Hühnerbrühe mit Kastanien, dazu gab es weißes Brot. Dem folgten ein Kapaun in Gewürzmilch und Mandelgelee mit Quittenkompott. Daneben wurde Honigwein gereicht. Man sprach über die Route nach Italien, die selbst im Sommer nicht ungefährlich sei. Es müsse mit Hochwasser, Geröllawinen, Räuberbanden, Wölfen, mit Kälte, Nebel, Hunger und Verirrungen gerechnet werden. Die summenden Stimmen, das Klingen der Gläser und die Wärme des Feuers im Kamin ließen Christoph schläfrig werden. Nach Beendigung des Mahles empfahl er sich und stieg in seine Kammer hinauf, wo er bald darauf in einen tiefen, erquickenden Schlaf fiel.

Helles Licht ließ ihn am nächsten Morgen blinzeln, und er versuchte sich einige Augenblicke daran zu erinnern, wo er war. Von draußen klangen die Rufe der Knechte. Über dem Dach des Nachbarhauses mit seinen graubraunen Schindeln sah er ein leuchtendes Stück Himmel; alles sah aus wie neu gemacht, und er hatte das Gefühl, als sei es gut und richtig so, wie es verlief, und als würde es ein friedliches Ende nehmen. Für sein Pferd, das er nun nicht mehr brauchte, hatte er einen guten Preis bekommen.

Nach einem kräftigen Frühstück verließ Christoph Pichlers Haus und setzte sich neben den Fuhrknecht auf den Bock eines Wagens. Es war ein zweiachsiges Fahrzeug wie die anderen drei Gefährte auch, vor die jeweils vier Pferde gespannt waren. Der Wagen hatte eine starre Doppeldeichsel und große Speichenräder aus Holz, die für den Transport auf den sandigen, unbefestigten Straßen mit ihren Schlaglöchern am besten geeignet waren. Die Verpflegung wurde in Feldkästen verstaut. Christoph behielt das Felleisen mit den Büchern auf seinem Rücken. Alois Breitnagel sprach ein Bittgebet dafür, dass ihre Reise gut verlaufen und enden möge, dann hob er die Hand zum Aufbruch. Die Knechte feuerten ihre Zugtiere an, und der kleine Trupp setzte sich in Bewegung. Eine Zeitlang hörte Christoph nichts anderes als das Klappern der Pferdehufe und das Knarren der Räder. Die Berge des Karwendel standen still und klar vor ihm im Morgenlicht. Er sah viele Reisende, die mit ihnen nach Süden zogen oder von dorther kamen: reitende Boten mit Briefen für hohe Herren in fremden Ländern, Bauern auf dem Weg zum nächstgelegenen Markt, Handwerker, Kaufleute, Schuhflicker, Scherenschleifer, Studenten, die ihre Universität wechselten, und Wallfahrer auf der Suche nach dem Seelenheil.

Auf dem Scharnitzpass erreichten sie die habsburgische Grenzstation. Beim Anblick der Zöllner begann Christophs Herz heftiger zu klopfen. Alle mussten sich ausweisen, und als er seinen Geleitbrief von Reinhard herzeigte, musterte ihn der Zollbeamte argwöhnisch. Doch er schien sich mehr für die mitgeführte Ware zu interessieren als für die Insassen und gab Christoph den Brief mit einem Nicken zurück. So bewegte sich der kleine Trupp gegen Nachmittag auf die Dächer, Zinnen und Türme Innsbrucks zu. Beim Überqueren der Furt über den Inn atmete Christoph auf. Während das Rauschen des grünlichen Wassers in seinen Ohren klang, hatte er das Gefühl, eine Grenze überschritten zu haben. Er war endlich dem Arm der katholischen Kirche entkommen. Doch was würde ihn in Venedig erwarten? Ihre Nachtherberge war ein windschiefes, graues Gebäude mit einem kleinen Stall für die Tiere. Es stand allein an der Straße, die schon in Römerzeiten benutzt worden war. Im letzten Schein des Tages erkannte Christoph den von Hochwasser und Regen zerfurchten Handelsweg, mit Steinen bedeckt, der sich allmählich bis zum Brenner emporwand. Es wurde schnell dunkel. Die Schankstube war voll von Kaufleuten, fahrenden Händlern, Verlegern, die ihre papierene Ware laut anpriesen, und Pilgern, die eine Jakobsmuschel auf ihren weiten, dunklen Gewändern trugen.

Am nächsten Tag schoben sich die Wolken bleigrau um die Berge. Nach einigen Stunden erreichten sie bei heftigem Regen den Flecken Gries, die letzte Station vor dem Brenner. Der Ort war nicht mehr als eine Ansammlung von dunklen Stein- und Holzhäusern. Das Gasthaus »Zum weißen Rössl« wirkte ein wenig freundlicher. Über der Tür hing ein eisernes Schild mit einem springenden Pferd, hinter dem Haus war ein Gemüsegarten angelegt mit Rüben, Stangenbohnen und Blauem Eisenhut. Behagliche Wärme strömte Christoph aus der Gaststube entgegen; es roch nach Schweinebraten. Nachdem sich alle aus seinem Trupp notdürftig gesäubert und die nassen Sachen zum Trocknen am Kachelofen aufgehängt hatten, versammelten sie sich in der Wirtschaft.

»Wie wird das Wetter morgen?«, fragte Alois Breitnagel den Herbergsbesitzer.

»Heute Nacht wird es aufklaren. Doch mit dem Wetter in den Bergen ist nicht zu spaßen. Ich habe eine alte Wunde am Bein. Wenn die so reißt wie heute, dann steht uns ein schlimmer Wetterwechsel bevor. Ich würde Euch empfehlen, morgen noch nicht weiter zu fahren.«

Alois Breitnagel erstarrte mitten in der Bewegung, mit der er das Fleisch zum Mund führen wollte.

»Wir können nicht warten«, rief er. »Jeder Tag, an dem die Ware zu spät in Venedig ankommt, kostet mich ein kleines Vermögen!«

Die Fuhrleute schwiegen.

»Der Wirt kennt die Berge wie seine Westentasche«, gab Christoph zu bedenken. »Wir sollten lieber auf ihn hören.«

Alois Breitnagel lief rot an. »Wer führt hier das Kommando, Ihr oder ich?«, brüllte er. »Ihr kommt mir sowieso nicht ganz koscher vor, wie man bei den Juden sagt. Was habt Ihr denn in Eurem großen Reisesack, mit dem Ihr so geheimnisvoll tut?«

Christoph zwang sich zur Ruhe.

»Das, was man eben so auf Reisen braucht ... Kleidung, Bücher ...«

»Sind es vielleicht verbotene Bücher?«

»Es sind Bücher, die ich für mein Studium brauche.« Er versuchte wieder, über das Wetter zu sprechen, um den Mann abzulenken.

»Sollten wir tatsächlich in ein Unwetter geraten«, sagte er und legte dabei die Hand in den Nacken, »würden wir Waren und Menschen gefährden.«

»Was meint Ihr, wie oft ich die Alpen schon überquert habe?«, geiferte Breitnagel. »Ich kenne hier jeden Stein und jeden Strauch. In Venedig war ich schon, als Ihr noch in den Windeln lagt. Dort habe ich beste Beziehungen, vor allem …«, er lächelte vielsagend, »zu Huren und Kurtisanen.«

»Hört, hört«, tönte es vom Nebentisch. »Könnt Ihr nicht mehr davon erzählen?«

Breitnagels Züge entspannten sich, er nahm einen großen Schluck aus seinem Bierkrug.

»Was wäre Venedig ohne seine Huren?«, fragte er mit gewichtiger Miene in die Runde. »Na? Das Gleiche, was es ohne seinen Markusplatz, seinen Dogen, den Karneval und die Gondeln wäre. «

»Diese Kurtisanen sollen sehr gebildet sein«, warf ein junger Mann mit roten Wangen ein. »Lassen die sich überhaupt mit Euch ein?«

»Und ob sie das tun!«, polterte Breitnagel. »Denn sie sprechen nur eine Sprache.« Er rieb Daumen und Zeigefinger aneinander. Christoph wandte sich an den Wirt. »Bringt uns doch noch eine Lage von Eurem köstlichen Bier.«

Die aufgeheizte Stimmung entspannte sich wieder, während Breitnagel ausführlich von seinen Liebesabenteuern zu berichten begann.

7.

Die Sonne stand tiefer am Himmel, und die Luft über der Lagunenstadt war seidiger und frischer geworden. Wenn der Wind aus Westen blies, merkte Celina vom Geruch der Kanäle nicht mehr viel. Die beiden Nonnen, Giulia und Alessia, nahmen weiterhin an den Gottesdiensten teil und gingen ihrer Arbeit nach, als wäre nichts vorgefallen. Was mit ihren Liebhabern geschehen war, wusste Celina nicht. Wahrscheinlich war es auch besser, nicht zu viel über diese Dinge zu wissen. Sie war gegen ihren Willen in diese Situation hineingezwungen worden und musste versuchen, das Beste daraus zu machen. An ihr Gelübde fühlte sie sich nur insofern gebunden, als sie die Regeln einhielt und ihrer Arbeit im Garten und im Stall nachging. Nachdem der Kompost auf den Beeten verteilt, Äpfel und Pflaumen geerntet waren und in Körben unter den Bäumen standen, ging sie zum Stall hinüber, um die Kühe, Pferde und Schweine zu versorgen. Die Hühner liefen nach wie vor frei im Klostergelände und in den Räumen herum. Eine Untersuchung des Patriarchen würde vor dem nächsten Jahr nicht wieder stattfinden. Die Nonnen hatten zu ihrer alten Fröhlichkeit zurückgefunden, ließen sich weiterhin Gänse, Konfekt, schöne Kleider und süßen Wein von ihren Verwandten bringen. Verstohlenen Blicken und nächtlichen Geräuschen entnahm Celina, dass die Mädchen sich immer noch mit Männern von außerhalb des Klosters trafen. Oder sie entwichen heimlich in der Nacht, um draußen mit einem Liebhaber zusammenzutreffen. Einmal war sie abends ins Besucherzimmer gekommen und sah, wie eine Nonne der anderen das Kleid hochschob. Was war es, das sie zu diesem Verhalten trieb? Celina erinnerte sich ihrer Gefühle, die sie empfunden hatte, bevor sie ins Kloster kam. Hatte sie sich nicht auch nach der Berührung eines Mannes gesehnt? Spürte sie nicht ein seltsames, dunkles Verlangen, wenn sie von ferne ein Liebespaar sah oder wenn sie ein Stöhnen aus der Nachbarzelle hörte? War es nicht ein Frevel, diese jungen Menschen daran zu hindern, ihr Leben zu leben, wie sie es wollten? Dahinter steckten in den meisten Fällen die Eltern, die sich keine Mitgift für ihre Töchter erlauben konnten oder wollten. Wenn sie nur wüsste, was ihren Onkel und ihre Tante umtrieb! Wie kamen die Männer überhaupt in das Kloster hinein, nachdem der Gang, den Giulia und Alessia in die Mauern gehauen hatten, mit einem Eisengitter versehen worden war? Celina hatte Margarethe, die Pförtnerin, im Verdacht und die vielen geistlichen und weltlichen Herren, die nach wie vor im Besucherzimmer aus und ein gingen. Mancher von ihnen hatte auch ihr schöne Augen gemacht, doch sie wollte sich auf so etwas nicht einlassen.

Die Glocke rief zum Mittagsgebet. Celina atmete tief durch und legte den Weg zur Kirche in schnellen Schritten zurück. Während der Terz war sie mit dem Herzen nicht bei der Sache. Immer wieder kreisten ihre Gedanken um das Kloster und seine Bewohnerinnen. Was sollte aus all dem noch werden? Das konnte kein gutes Ende nehmen. Beim Mittagessen wurde zwar aus der Bibel vorgelesen, aber die Mädchen tuschelten nebenher miteinander. Keiner verbot ihnen den Mund. Wie gewöhnlich fehlten etliche Nonnen. Die kriegen ihr Essen auf den Zimmern serviert, dachte Celina. Sie hätte auch gern mal Gänse- oder Schweinebraten statt Graupelsuppe, Papardelle mit Zwiebelsauce und Salat aus gelben Pomodori gehabt.

Nach dem Mittagessen hatten die Nonnen ihre Vakanz. Celina holte sich aus der Bibliothek die *Canzoniere* von

Petrarca, ein Bändchen, das noch nicht auf den Index der Verbotenen Bücher gesetzt worden war. Sie schritt durch den Kreuzgang, in dem die Sonne Lichtreflexe in die Ornamente der Bögen malte. Der Brunnen plätscherte sein gleichförmiges Lied. Sie setzte sich auf die Steinbank zwischen Buchsbäumen und späten Rosen und las:

Es regnen bittre Tränen mir aus dem Gesicht
Mit einem Qualwindstoß von Seufzern,
Wenn ich einmal zu Euch die Augen wende,
Für die allein ich von der Welt geschieden.

So groß war Petrarcas Liebe zu Laura, dass er ihretwegen Abschied von der Welt genommen hatte. Celina erinnerte sich an den Tag, an dem sie am Ufer der Brenta gesessen und über die Liebe nachgedacht hatte. Alles war so bedrohlich gewesen, und ihre schlimmsten Ahnungen hatten sich erfüllt. Jetzt war sie einem Netz von Intrigen, falscher Frömmigkeit und Willkür ausgeliefert, ohne eine Möglichkeit, da je wieder herauszukommen. Sie stutzte und hob den Kopf. War das wirklich so? Hatte sie keinerlei Einfluss auf ihr Schicksal? Sie hörte Hummeln um die Blumen brummen, roch den Duft des Lavendels. Und von ferne wehten das Lachen und Singen junger Mädchen herüber. Sie würde nicht in diesem Kloster bleiben, bis sie verfaulte, bis sie alt und grau geworden war. Die Liebe zu Gott kann man auch woanders, anders leben.

Einen Moment lang fühlte sie sich frei.

»Celina!«, gellte ein Ruf vom Kreuzgang her. Suor Mathilda löste sich aus dem Schatten des Bogenganges.

»Celina, ein Bote des Patriarchen ist gekommen. Ich soll dich zu ihm bringen.«

»Was will er von mir?«, fragte sie unsicher und überrascht zugleich.

»Er hat noch Fragen an dich, das Klosterleben betreffend.«

»Warum will er gerade mich sprechen?«

»Deine aufrichtige Art scheint ihm gefallen zu haben. Und jetzt beeil dich, einen Patriarchen lässt man nicht warten.«

Suor Mathilda wandte sich zum Gehen. Gedankenlos steckte Celina den Gedichtband ein und folgte ihr. Sie verließen das Kloster und wandten sich in Richtung der San-Marco-Kirche. Durch den prachtvollen Haupteingang gelangten sie ins Innere. Celina hatte schon öfter Gottesdienste in der Hauptkirche Venedigs besucht und wusste, dass hier die Gebeine des heiligen Marcus aufbewahrt wurden. Was mochte der Patriarch von ihr wollen? Seine Fragen waren doch alle beantwortet worden. Suor Mathilda führte sie zu einer Tür, die vermutlich zur Sakristei führte.

»Sei gehorsam und mache uns alle Ehre.« Mit diesen Worten drehte Mathilda sich um und ging zum Ausgang zurück. Celina ließ den Klopfer, einen Eisenring, an das Holz der Tür fallen.

»Tritt ein«, hörte sie den Patriarchen sagen. Sie straffte ihren Körper und öffnete die Tür. Der Patriarch stand mit dem Rücken zu ihr und betrachtete ein Fresko an der Wand. Langsam drehte er sich um.

»Ich habe dich kommen lassen, weil ich noch einige Fragen zum Leben in San Zaccaria habe«, sagte er.

»Wir haben doch alle Fragen beantwortet, und die Schuldigen sind bestraft worden«, erwiderte Celina.

»Ja, gewiss, die beiden frevelhaften Jünglinge wurden verbannt. Einer für zwanzig Jahre. Sollte er je zurückkommen, wird er mit dem Tode bestraft. Der andere ist jetzt Galeerensträfling. Die beiden können froh sein, dass ihnen nicht etwas abgehackt wurde, was sie noch hätten brauchen können.«

Celina erschrak über die Anzüglichkeit dieser Rede. Sie wusste wohl, was gemeint war.

»Wo stammst du her, meine Kleine?«, fragte der Patriarch.

»Aus Venedig. Ich wurde von meinen Verwandten ins Kloster gebracht.«

»Gefällt es dir dort?« Was sollte sie antworten? Sagte sie, es gefalle ihr, entsprach das nicht der Wahrheit. Wenn sie entgegnete, es gefalle ihr nicht, würde er wissen wollen, warum nicht. Würde sie damit nicht ihre Schwestern und die Äbtissin verraten? Doch was hatte sie mit denen eigentlich gemein?

»Es gefällt mir nicht«, sagte sie daher.

»Was missfällt dir an diesem Leben, das allein Gott geweiht und damit die höchste Ehre für ein junges Mädchen wie dich ist?«, meinte der Patriarch.

»Die Schwestern und auch die Äbtissin leben nicht nach den Geboten des heiligen Benedikt.«

»Das habe ich bemerkt«, meinte er mit einem Augenzwinkern. »Was gefällt dir persönlich nicht daran? Du kannst doch nach den Geboten leben und musst dich nicht an den anderen stören.«

»Ich bin von meinen Verwandten gezwungen worden, den Schleier zu nehmen.«

»Was hast du denn da in deiner Tasche? Ein Buch?«

»Die *Canzoniere* von Petrarca.«

»Sieh mal an, du magst Liebesgedichte. Und du bist mittellos, nicht wahr?«

Celina stiegen die Tränen in die Augen. »Ja, ich habe keinen Besitz. Aber wir dürfen ja auch nichts besitzen«, setzte sie hinzu.

»Du möchtest das Kloster verlassen? Ich sehe es deinen lebendigen Augen an, wie sie mich anfunkeln. Versuche aber nicht, aus dem Kloster zu fliehen. Das zieht hohe Strafen nach sich, auch bei denen, die dir zu helfen versuchen.«

»Könnte Euer Seligkeit mir einen Rat geben?«

»Wenn du meine Geliebte wirst, kannst du dem Leben im Kloster entkommen.«

Celina verschlug es einen Moment den Atem vor Überraschung. Das war eine Ungeheuerlichkeit! Der Patriarch hatte offensichtlich Gefallen an ihr gefunden. Einen Augenblick lang zögerte sie. Wäre nicht alles viel einfacher, wenn sie sich dem Willen dieses Geistlichen fügte? Es wäre ein Leben in Sünde, aber würde es nicht dem scheinheiligen Dasein im Kloster vorzuziehen sein? Wie lange dauerte es noch, bis auch sie ihre Unschuld verlor? Was sind denn das für Gedanken? schalt sie sich. Sie würde sich in eine noch viel größere Abhängigkeit begeben. Was bedeuteten schöne Kleider, Schmuck, feines Essen, Macht und Ansehen, wenn sie sich einem Mann wie diesem beugen musste?

»Das kommt für mich nicht in Frage«, sagte sie mit fester Stimme. »Ich werde einen Weg finden.«

Der Patriarch kniff die Lippen in seinem schwarzen Bart zusammen, dass sie fast nicht mehr zu sehen waren.

»Ich mache dir dieses Angebot nur einmal«, sagte er gefährlich leise. »Du kannst es dir noch überlegen und mir durch Suor Mathilda eine Antwort zukommen lassen. Aber lass mich nicht zu lange warten. Einen Patriarchen lässt man nicht warten.«

Die Fuhrleute aßen und tranken, und je mehr sie dem Bier zusprachen, desto lauter wurde es in der Wirtschaft. In der Nacht schreckte Christoph hoch. War da nicht ein Geräusch gewesen? Es klang, als kratze ein Tier, eine Katze oder Ratte vielleicht, an seiner Tür. Vorsichtig erhob er sich. Sein Herz klopfte schneller als gewöhnlich. Schließlich war er nicht als fahrender Schüler unterwegs, sondern als italienischer Handelsmann. Er wusste nicht, was geschehen würde, wenn man seine wahre Person entdeckte.

Mit einem Schwung riss er die Tür auf und blickte direkt in Breitnagels gedunsenes Gesicht.

»Was habt Ihr hier zu schaffen mitten in der Nacht?«, fuhr Christoph ihn an.

»Entschuldigt, der Herr, ich habe mich bei der Suche nach dem Abort verirrt.«

»Der Abort ist draußen. Da seid Ihr recht weit vom Weg abgekommen«, gab Christoph zurück. Er bemerkte, dass Breitnagel einen schnellen, misstrauischen Blick in sein Zimmer warf. Wenn sie den Brenner überquert hatten, musste er sich von diesem Menschen trennen. Grußlos drehte Christoph sich um und schloss die Tür.

Als er tags darauf den Ledervorhang vom Fenster schob, sah er einen blassblauen Himmel und saftig grüne Wiesen mit Kühen, die klingende Glocken um ihren Hals trugen. Die mächtigen grauweißen Berge schienen ganz in die Nähe gerückt. Diesmal war er der Erste, der seine Milchsuppe vorgesetzt bekam. Er schaute den Wirtsleuten zu, wie sie in der Stube hantierten. Die Frau fegte mit einem Reisigbesen den Boden, und der Mann spülte Becher in einem steinernen Becken. Die Fuhrleute polterten mit geröteten Augen und struppigen Bärten zur Tür herein. In der Nacht sei ein Raub geschehen, berichteten sie. Man habe einem Kaufmann eine Geldkatze mit fünfzig Dukaten gestohlen. Also habe ich mich nicht getäuscht, dachte Christoph. Irgendetwas hat der Breitnagel vorgehabt. Aber er konnte dadurch, dass er ihn vor seiner Kammer gesehen hatte, nichts beweisen.

Schmatzend verzehrte Breitnagel sein Frühstück. Dann befahl er anzuspannen. Auf der alten Römerstraße zum Brenner begegneten ihnen viele andere Fuhrwerke, die Salz oder Barchent, Öl und Wein transportierten. Die Poststation auf dem Brenner bestand aus einer langgestreckten Hütte mit einem Strohdach. Der Herbergswirt warnte die Gruppe ebenfalls vor dem Weitergehen.

»Das Wetter schlägt um, ich rieche es förmlich«, sagte der Wirt mit einem bedenklichen Gesichtsausdruck.

Alois Breitnagel tat, als hätte er nichts gehört. Christoph zögerte einen Moment, ob er nicht allein zurückbleiben sollte. Die Fuhrleute waren ihrem Herrn auf Gedeih und Verderb ausgeliefert. Aber sein Dableiben würde den anderen nichts nützen, und allein war er den Gefahren viel stärker ausgeliefert. So brach er wider besseres Wissen mit den anderen auf. Die Sonne strahlte durch einen milchigen Dunst. Die Straße wand sich in engen Kehren steil den Berg hinunter. Hier oben, jenseits der Baumgrenze, wuchsen zwischen den grauen, flechtenüberzogenen Felsbrocken nur Gräser, Moose und Alpenheidekraut. Die Sonne war bald hinter einer dichten Wolkendecke verschwunden, ein kühler Wind kam auf und trieb die Nebelfetzen wie Geister um die Bergspitzen. Die Landschaft wirkte grau, und es wurde mit einem Mal eiskalt. Vor Christophs Augen wehten Schneefahnen von den Bergen ins Tal herab. Er sah, wie sich die Luft schwefelgelb färbte. Plötzlich krachte ein Donnerschlag, der vielfach von den umgebenden Wänden widerhallte. Christoph zuckte zusammen. Der Wirt hat recht gehabt, dachte er.

»Lasst uns zurückgehen zur Poststation«, drängte er. Wir laufen in unser Verderben!«

»Ich kenne mich hier aus«, schnarrte Breitnagel. »Das geht gleich wieder vorbei.«

Die Wagen ratterten den Berg hinunter; die Pferde waren unruhig geworden und jagten mit rollenden Augen und flach angelegten Ohren dahin. Die Kutscher hatten alle Mühe, die Karren auf dem Weg zu halten. Jeden Augenblick drohte einer der Wagen zur Seite auszubrechen und den Abhang hinabzustürzen. Regen begann niederzugehen, der sich bald mit dicken Schneeflocken mischte.

Blitze zuckten über den tiefschwarzen Himmel, gefolgt

von immer heftigeren Donnerschlägen. Christoph konnte keine zwanzig Fuß weit mehr sehen, Sturzbäche gurgelten über die Straße und rissen Steine und Erde mit sich. Er hörte ein Rumpeln, als wäre eine Felswand abgebrochen, die sich ihnen mit rasender Geschwindigkeit näherte.

»Eine Steinlawine!«, schrie einer der Fuhrleute. »Gott steh uns bei!«

Er bekreuzigte sich und warf sich auf den Boden. Andere schrien oder rannten kopflos durcheinander, ließen die Fuhrwerke im Stich und rutschten, schlitterten und rollten die Abhänge hinab. Das Dröhnen wurde lauter. Dann war sie da. Eine riesige Lawine aus Geröll und Schlamm wälzte sich auf sie zu. Die Ersten wurden weggerissen; ihre verzweifelt rudernden Hände verschwanden bald, ihre Schreie wurden erstickt. Christoph kniete vor einer jungen, starken Latschenkiefer und hielt sich daran fest. Eine feuchte, harte Masse traf ihn mit voller Gewalt, wirbelte ihn herum, bedeckte ihn über und über. Er konnte sich nicht mehr bewegen, alles tat weh, und er bekam kaum noch Luft. Das ist das Ende, dachte er. Hätte er sich doch gegen Breitnagel durchgesetzt! Er glaubte zu ersticken. Es gelang ihm aber, immer noch die Latschenkiefer zu umklammern, zwischen deren Zweigen sich ein Hohlraum gebildet hatte. Er war zwar verschüttet worden, hockte in der Dunkelheit, doch er konnte noch atmen. Schlamm und Geröll drückten auf ihn herab. Was sollte er tun? Wie lange würde die Luft in dem Hohlraum reichen? Auf Hilfe aus der Poststation durfte er sicher nicht hoffen, bei diesem Wetter würde sich niemand hinaustrauen. Er musste allein versuchen, sich zu retten, so lange er noch atmen konnte.

An seiner Seite spürte er etwas Hartes – es war der Lederbeutel mit den Büchern. Seine Mission! Wie hatte er die vergessen können? Er musste es bis nach Venedig schaffen. Das hatte er versprochen! Er packte den Sack mit einer Hand und begann sich langsam durch die Erdmassen zu graben. Immer wieder geriet ihm Schlamm in den Mund, seine Füße suchten nach einem Halt. Steine drohten auf ihn herabzuprasseln. Einmal verlor er fast die Besinnung. Er meinte Licht zu sehen, das durch das Geröll drang. Mit letzter Kraft stieß er sich empor.

Endlich konnte er den Kopf aus der Steinlawine heben. Es war wie ein Wunder. Er hatte es geschafft! Tief atmete er die frische Luft ein. Das Unwetter war so schnell verschwunden, wie es gekommen war. Die fahle Sonne beleuchtete eine geisterhafte Landschaft aus Geröll und darin talwärts fließenden Bächen. Kein Laut war zu hören, keine Menschenseele zu erspähen. Christoph arbeitete sich ganz an die Oberfläche. Da stand er nun, völlig verschmutzt und erschöpft, mit einem verdreckten Beutel in der Hand. Er wusste nicht, wohin er sich wenden sollte. Da er sich nicht auskannte, war es vermutlich besser, zurück zur Poststation zu gehen.

Breitnagel hat nun all diese Leute auf dem Gewissen, dachte er, mit seinem Drängen, seinem Geschäftssinn, seinen unmenschlichen Befehlen und Forderungen. Es geschieht ihm recht, dass er jetzt da unten liegt. Aber trotz allem tat ihm selbst der grobschlächtige Bayer leid. Nach einem stundenlangen Marsch, der ihm wie eine halbe Ewigkeit erschien, erreichte er schließlich die Herberge. Mit Entsetzen in den Augen öffneten ihm die Wirtsleute auf sein Klopfen. Sie hätten es ja gewusst, bei einem solchen Wetter … Christoph konnte vor Erschöpfung nicht antworten. Er entledigte sich seiner Kleider und warf sich auf sein Bett, wo er auf der Stelle einschlief.

»Ihr könnt Gott auf den Knien danken, dass Ihr davongekommen seid«, bekam er am nächsten Tag von den Wirtsleuten zu hören.

»Gott habe ich schon gedankt«, erwiderte Christoph. »Und Euch danke ich, dass Ihr meine Kleider gereinigt und getrocknet habt. Wann wird denn die Straße wieder zu begehen sein?«

»Es gibt niemanden, der imstande wäre, eine solche Menge Geröll fortzuschaffen. Doch wenn Ihr allein weiter geht, könntet Ihr Euch zum Eisacktal über Gossensass bis Sterzing durchschlagen. Wollt Ihr nicht in Eure Heimat zurück?«

»Ich habe eine Botschaft für einen Beamten im Fondaco dei Tedeschi«, log Christoph.

»Dann schaut, dass Ihr nach Bozen weitergeht. Aber versucht es lieber über den Ritten, denn die Kunterschlucht wird immer noch nicht zu passieren sein.«

Christoph zog seine Geldkatze heraus und kaufte einen Brotbeutel, Schinken, Fladenbrot und eine Wasserflasche, die er unterwegs immer wieder auffüllen würde. Er sagte Lebewohl und stapfte in den Morgen hinaus. Er wollte seinen eigenen Weg gehen. Deshalb mied er die Straße über den Ritten, die von den Kaufleuten gern benutzt wurde, suchte und fand einen Saumpfad durch die Kunterschlucht bei Bozen. Der steile Abstieg zum Boden dieser Schlucht, in die kaum noch Tageslicht drang, kostete ihn viele Stunden und trug ihm ein paar Schürfwunden ein. Doch das bläulich dahinschießende, schäumende Wasser der Eisack, die bizarren Felsformationen, die Farne und Moose am Fluss, Höhlen, in denen das Wasser verschwand und die er durchschwimmen musste, all das prägte sich unauslöschlich seinem Gedächtnis ein. In Bozen verbrachte er drei Tage, um sich zu erholen und seine Vorräte zu ergänzen. Über Trient, Bassano und Padua erreichte er schließlich Venedig, erschöpft, aber zufrieden. Seine Reise über die Alpen an die Adria hatte drei Wochen gedauert.

8.

Christoph entstieg der Gondel, die ihn vom Festland nach Venedig herübergebracht hatte. Nahe der Rialtobrücke befand sich eine Markthalle, aus der Gerüche von Fisch und Gewürzen herüberwehten. Um die Halle herum herrschte reges Treiben. Überall wimmelte es von Booten, Gondeln, Lasttieren und Menschen. Fässer mit Wein und Olivenöl wurden angeboten, Salz, Orangen, Zitronen und Feigen. Das Fondaco, der Handelshof der Deutschen, besaß einen Eingang zum Wasser hin. Tuchballen wurden von Trägern in den Eingang des Fondaco geschleift, und viele fein gekleidete Kaufleute gingen aus und ein. Ein Wächter kam auf Christoph zu, musterte ihn kurz und fragte nach seinem Begehr.

»Ich bin ein fahrender Schüler aus dem Deutschen Reich und bitte um eine Unterkunft«, sagte Christoph.

»Habt Ihr Referenzen?«

Christoph schluckte und überlegte. »Ich habe bei Philipp Melanchthon in Tübingen studiert und will mich hier in der Buchdruckerkunst bilden.«

»Es genügt nicht, bei einem Melanchthon studiert zu haben. Habt Ihr Referenzen?«

Christoph zeigte ihm den Brief von seinem Vater.

»Folgt mir«, sagte der Mann.

An der Seite des Wächters gelangte Christoph in den Innenhof des Fondaco. Oberhalb befand sich eine Loggia, die alle vier Seiten des Innenraumes umspannte. Im Erdgeschoss stapelten sich Waren aus aller Herren Länder. An den Seiten waren Ställe für die Pferde angebracht. Es herrschte ein starkes Gedränge, Rufe klangen hin und her.

Christoph folgte dem Wächter die Treppe hinauf in das Kontor des Direktors. Er war ein beleibter, grauhaariger Deutscher, edel, aber nicht mit übermäßigem Prunk gekleidet. Nachdem er nach seinem Namen gefragt hatte, schüttelte der Direktor Christoph die Hand und sagte: »Ihr bekommt für einige Tage Kost und Logis und müsst Euch dann nach etwas anderem umsehen. Zuerst aber müsst Ihr Eure Waffen abgeben.«

Christoph fügte sich dem Befehl. Der Direktor führte ihn in den Korridor mit den Fremdenzimmern. Dann schien ihm etwas einzufallen.

»Ihr seid Christoph Pfeifer, sagtet Ihr? Es ist ein Brief für Euch gekommen.«

Er zog das Schreiben aus seinem Wams und händigte es Christoph aus. Der Direktor wies auf eine Zimmertür und entschuldigte sich, er habe viel zu tun. Die Tür war angelehnt. Christoph klopfte vorsichtig, und da sich nichts rührte, spähte er in den Raum. Er war klein und spärlich eingerichtet. Aus einer Ecke hörte er die Töne einer Flöte. Auf einer Truhe saß ein Mensch, wie er noch nie einen gesehen hatte. Seine Arme und Beine waren sehr lang; er saß im Schneidersitz und blies die Backen in seinem bräunlichen Gesicht auf, während er spielte. Bekleidet war er mit grünem Wams, grauen Hosen, und unter dem Filzhut quollen lange, blonde Haare heraus. Als der Spieler ihm seine Augen zuwandte, sah er, dass sie von bernsteingelber Farbe waren.

»Willkommen in diesem Haus deutscher Tugenden«, begrüßte der Spieler Christoph. »Ihr scheint mein neuer Zimmernachbar zu sein.«

»Seid gegrüßt«, antwortete Christoph. »Doch was meint Ihr mit ›deutschen Tugenden‹?«

Der Spieler lachte, dass sein großer Mund zwei Reihen weißer Zähne sehen ließ.

»Arbeitsamkeit, Ruhe, Friedhofsordnung – und nur nicht das Maul zu weit aufmachen.«

Christoph lachte ebenfalls, und der neue Nachbar stellte sich als Hans Leublin vor.

»Meine Eltern waren Nachfahren von Rittern«, sagte er. »Mein Vater hat sich dazu hinreißen lassen, sich wegen einer Fehde mit einem anderen zu schlagen. Das hat er nicht überlebt, und meine Mutter starb aus Gram darüber. Mich hat nichts mehr im Heiligen Römischen Reich gehalten. Ich habe vor Jahren schon mein Bündel geschnürt und bin durch die Welt gezogen.«

»Und womit habt Ihr Euren Lebensunterhalt verdient?«, fragte Christoph.

Hans rollte mit den Augen und ließ einen weiteren Triller seiner Pfeife hören.

»Als Musikant, als Gaukler, als Tröster reicher Witwen …« Er grinste breit.

»Was hat Euch nach Venedig verschlagen?«

»Sag doch ›du‹ zu mir, zwischen uns gibt es keine Standesgrenzen. Venedig wurde mir als die Stadt der Künste gepriesen. Hier lasse es sich gut leben, hörte ich immer wieder. Nichts vom Muff der deutschen Kirche. Außerdem lebt mein Onkel hier, er ist Mitglied im Rat der Zehn.«

Die Offenheit von Hans gefiel Christoph. Er hatte das Gefühl, ihm vertrauen zu können.

»Ich habe aber gehört, dass sich besonders hier die Gegenreformation verbreitet hat. Gegen die Verleger der Stadt werde schlimmer vorgegangen als zu Zeiten der Inquisition.«

Hans senkte die Stimme. »Da sagst du etwas Wahres. Aber man darf nicht laut darüber sprechen, sonst droht die Verbannung. Wer sind deine Eltern? Und woher kommst du?«

Vor Christophs innerem Auge zogen die letzten Jahre

vorüber. Es waren Jahre der Flucht und der Vertreibung gewesen. Sollte er sich einem Fremden gegenüber offenbaren?

»Ich wurde in Frankreich geboren«, sagte er schließlich. »Meine Eltern hingen der Lehre Johann Calvins an. Die Gruppe, mit der sie sich trafen, wurde immer größer. Diese Menschen werden jetzt ›Hugenotten‹ genannt. Da sie im Widerspruch zu den Lehren der katholischen Kirche lebten, wurden sie verfolgt und nach dem Edikt von Écouen zum Tode verurteilt.«

Hans fragte betroffen: »Was geschah mit deinen Eltern?«

»Sie wurden gepfählt und öffentlich verbrannt. Ich habe jetzt noch den Geruch verkohlten Fleisches in der Nase.«

»Das tut mir leid für dich«, sagte Hans. »Sie verbrennen die Hugenotten, weil sie sie für Ketzer halten, nicht wahr?«

»Gott und seine Heiligkeit stehen bei den Hugenotten über allem. Alles Menschenwerk wie die Vorstellung von der Hölle, die Sakramente, Reliquien, der Ablass sind für sie der Versuch, die Alleinherrschaft Gottes einzuschränken. Für die Menschen ist vorbestimmt, ob sie gut und zur Seligkeit bestimmt oder böse und auf dem Weg zur Hölle sind.«

Einen Moment lang hatte Christoph alles um sich herum vergessen. Dann fiel ihm der Brief wieder ein.

»Du musst mich entschuldigen. Ich habe einen Brief aus Deutschland erhalten, den ich sofort lesen muss.«

Er brach das Siegel und faltete das Pergament auseinander. Die Anrede in Reinhards großzügiger, schwungvoller Schrift lautete:

»Mein lieber Christoph.«

Das erfüllte ihn mit Wärme. Doch während er weiterlas, begannen seine Knie weich zu werden, und sein Herz pochte wild.

»Was hast du denn mit einem Mal?«, fragte Hans besorgt. »Du bist ja ganz bleich im Gesicht geworden.«

»Der Brief ist von einem Freund … «, stieß Christoph hervor. Er geriet ins Stocken.

»Er schreibt«, stotterte Christoph, »er schreibt, dass die deutsche Delegation der Hugenotten verhaftet und in den Kerker von Würzburg gebracht worden ist. Er selbst konnte sich gerade noch in ein Versteck retten, das er natürlich nicht nennen kann.«

»Dann sei froh, dass der Brief in den habsburgischen Staaten nicht abgefangen wurde.«

»Wahrscheinlich hat ihn ein eingeweihter berittener Bote nach Venedig gebracht.«

»Was willst du nun tun?«

»Ich fühle mich den venezianischen Verlegern verpflichtet und den Gefahren, denen sie ausgesetzt sind«, antwortete Christoph.

»Ich habe, wie gesagt, einen Onkel im Zehnerrat«, sagte Hans. »Da könnte ich dir behilflich sein. Ich hatte immer schon etwas gegen Unterdrückung und kirchlichen Allmachtsanspruch.«

»Wir müssen aber mit äußerster Vorsicht vorgehen«, wandte Christoph ein. »Es darf nicht ruchbar werden, welche Ziele wir verfolgen.«

»Was sind denn das für Ziele?«

Christoph senkte die Stimme zu einem Flüstern. »Wir wollen die Reformation in Italien und in ganz Europa unterstützen. Mehr kann ich dazu nicht sagen.«

»Jetzt gehen wir erst einmal in die Stadt und schauen, dass wir etwas zu essen und trinken finden«, entschied Hans. Nein, ich will mich nicht ablenken, dachte Christoph. Er spürte einen Krampf in der Brust. Am liebsten hätte er sich unsichtbar gemacht. Wäre er doch in der Steinlawine gestorben; ihre Bewegung war am Ende. Die

Brüder waren in höchster Gefahr. Wieder sah er brennende Menschen an Pfählen vor sich. Aber nein, es nützte niemandem etwas, wenn er sich verkroch und sich selbst bemitleidete. Nicht umsonst hatte er studiert und diese Reise in den Süden gemacht. Christoph straffte die Schultern, sah Hans lächelnd in die Bernsteinaugen und sagte: »Gehen wir!«

Sie liefen durch Gassen und über viele kleine Brücken zum Markusplatz. Überall drängten sich Menschen, trotteten schwer bepackte Esel, lagerten die Waren der Händler in den Fenstern und vor den Türen. Hans erzählte ihm etwas über den Deutschen Handelshof. Das Fondaco dei Tedeschi sei immer Eigentum der Venezianer gewesen, berichtete er.

»In alten Chroniken trägt es die Bezeichnung ›Il nostro Fondaco dei Tedeschi‹.« Die deutschen Kaufleute sind jedoch keine Gäste in diesem Haus – sie müssen dort absteigen, ob sie wollen oder nicht.«

»Ich musste meine Waffen abgeben«, sagte Christoph.

»Dadurch wird deine Rolle als Gast festgehalten – und du begibst dich in den Schutz der Stadt. Einmal im Monat werden die Kammern kontrolliert, erstens, um festzustellen, ob die Waffen abgeliefert sind, und zweitens, um sich zu vergewissern, dass die Waren ordnungsgemäß deklariert und verzollt wurden.«

»Warum diese Umstände?«

»Dadurch verschafft sich die Stadt eine Möglichkeit, gleich zweimal den Zoll zu kassieren, erst auf die Einfuhr, dann auf die Ausfuhr.«

»Und wer leitet das Ganze?«

»An der Spitze der Verwaltung stehen die ›Visdomini‹, das sind ›Nobili‹, aus den alten venezianischen Adelsfamilien. Ihnen stehen rechtskundige Schreiber und Notare zur Seite«, erklärte Hans.

»Was werde ich zu zahlen haben?«, wollte Christoph wissen.

»Heute sind es neun Dukaten im ersten und zweiten Stock, acht Dukaten im dritten Stock und im Gewölbe. Die Nürnberger Kaufleute fanden diesen Betrag überhöht; sie wandten sich daher an den Rat ihrer Stadt, der sich mit der Signoria in Verbindung setzte und schließlich bewirkte, dass der Mietzins heruntergesetzt wurde.«

9.

Der Markusplatz beeindruckte Christoph allein schon durch seine Größe. Auch das Gold des Domes und das fein gewebte Weiß des Palazzo Ducale machten einen großen Eindruck auf ihn. Die Reichen trugen purpurfarbene Togen, die übrigen Männer farbenprächtige enge Strümpfe und Wämser aus Samt. Ein Grummeln im Bauch erinnerte ihn daran, dass er den ganzen Tag noch nichts gegessen hatte.

Hans lachte ihn an. »Du scheinst Hunger zu haben. Komm, ich kenne eine kleine Taverne in Dorsoduro. Da treibt sich ein etwas anderes Volk herum als hier.«

Sie verließen den Markusplatz und strebten durch die engen Gassen, vorbei an einem Hafen, in dem Gondel neben Gondel schaukelte, eine prächtiger ausgestattet als die andere. Über eine gewundene Holzbrücke gelangten sie über den Canale Grande in einen anderen Stadtteil. Hier sah alles ein wenig ärmlicher aus. Ein Palazzo fiel Christoph auf, der wie aus düsteren Augen auf den Kanal hinaus träumte.

»Das ist der Palazzo di Gargana«, erklärte Hans. »Er gehörte den Garganas, die auf dem istrischen Meer mit ihrem Schiff untergegangen und verschollen sind. Im Rat spricht man davon, dass der Bruder von Luigi Gargana, Eugenio, alles erben werde.«

Über den Piazzalo Barbaro kamen sie zu einer Taverne, deren Wirt seine Tische auf die Gasse hinaus gestellt hatte. Es war Christoph schon aufgefallen, dass die Venezianer ihre Mahlzeiten und ihre Geschäfte am liebsten auf der Straße abhielten. Sie ließen sich an einem der Tische nieder. Hans sprach den Wirt auf Venezianisch an, worauf der einen Wortschwall von sich gab und wild gestikulierte.

»Es gibt Polenta aus Kastanienmehl und zwei Arten von Suppen aus Brot, Bohnen und Kichererbsen. Heute ist Sonntag, deshalb hat er ausnahmsweise auch Mariconda da.«

»Was ist das?«, fragte Christoph.

»Ein Teig aus Semmelbröseln, Eiern und Käse; er wird in der Brühe löffelweise gekocht. Besonders empfiehlt der Wirt Lasagne und Pappardelle, Taglierini, Gnocchi und Makkaroni. Und danach Zuckermandeln.«

»Eigentlich ist es mir gleichgültig, was ich esse.«

»Dann nimm doch Suppe und Papardelle.« Hans winkte dem Wirt zu und bestellte. »Normalerweise pflegen die Venezianer Maß zu halten, besonders wenn sie keinen dicken Geldbeutel haben«, fügte er hinzu.

Christophs Gedanken flogen weit fort, ins ferne Deutschland, aus dem er weggegangen war, weil er für die Sache, derentwegen seine Eltern in Frankreich gestorben waren, kämpfen wollte. Er dachte an die Versammlungen in schummrigen, weihrauchgeschwängerten Kirchen oder in verfallenen Hütten. An den Schweißgeruch und die Kälte, die Angst, die Tag und Nacht ihr Begleiter war. Und er dachte an Reinhard von Geldern, seinen Ziehvater, der sich seiner angenommen hatte. Wie durch einen unsichtbaren Vorhang drangen die Worte seines neuen Freundes an sein Ohr. Hans sprach offensichtlich vom Essen.

»Nach der Entdeckung Amerikas vor etlichen Jahren«, erklärte Hans, »begann man in den Küchen der Reichen besonders gerne Truthahn zuzubereiten.«

Der Wirt servierte ihnen die dampfende Suppe, die nach Kreuzkümmel und Thymian duftete, dazu zwei Becher Wein aus dem Veneto. Das brachte Christophs Lebensgeister zurück. Während sie den zweiten Gang, Papardelle und

Makkaroni, verzehrten, fragte er: »Wie leben die Verleger hier in der Stadt?«

»Sie sind meist auch Besitzer von Druckereien. Seit der Buchdruck erfunden wurde, herrscht ein anderer Wind. Aber das weißt du ja selbst. Schließlich hast du studiert und sicher eine Menge Bücher gelesen.«

»Gewiss«, antwortete Christoph. »Aber wie ist es hier? Ich habe gehört, dass die Verleger in Venedig einen schweren Stand hätten.« Er hoffte, dass Hans nicht die Anspannung bemerkte, mit der er diese Worte hervorgebracht hatte.

Hans blickte ihn argwöhnisch von der Seite an. »Warum interessiert dich das? Die Verleger hier sind ein ganz eigenes Völkchen. Es sind Deutsche darunter, Juden, Franzosen, Spanier, Niederländer.«

Christoph senkte die Stimme, damit die Anwesenden ihn nicht verstehen konnten. »Haben sie die Freiheit zu drucken, was sie wollen?«

Einige Gäste verließen das Gartenlokal, so dass sie ungestört miteinander sprechen konnten.

»Du erinnerst dich sicher, dass im Jahre 1520 die Schriften Luthers in der Bulle Exsurge verboten wurden«, begann Hans. »Daraufhin verbrannte Luther in aller Öffentlichkeit die päpstliche Bulle. Ein Jahr später wurden in Rom alle Schriften Martin Luthers verbrannt und er selbst *in effigie*, in Abwesenheit, gleich mit zum Tod auf den Scheiterhaufen verurteilt.«

»Die Inquisition war an allem schuld«, murmelte Christoph. »Und der Papst.«

»Papst Paul III. bestimmte 1542 sechs Kardinäle zu General-Inquisitoren für die ganze katholische Kirche. Der Grund dafür war ein Streit darüber, welche Bücher verboten werden müssten und welche erlaubt seien.«

»Das weiß ich«, sagte Christoph. »Ich habe es selbst an der Universität Tübingen zu spüren bekommen. Immer die Angst der Kirche, es könnte sich reformistisches, angeblich ketzerisches Gedankengut ausbreiten.«

»Na ja, so unrecht hatten sie nicht damit«, meinte Hans und zwinkerte ihm zu. »Dieses Gedankengut hat sich ja ausgebreitet, oder nicht?«

»Sie werden es nicht verhindern«, meinte Christoph. »Und wenn sie noch so viele Menschen verbrennen. Selbst aus dem Rauch der Scheiterhaufen, aus der Asche der Verbrannten wird noch eine neue Saat aufgehen.«

Hans schaute ihn bewundernd an. »Alle Achtung, in dir steckt ja ein Poet!«

»In meinem Zimmer in der Tübinger Burse habe ich nachts Gedichte geschrieben.«

»Die musst du mir zeigen«, sagte Hans und lächelte. »Auf jeden Fall werden Bücher und Flugschriften als Werkzeuge der Reformation angesehen. Im letzten Jahr gab es den *Index Librorum Prohibitorum* – eine Liste mit über 1000 verbotenen Büchern.«

»Und wenn ein Verleger es wagt, ein solches Buch zu drucken und in den Handel zu bringen, wird er ein Fall für die Inquisition.«

»So ist es. Allerdings geht es den Verlegern und Buchhändlern nicht nur schlecht. Auf der Buchmesse in Venedig, in Leipzig und in anderen großen europäischen Städten treffen sie sich, tauschen Erfahrungen aus oder bringen Bilder italienischer Maler über die Alpen, zum Beispiel von Michelangelo, Leonardo da Vinci, Raffael, Tizian und Bellini. Umgekehrt kommen die Bilder Dürers oder der Niederländer hierher nach Italien.«

»Das weiß ich alles«, antwortete Christoph. »Es gibt etwas, das uns die italienischen Maler voraushaben. Sie entwerfen nicht einfach ein Bild nach der Natur, einem Modell oder ihrem Gedächtnis, sondern sie hauchen ihm Leben ein. Licht und Schatten, Eros und Leid – das alles kann ein

Künstler ausdrücken, wenn er nur Gefühl in das hineinlegt, was er schafft.«

Eine Gruppe von Neuangekommenen riss sie aus ihrem Gespräch. Die Leute waren offensichtlich angetrunken, denn sie rülpsten, ließen sich krachend auf den Bänken nieder und stierten zu ihnen herüber. Einer der Männer, der in dickes graues Leinen gekleidet war, kam Christoph bekannt vor. Neben ihm saß eine junge Frau. Sie war etwa siebzehn Jahre alt, grell geschminkt und trug an ihrem Dekolleté, das sie verführerisch zur Schau stellte, eine teuer wirkende Spitze. Blonde Haare lockten sich um ihre Schultern. Ihr Gesicht war madonnenhaft: Über den graugrünen Augen erhoben sich Augenbrauen, die wie Vögel im Fluge wirkten, eine kleine, wohlgeformte Nase und ein herzförmiger Mund, den sie immer wieder halb traurig, halb spitzbübisch verzog.

Christoph sah sich den Mann näher an, und jetzt wusste er, woher er ihn kannte. Er hatte ein teigiges Gesicht, in dem ein gezwirbelter Schnurrbart das Auffälligste war. Der Mann hatte kein Barett auf dem Kopf, trug auch kein seidenes Hemd, kein Wams, sondern war in die schäbigen grauen Leinensachen der armen Leute gehüllt. Die großen Füße steckten in klobigen Stiefeln. Er rief etwas auf Deutsch zum Wirt hinüber, blickte sich um und erkannte in diesem Moment Christoph. »Ja, ich bin's, der Alois Breitnagel«, lallte er mit schwerer Zunge. »Ihr wundert Euch wohl, mich noch unter den Lebenden zu finden. Aber warum sollt nur Ihr Glück haben? Gott hat sich auch meiner erbarmt.«

Christoph antwortete nicht, sondern schaute den Bayern voller Mitleid und Abscheu an.

»Heute bin ich im Fondaco angekommen«, fuhr Alois Breitnagel fort. »Und was macht dieser Direktor? Er herrscht mich an, weil das Gut verlorengegangen ist. Und er will mir kein Obdach gewähren.«

»Damit hat er auch recht getan«, erwiderte Christoph. »Euer Verhalten am Brennerpass war unverantwortlich. Ihr seid ein Unmensch, Ihr habt den Tod von etlichen Menschen auf dem Gewissen! Außerdem habt Ihr in der Nacht herumgeschnüffelt und Geld gestohlen.«

Breitnagel lachte dröhnend. »Ich soll ein Unmensch sein? Da denken die schönen Frauen Venedigs aber anders drüber, nicht wahr, Nanna?« Er strich dem Mädchen neben ihm über die Wange und kniff sie dann.

»Au, du tust mir weh!«, rief sie.

Breitnagel achtete nicht darauf, sondern winkte nach einer weiteren Kanne Bier und trank in tiefen Zügen. Bierschaum lief ihm das Kinn herab. Dann veränderte sich sein Gesichtsausdruck; seine Züge nahmen einen weinerlichen Ausdruck an. »Ich weiß nicht, wo ich heute Nacht mein müdes Haupt betten soll«, jammerte er.

»Du kommst zu mir«, sagte die junge Frau neben ihm.

»Nanna, meine geliebte Hure«, sagte der Dicke zärtlich und griff ihr unter den Rock.

»Nenn mich nicht Hure«, begehrte das Mädchen auf. »Ich bin von guter Herkunft, das weißt du.«

»Wo hast du die deutsche Sprache gelernt?«, fragte Alois Breitnagel.

»Viele Deutsche kommen, um sich mit uns auszutauschen«, gab sie schlagfertig zurück.

Die anderen Mädchen und Männer am Tisch lachten aus vollem Hals. Breitnagel stand schwankend auf und verschwand, von der jungen Frau gestützt, in der Nacht.

Die Tischgesellschaft löste sich allmählich auf. Christoph und Hans ließen ihre Becher noch einmal füllen.

»Was war das für ein Mann? Woher kennst du ihn?«, wollte Hans wissen.

»Ich bin mit einer Gruppe von Rottfahrern über die Alpen gekommen. Breitnagel war der Leiter der Gruppe –

durch seine Fehlentscheidung wurden alle von einer Gerölllawine verschüttet. Ich konnte mich retten und dachte bis jetzt, ich sei der Einzige gewesen. Ob ich mich darüber freuen soll, dass er überlebt hat, weiß ich nicht so recht.«

»Er ist der ewige Geldsack, nicht wahr? Wie war noch sein Name?«

»Alois Breitnagel.«

»Diesen Namen habe ich schon im Zusammenhang mit Geldgeschäften der Fugger erwähnen hören. Auf jeden Fall dürfte er im Rat der Zehn kein Unbekannter sein.«

»Und was hat es mit diesen Nonnen und Kurtisanen auf sich?«, wollte Christoph wissen.

»Eigentlich sind es keine Huren, so, wie wir sie kennen«, antwortete Hans. »Töchter aus bürgerlichen Häusern, für die ihre Eltern keine ausreichende Mitgift haben, werden häufig in eines der fünfzig Klöster von Venedig gesteckt. Sie haben also den Schleier nicht freiwillig genommen. Dort herrschen sie über beträchtliche Pfründe und können sich deshalb einiges herausnehmen. Da geht es in den Nächten manchmal hoch her.«

»Es gibt also hurerische Nonnen und Kurtisanen, wobei die Kurtisanen großes Ansehen bei der Bevölkerung genießen?«

»Nicht bei allen. Der Klerus und der Rat der Zehn bekämpfen sie, wo sie können. Im letzten Jahr erschienen gedruckte Kataloge für die Besucher der Stadt, in denen die Adressen und die besonderen Reize der Lust-Damen aufgezählt wurden. Ein Reisender hat sich gewundert, sie in solcher Zahl anzutreffen. Er erwähnt etwa hundertfünfzig, die an Möbeln und Kleidern den Aufwand einer Prinzessin treiben.«

»Woher haben sie denn die Mittel dafür?«, fragte Christoph.

»Die Nonnen aus den Klöstern haben sie meist von

ihren Verwandten, andere von ihren Mäzenen, seien es Maler, Verleger, verheiratete Bürger oder Männer der Kirche.«

»Männer der Kirche?«, fragte Christoph überrascht.

»Ja, da magst du dich wundern, aber noch nie in meinem Leben habe ich eine solche doppelte Moral erlebt wie hier. Auch die beliebte Maskerade während des Winters und des Karnevals ist schon öfter verboten worden.«

»Warum verboten?«

»Weil die Menschen da ihre wahren Gefühle zeigen. Der Karneval ist nichts anderes als ein Anstinken gegen die Obrigkeit – nach mir die Sintflut, denkt jeder, der sich in das Getümmel stürzt.«

Christoph war hellwach geworden. Sein Kummer lag in diesem Moment weit hinter ihm. »Erzähl mir ein wenig mehr davon«, bat er den neuen Freund.

»Vor einigen Jahren erließ der Rat ein Verbot für das Tragen falscher Bärte, künstlicher Haare, von Masken und überhaupt von jeder Form der Verkleidung. In diesem Jahr hat er es wiederholt, und ich bin gespannt, wie die Bevölkerung darauf reagieren wird.«

»Aber was ist der Sinn dieser Verbote? Ist der venezianische Karneval zu gewalttätig oder zu ausschweifend?«, fragte Christoph.

»Sicher nicht. Aber der Karneval mit seiner Vermummung und Enthemmung wird von den Mächtigen als Bedrohung empfunden, so dass sie ordnend und kontrollierend eingreifen wollen.«

»Schon wieder Ordnung und Kontrolle. Also ist es gar nicht so sehr anders als bei den Deutschen?«

Hans riss den Mund auf und lachte. »Du sagst es!«

Christoph lachte ebenfalls, dann unterdrückte er ein Gähnen. Der Wirt gab ihnen für einen Aufpreis eine Fackel mit, so dass sie den Weg durch die düsteren Winkel und über die Kanäle fanden. Spätheimkehrer in ihren Gondeln sangen und lachten, und manchmal waren hohe, spitze Schreie von Frauen zu hören. Christoph fühlte sich abgestoßen und zugleich angezogen von dieser Stadt.

Buchmacher und Verleger gab es in Venedig wie Sand am Meer. Doch Christoph hatte eine Mission zu erfüllen und sollte sich mit einem bestimmten Mann in Verbindung setzen, mit Brinello. Konnte er Hans in seine Pläne einweihen, ohne diese Mission zu gefährden? Er schlug dem Freund vor, nach einer Stelle als Buchdruckerlehrling Ausschau zu halten. Nach einer Woche wollte Christoph schon aufgeben, doch Hans ermutigte ihn, es mit den beiden letzten Adressen zu versuchen. Der Verleger, den Christoph besuchen wollte, hieß Ernesto Brinello. Der Verlag war in einem Haus mit Hinterhof untergebracht; durch einen Torbogen konnte Christoph das Wasser eines Kanals erkennen. Er betätigte den Türklopfer, der einem Löwenkopf nachgebildet war. Ein rothaariger Junge öffnete ihm, wahrscheinlich ein Lehrling. Es roch nach Druckerschwärze. Der Meister und seine Gesellen standen oder saßen im Raum, der durch ein großes Fenster erhellt wurde. Jeder war mit einer anderen Arbeit beschäftigt. Der Meister war etwa vierzig Jahre alt, mit leicht ergrautem, glattem Haar, einem pockennarbigen Gesicht und kräftiger Gestalt. Er hatte Augen von einer undefinierbaren graugrünen Farbe, die im Gegensatz zu seiner imposanten Figur verletzlich wirkten.

»Was führt Euch zu mir?«, fragte er Christoph mit einer angenehm tiefen Stimme.

»Ich suche eine Stellung«, antwortete Christoph.

»Ernesto Brinello ist mein Name. Und wie heißt Ihr?«

»Christoph Pfeifer.«

In den Augen des Meisters blitzte es auf.

»Habt Ihr schon in einer Druckerei gearbeitet?«

»Nein, aber ich bin sehr lernwillig. Ein fahrender Schüler aus Deutschland, der bei einem hochgelehrten Professor studiert hat.«

»Ich werde Euch erst durch meinen Betrieb führen«, sagte der Meister. »Wir verlegen wissenschaftliche und sakrale Bücher, manchmal auch Gedichte und philosophische Abhandlungen – und wir drucken sie auch.«

Sie gelangten in einen Raum, in dem zwei Druckerpressen standen. Hier roch es noch intensiver nach Druckerschwärze; die Maschinen verursachten einen ziemlichen Lärm.

»Diese Pressen haben einen Spindelmechanismus«, sagte der Meister mit erhobener Stimme. »Sie üben Druck auf die Form aus. Das befeuchtete Papier wird mit Hilfe der beweglichen Oberfläche, der Druckplatte, gegen die Schrifttypen gedrückt. Nach der Einfärbung der Form wird die Druckplatte gegen sie heruntergeschraubt.«

»Wie viele Abzüge kann man damit machen?«, fragte Christoph.

»Etwa 250 Abzüge in der Stunde«, war die Antwort.

»Das ist eine ganze Menge. Wann kann ich anfangen?«

»Gleich morgen früh. Fünf Dukaten in der Woche für den Anfang, ein Bett in der Gesellenkammer und tägliche Verköstigung.«

Der Verleger drückte ihm kräftig die Hand.

»Ich habe Euch etwas mitgebracht aus Deutschland«, sagte Christoph und schaute Brinello vielsagend an.

10.

Die letzten Blätter fielen von den Bäumen; Nebel wallte durch den Garten, durch Klosterhof und Kreuzgang, und eines Morgens lag Reif auf den Gräsern. Celina fror in ihrer Zelle; sie hielt es dort nur aus, wenn sie sich unter die Decke kuschelte. Sie hatte dem Patriarchen keine Nachricht geschickt. Seit der Begegnung mit ihm mieden die anderen Nonnen sie, als hätte sie eine ansteckende Krankheit. Waren sie neidisch darauf, dass der Patriarch gerade sie ausgesucht hatte? Wäre jede von ihnen gern an ihrer Stelle gewesen? An einem Abend setzte Celina sich zu den anderen an den Tisch, an dem sie miteinander Karten spielten.

»Suor Margarethe, die Pförtnerin, hat erzählt, dass du die Geliebte des Patriarchen wärest«, sagte eine von ihnen zu Celina.

Wie kam ausgerechnet die Pförtnerin dazu, so etwas zu behaupten? Celina fiel ein, dass Margarethe selbst einen schlechten Ruf unter den Nonnen hatte. Sie scharwenzelte immer um die Ordensbrüder herum, die das Kloster besuchten, und angeblich nähte sie ihnen gegen Bezahlung Chorhemden und backte Kuchen und Kekse für sie. Es gelang Celina, die anderen davon zu überzeugen, dass Margarethe ein Gerücht in die Welt gesetzt hatte.

Am folgenden Morgen kündigte Suor Mathilda nach der Frühmesse eine Sündenbefragung an. Hatte eine Schwester gegen eine der Klosterregeln verstoßen, sei es, dass sie unkeusche Gedanken gehabt, gelacht oder zu viel gesprochen hatte, wurde sie bestraft. Celina hielt sich an die Regeln, ließ sich nichts zuschulden kommen, machte auch bei den

Kartenspielen und sonstigen Lustbarkeiten nicht mit. Sie hatte sich stattdessen Zutritt zur Bibliothek verschafft, saß oft bis spät nachts in ihrer Zelle und las, was sie dort in die Finger kriegen konnte: von Dantes »Göttlicher Komödie« über Petrarcas »Canzoniere« bis zu Erasmus von Rotterdam und Philipp Melanchthon.

Am Nachmittag versammelten sich die Nonnen im Kapitelsaal. Dort las ein Priester eine kurze Predigt, dann einige Sätze aus der Ordensregel. Danach begann er, Namen von einzelnen Nonnen vorzulesen.

»Gregoria, du hast gestern gebratenes Fleisch aus der Speisekammer gestohlen und wirst durch eine Geißelung bestraft. Johanna, du hast während des Essens gesprochen, und dir soll das Gleiche widerfahren. Wenn noch jemand eine Anklage vorzubringen hat, so trete er vor.«

Eine kleine, kräftige Nonne, der unter der Kapuze die schwarzen Haare über die Stirn fielen, näherte sich dem Priester.

»Lusenia hat einem der Laienbrüder schöne Augen gemacht«, sagte sie. »Und nachts hatte sie ihn bei sich im Bett liegen.«

Ein Flüstern ging durch die Reihen der Nonnen. Lusenia kam heran; ihre Augen waren aufgerissen.

»Die Strafen werden jetzt vollzogen«, sagte der Priester. Die drei Delinquentinnen entkleideten sich bis zum Gürtel. Die Äbtissin nahm einen Stock und ließ ihn auf die nackten Rücken der drei niedersausen. Während der Prozedur riefen die Nonnen: »Mea culpa, mea maxima culpa. Es ist meine Schuld, meine größte Schuld, ich will mich bessern!« Erst als ihre Rücken blutüberströmt waren und sie zu fallen drohten, gebot der Priester Einhalt. Die Ordensschwestern verneigten sich.

»Wer beichten will, komme jetzt zu mir«, sagte der Priester. »Die anderen sollen ihrem Tagewerk nachgehen, sei es Arbeit im Haus, im Garten oder das Lesen erbaulicher Schriften.«

Die Nonnen zogen sich zurück. Celina verstand die Welt nicht mehr. Warum wurden diese Nonnen für etwas bestraft, was in diesem Kloster an der Tagesordnung war?

Der Winter war jetzt endgültig eingekehrt. Er brachte schwere graue Wolken, Regen, der sich mit Graupeln mischte, und eine schreckliche Kälte, die nicht mehr aus den Mauern, den Zellen, der Kirche und den eigenen Kleidern wich. Das Weihnachtsfest verbrachten die Nonnen im Gebet in der Kirche; um die Statue der Jungfrau waren einige wenige Kerzen aufgestellt.

Der Morgen des 26. Dezember brach heran, der offizielle Beginn des Karnevals in Venedig. Nach der Frühmesse forderte die Äbtissin ihre Schützlinge auf, sich nach dem Mittagessen im Kreuzgang einzufinden; man werde die Feierlichkeiten des Karnevalsbeginns mit ansehen, der Doge, Priuli, habe es so angeordnet. Abends gebe es eine hauseigene Theatervorstellung in ihrem Kloster, zu dem ebenfalls der Doge höchstselbst erscheinen wolle.

Celina stand zusammen mit der Äbtissin und anderen Nonnen in der Menge auf dem Markusplatz. Überall waren Buden aufgebaut worden, aus denen es nach Gebratenem und süßen Mehlspeisen roch. Was sie sah, machte ihr Angst und bereitete ihr zugleich ein wildes Vergnügen: das Wogen und Treiben, Männer, die sich als Teufelchen verkleidet hatten und mit Eiern nach schönen, ebenfalls maskierten und verkleideten Frauen warfen. Eins dieser Eier zerplatzte an Celinas Brust; es verströmte einen intensiven Duft nach Rosenöl.

»Trinkt, esst, guten Käse, gute Früchte, gutes Fleisch, gute Nudeln, gutes Huhn, guten Kapaun, trinkt und esst, bis es nicht mehr geht!«, riefen die Männer wie in einem Wechselgesang. Menschen in Mänteln aus schwarzer Seide flogen vorüber, auf den Köpfen die *Bahuten*, Kappen, die bis über die Schulter hinab reichten. Die Gesichter waren bis zum Mund mit weißen Wachsmasken bedeckt, darüber wippten schwarze Federhüte. Männer trugen Frauenmasken, Lumpenkostüme oder traten mit geschwärzten Gesichtern auf. Himmels- und Meeresgötter wallten durch die Menge, eine Gruppe von Frauen hatte sich mit so viel Gold, Juwelen und Perlen behängt, dass Celina sich fragte, wo sie diesen Reichtum hergenommen haben mochten. Ein Mann, der wie ein persischer Seidenhändler wirkte, torkelte auf Celina zu, umfasste ihre Taille und schwang sie im Kreis herum. Sie entwand sich ihm, doch er näherte sich abermals und tat so, als wolle er in ihren Busen beißen. Ein Aufschrei ging durch die Anwesenden, begleitet von Pfiffen und Händeklatschen. Celina schaute dorthin, wohin aller Augen schauten: auf die Markussäule, die von einem Löwen gekrönt war. Dort oben auf der Plattform standen Männer in bunter Zottelkleidung, die quiekende und sich windende Schweine gepackt hielten. Ein Trommelwirbel ertönte, und die Schweine wurden unter tosendem Jubel hinabgeworfen. Ihr Quieken war ohrenbetäubend. Celina hörte, wie die dicken Leiber auf dem Pflaster aufschlugen. Vom Dogenpalast her kam ein Stier gerannt. Die Menge wich zurück, so dass Celina seine blutunterlaufenen Augen sehen konnte. Bellende Hunde verfolgten das Tier. Der arme Stier wird zu Tode gehetzt, dachte Celina, und dabei kommen sicher auch die Hunde ums Leben.

»Den abgeschnittenen Kopf wird man zur Schau stellen, den Rest an die städtischen Armen und Gefangenen geben«, erklärte die Äbtissin vergnügt.

Die Auftritte mit den Schweinen waren verboten worden, erinnerte sich Celina. Eine Zeitlang war zu Beginn der Karnevalssaison ein Seiltänzer aufgetreten, der sich von einem Gerüst hoch oben an einem Seil herunterschwang.

Aber die alten Traditionen setzten sich immer wieder durch.

Das Stück, das am Abend im Kloster zur Aufführung kommen sollte, hieß »Irdische Komödie«, frei nach Dante. Das Besucherzimmer war als provisorisches Theater eingerichtet worden, mit einer hölzernen Bühne, Bänken sowie einem Ausschank mit Speisen und Getränken. Etwa fünfzig Personen drängten sich im Saal, Männer in edler Kleidung, Mönche mit Federhüten und aufgeputzte Frauen, die sich auch sonst gern in der Nähe der Klöster herumdrückten. Unter den Gästen bemerkte Celina einen Mann, der in der ersten Reihe auf einem bevorzugten Platz saß. Er hatte einen vollen graubraunen Bart, stechende dunkle Augen und trug eine hellbraune Mütze sowie einen Fellmantel.

»Wer ist das?«, fragte sie flüsternd ihre Nachbarin.

»Kennst du den nicht? Das ist Gerolamo Priuli, der Doge von Venedig«, flüsterte die Novizin zurück.

Celina setzte sich in die hinterste Reihe. Neben ihr saß ein junger Mann in einfacher Kleidung; er wandte ihr kurz sein Gesicht zu, und sie sah, dass er glänzende blaugraue Augen hatte. Die hellbraunen, lockigen Haare waren zu einem Pagenkopf frisiert. Sein Lächeln, mit dem er sie ansah, gab ihm den Ausdruck von Jungenhaftigkeit. Der Vorhang aus rotem Samt wurde hochgezogen, und das Schnattern, Rascheln und Füßescharren verstummte. In der Mitte der Bühne saß eine Nonne mit Priesterhut und Brokatmantel auf einem Stuhl. Celina glaubte Margarethe, die Pförtnerin, in ihr zu erkennen. Sie drehte eine Weltkugel in den Händen. Der Chor in schwarz-weißem Habitus sang im Hintergrund: »Ehre sei Gott in der Höhe und der Kirche ein Wohlgefallen.«

Eine junge Nonne mit feinen, glühenden Gesichtszügen betrat die Bühne. Ihre Gestalt war etwas rundlich, und unter der Nonnenhaube quollen blonde Locken hervor. Sie wartete in gebührender Entfernung von dem Priester, der sich bei genauerem Hinschauen als eine Frau erwies.

»Tritt nur näher, mein Täubchen«, sagte er mit verstellt tiefer Stimme. »Hab keine Angst, noch ein Stückchen näher.«

Als die junge Frau direkt vor ihm stand, fasste er sie mit der einen Hand am Kinn, mit der anderen am Arm. Die Nonne wich zurück.

»Ehrwürdiger Vater, ich …«

»Du gefällst mir, mein Täubchen. Lass heute Nacht deine Zellentür offen, ich habe noch spät bei der Äbtissin zu tun.«

Das Publikum lachte dröhnend, einige schlugen sich auf die Schenkel vor Vergnügen. Was ist daran eigentlich so lustig? dachte Celina. Sie spürte, dass ihr Nachbar sie immer wieder von der Seite her ansah. Ihre linke Wange begann zu brennen. Die junge Nonne auf der Bühne verbeugte sich, küsste dem Priester die Hand und trat ab. Auf einem anderen Teil der Bühne kniete sie in ihrer Zelle und schaute verzweifelt zum Kruzifix an der Wand hinauf, das den einzigen Schmuck des Raumes bildete.

»O Jesus Christus«, stammelte sie. »Er will mich zwingen, mein Gelübde, das mich an dich bindet, zu brechen und dir Hörner aufzusetzen. O Herr, erleuchte mich, auf dass ich keine Sünde begehen muss!« Hinter den Gittern des Zellenfensters erschien das Gesicht eines jungen Mönches mit Kapuze. Seine Finger umklammerten die Eisenstäbe.

»Lukrezia, ich flehe dich an«, rief er halblaut. »Lass den Priester fahren, er ist fern von Gott und seinen Geboten.«

»Was soll ich tun, Bruder Lukas?«, wandte sich die Nonne an ihn.

»Komm in einer Stunde zum Kanal«, antwortete der Mönch. »Da wartet ein Boot auf dich und bringt dich in Sicherheit.«

»Aber die Entführung einer Nonne wird hart bestraft«, wandte sie ein.

»Das ist mir gleichgültig. Ich muss dich aus den Klauen dieses Satans befreien!«

Gebannt verfolgte das Publikum das Spielgeschehen. Die Nonnen huschten über die Bühne und schoben die Utensilien hin und her. In der nächsten Szene stieg Lukrezia in das Boot, eine reich verzierte Gondel. Im Hintergrund war die beleuchtete Kulisse der Stadt zu sehen mit einem Mond aus Goldpapier. An den Seiten standen gusseiserne Pfannen mit glühenden Kohlen, welche die Szenerie in ein schummriges Licht tauchten. Der Gondoliere machte Ruderbewegungen, und Lukrezia schlug ein ums andere Mal die Hände vors Gesicht. Im Publikum herrschte atemlose Stille.

»Wo bringst du mich hin?«, rief sie dem Ruderer zu.

»An einen Ort, wo du in Sicherheit bist«, antwortete der Mann und zog sein Ruder weiter durch das imaginäre Wasser. Am Ufer des Kanals ertönte wildes Geschrei. Der Priester, die Äbtissin und etwa fünf Nonnen gestikulierten, und eine weitere Gondel wurde losgemacht. Eine Wettfahrt begann, während der sich die Verfolger immer mehr näherten. Lukrezias Gondel erreichte den Markusplatz, sie verließ im letzten Moment das Boot und wurde von Lukas in Empfang genommen. Der Gondoliere brachte sich mit ein paar kräftigen Schlägen aus der Reichweite der Verfolger. Lukas und Lukrezia liefen auf den Platz und verschwanden in einer der Seitengassen. Der Vorhang fiel, das Publikum klatschte begeistert.

»Jetzt ist eine Pause«, wandte sich der junge Mann an Celina. »Darf ich Euch zu einem Gläschen Alantwein einladen?«

Celina merkte, dass sie rot wurde. »Aber dürfen wir denn …«, fragte sie.

»Während des Karnevals ist in Venedig alles erlaubt«,

antwortete der Mann, nahm sie beim Arm und führte sie durch die Menge hindurch zum Ausschank. »Entschuldigt, ich habe mich noch gar nicht vorgestellt.« Er reichte ihr ein Glas Wein. »Mein Name ist Christoph Pfeifer, ich bin ein fahrender Schüler aus Deutschland.«

»Ich bin Celina Gargana, seit zwei Monaten Nonne dieses Klosters.«

»Wie kommt ein so schönes Mädchen wie Ihr in ein Kloster?«

Celina versteifte sich, statt eine Antwort zu geben. Der Mann schien ihre kühle Reaktion bemerkt zu haben und fragte nicht weiter. Die Nonne, die Lukrezia gespielt hatte, näherte sich zögernd. Sie hatte ein noch kindliches, rundes Gesicht, eine feine, gerade Nase, deren Flügel zuckten, und einen kleinen, schön geschnittenen Mund. Scheu blickte sie aus ihren großen dunklen Augen auf die Männer. Sie war in die Ordenstracht der Franziskanerinnen gekleidet, mit einer schafswollenen Tunika, die durch einen Strick gegürtet war, und einem dunkelbraunen Mantel

»Komm her, Nanna, vor mir brauchst du dich nicht zu fürchten«, rief ein dicker Mann. »Hier, trink einen Becher Wein mit mir.«

Er langte mit seinen dicken Fingern, an denen mehrere Ringe funkelten, nach ihr. Nanna zog sich zurück.

»Nun zier dich nicht, Kleine, du bist doch sonst nicht so zimperlich«, sagte der Dicke, packte sie und zog sie an sich. Celina bemerkte den gehetzten Ausdruck in ihren Augen.

»Ich kenne diesen Mann«, sagte Christoph leise zu Celina.

»Er leitete eine Rottfahrergruppe über die Alpen und verschuldete den Tod vieler Menschen.«

»Was wollt Ihr von dem Mädchen?«, wandte sich Celina an den Dicken.

Der Kerl musterte sie und pfiff durch die Zähne. »Ihr seht auch zum Anbeißen aus, junge Frau«, sagte er.

Nun griff Christoph ein. »Mit welchem Recht führt Ihr Euch hier dermaßen auf, Breitnagel? Habt Ihr nicht schon genug Unheil angerichtet?«

»Und mit welchem Recht mischt Ihr Euch in meine Angelegenheiten?«, gab Alois Breitnagel zurück. »Ich kann tun und lassen, was ich will. Komm, Nanna, mein Täubchen, sei nett zu mir.«

Nanna sah sich hilfesuchend nach Celina um.

»Lasst Euch nichts gefallen«, sagte Celina. »Und sagt mir eins: Seid Ihr das wirklich, was Ihr da spielt?«

»Beim Schauspielern schlüpft man immer in die Rolle hinein«, war die ausweichende Antwort. Während des Gerangels mit dem Dicken war Nanna der Ärmel hochgerutscht, und Celina sah blutige Striemen auf ihrem Arm, die noch nicht sehr alt sein konnten.

»Habt Ihr Euch verletzt?«, fragte Celina.

»Ach, Ihr wisst ja, wie das ist«, versetzte das Mädchen. »Ich lebe wie Ihr in einem Kloster, in Convertite auf der Insel Giudecca. Nach der Beichte und der Sündenbefragung geißele ich mich hin und wieder, um Vergebung zu erlangen.«

»Ja, sie geißelt sich«, sagte der Dicke mit einem breiten Grinsen, »weil sie mir immer wieder so hübsche Dienste erweist.«

Eine Glocke klingelte und kündigte den nächsten Akt des Theaterspiels an.

»Wie wird denn die Geschichte enden, Nanna?«, fragte Celina.

»Sie endet so wie im wirklichen Leben.« Mit diesen Worten drehte die Nonne sich um und lief zur Bühne. Eine Glocke ertönte; die Zuschauer begaben sich murmelnd und lachend auf ihre Plätze. Als der Vorhang sich hob, zeigte das Bühnenbild einen Klostergarten, in dem als Mönche verkleidete Nonnen herumgingen, Lukrezia und Lukas unter ihnen. Lukas begann zu sprechen.

»Brüder in Christo«, rief er mit erhobener Stimme, »ich breche heute das Schweigegebot, weil wir uns in allerhöchster Gefahr befinden. Wir müssen unsere Klöster wieder zu dem machen, was sie einmal waren. Hohe Herren aus der Stadt, Äbte, Priester und ausländische Adlige entehren und entführen unsere Nonnen, missbrauchen ihre Gastfreundschaft und stellen sie auf eine Ebene mit den Huren. Von den Sünden kaufen sie sich bei ihren Wallfahrten in die Heilige Stadt frei. Richtiger wäre es, sie der gerechten irdischen Strafe zuzuführen.«

»Du siehst das falsch«, widersprach ihm ein junger Mönch. »Wir sollten diesen Nonnenschändern lieber nachts auflauern, ihnen einen Sack über den Kopf ziehen und sie ordentlich durchprügeln!«

»Jawohl«, fiel ein anderer ein. »Und sie an ihrem Spitz ziehen wie an einem Regenwurm. Dann wird ihnen ihr Gelüste bald vergehen.«

Dröhnendes Gelächter erhob sich.

»Nein«, sagte Lukas. Seine Augen funkelten fanatisch. »Es steht mehr auf dem Spiel: unser aller Glaube! Wir können das, was der Papst in Rom treibt, nicht mehr tatenlos mit ansehen. Er macht es nicht anders als die Männer, von denen eben die Rede war. Wir müssen Nägel mit Köpfen machen.«

»Wie willst du diese Bande unter einen Hut bringen?«, kam es zurück.

»Ich würde diesen Priester und seine Handlanger vor ein Tribunal stellen – ihm öffentlich den Prozess machen«, beharrte Lukas. »Stellvertretend für alles Verderbte, Verlogene und Böse unserer Zeit.«

»Hoho«, drang es aus dem Publikum. Celina bemerkte, dass der Doge unruhig auf seinem Platz hin- und herrutschte.

Hinter der Klostermauer waren Waffenklirren und Geschrei zu hören. Die Mönche im Garten standen wie erstarrt. An der Pforte krachte es, man versuchte, das Tor zu sprengen. Jetzt kam Bewegung in die Gruppe: Wie aufgescheuchte Hühner rannten sie in alle Richtungen davon. Einige versuchten, über die Gartenmauer zu klettern. Das Tor wurde aufgebrochen, und die Häscher, im roten Ornat der Inquisition, setzten ihnen nach. Sie schossen mit Armbrüsten auf die Fliehenden und metzelten die Nächststehenden mit ihren Schwertern nieder. Lukas und Lukrezia wurden gefangen genommen und an den Händen gefesselt abgeführt. Im Publikum herrschte atemlose Stille; der Samtvorhang fiel über der gespenstischen Szene im Garten. Kaum hatten sich die Anwesenden von ihrem Schock erholt, hob sich der Vorhang erneut. Lukas und Lukrezia saßen in einer Zelle, deren Boden mit Stroh bedeckt war. Durch ein winziges Fenster fiel Tageslicht herein.

»Ich habe Angst«, schluchzte Lukrezia. »Was werden sie mit uns machen?«

»Das Schlimmste, was uns passieren kann, ist die peinliche Befragung. Aber ich glaube nicht, dass es so weit kommen wird. Gottes Gerechtigkeit wird sich wieder einmal als stärker erweisen.«

»Meinst du … Daumenschrauben, die Eiserne Jungfrau und dieses grässliche Folterzeug?«

»Sei ruhig, Lukrezia, es wird alles gut.«

Die Zellentür drehte sich quietschend im Schloss. Der Priester, in der Tracht des Dominikanerordens, trat ein. Er trug eine weiße, gegürtete Tunika, ein helles Skapulier und einen schwarzen Kapuzenmantel.

»Ich komme, euch die letzte Beichte abzunehmen«, sagte er und hielt den beiden am Boden Kauernden ein silbernes Kruzifix entgegen. »Morgen werdet ihr den Tod durch das Schwert erleiden.«

Ein Stöhnen ging durch die Reihen der Zuschauer.

»Womit haben wir das verdient?«, begehrte Lukas auf.

»Ihr habt Unzucht begangen mit einer Nonne und sie dann entführt«, sagte der Priester mit Grabesstimme. »Der Rat der Zehn drückt zwar bis jetzt ein Auge zu, aber nach unseren Regeln hat sogar der Gondoliere verdient, in der Hölle zu schmoren.«

»Bindet mich für einen Moment los«, sagte Lukrezia. Sie versuchte, das Zittern ihrer Stimme zu verbergen. »Ich möchte das Kreuz in den Händen halten und Euch die Füße küssen, ehrwürdiger Vater, und zum Zeichen der Vergebung sollt ihr mir die rechte Hand auf den Kopf legen.«

»Büßest und bereust du aus tiefstem Herzen?«

»Ja, ehrwürdiger Vater.«

»Ausnahmsweise«, sagte der Dominikaner. »Aber der Mann bleibt in seinen Fesseln.« Er löste den Strick von Lukrezias Händen.

»Was hast du da für eine reizende Kette?«, fragte er.

Lukrezia fasste sich an den Hals, um den eine Silberkette mit einem Kreuz geschlungen war. »Ihr sollt sie haben«, sagte sie und rutschte auf dem Boden zu ihm heran. Im Publikum war eine so große Stille, dass man das Rascheln des Strohs auf der Bühne hören konnte. Lukrezia neigte den Kopf, um die Füße des Priesters zu küssen. Plötzlich schrie der Mönch auf, wankte und schlug dann der Länge nach auf den Boden. Lukrezia hatte ihm buchstäblich die Beine von der Erde gerissen. Schnell legte sie dem Henkersknecht ihre eigenen Fesseln an, steckte ihm einen Zipfel des Skapuliers als Knebel in den Mund, befreite zunächst ihre Füße, dann löste sie die Stricke von Lukas' Händen und Beinen. Ohne sich noch einmal umzusehen, stürzten sie hinaus. Als Mönche verkleidete Nonnen, die das Massaker im Klostergarten überlebt hatten, eilten herein und trugen den gefesselten Priester hinweg. Der Vorhang fiel noch einmal. Heftige Geräusche waren auf der

Bühne zu hören. Der Priester saß im grauen Büßergewand vor einem Tribunal von Mönchen. Lukas und Lukrezia waren unter den Zuhörern. Ein Mönch begann die Anklageschrift zu verlesen.

»Der Dominikanerpriester Giacomo Teneri wird beschuldigt …«

»Halt!«, erschallte ein Ruf aus dem Publikum. Alle Köpfe wandten sich zum Dogen Priuli, der aufgesprungen war und wild gestikulierte. »Ich verbiete, dieses Stück weiterhin aufzuführen. Es ist eine Beleidigung unserer Serenissima!«

Das Publikum murrte und scharrte mit den Füßen. Die Äbtissin eilte auf die Bühne und wies die Nonnen an, die Kulissen abzubauen. Dann wandte sie sich entschuldigend an die Anwesenden.

»Das Stück wurde von den Nonnen selbst entwickelt und ausgeführt«, sagte sie. »Ich übernehme keinerlei Verantwortung dafür. Bis auf weiteres sind Aufführungen in diesem Kloster verboten.«

Als die Menge sich langsam zerstreute, schaute Celina sich nach Nanna um. Sie war ebenso wie der Dicke verschwunden. Celina setzte sich auf eine Bank und betrachtete die Menschen im Saal. Die Nonnen waren mit dem Aufräumen der Kulissen beschäftigt, unterstützt von Mönchen, die mit ihnen scherzten und sangen. Ein paar Insassinnen des Klosters hatten sich wieder zum Kartenspiel mit den Nobili, den Adligen, niedergelassen. In einer Ecke spielte ein dunkellockiger Jüngling auf einer Laute, umringt von Gleichgesinnten. Eine Hand berührte Celinas Ärmel. Christoph stand vor ihr, schaute ihr in die Augen.

»Darf ich Euch wiedersehen, Celina?«, fragte er.

»Das wird kaum möglich sein«, sagte sie. »Aber vielleicht ist es uns vergönnt, uns während des Karnevals noch einmal zu begegnen.«

11.

Sie fühlte sich verwirrt, und es schien ihr, als sei sie seit der Nachricht vom Unglück ihrer Eltern nicht zur Ruhe gekommen. Das Theaterstück hatte sie zutiefst aufgewühlt. Das war alles nicht erfunden, es steckte mehr als ein Körnchen Wahrheit darin. Wer hatte sich das ausgedacht? Dass die Nonnen sich nicht an die Regeln hielten, insbesondere während des Karnevals, war ihr schon länger bekannt gewesen. Doch warum sollte sich eine junge Frau wie Nanna, die so überzeugend eine Nonne im Zwiespalt ihrer Gefühle gespielt hatte, selbst für ihre Sünden geißeln? War sie überhaupt sündig?

Celina schickte sich an, das Besucherzimmer zu verlassen. Gedankenverloren strich sie mit der Hand an der Wand entlang. In Augenhöhe war ein Loch in dieser Wand angebracht. Celina wollte nicht hineinschauen, sie hatte das dunkle Gefühl, etwas Verbotenes zu tun. Aber etwas zwang sie regelrecht, ihr Gesicht nahe an den Spalt zu bringen. Noch einmal schreckte sie zurück, schaute sich vorsichtig im Zimmer um. Alle waren mit irgendetwas beschäftigt, keiner schaute zu ihr her. Sie blickte durch das Loch. Was sie sah, trieb ihr die Schamröte ins Gesicht. Sie wollte weglaufen, aus dem Kloster heraus, nur weg von diesem Ort, der sie mit immer neuen, ihr befremdlichen Szenen konfrontierte. Aber etwas hielt sie magisch an ihrem Platz fest. Sie sah die Äbtissin Suor Mathilda auf dem Boden liegen, das Gesicht zu einer schmerzlichen Fratze verzerrt. Ihre Röcke hatten sich hochgeschoben. Auf ihr saß ein Mann in schwarzer Mönchskleidung, der sich hin und her bewegte und dabei tierische Laute ausstieß. Es klang wie das Knurren eines Wolfes, dann wieder wie das Hecheln eines Hundes. »Avanti, avanti!«, rief die Äbtissin mit hoher, fremder Stimme.

Celina zwang sich, von dem Guckloch wegzutreten. Nie wieder würde sie dieser Frau in die Augen sehen können. Wer wohl der Mann gewesen sein mochte? Sie beschloss, mit niemandem ein Wort über ihre Beobachtung zu sprechen. Doch es war ein Grund, so bald wie möglich diesem Kloster zu entkommen, hinter dessen Mauern sich so unerhörte Dinge abspielten. War es das, was die Menschen »Liebe« nannten? Sie hatte draußen auf dem Land schon Pferde gesehen: Dem Hengst hing ein langer schwarzer Schlauch unter dem Bauch heraus, und er stieg von hinten auf die Stute und biss sie in die Mähne. Die Stute stand still, drehte den Kopf so zur Seite, dass sie den Hengst ansehen konnte. Es schien ihr jedoch eher unangenehm zu sein. Seit diesem Erlebnis hatte Celina von einer reinen, unbefleckten Liebe geträumt; nächtelang hatte sie bei Kerzenschein Gedichte von Petrarca gelesen und wäre gern Laura, die Angebetete des Dichters, gewesen.

Bleigraue Wolken zogen über das Kloster hin, nur ab und zu öffneten sie sich einen Spaltbreit, um die Strahlen der Sonne durchzulassen. Der Frühling war in diesem Jahr ungewöhnlich früh gekommen. In den Gärten brachen Traubenhyazinthen und Narzissen aus dem feuchten Boden. Celina verrichtete ihre Arbeit, fehlte bei keiner Andacht, bei keinem Gebet. Doch sie war innerlich nicht anwesend. Weder Christoph, der fahrende Schüler, noch Nanna mit ihren geheimnisvollen Verletzungen gingen ihr aus dem Sinn. Der Karneval steuerte jetzt, Anfang Februar, seinem Höhepunkt entgegen, aber die Feiern, die auch im Kloster weiterhin stattfanden, ließen sie unberührt.

An einem sonnigen Morgen verkündete Suor Mathilda,

dass ein Priester kommen würde, um ihnen allen die Beichte abzunehmen.

Das hättest du sicher am meisten nötig, dachte Celina.

Vor dem Eintreffen des Priesters herrschte Totenstille in der Kirche. Schließlich erschien der Mann. Er hatte eine Tonsur, eine gebogene Nase, die ihm das Aussehen eines Berggeistes verlieh, und war mit einer schwarzen Soutane bekleidet. Eine nach der anderen traten die jungen Frauen zum Beichtstuhl, derweil Suor Mathilda die Prozedur überwachte. Manche der Nonnen waren rot im Gesicht, als sie von ihrem Gang zurückkamen.

Endlich war die Reihe an Celina. Sie schob den Vorhang beiseite und kniete sich vor die hölzerne Balustrade. Das harte Holz schmerzte an ihren Knien. Durch das vergitterte Fenster sah sie ein schattenhaftes Gesicht mit dunkel glitzernden Augen.

»Gegrüßt seist du mit Gott, mein Kind«, sagte der Priester mit einer süßlichen Stimme. »Du hast nun Gelegenheit, mir deine Sünden der letzten Zeit zu beichten.«

Celina hatte vorher lange überlegt, was sie sagen sollte. Sie räusperte sich und begann: »Vater, ich habe gesündigt. Ich war eine unnütze Esserin im Hause meines Onkels, nachdem meine Eltern auf dem Meer verschollen waren. Zur Strafe hat man mich in dieses Kloster gesteckt.«

»Versündige dich nicht erneut«, sagte der Priester mit erhobener Stimme. »Deine Aufnahme ins Kloster ist eine gottgewollte Ehre. Du wirst gewiss unkeusche Gedanken gehabt und während der Karnevalstage einen Blick auf einen Mann geworfen haben.«

»Ja, ich habe unkeusche Gedanken gehabt«, erwiderte Celina, nun mit dem Mut der Verzweiflung. Dieser Priester würde keine Ruhe geben, bis er ihr irgendein Geheimnis, ob wahr oder erfunden, entlockt hätte. »Ich habe mich danach gesehnt, in den Armen eines bestimmten Mannes zu liegen«, sagte sie.

»Und – was hätte er dann getan?«

Celina spürte, dass sie errötete. »Er hätte mich auf den Boden gelegt und wäre auf mir geritten.«

»Was hätte er noch getan?«

»Er hätte sein Gemächt in mich gesteckt und dabei gehechelt wie ein Hund.«

»Woher weißt du, wie so etwas geht?«, fragte der Priester lauernd. Seine Augen funkelten stärker, sein Atem ging schwer. Celina senkte den Kopf.

»Hast du es getan?«, wollte er wissen. »Hast du es mit einem Mann getrieben?«

»Nein, ich habe durch ein Guckloch im Besucherzimmer geschaut.«

Das Schweigen, das im Raum stand, hätte man mit einem Messer schneiden können. Er sagte leise: »Bewahre das für dich. Zum Zeichen deiner Ergebenheit öffne dein Mieder und zeige mir, ob du reif dafür bist, die Braut Christi zu sein.«

Celina rührte sich nicht. Was hatte er da gesagt? Sie sollte sich vor ihm entblößen?

»Ich bin die Braut Christi und nicht die Eure«, sagte sie.

Der Atem des Priesters ging schneller. »Das wirst du noch bereuen«, presste er zwischen den Zähnen hervor.

Die Worte des Priesters gingen Celina nicht mehr aus dem Kopf. Doch sie wollte sich von nichts und niemandem mehr einschüchtern lassen. Nach dem Mittagessen sagte ihr Suor Margarethe, die Pförtnerin, dass sie Besuch habe. Celinas Herz begann zu klopfen. Ob es Christoph war, der fahrende Schüler aus Deutschland? Als sie das Besucherzimmer betrat, erhoben sich zwei hochgewachsene Menschen von ihren Plätzen: Eugenio mit seinem gebräunten

Gesicht, dem zitternden Schnurrbart und den blasiert herabgezogenen Mundwinkeln, Faustina mit ihren hageren Gesichtszügen und der Eidechsenhaut. Sie sahen wohlgenährt aus. Faustina trug ein neues Barett mit weißen Straußenfedern, und beide waren auch sonst recht pompös gekleidet.

»Wir wollen es kurz machen«, sagte ihr Onkel durch die Nase. »Wir mussten noch einmal hundert Gulden für deinen Aufenthalt hier bezahlen. Mehr können wir uns nicht leisten. In Zukunft wird die Armenkasse für dich zuständig sein.«

Noch schlimmer kann es ja nicht kommen, dachte Celina.

Die Tante sah sie mit einem gewollt freundlichen Ausdruck an und meinte: »Aber da wir ein gutes Herz haben, laden wir dich ein, mit uns zum Karneval zu gehen. Du hattest sicher noch nicht viel Gelegenheit dazu.«

Nach einer leichten Verbeugung antwortete Celina, so wie man es von ihr erwartete: »Ich freue mich, mit euch gehen zu können. Ein bisschen Abwechslung zum eintönigen Klosterleben kann nicht schaden.«

»Wir haben die Äbtissin schon gefragt«, setzte der Onkel hinzu. »Sie erlaubt dir, mit uns zu gehen. Doch bei Einbruch der Dunkelheit musst du wieder im Kloster sein.«

Celina eilte in die Kleiderkammer, um sich für den Stadtgang umzuziehen. Dort wurden einige Kleider aufbewahrt, die sie früher getragen hatte. Die Nonne, die den Schlüssel zur Kleiderkammer besaß, zwinkerte ihr zu.

Zwischen ihren Verwandten trat Celina aus dem Klostertor ins Freie. Trotz der Abwechslungen, die das Kloster wider Erwarten zu bieten hatte, war es ihr, als entsteige sie einer Gruft. Das Wetter war angenehm mild für diese Jahreszeit. Während sie an den Kanälen entlang zum Markusplatz gingen, atmete Celina den brackigen Geruch ein.

Immer wieder schwebten süße Düfte von Gebackenem herüber. In den Gassen sangen und tanzten die Menschen. An den Ecken gab es Stände, an denen über offenem Feuer Bratwürste und knusprige Spieße brutzelten. Als sie den Dom passiert hatten, sah Celina dort, wo der Canale Grande sich zur Lagune hin öffnet, die beiden Säulen mit dem Heiligen Teodoro und dem venezianischen Löwen stehen. Der Löwe symbolisierte die Macht der Serenissima. Zwischen den Säulen ging niemand hindurch, und es hielt sich auch keiner dort auf, denn das sollte angeblich Unglück bringen. Es war der Hinrichtungsplatz der Stadt.

Auf dem Markusplatz herrschte ein einziges buntes Gewoge, Schalmeien- und Lautenklänge drangen an Celinas Ohr. Harlekins, Osmanen mit Turbanen und bunten Schärpen sprangen herum, Schäferinnen und Schäfer, Mohren, Königinnen aus dem Morgenland, wilde Tiere, Nymphen, Burgfräuleins und Ritter. An einigen Stellen hatten die Menschen Pyramiden gebildet, auf deren Spitze triumphierend junge Mädchen oder Kinder standen.

Celina und ihre beiden Verwandten brauchten einige Zeit, um sich ihren Weg durch die Menge zu bahnen. In einer Seitengasse kaufte Eugenio eine Colombina-Maske für seine Nichte, die Nase und Augen bedeckte und am oberen Rand mit feinem Blattgold verziert war. Celina hatte das Gefühl, in eine andere Rolle zu schlüpfen, die anderen zu sehen, aber nicht mehr gesehen zu werden. Dazu bekam sie einen Hut, auf dem lange, weiche Federn wippten.

Über den Campo San Luca und vorbei an der Kirche San Salvatore erreichten sie die Rialtobrücke, nicht weit von dem Fondaco dei Tedeschi. Auch hier wurde der Karneval lautstark und farbenfroh gefeiert. Auf dem Platz vor dem Fondaco waren Tische und Stühle ins Freie gestellt; maskierte fröhliche Menschen saßen dort in der Nachmittagssonne, aßen und tranken. Fondaco, das war doch der Handelshof, in dem Christoph wohnte. Während sie da saßen, gebratene Fische aßen und Wein aus Bechern tranken, schaute Celina immer wieder verstohlen zu den Fenstern des Gebäudes hinauf.

»Unsere Stadt ist die größte unter den italienischen Städten«, erklärte ihr Onkel voller Stolz, während er sich umschaute.

»Du hast recht, mein Lieber, hier lässt es sich angenehm leben«, pflichtete ihm seine Frau bei.

Was redeten die eigentlich? Celina spürte Zorn in sich aufwallen. Hatten sie überhaupt einen Begriff von dem, was sie ihr angetan hatten? Und sie sollte ihnen wohl noch dankbar sein, dass man sie nicht auf die Straße gesetzt hatte.

»Im Kloster merke ich nicht viel von dem, was in der Stadt vor sich geht«, sagte Celina und unterdrückte ihren Zorn. Mit einem Mal stutzte sie. Das Mädchen am Nebentisch, das war doch Nanna! Im selben Moment entdeckte Nanna auch Celina und machte eine Bewegung, als wolle sie die Flucht ergreifen. Celina stand auf und ging zu ihr hinüber. Beim Näherkommen bemerkte sie blaue Flecken um Nannas Augen herum, die sie mühsam unter einer hellen Schminke zu verbergen versuchte. Dann bemerkte sie auch den Begleiter Nannas, einen älteren Herrn, der Kleidung nach ein Adliger, wenn nicht Patrizier der Stadt. Wie kam Nanna zu dieser Bekanntschaft? Sie war doch Nonne im Kloster Convertite. War sie in Wahrheit vielleicht doch eine Hure?

»Nanna, wie freue ich mich, dich zu sehen«, sagte Celina.

»Sei gegrüßt«, antwortete Nanna einsilbig.

»Das Theaterstück, das ihr aufgeführt habt, war schön«, begann Celina.

»Es ist in der ganzen Stadt mit einem Aufführungsverbot belegt«, meinte Nanna.

Ihr Begleiter legte besitzergreifend seine Hand auf ihr Knie. »Nanna soll nicht Theater spielen, sie ist für ganz andere Dinge geboren«, sagte er und leckte sich dabei mit der Zunge über die Lippen.

»Wofür bin ich denn geboren?«, fragte Nanna zurück.

»Das weißt du selber ganz genau«, lautete die Antwort.

»Kommt doch herüber an unseren Tisch«, rief Eugenio herüber. »Dann können wir ein wenig plaudern.«

Die beiden erhoben sich und kamen an den Tisch von Eugenio und Faustina. Während die anderen sich unterhielten, beugte Celina sich zu Nanna und fragte leise: »Was ist mit deinem Auge passiert? War das auch eine Selbstgeißelung?«

Nanna errötete. »Ich habe Holz gehackt, dabei ist mir ein Scheit ins Auge geflogen«, antwortete sie.

»Du verletzt dich aber häufig selbst.«

»Ich war schon immer ein Tolpatsch.«

»Kann ich dich einmal in Convertite besuchen?«, fragte Celina.

Nanna schüttelte energisch den Kopf. »Leider nicht. Es ist uns nicht erlaubt, Besucher aus anderen Klöstern zu empfangen.«

Celina glaubte ihr nicht. Bei dem lockeren Treiben, das allenthalben herrschte …

»Aber du durftest Theater spielen in San Zaccaria«, wandte sie ein.

»Das ist eine Pflicht«, gab Nanna lakonisch zur Antwort. »Lass uns gehen«, drängte sie nun ihren Begleiter. »Ich muss bald zurück im Kloster sein.«

Der Mann hatte offenbar schon einiges getrunken, denn er schaute Celina aus geröteten, glänzenden Augen an.

»Nein, ich möchte noch bleiben«, lallte er. »Das ist so ein hübsches Mädchen, ich könnte …«

»Ich gehe ins Wirtshaus und hole noch einen Krug Wein«, sagte Onkel Eugenio.

»Und ich begleite dich. Ich muss mich ein wenig frisch machen«, sagte die Tante und folgte ihm zum Eingang der Schänke.

»Wir gehen jetzt auch«, meinte Nanna energisch und zog ihren Begleiter vom Stuhl hoch. Bedauernd blickte er Celina noch einmal tief in die Augen und zuckte die Schultern. Gleich darauf waren beide im Gewühl verschwunden.

Eine ganze Zeit saß Celina da, nippte an ihrem Wein. Das Karnevalstreiben tobte um sie herum. Doch Eugenio und Faustina ließen sich nicht mehr blicken. Der Wirt näherte sich Celina. »Das macht zehn Dukaten«, sagte er und streckte seine Hand aus.

Celina blieb nichts anderes übrig als zu zahlen. Zum Glück hatte sie etwas von dem Geld eingesteckt, das sie unter ihrer Matratze verwahrte. Sie fühlte sich vollkommen allein in diesem Moment. Der Gedanke an ihr weiteres Leben lähmte sie. Der Lärm und das Getriebe um sie herum gingen sie nichts mehr an. Was hatte sie mit diesem Narrenspiel zu tun?

Sie stand auf und ließ sich von der Menge durch die Gassen treiben. Die Gesichter schwebten an ihr vorüber, sie sah aufgerissene Münder, fuchtelnde Arme; der Lärm, das Rasseln der Schellen verhallten in einem fernen Winkel ihres Kopfes.

Der Abend kam mit langen Schatten. Celina irrte immer noch ruhelos durch die Gassen, fühlte sich einsam inmitten der Menschen. Sie hatte keine Lust, ins Kloster zurückzukehren. Doch wo sollte sie hin? Es war inzwischen kalt und neblig geworden, die Straßen hatten sich geleert. Sie ging in eine dunkle, gewundene Gasse hinein. In einer Mauerritze steckte eine halb abgebrannte Fackel. Als Celina am Ende der Gasse ankam, stand sie an einem Kanal, dessen Wasser kalt und dunkel unter ihr dahinfloss. Sie drehte sich um und lief zurück. Die Häuser drängten sich eng zusammen, finster wie Augenhöhlen starrten sie die Fenster an. Sie wandte sich nach rechts. Alles war plötzlich fremd; sie wusste nicht mehr, wo sie sich befand.

Sie rannte schneller, ihr Atem ging stoßweise und flog dampfend um ihren Kopf. Wieder endete die Gasse an einem Kanal. Sie hatte Seitenstechen und blieb einen Moment lang stehen. Sie kam sich unendlich allein vor und dachte an ihre Kindheit, an das Haus in der Stadt, den Landsitz mit seinen Geräuschen und Gerüchen, den Menschen, den Knechten und Mägden, Pferden, Kühen und Schafen. Und an die Eltern, die so plötzlich verschwunden waren. In diesem Moment hörte sie Schritte hinter sich. Sie drehte sich um. Das Herz blieb ihr fast stehen. Sie blickte in das Gesicht eines Toten.

12.

Die Gestalt mit der Totenmaske kam auf sie zu, gespenstisch weiß mit dunklen Augenhöhlen. Der Körper des Unbekannten war mit einem langen schwarzen Umhang, der Kopf mit einer Kapuze bedeckt. Celina schlug die Hände vor den Mund, stand wie erstarrt. Der Maskierte hob die Hände und kam immer näher.

Ich muss fort! dachte Celina. Warum renne ich nicht weg? Doch ihre Beine waren wie am Boden festgeschraubt. Sie schaute sich wild nach allen Seiten um. Es war vollkommen dunkel, kein Mensch war zu sehen. Ihr Herz klopfte immer stärker.

»Was wollt Ihr von mir?«, fragte sie mit heiserer Stimme.

»Du hast deine Nase zu sehr in Angelegenheiten gesteckt, die dich nichts angehen«, sagte der Unbekannte leise.

»Was für Angelegenheiten? Ich habe Euch doch nichts getan!«

»Man hat dich beobachtet. Du bist eine Gefahr für unsere Stadt.«

Der Mann war nun dicht vor ihr; sie konnte seinen Atem riechen. Er fasste sie an den Armen. Sie versuchte sich loszureißen, doch der Griff um ihre Handgelenke wurde immer fester. »Hilfe!«, schrie Celina, so laut sie konnte. Kurz ließ der Mann von ihr ab, packte dann wieder zu.

»Hilfe!«, schrie sie wieder. Sie schaffte es, von ihm loszukommen, drehte sich herum und begann zu rennen. Sie lief, so schnell sie konnte, den Weg zurück, den sie gekommen war. Schritte verfolgten sie, klapperten auf dem Pflaster der Gasse, kamen immer näher. Der Mann packte sie von hinten, und sie fiel mit ihm zu Boden. Er umklammerte sie mit seinen Armen. Celina wand sich unter dem Gewicht seines Körpers, doch die Umklammerung verstärkte sich noch. Aus einer Seitengasse kam eine Schar fröhlicher Zecher. Einen Augenblick lang ließ der Mann mit der Totenmaske von ihr ab, und sie entwand sich ihm.

Sie lief in die Gasse, aus der die Zecher gekommen waren. Endlich sah sie Lichter auftauchen. Hier war die Stadt wieder belebter, einzelne Gecken und kostümierte Bürger liefen ihr über den Weg. Die Schritte verfolgten sie nicht mehr. Schließlich stand sie vor einem Gebäude, an dessen blau gestrichener Tür die Aufschrift angebracht war: *por uomi gentile*, für freundliche Menschen. Celina trat ein, noch völlig außer Atem. Laute Stimmen und warmer Dunst drangen ihr entgegen. Sie nahm alles wie durch einen Nebel wahr, bestickte Teppiche an den Wänden, Stühle, Tische, Bänke, dazwischen bewegten sich vermummte Gestalten im Tanz. Celina drehte sich ängstlich nach der Tür um, durch die sie hereingekommen war. Sie erwartete jeden Moment, dort den Mann mit der Totenmaske auftauchen zu sehen. Sie kniff die Augen zusammen. Einige der Tanzenden trugen Mäntel aus schwarzer Seide, auf den Köpfen saßen Kappen, die bis über die Schultern reichten. Weiße und buntverzierte Wachsmasken, manche aus Gold, manche wie Flügel geformt, bedeckten die Gesichter. Da und dort sah Celina schwarze Hüte mit weißen Federn. Die Frauen konnte man nur an den Röcken unterscheiden, die unter den Mänteln hervorblitzten.

Celina atmete tief durch. Allmählich nahm sie Einzelheiten wahr, sah venezianische Kaufherren mit spitzem Bart, schwarzer Maske und rotem Kostüm, bunte Flickenkostüme, plattnasige Masken, Türken, Mauren, Teufel, Satyrn ... Aufatmend ließ sie sich auf einem Stuhl am Rande der Tanzfläche nieder.

»Ihr seht aus wie der Tod«, sagte ein Mann, der sich als Teufel verkleidet hatte, und blickte ihr in die Augen. »Kommt da hinüber, trinken wir was miteinander.«

Widerstandslos ließ Celina sich von seiner Hand führen. Hauptsache, sie war in Sicherheit. Am anderen Ende des Raumes stand ein Tisch mit verschiedenen Köstlichkeiten: Herzen aus gelber Polenta, Krustentiere und Mollusken; *mogiu alla greca*, schichtweise in einen Tiegel gegeben, mit Zitrone und Knoblauch gegart, gebratener Radicchio, Quittenbrote in unterschiedlichsten Formen und Spieße mit kandierten Feigen und Nüssen. Ihr war übel, doch verspürte sie gleichzeitig Hunger. Das sind die wiedererwachenden Lebensgeister, dachte sie, seit heute Nachmittag habe ich nichts mehr zu mir genommen. Sie probierte vom Radicchio, der stark und leicht bitter schmeckte.

Nachdem Celina gegessen und einen Becher Wein getrunken hatte, fühlte sie sich schon bedeutend wohler. Trotzdem war ihr der Mann neben ihr nicht ganz geheuer. Er drängte sich zu nah an sie heran.

»Ihr überlegt vermutlich gerade, ob Ihr mich anziehend oder abstoßend finden sollt«, sagte der Teufel und verzog den Mund.

»Ich finde Euch nicht abstoßend, nur … zudringlich«, beeilte sich Celina zu antworten.

»Ihr traut Euch nicht, hier mitzumachen, Euch zu verkleiden, in eine ganz andere Rolle zu schlüpfen. Verlasst einmal Eure wohlbehütete Welt; es gibt viel mehr hinter den Dingen, als Ihr in Euren wildesten Träumen erfahrt.«

Celina fühlte sich wie bei schmutzigen Gedanken ertappt und machte eine Bewegung, als wollte sie aufstehen.

»Der Karneval ist ein wenig … zu viel für mich dieses Jahr.«

»Ihr werdet Euch daran gewöhnen«, erwiderte der Mann. Mit diesen Worten erhob er sich und war gleich darauf in der Menge verschwunden. Celina blieb wie betäubt zurück. Sie dachte an Christoph, in dessen Gegenwart sie sich so wohlgefühlt hatte. Der Lärm im Ballsaal schien ihr allmählich zu verebben, die Musik wurde leiser, die Gerüche verflogen. Sie schreckte hoch. Fast wäre sie eingeschlafen. Die Lautenspieler bearbeiteten ihre Instrumente mit aller Kraft, ein Trommelwirbel ertönte, der sich immer mehr steigerte.

Ein heftiger Schreck fuhr Celina in die Glieder. Diese Maske, dieses Kostüm hatte sie vorher nicht gesehen. Eine hohe Gestalt mit schwarzem Kapuzenmantel und weißer Totenmaske bewegte sich unter den Tanzenden. Das schemenhaft weiße Gesicht wandte sich ihr zu, und die rötlichen Augen, die sie in den Augenhöhlen zu erkennen meinte, waren auf sie gerichtet. Unmerklich nickte der Unbekannte und war dann verschwunden. Habe ich mir das nur eingebildet? fragte Celina sich. Vielleicht ist mir der Schrecken so in die Glieder gefahren, dass mir Trugbilder vor die Augen kommen.

»Wer war dieser Mann mit der Totenmaske?«, fragte sie einen dicken Mann, der Zitronen in die Menge warf.

»Was für eine Maske?«, erwiderte er. »Nein, meine Liebe, so etwas gibt es hier nicht.« Er fuhr in seiner Tätigkeit fort.

Bestürzt nahm Celina ihren Mantel und wollte sich zum Gehen wenden. Der Mann mit den Zitronen versuchte sie aufzuhalten, doch sie stieß ihn beiseite und rannte hinaus. Im Zurückschauen glaubte sie den Mann mit der Maske aus dem Haus kommen zu sehen. Sie irrte durch die neblige Stadt, hastete über Brücken, wandte die Augen weg von dem dunklen Wasser der Kanäle und hielt nicht ein einziges Mal inne. Düstere Gedanken rasten ihr durch den Kopf. Was hatte diese Maske zu bedeuten? Wollte der Unbekannte ihr ein Zeichen geben? Wollte er sie töten? Hatte er es eigentlich versucht? Er musste ihr von dem Platz, an dem sie mit den anderen gesessen hatte, gefolgt sein. Hatten Eugenio und Faustina etwas damit zu tun, wollten sie ihre Nichte aus dem Weg haben? Fürchteten die beiden, dass sie aus dem Kloster fliehen könnte? Es musste ein Geheimnis geben, dem sie, ohne es zu wissen, näher gekommen war. Celina war so durcheinander, dass sie keinen klaren Gedanken mehr fassen konnte. Nirgends in dieser Stadt fühlte sie sich mehr sicher. Hilfesuchend blickte sie sich um. Sie stand auf dem Platz vor dem Fondaco dei Tedeschi, wo sie am Nachmittag noch mit Eugenio, Faustina, Nanna und ihrem Begleiter gesessen hatte. Sie war also im Kreis gelaufen.

Stiegen nicht alle Deutschen zuerst in diesem Handelshaus ab? Dann musste auch Christoph hier wohnen. Warum war ihr das nicht eher eingefallen? Aber konnte sie zu einem Wildfremden gehen und Schutz suchen? Es blieb ihr gar nichts anderes übrig.

Es war spät in der Nacht, zu dem Nebel war jetzt noch ein feiner, kalter Sprühregen hinzugekommen. Dem Wächter am Tor des Hauses sagte sie, sie wolle einen Verwandten aus dem deutschen Reich besuchen. Der Mann hielt einen Becher Wein in der Hand und lächelte vor sich hin. Die Halle war genauso überfüllt wie die übrigen Häuser und Plätze Venedigs. Celina drängte sich bis zur Treppe vor. Auch hier saßen, lagen und spazierten die Menschen in ihren Kostümen umher. Endlich war Celina oben in dem Gang angekommen, in dem sie die Gästezimmer vermutete. Viele Türen sah sie rechts und links. In welchem Zimmer könnte der fahrende Schüler untergekommen sein? Es blieb ihr keine andere Wahl, als an alle anzuklopfen.

Als sie es bei der ersten Tür versuchte, hörte sie ein Kichern dahinter. Vorsichtig öffnete sie die Tür einen Spalt breit. Was sie sah, ließ sie zurückschrecken. Ein Liebespaar wälzte sich auf einer Decke am Boden, Hüte, Federn,

Beinlinge und grellbunte Kleidungsstücke lagen um sie herum verstreut. Bei den nächsten Türen schreckte sie ein weiteres Liebespaar auf. Im nächsten Zimmer schlief, den verschiedenartigen Schnarchtönen nach zu urteilen, ein Familienvater mit seinen Kindern. Schließlich war nur noch eine Tür übrig. Celina glaubte, wieder Schritte hinter sich zu hören, sie sah im Geiste die Gestalt mit der Totenmaske auf sich zukommen. Energisch, wenn auch etwas zittrig, klopfte sie an die letzte Tür. Auf das »Herein« einer angenehmen männlichen Stimme trat sie ein. Christoph saß mit einem schlaksigen jungen Mann mit Bernsteinaugen zusammen. Sie spielten Karten.

»Celina!«, rief Christoph und sprang auf. »Was für eine Überraschung!«

»Ich brauche Hilfe«, stieß sie hervor. Niemals im Leben hatte sie sich vorgestellt, dass sie einmal in eine solche Lage geraten würde.

»Setzt Euch erst einmal«, sagte Christoph und zog ihr einen Stuhl heran.

»Das ist übrigens mein Freund Hans, er kommt auch aus dem Heiligen Römischen Reich, lebt aber schon länger hier. Jetzt erzählt, was Euch widerfahren ist.«

Stockend berichtete Celina vom Besuch der Verwandten, dem Gang mit Eugenio und Faustina durch den venezianischen Karneval, von Nanna und ihrem Begleiter, dem plötzlichen Verschwinden aller und schließlich von der unheilvollen Begegnung mit dem Mann mit der Totenmaske.

»Ich kann mir einfach keinen Reim darauf machen«, schloss sie. »Was hat das alles nur zu bedeuten?«

»Ich weiß es auch nicht«, antwortete Christoph. »Aber wir werden es herausfinden. Die Hauptsache ist doch, dass Ihr hierher gekommen seid, dass wir uns wiedergefunden haben.«

Wiedergefunden? Hatte er etwa nach der Begegnung im Kloster auch an sie gedacht?

»Habt Ihr mich denn gesucht?«, fragte sie zaghaft.

»Und ob«, entgegnete er. »Nicht wahr, Hans? Wie oft habe ich am Tor von San Zaccaria gestanden und bin abgewiesen worden.«

»Ja, so war es«, sagte Hans mit einem Zwinkern seiner bernsteinfarbenen Augen.

Ein warmes Gefühl erfüllte Celina.

»Was wollt Ihr jetzt tun?«, fragte Christoph.

»Ins Kloster kann und möchte ich nicht zurück. Ich weiß nicht mehr, wo ich hingehen soll.«

»An dieser Geschichte stimmt etwas nicht«, sprach Christoph weiter. »Wir sollten uns ein wenig umhören. Und ein Plätzchen für Euch finden wir auch noch.«

»Warum bringen wir Celina nicht zu unserem Verleger Brinello?«, fragte Hans. »Er ist doch als Freigeist bekannt. Und mich hat er ja ebenfalls bei sich untergebracht.«

»Das ist ein sehr guter Einfall«, meinte Christoph.

»Ich könnte mit Schreibarbeiten zu meinem Lebensunterhalt beitragen«, schlug Celina vor. In diesem Moment klopfte es polternd an der Tür.

»Wer ist da?«, rief Christoph scharf.

Die Tür öffnete sich, und ein gutgekleideter Mann in mittleren Jahren stand im Rahmen. Hinter ihm erschienen zwei gewichtige Männer in Amtskleidung.

»Ah, der Herr Direktor dieses ehrenwerten Handelshauses«, begrüßte Christoph den Mann.

»Wir haben Kunde erhalten, dass sich hier eine entlaufene Nonne aus dem Kloster San Zaccaria verbergen soll«, sagte der Direktor laut. »Sie ist heute Abend von einem Ausflug mit ihren Verwandten nicht zurückgekehrt. Wir haben den Auftrag, sie unversehrt dorthin zurückzubringen.«

Wie auf Kommando sprangen Christoph und Hans auf und stellten sich schützend vor Celina. Die Schergen stürzten sich auf die beiden. Die vier Männer rangen miteinander. Der Direktor erbleichte und trat einen Schritt zurück. Celina zuckte bei jedem Schlag zusammen und brachte sich hinter dem Tisch in Deckung. Der Direktor rannte davon, um Hilfe zu holen. Es ging so schnell, dass Celina dem Geschehen vor ihren Augen kaum folgen konnte. Hans drängte seinen Gegner in eine Ecke des Zimmers und streckte ihn mit einem Faustschlag zu Boden. Der andere fiel, von Christoph attackiert, gegen einen Stuhl, der krachend umfiel.

Der Mann lag auf dem Boden und fluchte. Hans nutzte die Gelegenheit, um zwei Kostüme und Masken aus der Truhe zu holen, einen Pantalone mit schwarzem Bart und eine Fuchsmaske.

Sie kleideten sich in Windeseile um; Celina setzte ebenfalls Maske und Hut auf. Der Verletzte, der neben den Stuhl hingesunken war, rappelte sich auf und wollte Christoph erneut angreifen. Christoph trat ihm gegen das Bein, was neue Flüche hervorrief.

Celina, Hans und Christoph liefen aus dem Zimmer, die Treppe hinunter, und mischten sich unter die Tanzenden. Der Direktor war inzwischen mit drei Helfern zurückgekehrt; sie gingen schnellen Schrittes in Richtung von Christophs Zimmer. Gleich darauf erschien er oben an der Treppe.

»Haltet sie!«, schrie er aus Leibeskräften. »Haltet die Verbrecher!«

Der Direktor kam die Treppe herunter, stellte sich an den Rand der Tanzfläche, dicht gefolgt von seinen Begleitern. Angestrengt suchte er die Gesichter der Anwesenden ab.

»Er darf uns nicht entdecken«, raunte Christoph Celina

zu. Er nahm sie fest in den Arm und legte seinen Kopf an den ihren. Sie spürte seine Wärme und Nähe und war verwirrt. Eine ganze Zeit tanzten sie eng umschlungen, dann wagte Celina einen Blick zum Direktor. Er war nicht mehr zu sehen. Wahrscheinlich hatte er gedacht, sie seien nach draußen geflohen. Hans tanzte mit einer schönen Maskierten. Er verbeugte sich vor seiner Tänzerin. Erhitzt lösten sich Celina und Christoph voneinander. Die drei bahnten sich einen Weg zum Rand der Tanzfläche und verließen das Fondaco.

Der Wächter lag schlafend am Boden. Draußen war es kalt, der Nebel war noch dichter geworden. Auf dem Weg zum Haus des Verlegers begegnete ihnen eine Gruppe von Spätheimkehrern, beachtete sie jedoch nicht weiter. Brinellos Haus stand am Rio di Ca' Dolce in Castello; in diesem Stadtteil war Celina nur selten gewesen. Es war ein kleiner, etwas heruntergekommener Palazzo mit der Büste eines griechischen Jünglings im kleinen, buchsbaumgesäumten Garten. Durch einen Torbogen, an dem eine Pfanne mit glühenden Kohlen befestigt war, konnte Celina das schwarz glänzende Wasser des Rio di Ca' Dolce sehen.

Signor Brinello öffnete ihnen in einem Schlafgewand aus Brokat. Er war mittelgroß und sehnig; sein Gesicht war kantig, die Haut großporig und mit Pockennarben übersät, die wie kleine Krater wirkten. Sein dunkles, kurzes Haar hatte an den Schläfen einen Grauschimmer. Über Celinas Anwesenheit schien er nicht erstaunt zu sein.

»Seid Ihr des Feierns müde?«, fragte er, und ohne die Antwort abzuwarten, fuhr er fort: »Ich mache mir ja nichts aus dem Karnevalstreiben. Viel lieber sitze ich mit einem guten Buch am Kamin. Heute ist es allerdings später geworden als sonst.« Er führte sie in seinen Salon, in dem ein Feuer in einem Kamin brannte. Um seinen bequemen Stuhl herum lagen Bücher und lose, beschriebene Blätter.

Nachdem Brinello allen Platz angeboten hatte, erklärte Christoph ohne weitere Umschweife: »Wir drei brauchen eine Unterkunft für eine gewisse Zeit.«

»Und da habt Ihr an mich gedacht? Was habt Ihr denn ausgefressen?« Er schaute Celina an.

»Ich gelte als entlaufene Nonne, und ich weiß, dass demjenigen eine Strafe droht, der solchen Personen Unterkunft gewährt. Ich hätte mich nicht an Euch gewandt, wenn ich einen anderen Ausweg gesehen hätte«, sagte sie hastig.

»Ihr seid eine hübsche junge Frau«, meinte Brinello. »Was hat Euch dazu getrieben, in ein Kloster zu gehen?«

»Mein Onkel und meine Tante haben mich dorthin gebracht.«

»Ach, darum geht es«, entgegnete Brinello. »Viele Familien entledigen sich ihrer Töchter auf diese Weise. Es ist keine Frage, ich nehme Euch in meinem Hause auf. Ihr dürft aber in den nächsten Tagen nicht ausgehen.«

»Das ist kein Hindernis«, meinte Christoph. »Wir beide arbeiten ja hier. Und Celina hat angeboten, bei Schreibarbeiten zur Hand zu gehen.«

Sie saßen also im Hause des Verlegers Brinello fest. Wenn Celina aus den Fenstern des Hauses blickte, sah sie die Mauern der gegenüberliegenden Häuser, roch den Gestank des Kanals. Ratten schwammen im Unrat, der das Wasser bedeckte. Am Himmel jagten schwarze Wolken dahin, und immer wieder regnete es wie aus Kübeln. Manchmal mischten sich Schneeflocken in die Tropfen. Die Männer gingen ihrer Arbeit nach, und Celina besuchte sie im Druckraum, in dem es nach Schwärze und Terpentin roch. Wie angekündigt, übernahm sie einen Teil von Brinellos Schreibarbeiten; sie schrieb Gedichte ab, die Kunden bestellt hatten, verfertigte Rechnungen und kopierte säuberlich diverse Handschriften. Zwischendurch stattete sie der Bibliothek Besuche ab. Hier fühlte sie sich zu Hause. Sie entdeckte neben einer in schönes Leder gebundenen Lutherbibel die Werke des Humanisten Erasmus von Rotterdam, schöngeistige Bände von Dante, Petrarca, philosophische Abhandlungen von Platon, Aristoleles und schließlich das Buch einer Philosophin namens Tullia d'Aragona. Sie verschlang alles, dessen sie habhaft werden konnte. Abends saß sie mit Christoph, Hans und Brinello beim Schein eines Talglichtes, die Weinbecher vor sich auf dem Tisch, las den anderen vor und disputierte mit ihnen über das Gelesene.

»Das hier ist aus Dantes ›Göttlicher Komödie‹«, sagte Celina mit leuchtenden Augen und deklamierte:

Der Eingang bin ich zu der Stadt der Schmerzen,
Der Eingang bin ich zu den ew'gen Qualen,
Der Eingang bin ich zum verlor'nen Volke,
Gerechtigkeit bestimmte meinen Schöpfer,
Geschaffen ward ich durch die Allmacht Gottes,
Durch höchste Weisheit und durch erste Liebe.
Vor mir entstand nichts, als was ewig währet,
Und ew'ge Dauer ward auch mir beschieden;
Lasst, die ihr eingeht, alle Hoffnung fahren.

»Das Tor zur Hölle«, sagte Brinello. »Der Dichter hat den Menschen damit einen Spiegel vorgehalten. Jede Sünde, jedes Laster, das er auf Erden hat, muss er in entsprechender Weise in der Hölle büßen.«

»Es hat mich sehr beeindruckt«, meinte Celina. »Aber vieles verstehe ich nicht. Wer sind die Schatten, die sich immer wieder einschalten?«

»Es sind die Seelen berühmter Zeitgenossen, die das Gespräch zwischen Vergil und Dante beeinflussen. Die ›Göttliche Komödie‹ ist ein Bilderbogen der letzten dreihundert Jahre und eine Chronik der Skandale. Die Bewohner der Hölle sind die privaten und politischen Verbrecher unserer Welt.«

Celina schlug das Buch auf, das vor ihr auf dem Tisch lag. Sie blätterte ein paar Seiten um.

»Und was bedeutet zum Beispiel dieser Satz hier: *Du musst auf einem andren Wege gehen/ wenn du dieser Wildnis willst entfliehen*«?

»Dante hatte sich in einem Wald verirrt. Er strebte zum Berg der Tugend, wurde jedoch von einem Panther, dem Sinnbild der Wollust, einem Löwen, der für Hochmut steht, und einer Wölfin, der Habgier, in ein finsteres Tal abgedrängt.«

»Das hat etwas mit den sieben Todsünden zu tun, nicht wahr?«, fragte Celina.

»Ja, auch um die geht es. Im *Purgatorio* führt Dante die sieben Todsünden ein. Auf jeder der Terrassen des Berges findet die Reinigung von einer der Sünden statt. Die schlimmste Sünde findet sich unten, die am wenigsten schlimme oben. Stolz, Neid, Zorn, Faulheit, Geiz, Gier und Lust, so heißen diese Sünden.

In diesem finsteren Tal nun begegnet er dem römischen Dichter Vergil, der ihn durch die Hölle und auf den Läuterungsberg begleitet.«

»Was ist das, was die Seelen im Fegefeuer erleben?«

»Es ist eine Umkehrung ihrer Laster. Habgierige müssen auf ewig an den Dingen kleben, schieben Felsbrocken vor sich her. Gewalttäter verstecken sich in einem kochenden Blutstrom, während schreckliche Teufel sie beschießen. Schmeichler sitzen in ihrer eigenen Kloake, Wahrsager tragen ihr Gesicht auf dem Rücken, Stifter von Zwietracht werden von anderen Teufeln wieder und wieder zerhackt – und die Verräter liegen eingefroren im Eissee Cocytus, dem tiefsten Kreis der Hölle.«

»Die Hölle ist laut Dante der Sitz von Luzifer«, schaltete sich Christoph ein. »Sie ist ein Trichter, der durch den Sturz Luzifers mit seinen Engeln entstand. Die zurückgedrängte Landmasse ist der Läuterungsberg. Hinter dem Höllentor nun liegt die Vorhölle – die eigentliche Hölle ist in neun Kreise unterteilt, je nach der Schwere der Verbrechen.«

»Die Selbstmörder büßen im zweiten Ring ihre Schuld«, sagte Celina. »Sie müssen als Sträucher und Bäume ihr Dasein fristen und werden immer wieder von den Harpyien zerzaust. Sie haben sich von ihrem Körper losgerissen, denn was man selbst sich nahm, darf man nicht haben.«

Christoph sah sie verwundert an. »Wie kommt Ihr auf Selbstmord?«

»Als ich in das Kloster gesteckt wurde, hatte ich das Gefühl zu sterben. Mein Leben schien beendet zu sein.«

Christoph lächelte sie an. »Nicht nur wegen der Hölle solltet Ihr nicht daran denken«, meinte er. »Es ist keine Lage so aussichtslos, dass nicht irgendwo ein Funke Hoffnung bestehen bleibt.«

»Der achte Höllenkreis ist für mich von großer Bedeutung«, fuhr Brinello fort. »Er ist in zehn Ringe unterteilt. Im ersten schleppen sich Kuppler und Verführer einen Graben entlang. Sie werden von gehörnten Wesen mit Peitschen getrieben. Schmeichler und Huren wälzen sich im zweiten Graben in ätzendem Kot. Im dritten Graben sieht Dante die Simonisten: Betrüger, die schwunghaften Handel mit Kirchenämtern betrieben. Sie stecken in Felsenlöchern fest, aus denen nur ihre brennenden Sohlen herausragen. Der fünfte Graben ist mit kochendem Pech gefüllt, in dem die Träger öffentlicher Ämter büßen, die sich der Bestechung schuldig gemacht haben.«

Hans, der bisher nur zugehört hatte, wurde auf einmal hellwach. »Diese Beschreibung trifft auf die heutige Situation zu«, sagte er erregt. »In der Serenissima stinkt es nach Korruption und allen Todsünden dieser Welt!«

»Was bedeuten Dantes Verse für uns selbst, für unsere heutigen Verhältnisse?«, wollte Celina wissen.

»Es liegt sicher ein symbolischer Gehalt darin«, sagte der Verleger. »Nachdem Dante und Vergil – als Führer wird Vergil später von Beatrice und Bernhard von Clairvaux abgelöst – alle Kreise der Hölle durchschritten haben, stoßen sie in der untersten Tiefe auf Luzifer im Eis, in seinen drei Mäulern die Erzverräter Judas, Brutus und Cassius zermalmend. Vergil nimmt Dante und greift in das zottige Fell Satans. Sie befinden sich im Erdmittelpunkt. Er klettert an Satan vorbei nach unten und damit nach oben. Über ein Felsloch und einen Pfad an einem Bach entlang gelangen sie zurück zur Lichtwelt, zu den Sternen. Doch vorher müssen sie noch über den Läuterungsberg, das Fegefeuer. Hier büßen die Neidischen, Habsüchtigen und Hochmütigen; der Weg des Fegefeuers ist ein Rundweg, der sich in neun Stufen – entsprechend den neun Kreisen der Hölle – dem Licht entgegenschraubt.«

»Und er wurde geläutert, befreite sich von den sieben Todsünden und gelangte ins Paradies?«, fragte Celina.

»So ist es«, antwortete Brinello. »Diese Parabel sagt uns, wie wir den Weg zu uns selbst, zum Licht, zu Gott gehen können.«

»Ich habe noch ein anderes Buch gefunden«, sage Celina. »Den ›Dialog über die Unendlichkeit der Liebe‹ von Tullia d'Aragona.«

»Ach ja«, antwortete der Verleger. »Es erschien 1547 in Florenz und ist Cosimo I. de Medici gewidmet.«

»Tullia stellt die Frage, ob Liebe unendlich sein müsse«, fuhr Celina fort, »oder ob es möglich ist, mit Maß und Grenze zu lieben. Die höchste Liebe, meint sie, sei die Gottes.«

»Tullia räumt ein, dass es Liebende gibt, die lieben, um ein Ziel zu erreichen, und wenn sie dies geschafft haben, aufhören zu lieben. Nach Varchi liegt in diesem Fall keine Liebe vor«, ergänzte Brinello.

Christoph blinzelte. »Warum sollte das keine Liebe sein?«, fragte er. »Nur weil sie irgendwann endet?«

»Tullia d'Aragona unterscheidet zwei Arten von Liebe«, fuhr Celina eifrig fort. »Die eine nennt sie ›gemein und unehrenhaft‹, die andere ›aller Ehre würdig oder tugendhaft‹.«

»Letztere wird nicht durch Leidenschaften hervorgerufen«, sagte Brinello, »sondern durch Vernunft. Das Ziel der Liebenden besteht darin, sich in den Gegenstand der Liebe zu verwandeln, um zu einer Vereinigung zu gelangen. Die Vereinigung findet nicht auf körperlicher, sondern auf geistiger Ebene statt.«

»Wie langweilig!«, meinte Christoph.

Hans rollte mit den Augen. »Die beste Liebe ist immer noch die, welche ich spüre, mit Haut und Haar und allen Sinnen«, sagte er grinsend.

»Tullia d'Aragona war zeitweise mit ihren Texten recht erfolgreich, starb aber 1556 verarmt als Prostituierte«, schloss der Verleger die Unterhaltung. »Wir sollten nun zu Bett gehen und morgen überlegen, wie es mit Euch weitergehen kann.«

Er hob das Talglicht und geleitete die anderen hinaus.

13.

Das Leben in der Stadt nahm seinen Lauf, der Karneval währte bis Ende Februar, dann brach die Fastenzeit an. Ein Unwetter ging nieder; es drückte das Wasser der Lagune in die Kanäle und überschwemmte die Stadt. Vom Fenster ihrer Stube aus sah Celina Kohlblätter und Essensreste, die auf der Oberfläche des Wassers trieben. Es roch faulig. Als die Flut sich wieder zurückgezogen hatte, klebten Algen an den Untergeschossen der Häuser. Sie überzogen die Keller und Wasserportale mit einer schmierigen Schicht.

Christoph und Celina kamen sich durch Gespräche über die Bücher näher, die sie in den wenigen Mußestunden lasen, insbesondere die Werke von Tullia. An einem Mittag Anfang März kehrte Brinello aufgeregt von einem Einkauf nach Hause zurück.

»Sie haben ein totes Mädchen gefunden, das angeblich eine Nonne war«, rief er in den Druckraum hinein, in dem Christoph, Hans und ein weiterer Gehilfe arbeiteten. Celina fuhr von der Schreibarbeit auf, die sie an einem Stehpult aus Birnbaumholz verrichtete. »Wo hat man sie gefunden?«, entfuhr es ihr.

Die Männer hielten in der Arbeit inne und starrten den Verleger fassungslos an.

»Am Rio delle Convertite, auf der Giudecca. Sie suchen Leute, welche die Tote erkennen können.«

Celina erschrak zutiefst. Sie musste an die Nonnen denken, die sie kannte, und hoffte inbrünstig, dass es nicht eine von ihnen sein würde.

»Vielleicht kenne ich sie«, sprach sie leise vor sich hin. »Ich habe so eine Ahnung, wer es sein könnte.«

»Ihr könnt das Haus nicht verlassen«, sagte der Verleger. »Ihr werdet noch gesucht.«

»Wir alle werden gesucht«, gab Celina zur Antwort. »Und auch Ihr habt Euch strafbar gemacht, weil Ihr einer geflohenen Nonne Unterschlupf gewährt habt.«

»Hier seid Ihr in Sicherheit, Celina, Ihr dürft Euch nicht wieder in Gefahr begeben. Denkt an den Mann mit der Totenmaske!«

»Gerade seinetwegen muss ich da hin. Vielleicht hat er etwas damit zu tun!«

»Also, gut.« Brinello gab sich geschlagen. »Zieht Euch etwas anderes an, am besten Männerkleidung, so dass man Euch im Gewühl nicht erkennt.«

Nachdem Celina sich umgezogen hatte – Beinlinge, ein schwarzes Wams, darüber einen langen Mantel und ein Männerbarett –, verließ sie mit den drei Männern das Haus. Auf dem Weg zum Canale Grande begegneten ihnen zerlumpte Gestalten, aufgeputzte Huren, raue, rotgesichtige Männer und alte, gebeugte Frauen. Händler priesen ihre Waren an, Boote durchquerten die Kanäle, beladen mit den Gütern aus der großen Welt. Sie nahmen ein Boot zur Giudecca. Der Kanal war aufgewühlt, Wellen schlugen gegen den Rumpf des Bootes. Am Rio delle Convertite hatte sich eine Menschentraube versammelt. Der Verleger bahnte ihnen einen Weg zu der Toten. Das Mädchen trug ein Franziskanerinnengewand; um sie herum hatte sich eine schmutzige Pfütze gebildet. Das Gesicht, schön und bleich mit schwarzen Rändern um die Augen, war aufgequollen. Die Tunika war hoch gerutscht; auf dem rechten Oberschenkel sah Celina das Zeichen eines Löwen, das in roten und schwarzen Lettern eingebrannt war. Der Löwe von San Marco – Symbol der venezianischen Macht. Arme und Beine der Toten waren merkwürdig verrenkt. Man hatte anscheinend versucht, sie wieder in eine ordentliche

Lage zu bringen. Die Finger waren blau und mit geronnenem Blut bedeckt.

Celina wurde es übel. Die arme junge Frau! Warum hatte es ausgerechnet sie treffen müssen? Waren nicht die anderen Nonnen ebenfalls gefährdet? Und war nicht auch sie selbst gefährdet?

Sie entdeckte Nanna bei den Umstehenden. Ein großer Mann, offensichtlich Angehöriger der *Signori della Notte*, redete heftig auf sie ein. Einen Moment lang trafen sich ihre und Nannas Augen. Es waren große, traurige Augen, in die auf einmal ein Ausdruck des Erschreckens trat. Nanna sah schlecht aus, bleich und eingefallen, das blonde Haar stumpf. Sie kam langsam näher, blieb dicht vor Celina stehen und murmelte mit gesenktem Kopf:

»Ich habe den Auftrag festzustellen, wer die Leiche ist. Eine der Nonnen in Convertite ist seit gestern abgängig. Es ist die Tote. Der Rat hat angeordnet, sie so schnell wie möglich unter die Erde zu bringen.«

»Aber was genau ist passiert?«, fragte Celina fassungslos.

Statt einer Antwort legte Nanna den Finger auf die Lippen. »Lass es sein, wie es ist, Celina. Du änderst nichts am Lauf der Dinge.«

Sie wandte sich an den Mann der Signoria. »Es ist Lukrezia, eine Nonne aus dem Kloster Convertite.« Bei diesen Worten strömten ihr die Tränen über das Gesicht.

Celina ging einen Schritt auf die Nonne zu, um sie in den Arm zu nehmen. Nanna stieß sie jedoch fort.

»Mir kann niemand helfen«, flüsterte sie. »Doch gib auf dich acht, Celina.«

Von einem Büttel wurde sie fortgebracht; die Menge wich auseinander und ließ ihnen eine Gasse frei. Celina und die drei Männer begaben sich zurück zum Haus des Verlegers. Unvermittelt, nachdem sie den ganzen Weg betreten geschwiegen hatten, sagte Hans: »Ich kenne mich ein wenig aus mit der Heilkunde. So wie die Tote ausgesehen hat, kann eigentlich nur Gift die Todesursache gewesen sein.«

»Was denn für ein Gift?«, fragte Celina entsetzt.

»Arsenik, vermute ich.«

»Woraus entnehmt Ihr das?«

»Aus der Art der Verrenkungen. Sie muss einen schrecklichen Todeskampf ausgefochten haben.«

»Dann muss man ihr aber eine beträchtliche Menge eingeflößt haben«, meinte Brinello.

»Ja«, antwortete Hans. »Die Päpste der Familie Borgia haben ihren Feinden, oft waren es Kardinäle, das Gift heimlich ins Essen mischen lassen und sie so langsam zu Tode gebracht.«

»Aber wer kann so etwas tun? Warum sollte jemand eine unschuldige Nonne ermorden?«, rief Celina.

»Wer weiß, ob sie nicht einen Liebhaber gehabt hat«, meinte Hans. »Es wäre nicht der erste Mord aus Eifersucht in unserer Stadt.«

»Möglicherweise geht auch ein Frauenmörder um«, warf Christoph ein.

»Die Gestalt mit der Totenmaske …«, vollendete Celina den Satz.

Sie schauderte bei der Erinnerung.

Brinello blickte sie von der Seite her an. »Hat diese Person etwas gesagt oder sonst etwas getan, als sie Euch verfolgt hat?«

»Sie stand nur da und schaute mich aus leeren Augenhöhlen an. Dann kam sie mit ausgestreckten Armen auf mich zu, als wolle sie mich erwürgen.«

Sie waren inzwischen beim Haus des Verlegers angekommen.

»Kommt herein«, sagte Brinello. »Wir müssen beraten,

was weiterhin zu tun ist. Ich wittere irgendeine Schweinerei.«

Nachdem sie es sich in der Wohnstube gemütlich gemacht hatten, fuhr der Verleger fort: »Die Figur des Löwen, die dem Mädchen eingebrannt war, gibt mir zu denken.«

»Der Löwe steht für Macht, insbesondere für die Macht der Serenissima«, sagte Christoph.

»Er steht aber auch für Hochmut und Ehrgeiz«, warf Celina ein.

»So, wie wir es bei Dante gelesen haben?«, meinte Christoph und lächelte.

Celina erwiderte: »Ich kannte ihn schon vorher. Im Stadthaus meiner Eltern gibt es eine große Bibliothek. Schon früh habe ich angefangen, mich mit den Werken der Dichter zu beschäftigen.«

»Wobei wir unterscheiden müssen, ob sich das auf den Täter oder das Opfer bezieht«, sprach Brinello weiter. Er schloss einen Moment lang sinnend die Augen. »Es könnte bedeuten, dass derjenige, der das Mädchen auf dem Gewissen hat, über sehr viel Macht verfügt«, meinte er dann.

»Glaubt Ihr, dass die Signori della Notte den Mörder fassen werden?«, fragte Celina.

»In dieser Stadt wird im Allgemeinen mehr vertuscht als offengelegt. Ich hätte gerade Lust, ein entsprechendes Flugblatt zu verfassen. Aber ich glaube, damit würde ich uns alle gefährden.«

»Ich habe Angst um dich, Celina«, sagte Christoph.

Hatte er gerade ›du‹ gesagt?

»Ich gebe schon auf mich acht«, versetzte sie.

»Möchtest du eigentlich den Schleier wieder nehmen?«, fragte Christoph weiter.

»Nein, du hattest recht. Das Klosterleben widerspricht meiner inneren Natur«, sagte Celina.

»Und dieses … andere Leben … gefällt dir das besser?«

Sie warf den Kopf zurück, dass ihre kurzen dunklen Haare flogen, und lachte. »Natürlich! Ich hatte mir nie etwas anderes vorgestellt. Das Kloster war ein Unglücksfall.«

»Dann möchtest du also nicht dorthin zurück?«

»Um nichts in der Welt!«

Die nächsten Tage vergingen quälend langsam. Celina kribbelte es am ganzen Körper, so sehr fühlte sie sich eingeschlossen, so sehr hasste sie es, sich verstecken zu müssen. Schließlich hielt sie es nicht mehr aus. Sie bat Hans, ihr Pilgerkleidung zu besorgen, damit sie sich unerkannt unter die Leute mischen konnte. Christoph und Brinello sagte sie nichts davon. Schließlich nahm sie von Hans die Kleidungsstücke entgegen, eine Tunika mit Gürtel, ein Skapulier und eine Kukulle. Als die anderen in der Druckerei beschäftigt waren, zog sie sich um und huschte aus dem Haus. Über den Campo dei Santi Apostoli gelangte sie zum Fondaco und weiter über San Zullian zum Dogenpalast. Sie schlenderte am gemauerten Kai entlang. Es war ein warmer Märztag; am Himmel zogen Federwölkchen vorbei, und das Wasser der Lagune schimmerte tiefblau. Kleine Wellen plätscherten ans Ufer. Viele Menschen liefen immer noch mit Masken und Kostümen herum; in dieser Stadt war anscheinend das ganze Jahr hindurch Karneval.

Auf der Höhe des Arsenals, der Schiffbauwerft, sah sie eine Menschenansammlung. Ein städtischer Büttel bahnte sich einen Weg durch die Menge. Als die Menschen auseinander wichen, sah Celina eine Frauengestalt in Nonnenkleidung daliegen, die man offenbar soeben aus dem Wasser gezogen hatte.

»Geht nach Hause!«, wies der Büttel die Leute an. »Hier gibt es nichts zu gaffen.«

Widerwillig zerstreute sich die Menge.

»Wer ist das Mädchen?«, fragte Celina eine zahnlose alte Frau.

»Eine junge Nonne aus dem Kloster Convertite«, gab die Alte zurück. Ihre Augen glitzerten sensationslüstern.

»Hat sie …?«, setzte Celina an, brach dann aber ab, weil ihr die Frage zu direkt vorkam.

»Ihr war das Zeichen eines Löwen in den Oberschenkel gebrannt, falls Ihr das meint. Genau wie bei der anderen am Rio delle Convertite.«

Im Zurückschauen sah Celina, dass die Leiche auf einen Handkarren geladen und mit einem Tuch bedeckt wurde. Ein städtischer Bediensteter zog den Karren fort in Richtung Innenstadt. Gedankenverloren lief Celina durch die Gassen und dachte über die Todesfälle nach. Plötzlich fiel ein Schatten auf sie. Direkt vor ihr stand die Gestalt mit der Totenmaske!

»Was wollt Ihr von mir?«, rief sie in höchster Angst.

»Du sollst aufhören, deine Nase in Dinge zu stecken, die dich nichts angehen«, sagte die Gestalt mit der Maske. Das war ein Mann aus Fleisch und Blut und kein Geist, wie Celina damals zunächst gedacht hatte. Im nächsten Augenblick war er in der Gasse verschwunden.

Celinas Herz klopfte bis in den Hals herauf. Ihr war kalt, und sie wollte nach Hause. Warum hatte sie sich überhaupt auf dieses Abenteuer eingelassen? Das Schlimmste war, dass niemand von ihren Freunden wusste, wo sie sich befand. Sie nahm ihr blaues Halstuch und hängte es an einen rot-weißen Pfahl, der zum Anbinden der Gondeln diente. Falls man sie suchte, würde das ein Anhaltspunkt sein. Es wurde schnell dunkel, die Gassen hatten sich geleert, nur noch vereinzelt fuhren Gondeln und Boote auf den Kanälen. Eine kleine Straße lag vor ihr, in der sich kein Mensch aufhielt. Celina begann zu rennen, glaubte schnelle Schritte hinter sich zu hören. Dann vernahm sie das Keuchen eines Menschen, zweier Menschen, Männer, die immer näher kamen. Sie wurde zu Boden geworfen, schürfte sich beide Knie auf. Eine Decke oder ein Sack aus Jute wurde über sie geworfen, sie wurde gepackt und hochgehoben. Eine starke Hand presste sich auf ihren Mund.

»Halt dein Maul, sonst töten wir dich auf der Stelle«, zischte eine Stimme.

Ein Fensterladen wurde aufgestoßen. »Was ist das denn für ein Lärm?«, rief eine schrille Frauenstimme.

»Mach dein Fenster zu, Alte, oder wir kommen zu dir rauf«, brüllte eine andere Stimme.

Celina merkte, dass sie hochgehoben und weggetragen wurde. Ein Knebel war ihr in den Mund geschoben worden, ein Tuch, das nach Schweiß schmeckte. Der Geruch der Kanäle schlug ihr entgegen.

Nach einiger Zeit wurde sie in die Arme des anderen Mannes gereicht und auf einen hölzernen Boden gelegt, offenbar in eine Gondel. Das Boot setzte sich in Bewegung. Celina hörte das Plätschern des Wassers, wenn das Ruder eingetaucht wurde. Die beiden Entführer – oder zumindest einer von ihnen – mussten sich mit dem Rudern auskennen. Vielleicht gehörte er sogar zur Zunft der Gondelbauer, denn niemand anders als sie durfte dieses Gewerbe ausüben. Schließlich erreichten sie Land; den Geräuschen entnahm Celina, dass die Gondel festgezurrt wurde.

»Hier, nimm meine Hand und steig aus«, herrschte sie der eine Mann an.

Celina nahm seine Hand und merkte, dass sie über einen großen Platz geführt wurde. Sie wurde fast ohnmächtig vor Angst. Es ging breite Stufen hinauf. Steuerten sie etwa auf den Dogenpalast zu? Die Schritte der drei hallten durch die Räume. Es schien sich niemand mehr darin aufzuhalten. Aber draußen, auf dem Markusplatz mussten doch noch

Menschen unterwegs gewesen sein! Der Nachhall der Schritte wurde dumpfer; ein kalter Lufthauch wehte Celina entgegen.

»Vorsicht, hier sind ein paar sehr steile Stufen«, sagte der Mann, der sie fest am Arm gepackt hielt. Celina tastete sich die Stufen hinunter. Quietschend öffnete sich eine Tür. Sie wurde in einen Raum hineingestoßen, fiel auf einen Steinboden. Ihr schwanden die Sinne.

Die Lagune lag vor ihr, nein, unter ihr. Ein glitzerndes Meer, soweit sie schauen konnte. Sie stand auf einer der Säulen am Rande des Markusplatzes, neben sich zwei Männer mit muskulösen Armen, die sie packten. Der Platz war bedeckt von einer johlenden Menge. »Hinunter mit ihr, wir werden sie in Stücke reißen!«, schrien die Menschen. Sie fühlte einen Schwindel, sackte zusammen, stürzte ab.

Als sie erwachte, tastete sie als Erstes nach ihrem Kopf, der höllisch wehtat. Sie hatte eine Beule, die rasch größer wurde. Wahrscheinlich hatten die Männer sie bewusstlos geschlagen. Ihr war übel. Celina befreite sich von dem Sack und blickte sich um. Es war eine Zelle, in der sie sich befand, mit zwei Brettern, als Schlafgelegenheit auf den Boden gelegt. Der Boden, die Wände und die Decke waren aus massivem Stein und glänzten feucht. Kein Tageslicht kam herein, es fiel nur ein matter Widerschein durch ein kleines Fenster, das wohl in einen Gang hinausführte. In der Mitte des Bodens war ein Loch als Abort eingelassen. Man hatte ihr viel über das Gefängnis im Dogenpalast erzählt, über die Schwerverbrecher, die dort eingekerkert wurden und die vor ihrer Hinrichtung über die Brücke der Seufzer gehen mussten. Das Gefängnis lag auf der anderen Seite eines Kanals, und die Brücke führte hinüber in den Dogenpalast. Warum hatte man sie hierher gebracht? Hatte sie sich zu weit vorgewagt? Durfte niemand etwas über die Hintergründe der Todesfälle wissen?

Nach einer Zeit, die ihr endlos vorkam, hörte Celina ein Geräusch vom Fenster her. Eine Schale, aus der Dampf aufstieg, und ein Stück Brot wurden hindurchgeschoben. Sie nahm beides entgegen, und eine große, behaarte Männerhand reichte ihr gleich darauf einen Becher mit Wein. Celina stellte alles auf den Boden.

»Wessen bin ich angeklagt? Warum hat man mich in dieses Gefängnis gebracht?«, fragte sie den unsichtbaren Wärter, bekam aber keine Antwort. Seufzend setzte sie sich auf eines der Bretter und begann zu essen. Die Suppe bestand aus pampigem Kohlgemüse und zähem Fleisch, das Brot ließ sich nur schwer beißen, und der Wein war sauer. Celina würgte alles herunter und legte sich zum Schlafen nieder. Aus den Nachbarzellen hörte sie noch lange leise Flüche und Schnarchen.

Mitten in der Nacht erwachte sie von einem Scharren und Kratzen. Es kam von einer der beiden eisenbeschlagenen Holztüren. Die Tür wurde vorsichtig geöffnet. Im Schein einer Fackel, die an der gegenüberliegenden Mauer brannte, sah sie die Umrisse einer männlichen Gestalt: Christoph! Er kam mit schnellen Schritten auf sie zu, zog sie an seiner Hand hoch und raunte: »Ich habe mich als Mitglied des Rates ausgegeben und den Wächter bestochen. Dann habe ich ihm noch Mutterkorn in den Wein getan. Komm schnell, wir müssen fort aus der Stadt.«

»Aber warum ...?«, stotterte sie.

»Das erkläre ich dir später.«

Sie liefen den Gang entlang, in dem der Wärter schlief, den umgekippten Becher neben sich. Christoph schloss die Tür zur Brücke mit einem riesigen Schlüssel auf. Während sie über den Steg mit seinen durchbrochenen weißen Mauern hasteten, sah Celina einen Teil der Lagune silbrig schimmernd im Mondlicht liegen. Christoph schloss eine weitere Tür auf. Celina prallte zurück: Es war die Folterkammer; ein Gerät sprang ihr ins Auge, an dem die Gefangenen an den Händen aufgehängt wurden, um Geständnisse zu erpressen. Es sah aus wie ein Flaschenzug. Auch Daumenschrauben und eine Eiserne Jungfrau standen in dem Raum. Durch den Bussola-, den Kompass-Saal gelangten sie in die Sala dei Tre Capi, den Amtsraum der Vorsitzenden des großen Rates. Er war mit edlem, in verschiedenen Farben leuchtendem Holz ausgelegt und von einem Balkon auf halber Höhe beherrscht. Über eine Treppe rannten sie in den ersten Stock, über eine weitere gelangten sie in den Innenhof und schließlich über die Scala dei Giganti, eine Marmortreppe, und durch die Porta della Carta auf den Markusplatz. Alles war ruhig, nur ein paar Tauben gurrten verschlafen. Celina blickte unwillkürlich zur Markuskirche hinüber.

»Komm«, sagte Christoph und zog sie zu den Arkaden an der Ostseite des Palastes. An der Ecke der Ponte della Paglia stand die weißglänzende Statue des trunkenen Noah. Er schien Celina im Vorbeilaufen zuzuzwinkern. Ein Boot mit einem schweigsamen Ruderer brachte sie durch den Canale Grande hindurch in die Lagune. Die Serenissima versank im Dunst des Meeres.

»Wohin fahren wir?«, fragte Celina, während das Wasser gleichmäßig an den Rumpf des Bootes schlug. Ganz in der Nähe quakte eine Ente. Der Halbmond warf seine zitternde Bahn auf das schwarze Wasser.

»Zu einer unbewohnten Insel«, antwortete Christoph. »Dort gibt es eine Hütte, in der ein Klausner gewohnt hat. Er ist kürzlich gestorben. Hab keine Angst!« Er deutete auf den Ruderer. »Der Mann ist taubstumm und hat ein gutes Geld bekommen. Er wird uns nicht verraten.«

»Wie bist du mir auf die Spur gekommen? Woher wusstest du, dass ich im Dogenpalast bin?«

»Wir haben dich schon seit dem Mittag gesucht. Gegen

Abend fand ich dein Tuch an dem Pfahl. Auf dem Markusplatz habe ich herumgefragt. Ein Händler erinnerte sich daran, dass zu später Stunde eine verhüllte Gestalt in den Palast hineingeführt wurde.«

Nach etwa einer halben Stunde legte das Boot an der Insel an. Der Ruderer zog es halb an Land und setzte sich wartend hin. Christoph führte Celina zwischen ein paar Krüppelweiden hindurch. Der Pfad war undeutlich im Mondlicht zu erkennen. Auf einer kleinen Anhöhe, umgeben von Bäumen, stand die Hütte des Klausners. Ein Bach floss an der Hütte vorbei.

»Brinello hat mir den Hinweis gegeben«, sagte Christoph. »Du findest darin alles, was du brauchst. Gedörrtes Fleisch, Brot, Wein, sogar eine Angel. Der Mann, der hier gewohnt hat, war keiner von denen, die ihr Leben nur mit Beten und Fasten zubringen.«

»Hast du von dem neuerlichen Todesfall gehört?«

»Solche Nachrichten verbreiten sich in Windeseile. Heute Abend ist noch eine weitere Tote gefunden worden. Diesmal in Dorsoduro, am Zattere, dem Kai an der Ostseite. Ihr war nicht nur das Zeichen des Löwen eingebrannt, sondern an ihre Brust war ein Zettel geheftet.«

»Was stand darauf? Nein, ich will es nicht hören.« Celinas Stimme zitterte.

»Du musst es hören, weil es wie eine Warnung an dich, an uns alle klingt. Auf dem Zettel stand: ›Denjenigen, der versucht, die Hintergründe herauszufinden, wird das gleiche Schicksal ereilen wie dieses bedauernswerte Geschöpf.‹«

14.

»Ich muss jetzt wieder zurück in die Stadt«, sagte Christoph. »Die Insel, auf der wir uns befinden, heißt San Clemente. Der Eremit, der hier gelebt hat, legte auch einen Garten an. An Nahrung wird es dir also nicht fehlen. Ich werde morgen wiederkommen und dir das bringen, was du noch brauchst – vor allem gewisse Dinge gegen die Langeweile.« Er zwinkerte ihr zu. Dann umarmte er sie.

Nachdem er gegangen war, fühlte Celina sich sehr allein, aber auch getröstet. Einerlei, wie lang ihr Aufenthalt hier dauern würde, Christoph würde sich um sie kümmern – und vor allem war sie hier vor dem Zugriff des Klosters sicher. Neben einem Strohsack, einer Decke, einem Tisch und einem Stuhl hatte die einzige Stube der Klause einen kleinen Kamin, über dem ein Topf hing. Ein Geruch nach Fisch verriet ihr, wovon der Mann sich hauptsächlich ernährt haben musste. An der Wand befand sich ein Brett, auf dem ein Glas mit Salz und ein Zinnteller standen. Getrocknete Fische, Knurrhähne und Doraden, hingen von der Decke. Auf dem Tisch lag ein Messer.

Celina nahm den Topf von der Kette, ging hinaus zum Bach, füllte den Topf und machte mit Hilfe eines Kienspans und eines Zunderschwämmchens Feuer im Ofen. Sie zerschnitt einen der Fische, legte die Stücke in den Topf, Salz und getrocknete Kräuter dazu. Nach dem einsamen Mahl legte sie sich auf den Strohsack, zog die Decke über sich, blickte eine Weile dem Mond zu, der durch das kleine Fenster schien, und schlief irgendwann ein.

Am Morgen hörte sie das Schimpfen von Elstern. Die Sonne schien durch das Fenster auf die Einrichtung des Zimmers und tauchte alles in ein goldenes Licht. Celina stand auf, zog sich ihren Mantel über und trat vor die Tür. Da die Klause auf einer Anhöhe stand, konnte sie die Lagune überblicken. Vor ihr lag die Insel Giudecca mit ihren Kirchtürmen; dahinter ragte majestätisch die Serenissima auf. Kleine Inseln verschwammen im Dunst. Wenn sie den Kopf wendete, sah sie den Lido, langgestreckt als Bollwerk gegen das Meer und gegen einfallende Feinde. Da draußen trieben Seeräuber ihr Unwesen. Die Insel San Clemente war mit Agaven und Strauchwerk bewachsen. Hinter dem Haus betrachtete Celina den Garten, den der Eremit angelegt hatte. Zwei, drei Obstbäume, Beerensträucher standen darin. Die ersten Triebe von Gemüse und Blumen waren zu sehen. Durch die Bäume hindurch konnte sie die Reste eines Klosters erkennen. Sie wusste, dass fromme Augustinermönche Mitte des 12. Jahrhunderts eine Kirche und daneben ein Hospital errichteten für Pilger ins Heilige Land. Der letzte auf der Insel verbliebene Augustinermönch lebte dort bis 1432. Und der Eremit, dessen Klause sie nun bewohnte, war erst vor einer Woche gestorben und auf dem städtischen Friedhof von Venedig beerdigt worden.

Celina verbrachte den Tag damit, die Insel zu erkunden und sich ihr Essen zuzubereiten. Immer wieder schaute sie auf die Lagune hinaus, ob sich nicht ein Boot zeigte, das Kurs auf ihre Insel nahm. Segelboote, Lastkähne und die kleinen Nachen der Fischer zogen durch das Wasser. Endlich erblickte sie eine Gondel mit zwei Personen. Als Ruderer meinte sie den taubstummen Mann der gestrigen Nacht zu erkennen. Christoph winkte ihr schon von weitem zu. Das Boot wurde an Land gezogen. Christoph gab dem Mann Geld und bat ihn, in etwa zwei bis drei Stunden wiederzukommen.

»Was gibt es Neues in der Stadt?«, rief sie ihm entgegen.

Christoph umarmte sie. »Ich habe dir etwas mitgebracht«, sagte er. Seine Augen funkelten schalkhaft. ›Die Unendlichkeit der Liebe‹, deine Lieblingslektüre. Inzwischen habe ich das Buch auch ganz gelesen. Und den ›Dante‹ – beide aus der Bibliothek Brinellos.«

»Lass uns ein wenig spazieren gehen«, meinte Celina. Seine Gegenwart war plötzlich so intensiv, dass sie es kaum ertragen hätte, neben ihm auf einem Stein oder in der Hütte zu sitzen.

Die Lagune schimmerte im Licht der Nachmittagssonne. Jeder von ihnen nahm eines der Bücher mit. Celina ging neben Christoph am Strand entlang. Muscheln lagen verstreut im Sand, es roch nach Seetang und Fischen.

»Du hast gefragt, wie die Lage in der Stadt ist«, begann Christoph das Gespräch. »Es wird immer noch nach dir gesucht. Die Äbtissin, Suor Mathilda, ist zum Dogen gegangen, um sich mit ihm zu besprechen.«

»Woher weißt du das? Und warum wird soviel Aufhebens um meine Person gemacht?«

»Hans hat es mir erzählt, er kennt ein Mitglied des Zehnerrates, Immuti. Es ist ein Onkel von ihm. Und zu deiner anderen Frage: Es scheint einigen Leuten nicht zu gefallen, dass du Nachforschungen wegen der toten Mädchen angestellt hast.«

»Soll ich etwa aufhören damit?«, brauste sie auf. »Damit alles totgeschwiegen wird? Es wird noch mehr Tote geben, davon bin ich fest überzeugt!«

»Aber ich möchte nicht, dass du die Nächste bist, die man aus dem Kanal fischt!«, gab er zurück.

»Ich werde vorsichtig sein, das verspreche ich dir«, sagte sie.

Er blieb stehen und sah sie an.

»Du bist hier nicht sicher«, meinte er. »Ich glaube, dass

man mich beobachtet. Wer es ist, kann ich nicht sagen. Selbst der Mann mit dem Ruderboot könnte ein Verräter sein. Du solltest eine Zeitlang aus der Stadt verschwinden.«

»Aber wohin denn? Es gibt keinen Ort, an dem ich mich verstecken könnte!«

Er überlegte.

»Vielleicht könntest du auf eine ... Pilgerfahrt gehen? Natürlich ganz heimlich, ohne dass es jemand erfährt.«

»Und ich komme erst zurück, wenn sich die Wogen hier geglättet haben?«

»Genau das ist meine Überlegung.«

»Warum hast du mir diese Bücher mitgebracht?«, wollte sie wissen.

»Um dich auf andere Gedanken zu bringen«, sagte Christoph lächelnd. »Weißt du noch, was wir im Hause Brinellos über die Unendlichkeit der Liebe besprochen haben?«

»Tullia stellte die Frage, ob Liebe unendlich sein müsse«, antwortete Celina, »oder ob es möglich sei, mit Maß und Grenze zu lieben. Die höchste Liebe sei die Gottes. Tullia räumt ein, dass es Liebende gibt, die lieben, um ein Ziel zu erreichen, und wenn sie dies geschafft haben, aufhören zu lieben, sogar anfangen zu hassen. Nach Varchi liegt in diesem Fall keine Liebe vor.« Sie vergaß die Gefahr, in der sie schwebte.

Christoph blinzelte ins Licht. Sie hätte ihn umarmen mögen.

»Warum sollte das keine Liebe sein?«, fragte er. »Nur weil sie irgendwann endet?«

»Weil sie gemein und unehrenhaft ist.«

»Ich wage zu bezweifeln, dass die eine Art der Liebe der anderen überlegen sein soll«, bemerkte Christoph.

In Celina begann es zu kribbeln, sie wusste nicht, ob aus Widerspruchsgeist oder wegen seiner Nähe und seiner

Worte, die sie als durchaus anzüglich empfand. Merkwürdigerweise gefiel ihr diese Anzüglichkeit.

»Höre«, sagte sie, blieb stehen und schlug das Buch auf. »Varchi sagt am Anfang: ›Fürwahr, Liebe trägt mich, wohin ich nicht will.‹ Was bedeutet das?«

»Das bedeutet, dass wir der Liebe ausgeliefert sind. Sie ist wie ein Boot im großen Meer, das wir nicht steuern können. Wir müssen uns davontragen, uns vom Wind treiben lassen. Das scheint Varchi Unbehagen zu bereiten. Ich für meinen Teil sehe ein sehr schönes Bild darin. Gilt es nicht auch für die Gottesliebe? Steuert nicht auch er unsere Schiffe im Meer?«

»Ich glaube, dass jeder Mensch ein tiefes Bedürfnis hat, sich selbst und andere zu steuern. Warum sollte er sich in sein Schicksal ergeben? Ich will mich ja auch nicht in mein Schicksal ergeben«, entgegnete Celina.

»Kommen wir auf die Endlichkeit und Unendlichkeit zurück«, meinte Christoph. Gedankenverloren versetzte er einem Stein einen Stoß mit seiner Stiefelspitze.

»Varchi fragt: Ist das Ende einer Sache auch ihr Ziel? Wenn ein Geometer ein Stück Land vermisst, hat er einen Endpunkt und damit ein Ziel. Demnach hat alles kein Ende, das keinen Endpunkt besitzt.«

Celina antwortete: »Varchi fragt weiter, ob Lieben und Liebe dasselbe sei. Darauf hin sagt Tullia, eines sei ein Substantiv, eines ein Verb. Verben unterliegen den Veränderungen des Tempus, Nomina oder Hauptwörter bleiben beständig. Also sei die Liebe dem Lieben überlegen. Ist die Liebe nun minderwertig, das heißt fleischlich, verwandelt sie sich mit der Zeit in Hass, weil sie endlich ist und ihr Ziel, nämlich die Vereinigung, erreicht hat. Gerade das will mir aber nicht einleuchten.«

Celina blieb abermals stehen und blickte sinnend auf die Lagune hinaus. Das Licht wurde bläulich-golden; schlanke

Fische sprangen aus dem Wasser, um gleich wieder einzutauchen. Der Reiher an der Brenta fiel ihr ein. Fressen und Gefressenwerden. Ist der Mensch zu etwas anderem geboren als die Tiere?

»Tullia sagte, diejenigen, deren Liebe endet, seien in Wahrheit keine Liebenden. Ihre Sehnsucht sei unendlich, ihre Gefühle gleichzeitig. Sie werden niemals satt von ihrer Liebe.«

»Ein Ziel verleiht jedem Ding Bewegung«, sagte Christoph. »Aber die Liebe muss doch nicht aufhören, wenn man am Ziel ist.«

Er blieb ebenfalls stehen und schaute ihr in die Augen. Wärme durchflutete Celina.

»Die ›niedrige‹ Liebe besteht darin, dass man den anderen besitzen will«, meinte sie. »Und der Grund dafür ist, dass ihr Leidenschaft zugrunde liegt und nicht Vernunft.«

»Dann wollen wir also recht vernünftig sein«, witzelte Christoph und lachte.

Celina stimmte ein. Sie legte ihre Hand auf seinen Arm. »Ist das nun ehrenhaft oder unehrenhaft?«, fragte sie.

»Deine Hand auf meinen Arm zu legen? Unehrenhaft, hoffe ich doch.«

»Jetzt bleib bitte ernst! Die unendliche Liebe kommt niemals ans Ziel, ihre Triebkraft ist die Einbildungskraft.«

»Ich bilde mir ein, von dir geliebt zu werden.«

»Du bist sehr gebildet, etwas zu erahnen, von dem du nichts weißt. Niemand kann in einen andern Menschen hineinschauen.«

»Doch ich kann es – bei dir. Deine Gefühle liegen offen vor mir, wenn ich dich bloß anschaue.«

Celina erschrak. War es so einfach, sie zu durchschauen? Von ihm durchschaut zu werden schien ihr kein großes Übel zu sein, aber sie beschloss, sich künftig mehr im Zaum zu halten, besonders Männern gegenüber.

»Wir werden die Geheimnisse, die Tullia, Varchi und andere erörtert haben, nicht so schnell entschlüsseln können. Andere brauchen dafür ein ganzes Leben. Schau, der Ruderer kommt schon zurück. Wann werden wir uns wiedersehen?«

»Ich komme morgen wieder«, erwiderte Christoph. »Dann können wir noch einmal darüber sprechen, wohin ich dich bringen könnte. Bei aller Liebe – wir müssen schnell handeln!«

»Ich freue mich darauf, dass du kommst«, sagte sie und gab ihm die Hand. »Aber ich weiß nicht, wie ich die Zeit bis dahin überstehen soll!« Mit einer schnellen Bewegung küsste er ihre Finger, wandte sich um und ging zum Ufer, wo der Ruderer auf ihn wartete. Celina sah ihnen nach, bis das Boot immer kleiner wurde und im Abenddunst Richtung Venedig verschwand.

In der Nacht wurde Celina von einem Geräusch geweckt. Sie fuhr empor und war sofort hellwach. Das Geräusch war von draußen gekommen. War es ein Tier? Eine streunende Katze, ein Dachs? Da war es wieder: Es klang wie das Scharren eines schweren Gegenstandes über Sand. War sie entdeckt worden? Waren die Schergen gekommen, sie zu holen und wieder einzusperren? Sie sprang von ihrer Matratze auf, tastete sich im schwachen Licht des Mondes voran. Sie stieß sich das Knie am Stuhl und unterdrückte ein Stöhnen. Ihren Mantel fand sie über der Stuhllehne hängend. Sie warf ihn sich über die Schultern, öffnete die Tür. Es war nichts zu sehen oder zu hören. Nur die Wellen plätscherten leise ans Ufer. Der abnehmende Mond warf sein Licht auf die Lagune, die wie dunkles Metall glänzte. Dort am Ufer war etwas … ein Boot! Sie war wirklich entdeckt worden. Oder war Christoph noch einmal zurückgekehrt?

Celina nahm all ihren Mut zusammen und ging geradewegs auf das Boot zu. Es war leer, die Ruder pendelten im niedrigen Wasser. Celina wandte sich zurück zur Hütte. Dort oben stand eine Gestalt und blickte zu ihr herüber. Es war eine Frau – eine Nonne. Die Frau kam auf sie zu. Klein, rundlich, aus der Kapuze quollen blonde Haare hervor …

»Nanna!«, rief Celina aus. »Wie in aller Welt kommst du hierher?«

Nanna stand nun direkt vor ihr. »Ich habe mich aus dem Kloster geschlichen«, sagte die Nonne, »weil ich mit dir sprechen möchte.«

»Woher weißt du, dass ich hier bin?«

»Das tut nichts zur Sache.«

»Komm herein in die Hütte«, sagte Celina. »Hier draußen ist es zu dunkel und zu kalt.«

Im Innern zündete sie mit einem Zundersäckchen eine Öllampe an, die in einer Ecke stand. Nanna setzte sich auf den einzigen Stuhl, Celina holte zwei Becher mit Wein und schwang sich auf den Tisch neben die Lampe.

»Was führt dich zu mir?«, fragte sie. Im Schein des Lichts sah sie, dass Nannas Augen rot umrändert waren. »Hast du Kummer?«

»Es gibt Dinge, die mir große Sorge bereiten«, antwortete Nanna. »Du erinnerst dich doch an die toten Nonnen, die aus den Kanälen gefischt wurden.«

»Ich erinnere mich sehr gut daran. Und ich glaube zu wissen, dass du, ich und weitere Nonnen in Gefahr sind.«

»Gerade deshalb bin ich gekommen. Mit diesen Toten hat es nichts Geheimnisvolles auf sich. Es waren Unglücksfälle, sonst nichts. Der Rat der Zehn hat daher nicht zu Unrecht beschlossen, darüber Stillschweigen zu bewahren.«

»Aber wenn es Unglücksfälle waren – was ich nicht so recht glauben kann –, müsste nicht doch eine Untersuchung darüber eingeleitet werden?«

»Ich möchte dich davor warnen, Celina, dieser Sache

weiter nachzugehen. Es ist manchmal besser, wenn man bestimmte Dinge nicht weiß. Du würdest dich selbst und andere in Gefahr bringen, wenn du diese Sache nicht auf sich beruhen lässt.«

»Woher weißt du …?«

»Das tut nichts zur Sache.«

Celina war überrascht, wie unfreundlich Nanna plötzlich klang. War sie deshalb gekommen – um sie daran zu hindern zu versuchen, etwas herauszufinden?

»Darf ich dich etwas fragen, Nanna? Wie bist du in das Kloster Convertite gekommen?«

Nanna sah eine Zeitlang stumm vor sich hin. Dann fing sie unvermittelt an zu sprechen.

»Ich war fünfzehn Jahre alt, als meine Eltern begannen, sich nach einem Mann für mich umzusehen. Ich entstamme der angesehenen Familie Tarabotti, die heute nichts mehr mit mir zu tun haben will. Der Mann, den sie mir aussuchten, war ein Freund der Familie und dreißig Jahre älter als ich. Ein Leben an seiner Seite konnte ich mir nicht vorstellen. Bei einer Abendgesellschaft lernte ich einen jungen Mann aus dem Heiligen Römischen Reich kennen.«

So ähnlich wie bei mir, dachte Celina. Nur war der Anfang ein wenig anders. Aber auch so etwas hätte mir blühen können, wären meine Eltern weniger einsichtig gewesen. Mit Sehnsucht dachte sie an die beiden.

»Was geschah dann?«, fragte Celina.

»Ich brannte mit ihm durch, ging mit ihm nach Cremona, wo wir ein neues Leben aufbauen wollten. Als ich ein Kind erwartete, ließ er mich über Nacht sitzen. Was sollte ich tun? Ich musste zurück zu meiner Familie. Das Kind, einen Jungen namens Timoteo, gebar ich auf dem Landgut meiner Familie. Er lebt heute bei einer Bauernfamilie. Kurz zuvor war das Kloster Convertite als Besserungsanstalt für ›gefallene Mädchen‹ errichtet worden; dort steckten mich meine Eltern hinein. Die Mitgift bekam meine jüngere Schwester Barbara.«

Eine traurige Geschichte, dachte Celina. Wie viele der Nonnen Venedigs mochten eine ähnliche Erfahrung hinter sich haben? Wie viele wurden von ihren Eltern in ein Kloster abgeschoben? Und sie dachte daran, was Tullia über die Unendlichkeit der Liebe gesagt hatte. Wie kam es, dass Nanna diesem Mann nicht hatte widerstehen können?

»Warum bist du von zu Hause weggelaufen?«, fragte Celina. »Hättest du dich nicht mit deiner Familie einigen können?«

»Der Mann – ich bringe seinen Namen nicht mehr über die Lippen – hatte keinerlei Vermögen oder sonstiges Auskommen. Er war ein mitteloser Maler, der nach Venedig gekommen war, um die Künste seiner südlichen Nachbarn zu studieren. Ich konnte mit meinen Eltern nicht darüber sprechen. Meine Hoffnung ist, eines Tages einen Mann zu finden, mit seiner Hilfe aus dem Kloster herauszukommen und ein ehrbares Leben zu führen.«

»Was hindert dich daran, es schon jetzt zu tun, Nanna?«

Die junge Frau zögerte abermals mit der Antwort. »Es ist mein Gelübde. Ich habe den Schleier genommen und Gott meine Treue geschworen. Nur ein Priester kann mich von diesem Eid entbinden.«

Sie seufzte tief und sah sich gehetzt um. »Ich muss jetzt wieder gehen«, erklärte sie dann und wischte sich über die Augen. »Bevor jemand mein Fortgehen bemerkt.«

»Warum bist du wirklich gekommen, Nanna?«, wollte Celina wissen.

»Um dich zu warnen, aus keinem anderen Grund. Hör auf, dich in die Angelegenheiten anderer einzumischen!«

»Ich verspreche dir, dass ich nichts tun werde, was dich oder jemand anderen gefährden könnte. Woher wusstest du, dass ich auf dieser Insel bin?«

»Ich habe gesehen, wie sich dein Freund hinüberrudern ließ.«

Die Insel San Clemente war der Giudecca vorgelagert, daran hatte Celina nicht mehr gedacht. Sie schwieg.

»Am besten verschwindest du von hier!«, rief Nanna, drehte sich um und lief aus der Tür zum Strand hinunter.

Gott behüte dich, Nanna, ging es Celina durch den Kopf. Ich werde für dich beten.

Als am anderen Tag Christoph auf die Insel kam, war Celina damit beschäftigt, die Angel zum Fischen herzurichten. Die Angel bestand aus einer Weidengerte, an der eine Schnur mit Haken befestigt war. Vorher hatte Celina den Strand nach Ködern abgesucht, nach Muscheln, Schnecken und Sandwürmern. Sie spießte einen Wurm auf den Haken und rief Christoph zu: »Damit will ich heute unser Mittagessen fangen.«

Nachdem sie ihn begrüßt hatte, hob sie ihren Rock ein wenig und watete ins Wasser hinein. Es war hier ziemlich seicht und daher nicht besonders kalt. Christoph folgte ihr und zeigte ihr, wie man die Angel in einem weiten Bogen auswarf. Die Sonne brannte schon ziemlich heiß vom Himmel herab.

»Ich muss dir etwas mitteilen«, sagte Christoph, während er die Angel im Blick hielt. »Wie ich dir gestern berichtete, hat Hans einen Onkel, der Mitglied im Rat der Zehn ist. Dieser Immuti sagt, die Berichte über die Toten seien verschwunden. Auch ärztliche Untersuchungen hätten nie stattgefunden. Das heißt, amtlich hat es diese Todesfälle nie gegeben.«

»Nanna war gestern Nacht bei mir«, entgegnete Celina. »Sie wollte mich davor warnen, mich weiter mit den Unglücksfällen zu beschäftigen, wie sie es nennt. Sie wirkte sehr aufgewühlt und hat mir auch von ihrer Aufnahme im

Kloster Convertite erzählt. Sie ist als ›gefallenes Mädchen‹ dort hingebracht worden.«

»Glaubst du, dass jemand Zwang auf sie ausübt?«, fragte Christoph.

»Ich weiß nicht, was ich glauben soll. Ich möchte nur in Ruhe und Frieden in dieser Stadt leben, und zwar nicht als Nonne, sondern als Bürgerin.«

»Dazu müsstest du heiraten.« Er lächelte.

»Das habe ich Nanna auch gesagt, aber sie verwahrte sich dagegen – wegen ihres Gelübdes.«

»Und du? Würdest du den Schleier freiwillig wieder abgeben?«

Celina lachte. »Sehe ich wie eine Nonne aus? Eigentlich habe ich meinen Schleier längst abgelegt.«

Der Haken mit den Würmern bewegte sich, und Celina begann die Schnur einzuziehen. Der Fisch, der angebissen hatte, schien ziemlich groß zu sein, gemessen an dem Widerstand, den er leistete. Christoph half ihr beim Ziehen. Zusammen brachten sie einen bläulichen, zappelnden Fisch ans Ufer.

»Das ist ein Wolfsbarsch«, sagte Christoph. Er zog sein Messer heraus und machte einen schnellen, sauberen Schnitt durch die Kehle des Fisches. Bräunliches Blut sickerte heraus. Celina schauderte es ein wenig, aber sie hatte großen Hunger. Sie zündete das Holz an, das sie zuvor gesammelt hatte, nahm den Fisch aus, wusch ihn in der Quelle, zerlegte ihn, bestreute ihn mit Salz und Koriander und legte ein Sträußchen Rosmarinzweige dazu. Das Holz begann zu glühen. Sie stellte eine eiserne Pfanne mit etwas Olivenöl aufs Feuer, und als das Fett Blasen warf, legte sie die gewürzten Stücke hinein. Bald breitete sich ein appetitlicher Duft aus.

»Ich möchte wissen, was wirklich aus meinen Eltern geworden ist«, sagte Celina nach einer Weile des Schweigens. »Meinen Verwandten traue ich nicht mehr.«

»Wir sollten uns einmal in diesem Kloster Convertite umsehen, vielleicht finden wir dort einen Anhaltspunkt«, erwiderte Christoph.

»Man wird uns nicht hineinlassen, fürchte ich. Nanna wird uns auf keinen Fall helfen, so, wie sie sich gestern Nacht verhalten hat«, erwiderte Celina.

Christoph dachte eine Zeitlang nach. Celina nahm die Pfanne vom Feuer. Die Fischscheiben hatten eine goldbraune Farbe angenommen. Sie aßen mit ihren Messern.

»Ich werde Hans fragen, ob er einen Plan von Kloster Convertite besorgen kann«, bemerkte Christoph zwischen zwei Bissen. »Lieber würde ich dich allerdings fern von der Stadt sehen.«

»Ich gehe erst weg, wenn ich das Kloster Convertite gesehen habe«, beharrte Celina.

»Wir halten bald eine Versammlung ab«, meinte Christoph. »Danach werde ich mich um deine Flucht kümmern.«

2. Teil

April bis September 1561

15.

An einem trüben Abend im April waren Christoph, Brinello und Hans auf dem Weg zu einer geheimen Versammlung der Verleger und Buchdrucker der Stadt. Nebel lag über den Kanälen, Booten und Plätzen. Mit einem Traghetto gelangten sie zum Stadtteil Dorsoduro, dem ältesten Teil der Stadt, in dem die ersten Siedler Stämme von Ulmen und Lärchen in den Boden des Meeres gerammt hatten. Heute war es ein Viertel der Fischer und Handwerker, sah man von den Luxusvillen der Reichen ab. Sie durchschritten ein paar Gassen und hatten dann freien Blick auf die Lagune und die Insel Giudecca.

»Habt ihr gewusst, dass die Giudecca der fernste Kreis der Hölle in Dantes ›Divina Commedia‹ ist?«, fragte Brinello.

»Ja«, antwortete Christoph. »Es ist der Platz der Verräter.«

»Genau der richtige Platz für uns«, scherzte Hans, nachdem er sich kurz umgesehen und sich vergewissert hatte, dass keine Menschen in der Nähe waren. Sie gelangten zu einem kleinen, etwas verfallenen Palazzo, der an einem der Seitenkanäle stand. Im *primer piano* hatten sich etwa fünfzehn Personen versammelt. Sie saßen auf Holzstühlen, auf Truhen oder standen, miteinander redend, an die Wand gelehnt. An den Wänden hingen verblasste, teilweise von Feuchtigkeit zerstörte Bilder, und der Putz bröckelte von den Wänden. Einer der Anwesenden begrüßte die drei.

»Es sind Freunde«, sagte Brinello »Ihnen können wir bedingungslos vertrauen.«

»Ich bitte nun um Euer Gehör, verehrte Herren Verleger

und Buchdrucker«, rief ein Mann mit grauen, etwas strubbeligen Haaren, einem Einglas und einem Spitzbauch. »Wir haben uns heute versammelt«, fuhr er fort, »um über unsere bedrohliche Lage hier in dieser Stadt zu beraten. Ich bitte nun um Wortmeldungen und Berichte.«

»Das ist Pedro Corregio, ein führender Verleger dieser Stadt«, flüsterte Brinello Christoph zu.

Zunächst herrschte Schweigen. Die Anwesenden sahen vor sich hin, als hätten sie Bedenken, sich öffentlich über ein so gefährliches Thema zu äußern. Schließlich trat ein kleiner, gedrungener Mann mit bleichem Gesicht vor. Er nahm seine Mütze ab, drehte sie zwischen den Händen und begann: »Ihr werdet es mir nicht übelnehmen, wenn ich mich kurzfasse und nur Andeutungen darüber mache, was mit unseresgleichen schon geschehen ist in den letzten Jahren. Und es geschieht jeden Tag von neuem, hier, in Florenz, in Rom, in Paris, in Augsburg und in Spanien. Ich möchte nur die *pena* erwähnen, die vorsieht, jedem, der eines der verbotenen Bücher auch nur anfasst, die Finger abzuhacken. Antonio Michele Ghislieri ist vor zwei Jahren als Großinquisitor für die Städte Como und Bergamo eingesetzt worden, und er verfolgt nicht nur angebliche Ketzer mit aller Härte, sondern auch Juden. Man sagt, er sei für die Wahl des nächsten Papstes vorgesehen.«

»Welche Bücher stehen nun eigentlich auf dem Index?«, fragte einer der Anwesenden. »Es wird so ein Geheimnis darum gemacht.«

»Es sind etwa tausend«, antwortete der Sprecher. »Die Konsultoren und Berater des Inquisitors in Venedig haben, wie wir alle wissen, 1554 einen Index für unsere Stadt herausgebracht. Alle Schriften von angeblichen Häretikern, also das, was gegen die herrschende Lehrmeinung der Kirche verstößt, alle Schriften über Astrologie, Hellseherei und Magie. Darüber hinaus alles, was in der Volkssprache verfasst ist und nicht in Lateinisch. Das betrifft vor allem die Bibel. Erasmus von Rotterdam steht ebenso auf dem Index wie Machiavelli, der als verabscheuungswürdiger Ketzer gilt. Thomas von Aquin und die Autoren und Besucher der Frankfurter Buchmesse. Nachdem Johann Gutenberg, der bei Frankfurt lebt, den Umschwung im Buchdruck hervorgebracht hatte, ist diese Stadt mit den Buchdruckern Johann Fust, Peter Schöffer und Konrad Henckis den Inquisitoren ein Dorn im Auge.«

»Die Frage ist doch: Wie können wir den drohenden Verfahren und den Bücherverbrennungen entgegenwirken?«, meldete sich Christoph zu Wort.

»Eines möchte ich unbedingt klarstellen«, sagte Brinello und trat vor. »Die Inquisition arbeitet im Geheimen; es ist keinerlei Öffentlichkeit zugelassen bei den Prozessen. So müssen auch wir uns ebenfalls absolute Geheimhaltung auferlegen. Ein falsches Wort zu irgendeinem Menschen, und der Denunziation ist Tür und Tor geöffnet. Die Bücher hat jeder von uns hoffentlich in einem sicheren Versteck.«

»Da gibt es dann den einen oder anderen Besucher, der spät in der Nacht auf ein Glas Zypernwein vorbei kommt …«, meinte Hans.

»Scherz beiseite«, fiel ihm Christoph ins Wort. »Ich frage mich, wovon wir leben sollen, wenn wir weder drucken, kaufen noch verkaufen können.«

»Es gibt einige Gönner in dieser Stadt und nicht nur hier. Selbst im Zehnerrat soll einer sitzen, der unserer Sache geneigt ist.«

»Ich kenne diesen Mann«, sagte Hans. »Er ist mein Onkel. Und ich werde ihn demnächst wieder einmal aufsuchen.«

»Sagt ihm meinen allerherzlichsten Gruß«, antwortete Corregio.

Ein lautes Pochen ertönte unten an der Tür. Christoph fuhr zusammen. Wer mochte das sein? Ein verspäteter Gast?

»Das sind gewiss die *Signori della Notte*«, meinte Pedro Correggio. Christoph wunderte sich, dass er das anscheinend gleichmütig hinnahm. Stiefel polterten die Treppe herauf. Vier *Signori* in adliger Kleidung stürmten in den Raum.

»Was ist das hier für eine Versammlung?«, fragte der Anführer in lautem, drohendem Ton.

»Wir sind Buchdrucker und Verleger, die sich über neue Absatzmöglichkeiten beraten«, gab Corregio zur Antwort.

»Redet Ihr nicht über verbotene Bücher?«, fragte der Mann lauernd. »Uns sind Informationen zugespielt worden. Es sei nicht das erste Mal, dass Ihr hier eine Versammlung abhaltet.«

»Aber wo denkt Ihr hin«, antwortete Corregio ruhig. »Wir werden uns doch nicht selbst einen Strick drehen.«

»Uns täuscht Ihr nicht so leicht«, sagte der Anführer. »Wir haben Befehl, in der nächsten Zeit alle Häuser nach verbotenen Büchern zu durchsuchen. Wehe, auf euch alle hier fällt auch nur der Schatten eines Verdachtes. Durchsucht den Raum!«, wies er seine Männer an. Die *Signori* schwärmten aus, schauten in alle Ecken, öffneten Kisten und Schränke. Achselzuckend kehrten sie zu ihrem Anführer zurück.

»Ihr habt Glück gehabt«, rief der Mann den Anwesenden zu. »Das nächste Mal aber erwischen wir euch.«

Sie sammelten sich, machten kehrt und verschwanden mit demselben Gepolter die Treppe hinunter, mit dem sie gekommen waren. Ein Aufatmen ging durch die Reihen der Männer.

»Für heute wollen wir es gut sein lassen«, sagte Corregio. »Jeder hat nun mitbekommen, in welcher Gefahr wir uns befinden. Wir müssen wachsam sein.«

Schweigend packten die Menschen ihre Sachen zusammen und verließen den Raum nacheinander. Brinello hielt Hans und Christoph zurück.

»Wartet noch einen Moment« sagte er. »Ich muss mit Corregio noch etwas besprechen.« Die beiden folgten ihm, ohne dass er sie dazu aufgefordert hatte.

»Signor Corregio«, begann Brinello, »ich habe noch eine wichtige Frage an Euch: Sind die Bücher, die Christoph Pfeifer aus dem Reich hierher gebracht hat, in Sicherheit?«

»Ja, ich habe sie an einem geheimen Platz versteckt, auf den niemand kommen würde.«

»Wie aber wollen wir diese Schriften verbreiten, wenn wir sie vor aller Augen verbergen müssen?«, warf Christoph ein.

»Ihr werdet sehen«, sagte Corregio mit einem Lächeln. »Das, was verboten ist, hatte schon immer einen besonderen Reiz für die Menschen. Das Gedankengut dieser Bücher wird sich umso stärker verbreiten, denn alles können sie nicht vernichten, schon gar nicht das, was sich in den Köpfen der Menschen bereits niedergeschlagen hat. Nur Mut, meine Herren, am Ende werden wir die Sieger sein.«

Spät in der Nacht saßen die drei Männer immer noch in Brinellos Haus zusammen und sprachen über die Möglichkeiten, die ihnen blieben. Ihnen war klar, dass es bei dem, was sie taten, um Leben und Tod ging.

»Mir schwirrt der Kopf«, sagte Christoph. Er spürte die Anspannung, die seit Tagen auf ihm lag.

»Das ist kein guter Schlachtplan für unser weiteres Vorgehen«, antwortete Brinello. »Im Gegenteil: Nie waren unsere Verstandeskräfte mehr gefragt als in diesen Zeiten. Wir müssen einen Plan entwerfen, um nicht nur die Bücher zu retten, sondern alles, wofür wir kämpfen.«

Christoph gab sich einen Ruck und fragte: »Wie steht die Sache der Hugenotten in Frankreich?«

»Ihre Lage hat sich verschlimmert. Seit der Augustinermönch Jean Vallière 1523 am Pfahl verbrannt wurde, sind die Repressalien immer schlimmer geworden.«

»Ich weiß«, sagte Christoph leise. »Ich bin selbst ein Kind von Hugenotten. Nachdem 1559 das Edikt von Écouen herauskam, das die Todesstrafe für Häretiker festsetzte, wurde die Gemeinde meiner Eltern brutal überfallen und niedergemetzelt. Wer da noch nicht zu Tode kam, wurde später verbrannt.« Er verstummte vor Trauer.

»Das tut mir sehr leid für Euch«, sagte Corregio. »Und ich verstehe, dass Ihr Euch mit ganzem Herzen für die Sache Eurer Eltern einsetzt. Was wollt Ihr tun?«

»Ich muss bald ins Reich zurück, spätestens im Frühjahr, wenn der Schnee zu schmelzen beginnt. Habt Ihr etwas von Reinhard von Geldern und seinen Männern gehört?«

»Sie wurden freigelassen, weil man ihnen nichts nachweisen konnte. Doch vor zwei Wochen sind sie abermals inhaftiert worden«, erwiderte Corregio.

»Aus welchem Grund?«, fragte Christoph.

»Irgendein deutscher Kaufmann hat einen Brief an den Bischof von Konstanz, Arthur de Braissé-Courssac, geschrieben, in dem er Reinhard von Geldern beschuldigt, einem Mann verbotene Bücher auf seinen Weg über die Alpen mitgegeben zu haben.«

»Breitnagel!«, rief Christoph aus. Er und die anderen sahen sich bestürzt an.

»Aber warum ist er erst jetzt damit herausgerückt?«, wollte Hans wissen.

»Ihr seid das gewesen, nicht wahr, Christoph Pfeifer? Ich spreche Euch meine Anerkennung für Euren Mut aus. Durch welche dunklen Kanäle Breitnagel diese Nachricht zu Ohren gekommen sein mag, weiß ich nicht.«

Breitnagel will uns schaden, wo er nur kann, dachte Christoph. Aber nicht aus Glaubensgründen, nein, er wird vom Bischof reich belohnt worden sein.

»Ich werde so bald wie möglich über die Alpen gehen«, erklärte Christoph. »Doch vorher gibt es noch ein paar andere Dinge zu erledigen.«

16.

Trotz der bedrohlichen Lage, in der sie sich befand, fühlte Celina sich einigermaßen unbeschwert auf ihrer Insel. Sie las viel und ging am Strand spazieren. Besondere Freude hatte sie an den Blumen, die aus dem Boden sprossen: Szilla, Anemonen, wilde Schlüsselblumen. Aus den Kirsch- und Pflaumenbäumen im Garten des Eremiten brachen erste Blüten. Nach einigen Tagen wurde sie unruhig. Hatte Christoph sie vergessen? War ihm etwas geschehen?

An einem Abend Mitte April sah sie die bekannte Gondel in der Ferne auftauchen.

»Es ist soweit«, sagte er, kaum war das Boot an Land gezogen worden. »Leider konnte ich nicht früher kommen, es gab wichtige Dinge zu erledigen.«

»Dinge, die wichtiger sind als ich?«, sagte sie mit einem Hauch von Spott in der Stimme.

»Du bist natürlich das Wichtigste auf der Welt«, sagte er. »Komm, wir können gleich aufbrechen zum Kloster Convertite. Dort erwarten uns vielleicht ebenso wichtige Erkenntnisse.«

Celina eilte zur Hütte, um ihren Mantel zu holen, lief zum Strand zurück und stieg zu den beiden Männern ins Boot. Der taubstumme Gondoliere musterte sie argwöhnisch. Die Nacht senkte sich schnell herab. Nach etwa einer halben Stunde näherten sie sich der Insel Giudecca. Celina konnte die Umrisse von zwei Klöstern mit ihren Kirchen erkennen. Die Gondel landete am gemauerten Kai; der Gondoliere sprang hinaus und band das Boot mit einem Seil an einem Poller fest. Christoph drückte dem Mann Geld in die Hand und bat ihn, auf sie zu warten.

Dann machten Celina und er sich auf den Weg nach Convertite, das am äußersten westlichen Ufer erbaut war. Wie Celina wusste, bestand Giudecca aus acht Inseln, die mit Brücken untereinander verbunden waren. Einige dieser Brücken mussten sie überqueren. Sie gelangten zu jenem Teil der Insel, der nicht sehr bebaut war; die wenigen Häuser dienten dem venezianischen Adel als Residenzen für den Sommer. Aus den Gärten duftete der Jasmin.

»Hans hat eine Strickleiter in einer Mauernische versteckt«, sagte Christoph leise zu Celina. Außer ein paar Katzen, die sich kreischend um einen Brunnen herum balgten, war niemand unterwegs. Sie umrundeten das Kloster halb. Christoph griff in eine Öffnung zwischen den Steinen und holte die Strickleiter heraus. Er warf sie über die Mauer, wo sie sich auf der anderen Seite mit einem Klicken verhakte. Sie schauten sich noch einmal um, dann kletterte Celina als Erste hinauf. Aus der Kirche drangen gedämpfte Gesänge.

Als Celina oben angekommen war, drehte sie sich um, ging in die Hocke und ließ sich auf der anderen Seite herab. Wie hoch mochte die Mauer sein? Sie schloss die Augen und ließ sich fallen, landete weich auf Gras. Einen Atemzug später stand Christoph neben ihr.

»Zuerst gehen wir zur Kirche«, flüsterte er ihr zu. Sie schlichen gebückt über den Vorplatz zur Kirchentür, die einen Spaltbreit offen stand. Leise schoben sie sich hinein. Was sie sahen, verblüffte sie zutiefst. Das Kirchenschiff war von Fackeln erleuchtet, die an den Seitenwänden angebracht waren. Auf dem Chor stand eine schwarz gekleidete Schar von Nonnen. In den hölzernen Bänken knieten Männer und Frauen in geistlicher Kleidung, die Frauen wirkten alle sehr jung. Auf dem Steinsockel des Altars prunkte ein großer vergoldeter Löwe. Davor stand ein stämmiger, dunkelhaariger Mann in einem dunkelvioletten Gewand. In der

Hand hielt er den Abtsstab; selbst auf die Entfernung hin konnte Celina sehen, dass die Hand dicht behaart war.

»Meine lieben Brüder und Schwestern«, rief er mit sonorer Stimme, die im Raum widerhallte. »Markus, dem Evangelisten, zum Zeichen und zur Ehre ist dieser Löwe hier aufgerichtet worden. Senkt dankbar das Haupt und gedenkt der Leiden, die dieser Märtyrer erdulden musste. Als Bischof von Alexandria wurde er im Jahr 68 von Christenfeinden in seiner Kirche ergriffen und an einem Seil zu Tode geschleift. Im 14. Jahrhundert gelangten seine Gebeine in einer feierlichen Prozession über das Meer in unsere Stadt. Er ist unser Schutzheiliger, er zeugt von unserer Macht und der unverrückbaren Stärke der Kirche.«

»Amen«, murmelten die Anwesenden. Der Klang der Orgel ertönte brausend, die Chornonnen sangen ein Kirchenlied, und die Anwesenden traten einer nach dem anderen vor, um die Hostie in Empfang zu nehmen.

»Gleich wird der Gottesdienst vorbei sein«, flüsterte Christoph Celina zu. »Lass uns verschwinden.«

»Wohin?«, fragte sie genauso leise.

»Wir müssen zu Nannas Zelle. Über den Kreuzgang da drüben hinter der anderen Tür.«

»Wie sollen wir dort unbemerkt hinüberkommen?«

»Wir drücken uns ganz langsam an der Wand entlang.«

»Und die Fackeln?«

»Die beleuchten die Wände darüber; unter ihnen wird man uns nicht so leicht bemerken.«

Christoph begann, sich langsam an der Wand in Richtung Tür voranzuschieben. Celina spürte den kalten Stein in ihrem Rücken. Sie senkte den Kopf, um nicht doch gesehen zu werden. Die Nonnen, Mönche und der seltsame Priester fuhren fort, ihren Gottesdienst abzuhalten. Aller Augen waren nach vorn gerichtet, zu dem Löwen. Celina musste an sich halten, nicht ebenfalls dorthin zu blicken, denn es ging eine Faszination von ihm aus, die nicht nur auf seine goldene Farbe zurückzuführen war. Endlich hatten sie die Tür erreicht. Celina warf einen kurzen Seitenblick zum Altar und dachte mit stockendem Herzen: Jetzt schaut er gleich zu mir hin, und dann ist alles verloren. Im nächsten Moment wandte der Priester den Kopf zu ihr, als hätte er etwas gehört. Sie versuchte sich so klein zu machen, wie es ging. Einen Augenblick später blickte er in eine andere Richtung. Noch ein paar Schritte, und sie waren draußen. Im Kreuzgang war es dunkel und kalt. Christoph führte Celina zu einem massiven Gebäude.

»Das ist das Dormitorium«, raunte er. »Ich habe mir seine Lage und auch den Standort von Nannas Zelle genau eingeprägt.«

Die Tür zum Dormitorium stand offen. Der Gang mit den Türen zu den Schlafzellen war leer. Wahrscheinlich waren alle Bewohner des Klosters in der Kirche.

»Hier ist es«, sagte Christoph. Auch Nannas Zelle stand offen. Offensichtlich fürchtete man sich nicht vor Eindringlingen. Christoph nahm eines der Talglichter, die im Gang brannten. Die Zellentür knarrte ein wenig. Die Zelle war wie üblich eingerichtet, mit Strohsack, Stuhl, einer kleinen Truhe und dem Kruzifix an der getünchten Wand. Celina setzte sich auf den Stuhl, Christoph blieb am vergitterten Fenster stehen. Sie warteten etwa eine halbe Stunde. Endlich ertönte die Glocke der Kirche, die das Ende des Gottesdienstes verkündete. Kurze Zeit später hörte Celina das Rascheln vieler Füße; das waren die Nonnen, die in ihre Zellen zurückkehrten. Keine der Frauen sprach ein Wort. Die Tür öffnete sich, Nanna stand im Eingang. Sie riss die Augen in ihrem schmaler gewordenen Gesicht weit auf, schlug sich eine Hand vor den Mund und drehte sich um, als wolle sie fliehen. Mit einem Satz war Christoph bei ihr, packte sie mit der einen Hand und hielt ihr mit der anderen den Mund zu. Er führte sie zu dem Stuhl, von dem Celina sich erhoben hatte, und drückte sie darauf nieder.

»Was wollt ihr von mir?«, stieß Nanna hervor. Ihr Gesicht war bleich und mit blauen Flecken übersät.

»Wir wollen wissen, was wirklich hinter diesen Todesfällen steckt«, sagte Celina.

»Ich weiß nicht, wovon du sprichst.«

»Von den drei Nonnen, die gefunden wurden. Du bist doch erst kürzlich bei mir gewesen und hast mit mir darüber gesprochen.«

»Das musst du geträumt haben«, sagte Nanna. Sie wirkte zugleich verschlagen und unterwürfig.

Was hatte sie da gesagt? Celina sollte sich alles nur eingebildet haben?

»Du warst bei dem Auffinden der ersten Toten dabei, ich habe es genau gesehen. Wir haben doch miteinander gesprochen«, fuhr Celina sie an.

»Ich habe dich zuletzt während des Karnevals gesehen, als du mit deinem Onkel und deiner Tante bei der Rialtobrücke warst. Alles andere hast du dir nur eingebildet.«

Celina wurde wütend. »Wir haben Zeugen. Wir können alles beweisen!«

»Wem denn?« Nannas Gesichtsausdruck war nun ausgesprochen unverschämt.

Christoph hob eine Hand, als wolle er Celina besänftigen. Ohne zu überlegen, trat Celina auf Nanna zu und hob ihre Tunika samt dem Unterkleid hoch. Sie glaubte ihren Augen nicht zu trauen und hatte es doch geahnt: Auch auf Nannas Oberschenkel war ein Löwe eingebrannt.

»Kannst du mir erklären, wie dieses Zeichen dahin kommt?«, fragte sie lauter, als sie beabsichtigt hatte.

»Lasst mich in Ruhe, sonst fange ich an zu schreien«, entgegnete Nanna. »Dann läuft das ganze Kloster zusammen, und ihr werdet hinausgeworfen oder eingesperrt. Ihr seid widerrechtlich hier eingedrungen!«

»Du wirst jetzt nicht schreien«, sagte Christoph drohend. »Sondern uns ganz ruhig erzählen, was es mit diesem Löwen auf sich hat.«

»Also gut«, räumte Nanna ein. »Meine Familie führt ein Wappen, das aus eben diesem Löwen besteht. Es steht für die Macht, die diese Familie in der Stadt hat. Meine Schwester und ich haben uns in jungen Jahren den Spaß erlaubt und es uns von einem Bader einbrennen lassen.«

»Und das sollen wir dir glauben?«, fauchte Celina. »Sag jetzt endlich die Wahrheit, bevor ich die Geduld verliere!«

Sie hob die Hand, als wolle sie Nanna schlagen. Das Mädchen duckte sich. Celina fuhr über sich selbst erschrocken zurück. So weit hatten die Umstände sie also getrieben! Sie wurde ein wenig ruhiger.

»Nanna«, sagte sie eindringlich. »Weißt du, dass mit diesem Zeichen ein Verdacht auf dich fällt? Wir könnten das in der Stadt publik machen.«

Nanna sackte in sich zusammen. »Also gut«, meinte sie. »Es gibt jemanden, der mehr darüber weiß. Es ist der Abt, Frederico Cornelli.«

»Ist das der Abt dieses Klosters?«

»Ja.«

»Und wer war der Mann, den wir in der Kirche gesehen haben?«

»Ach, da seid ihr hereingekommen. Ich meinte doch, zwei huschende Schatten an der Wand gesehen zu haben.«

Celina fuhr zusammen. Ob noch jemand sie bemerkt hatte?

»Nun, wer ist er?«, drängte sie weiter.

»Es ist ein Priester, der bei uns ab und zu Messen abhält.«

»Wie kommen wir an den Abt Cornelli heran?«

Nanna seufzte, dann breitete sich ein Lächeln auf ihrem

Gesicht aus. »Ich kann ganz gut mit ihm umgehen. Wenn ihr wollt, könnte ich für morgen ein Treffen mit ihm arrangieren.«

»Das wäre schön, Nanna. Doch sag, warum siehst du so ...«, sie suchte nach einem Wort, »... derangiert aus?«

»Die blauen Flecken?« Nanna wurde ernst. »Ich sagte doch, bei der Arbeit werden wir ganz schön rangenommen. Ora et labora, wie du weißt. Beim Holzhacken und beim Versorgen des Viehs kann es schon mal passieren, dass einen ein Scheit oder der Huf eines Tieres trifft.« Ihr Gesicht war erstarrt. Sie wirkte, als trage sie ein furchtbares Geheimnis mit sich herum.

»Gut, Nanna«, sagte Celina versöhnlich, weil sie begriffen hatte, dass es keinen Sinn hatte, weitere Fragen zu stellen. »Um welche Stunde sollen wir morgen kommen?«

»Um die elfte. Zu dieser Stunde empfängt der Abt gewöhnlich Besucher. Aber komm allein, Celina, der Abt liebt es nicht, mit mehr als einer Person zu sprechen.«

»Ich werde Celina auf jeden Fall begleiten«, warf Christoph ein. »Das wird der Abt erlauben müssen.«

»Ich versuche mein Mögliches«, antwortete Nanna. Dann erklärte sie ihnen den Weg, wie sie das Kloster am besten wieder verlassen sollten.

Celina atmete tief die Nachtluft ein, nachdem sie es geschafft hatten, unbemerkt nach draußen zu gelangen. Ihr war, als könne sie noch immer einen Hauch von Weihrauch riechen. Ein Liebespaar lehnte im Schatten einer Wand und küsste sich innig. Celina schaute nicht genauer hin, aber sie konnte sich denken, dass es eine Nonne mit ihrem Liebhaber war. Sie machten sich auf den Weg zur Gondel. Tatsächlich wartete der Mann auf sie. Er war eingeschlafen, lag leise schnarchend auf dem Boden seines Bootes. Sie weckten ihn. Christoph versprach, um elf beim Kloster Convertite auf Celina zu warten.

17.

Um elf Uhr am nächsten Tag trafen die beiden am Kloster Convertite zusammen. Celina hatte sich von einer der Fischerfrauen Kleidung gekauft und war durch Nebengassen geschlichen, um nicht erkannt zu werden. Der Pförtner, ein älterer Mönch mit einem glattrasierten, rosigen Gesicht, teilte ihnen mit, dass der Abt sie schon erwarte. Er wies auf ein Haus, das nicht weit vom Dormitorium lag. Als sie das Gebäude erreichten, sahen sie, wie sich Cornelli von einem älteren Mann mit hagerer Gestalt verabschiedete. Beim Fortgehen warf er ihnen einen kurzen Blick zu. Sein Gesicht war scharf geschnitten mit einem staubbraunen, wolligen Bart. Er trug eine braune, bestickte Tiara und einen Hermelinmantel. Cornelli kam ihnen mit ausgestreckten Händen entgegen. Er war groß und stattlich, mit einem leicht ergrauten Haarkranz um die Tonsur. Seine Hand, mit der er die Celinas drückte, fühlte sich weich und schwammig an.

»Kommt herein und setzt Euch«, sagte er mit einer leicht näselnden Stimme. Celina und Christoph hauchten Küsse auf den Ring an seiner ausgestreckten Hand. Sie setzten sich auf die angebotenen Stühle. Das Zimmer, in dem sie sich befanden, war mit geschnitzten französischen Möbeln aus Kirschholz, einem Bücherschrank, einem Schreib- und Lesepult sowie mit Teppichen auf dem Boden und an den Wänden ausgestattet.

»Was führt Euch zu mir?«, fragte der Abt mit hochgezogenen Augenbrauen. Er musterte Celina eindringlich. Ihre Hände wurden feucht; sie strich sie an ihrem Rock ab.

»Wir möchten Euch zu den Todesfällen befragen, die

sich in letzter Zeit in der Stadt ereignet haben«, begann Christoph.

Der Abt hüstelte. »Was sollte ich damit zu tun haben?«, fragte er.

»Es hieß, die jungen Frauen seien alle aus dem Kloster Convertite gewesen«, warf Celina ein.

»Wer behauptet das?«

»Wir waren Zeugen der Vorfälle. Die Toten wurden eindeutig als Nonnen des Klosters Convertite erkannt«, erklärte Celina schnell.

Der Abt wiegte sinnend den Kopf. »Ich bin sicher, dass es Unglücksfälle waren.«

»Dann gebt Ihr also zu, dass es diese Todesfälle gegeben hat?«

»Wer bestreitet sie denn?«

»Der Rat der Zehn.«

»Oh, Ihr müsst das verstehen«, meinte der Abt. »Es wirft kein gutes Licht auf eine Stadt, zumal im Karneval, wenn so etwas ruchbar wird. Die vielen Besucher könnten davon abgeschreckt werden. Oder außer Rand und Band geratene junge Leute könnten sich einen Spaß daraus machen, junge Mädchen in die Kanäle zu werfen. Aus diesem Grund hat der Rat diese Nachrichten zurückgehalten.«

»In der Nähe der Fundorte ist mehrmals eine Gestalt mit einer Totenmaske aufgetaucht. Könnte die unter Umständen etwas damit zu tun haben?«

»Ich sagte Euch doch: Es waren Unglücksfälle.« Er klang nun eindeutig verärgert.

»Es gibt Hinweise darauf, dass das nicht der Wahrheit entspricht«, sagte Celina. »Jedem Mädchen ist ein Löwe in den Oberschenkel gebrannt worden. Zuvor hatte man sie vermutlich vergiftet, bevor man sie in die Kanäle warf.«

»Das ist doch alles Unsinn!«, rief Cornelli. »Glaubt doch nicht, was auf der Straße erzählt wird!«

»Auf der Straße haben wir das nicht gehört«, warf Celina ein.

»Ich habe die Mädchen selbst gesehen!«

»Also gut.« Das Gesicht des Abtes entspannte sich. »Da Ihr nun schon einmal soviel wisst ... In Wahrheit geht der Zehnerrat von Mord aus. Dieser Mann mit der Totenmaske könnte die Mädchen angelockt, erwürgt oder vergiftet haben. Es wird nach ihm gesucht. Man wollte das aber nicht an die große Glocke hängen. Es besteht immer die Gefahr von Nachahmungstaten.«

Wieder sah er Celina eindringlich an, was sie mit Unbehagen erfüllte. Dennoch hatte sie Zutrauen zu diesem Mann gewonnen. Sie hatte den Drang, ihm von ihrer Situation zu erzählen, und berichtete über Onkel Eugenio, Tante Faustina, das Verschwinden der Eltern und ihren Aufenthalt im Kloster. Christoph schwieg dazu mit grimmigem Gesicht. Der Abt versprach, sich um die Angelegenheit zu kümmern, Celina von ihrem Gelübde zu befreien und ihr zu ihrem Erbanspruch zu verhelfen. Sie solle am nächsten Tag wiederkommen.

Nachdem sie das Kloster verlassen hatten und außer Hörweite waren, machte Christoph Celina heftige Vorwürfe.

»Dem Mann traue ich nicht über den Weg!«, schimpfte er. »Wie konntest du ihm nur soviel über dich und deine Angelegenheiten erzählen? Ich dachte, du hättest den Verstand verloren.«

Celina errötete. »Wenn ich sämtliche Nachforschungen dir allein überlasse, werden wir nie etwas erfahren.«

»Celina!«, stieß Christoph wütend hervor. »Nimm das zurück! Ich habe dich aus dem Gefängnis befreit, habe den Platz auf der Insel für dich gesucht – was willst du mehr?«

»Es ist schon gut, ich habe es nicht so gemeint«, beschwichtigte sie. »Ich möchte, dass auch du mir vertraust und mich gewähren lässt. Ich glaube, dass ich über diesen Abt Cornelli den Geheimnissen um meine Familie auf die Spur komme.«

»Und dazu gehst du in die Höhle des Löwen?«

»Das ist manchmal notwendig, Christoph.«

»Ich bin schon wieder versöhnt«, meinte er und nahm ihre Hand. »Ich mache mir einfach Sorgen um dich.«

»Das weiß ich, Christoph. Du bist mir eine unschätzbare Hilfe – dein Freund Hans und Brinello ebenso. Lass mich nur dieses eine Mal machen; ich weiß schon, was ich tue.«

»Also gut«, erwiderte Christoph und lächelte, »aber nur, wenn ich dich begleiten darf.«

Am nächsten Morgen war die Luft noch frisch. Celina durchschritt die Gassen bis zum Kloster. Diesmal hatte sie ihr Gesicht hinter einem Schleier aus schwarzen Buranospitzen verborgen. Sturmmöwen und Schwalben flatterten über ihren Kopf hinweg. Es roch wie immer ein wenig nach Fisch. Der Pförtner erkannte sie, ließ sie ein. Celinas Herz klopfte schneller als sonst. Was würde sie erwarten? Konnte sie dem Abt wirklich vertrauen? Aber sie hatte keine andere Wahl. Sie musste einfach weiterkommen mit ihren Nachforschungen. Cornelli blickte sie misstrauisch an und gab ihr das Gefühl, als stünde sie nackt vor ihm.

Bevor sie zu Wort kommen konnte, begann er: »Ich habe über alles nachgedacht. Und ich sehe einen Weg, Euch zu helfen. Kommt doch ein wenig näher!«

Celina gab sich einen Ruck und trat zögernd vor den Abt hin. Er schaute ihr in die Augen.

»Ihr seid ein recht hübsches Ding«, sagte er. »Und dazu habt Ihr eine Menge Verstand. Ich könnte Euch nicht nur helfen, sondern Euch zu einer angesehenen Bürgerin dieser Stadt machen. – Daran knüpfe ich allerdings eine kleine Bedingung.«

Celina erschrak. »Ich habe kein Geld«, antwortete sie. »Falls es Euch darum gehen sollte, ehrwürdiger Vater.«

Seine Zunge fuhr über die fleischigen Lippen, seine Augen wurden starr. »Um Geld geht es nicht. Ich würde gelegentlich zu Euch kommen, und Ihr würdet ein wenig nett zu mir sein.« Er hüstelte scheinbar vornehm.

Celina glaubte zu verstehen. »Ihr wollt mich zu einer Kurtisane machen? Ist es das?«

»Was habt Ihr denn dagegen? Kurtisanen zählen zu den angesehensten Bürgerinnen der Stadt.«

»Ja, sie tragen die teuerste Kleidung, den schönsten Schmuck und lassen sich in Karossen spazieren fahren.«

»Hättet Ihr nicht Lust auf solch ein Leben?«

Celina spürte Zorn in sich aufsteigen. »Ich dachte, Ihr wolltet mir bei meiner Suche nach der Wahrheit helfen.«

»Die Wahrheit kommt immer zutage, einerlei, auf welchem Weg«, erwiderte der Abt.

»Das, ehrwürdiger Vater, überzeugt mich nicht. Ich sehe, dass Eure Ratschläge mich nicht weiterbringen.«

Sie wandte sich zum Gehen. Aus dem Augenwinkel sah sie die Veränderung in seinem Gesicht. Seine Augen waren zu schmalen Schlitzen zusammengezogen. Er versteifte sich und machte ein paar hastige Schritte auf sie zu, bis er direkt vor ihr stand.

»Geht nicht, Celina, oder Ihr werdet es bereuen! Meine Angebote zurückzuweisen ist ein Sakrileg. Ihr könnt Euch denken, dass ich viel Macht und Ansehen habe in dieser Stadt. Es wäre Euer Niedergang, sich mir zu widersetzen!«

Celina lief es kalt den Rücken herunter. Sie drehte sich um, ging aus der Tür hinaus. Draußen saß Christoph wartend unter einer Linde und las in einem Buch. Nachdem er sie bemerkt hatte, kam er ihr auf halbem Weg entgegen.

»Du bist ja ganz bleich. Was ist geschehen?«, fragte er

statt einer Begrüßung. »Hat er dir ein unanständiges Angebot gemacht?«

Celina nickte nur.

Christoph ballte die Fäuste. »Am liebsten würde ich jetzt reingehen und ihm eins auf seinen blöden Schädel geben«, knurrte er.

»Das würde alles nur noch schlimmer machen. Wie soll es jetzt weitergehen?«

»Ich lasse dich erst einmal auf deine Insel zurückbringen. Dort wartest du ab, bis ich dir sagen kann, wie es mit deinen Angelegenheiten in der Stadt steht«, erwiderte Christoph.

Die nächsten Tage verbrachte Celina in fieberhafter Erwartung. Was hatte ihre Verweigerung ausgelöst? Konnte der Abt ihr tatsächlich etwas anhaben? Als sie an die Gesichter der toten Frauen dachte, wurde ihr eiskalt. Die meiste Zeit des Tages lief sie unruhig auf und ab. Sie war jeden Moment darauf gefasst, von den Häschern des Abtes ergriffen zu werden, und strich unruhig unter Johannisbrotbäumen und Mangroven dahin, ohne die Pracht der Blüten, die der Frühling hervorgebracht hatte, wahrzunehmen. Warum kam Christoph nicht? Sie wurde immer mutloser. Endlich sah sie das ersehnte Boot. Es näherte sich langsam, doch als sie genau hinschaute, merkte sie, dass es eines der Fischerboote war, die häufig an dieser Insel vorbeifuhren. Während sie enttäuscht am Strand stand, verschwand das Boot im Dunst. Sie sah in der Ferne einen Dreimaster vorüberziehen. Vollkommen lautlos trieb er auf seiner Bahn, auf seinem Kurs nach Nordosten. Ob er nach Dalmatien fuhr? Hoffentlich fiel dieses Schiff nicht in die Hände von Freibeutern. Sie musste an ihre Eltern denken, die ebenfalls auf dem Kurs nach Dalmatien gewesen waren.

In der Nacht träumte Celina, dass sie sich an Bord eines Schiffes befand. Ein Sturm kam auf, das Schiff schlingerte hin und her, riesige Brecher krachten über die Planken und drohten sie mit sich zu reißen. Sie sah ihre Eltern in den Wellen treiben und verzweifelt mit der See kämpfen. Die nächste Welle riss sie über Bord. Sie bekam eine Planke zu fassen, klammerte sich verzweifelt daran fest. Ihr schrecklicher Traum verfolgte sie den ganzen Tag und bestärkte sie in dem Wunsch, mehr über das Schicksal ihrer Eltern zu erfahren. Sie nahm ihren ledernen Reisebeutel, zog einen abgetragenen Mantel über und bedeckte ihr Haar mit einer einfachen Haube. Wenig später sah sie ein Fischerboot, winkte es zu sich heran, und gegen die Gabe von einem Scudo ruderte der Mann sie nach San Marco. Ungeachtet der Gefahr, in der sie immer noch schwebte, lief sie durch die Gassen, bis sie vor dem Haus des Verlegers Brinello stand. Sie fand die drei Männer bei der Arbeit in der Druckerei, roch den vertrauten Geruch der Druckerschwärze. Christoph drehte sich um, erblickte sie und lief ihr freudig entgegen.

»Hast du meinen Brief bekommen?«, fragte er.

»Was für einen Brief?«

»Ich habe ihn dem taubstummen Gondoliere gegeben. Mein Gott, wenn du ihn nicht bekommen hast, dann ist er womöglich abgefangen worden. Du darfst nicht mehr auf die Insel zurückkehren.«

»Was stand in dem Brief?«

Brinello und Hans hatten mit ihrer Arbeit aufgehört und gesellten sich zu den beiden.

Christoph antwortete: »Ich habe dir dringend geraten, dir ein anderes Versteck zu suchen. Ich bin beobachtet worden.«

»Auch Nanna hat dich gesehen«, brachte Celina hervor.

»Der Zehnerrat will deine Ausweisung aus der Stadt

betreiben, zusammen mit deinem Onkel Eugenio, der neuerdings ebenfalls dem Rat angehört.«

Celina hatte das Gefühl, als bleibe ihr Herz einen Moment stehen.

»Onkel Eugenio gehört dem Zehnerrat an? Großer Gott! Sie wollen mich tatsächlich vernichten. Wenn ich nur wüsste, warum das alles!«

»Hans kennt einen Kardinal in Rom, der auf unserer Seite ist«, sagte Christoph. »Ich selbst kann dich nicht begleiten, weil ich noch einmal ins Heilige Römische Reich muss.«

»Was, du gehst fort?«, fuhr Celina auf.

»Die Umstände zwingen mich dazu. Mein Ziehvater ist in großer Gefahr. Du wirst mit Andriana gehen, einer würdigen Kurtisane, der eine Pilgerreise auferlegt wurde. Immuti, vom Zehnerrat, wird dich noch heute Abend zu ihr bringen. Ihr werdet als Pilgerinnen dorthin gehen, um die Freisprechung von deinem Gelübde zu erhalten. Andriana wird dich nach Vollbringung ihrer Buße hierher zurück begleiten.«

»Was würde passieren, wenn ich hier bliebe?«, fragte Celina.

»Sie werden dich ins Kloster zurückschicken und dort unter strengstem Verschluss halten. Vielleicht würdest du nie mehr das Sonnenlicht erblicken.«

Celina spürte, wie ihr die Angst bis zur Kehle hinaufstieg. Hans hatte die Pilgerkleidung schon besorgt; es war alles bereit: etwas Geld in einem Beutel, gestiftet von Brinello, zwei Pilgerstäbe, Taschen, mit Leder verstärkte Pelerinen und breitkrempige, runde Filzhüte.

»Die schützen euch vor Kälte und Regen«, meinte Brinello. »Zieht feste Schuhe an und nehmt ein paar Schuhe als Ersatz mit. Und vergesst nicht eure Flaschen, du und Andriana. Wanderstäbe könnt Ihr Euch unterwegs schnizen.«

»Woher hast du …?«, fragte Celina.

»Ich habe vor zwei Jahren eine Pilgerreise nach Santiago de Compostela unternommen«, entgegnete der Verleger. »Die Romwallfahrer sind ganz ähnlich gekleidet.«

Celina zog sich auf ihr Zimmer zurück, um sich umzuziehen und sich auf die Reise vorzubereiten, die sie nun so plötzlich antreten sollte. Zusammen mit Hans und Brinello warteten sie auf die Nacht, in deren Schutz sie mit Andriana, auf die sie sehr neugierig war, die Stadt verlassen sollte. Brinello hatte Würzwein heißgemacht, den sie miteinander tranken. Als Wegzehrung gab er ihr Speck und Brot mit. Er bat sie darum, ihm in Florenz bei einem Buchhändler, dessen Adresse er ihnen gab, eine Abschrift der Ordensregeln des heiligen Benedikt zu besorgen.

Der Abschied gegen Mitternacht war herzlich; alle umarmten sich.

Hoffentlich sehe ich sie wieder, dachte Celina, vor allem Christoph. Auch wenn sie es sich selbst nicht eingestehen wollte, war er ihr besonders ans Herz gewachsen.

18.

Immuti brachte Celina zur Rialtobrücke, wies ihr den restlichen Weg und ließ sie dann allein. Andriana, die Kurtisane, wartete bei der Kirche San Salvatore. Irgendwie kam sie Celina bekannt vor. Andriana war eine Frau von hohem, schlankem Wuchs. Soweit es im Dunkeln zu erkennen war, hatte sie ein oval geschnittenes Gesicht mit schmaler, gerader Nase. Ihre Haare trug sie unter einem Perlennetz, darüber ein Barett. Ihr Kleid war fließend, aus edlem Stoff; ein schwacher Duft nach Bergamotteöl ging von ihr aus.

»Mein Name ist Andriana Grimani«, sagte die Kurtisane mit einer tiefen, angenehmen Stimme.

»Und ich bin Celina Gargana, wie Hans Euch sicher schon gesagt hat. Es kommt mir so vor, als hätte ich Euch schon einmal gesehen.«

»Wir sind uns sicher irgendwo begegnet«, meinte Andriana. »Lasst mich raten. War es vielleicht in Bassano del Grappa?«

»Ja, vielleicht«, entgegnete Celina. »Seit meiner Kindheit war ich fast jeden Sommer dort. Meine Eltern haben ... hatten dort einen Landsitz. Seid Ihr ... bist du ...?«

Andriana nahm sie in den Arm, so selbstverständlich, als hätten sie sich gestern erst getrennt.

»Ja, ich bin das Mädchen, das mit dir Murmeln und Fangen gespielt hat. Erinnerst du dich an das Ufer der Brenta, an die Vögel, die Fische und die Angler, die stundenlang reglos zwischen den Weiden hockten?«

»Ja, ich erinnere mich, besonders an die Angler und die Reiher«, erwiderte Celina. »Wir haben uns immer alles erzählt, was uns auf dem Herzen lag. Eines Tages warst du dann verschwunden. Meine Eltern erzählten mir, du seiest in ein Kloster gegangen.«

»Den wahren Grund meines Verschwindens durfte niemand erfahren. Oh, welche Schande ich über meine Familie gebracht habe!« Andriana rollte mit den Augen.

»Darf ich wissen, was wirklich passiert ist?«, fragte Celina.

»Natürlich.« Die Kurtisane lachte. »Ich bekam ein Kind von einem Landadligen, der aber leider schon verheiratet war. Ich erzähle später mehr davon, wenn wir die Stadt hinter uns gelassen haben.«

Sie überquerten die Rialtobrücke. Einige Nachtschwärmer drehten sich nach Andriana um und pfiffen ihr hinterher. Auf einem Platz am Canale Grande, gegenüber der Ca' d'Oro, wartete der Sohn von einem der Drucker auf sie. Der Junge war von Brinello als äußerst zuverlässig und verschwiegen empfohlen worden. So stellte er keine Fragen, ließ sie sein Boot besteigen und ruderte sie durch den Kanal auf die Lagune hinaus. Die Nacht war tiefschwarz; nur die Sterne spiegelten sich im dunklen Wasser. Als Celina sich umdrehte, sah sie die Umrisse der Stadt wie von einem fahlen Licht übergossen. Am Ufer standen Pferde für sie bereit; sie saßen auf und ritten los. Der Junge wies ihnen die Richtung: nach Südwesten, der Heiligen Stadt und einer ungewissen Zukunft entgegen. Das Reiten war ungewohnt für Celina, auch wenn sie es in ihrer Jugend gelernt hatte. Nach einigen Meilen brachte sie ihr Pferd zum Stehen.

»Ist es ein großer Umweg, wenn wir am Landgut meiner Eltern in Bassano vorbeischauen? Ich möchte wissen, was daraus geworden ist.«

»Der Umweg dürfte etwa sechzig Meilen betragen, vierzig hin, zwanzig zurück«, erklärte Andriana. »Das schaffen wir zu Pferd in vier Stunden, zwei Stunden zur Straße nach Padua. Ich verstehe, dass es dich dort hinzieht, auch wenn es nicht ganz ungefährlich ist. Aber auch ich möchte meine Heimat einmal wiedersehen.«

Als sie sich der kleinen Stadt am Rand der Berge näherten, wurde es allmählich hell. Die Vögel begannen zu zwitschern. Die Hufe der Pferde klapperten über die groben Steine der Gassen. Celina hatte die Führung übernommen. Alles hier erinnerte sie an ihre Kindheit, die grauen Mauern der Häuser, die kleinen Campos, selbst die noch kahlen Linden. Die ersten Handwerker kamen aus ihren Häusern; beladene Karren rumpelten in Richtung Marktplatz. Es duftete nach frischem Brot. Celinas Magen begann zu knurren. Sie setzten sich unter eine der Linden, aßen Brot und Speck und tranken aus ihren Wasserflaschen. Der Weg führte aus der Stadt heraus, immer am Fluss Brenta entlang. Vor ihnen lagen die Berge und die Weinplantagen. Schließlich kam das Landgut in Sicht, strahlend weiß in der Morgensonne, der Springbrunnen mit den Löwen, die Buchsbaumhecke, die Obstbäume hinter dem Haus …

Celina stiegen die Tränen in die Augen. Es war alles unverändert, als hätte sie es erst gestern verlassen. Sie ritten in den Hof hinein und stiegen ab. Jetzt erst merkte Celina, dass der Sattel die Haut an ihren Schenkeln aufgescheuert hatte, obwohl sie eine Bruche aus Batist trug. Ein Knecht, den sie nicht kannte und der ein Pferd am Zaumzeug führte, beäugte sie misstrauisch.

»Was fällt Euch ein, hier einfach einzudringen«, rief er.

»Das ist das Landgut meiner Eltern«, sagte Celina mit fester Stimme, obwohl die Worte des Mannes ihr die Zornesröte ins Gesicht getrieben hatten.

»Dieses Gut gehört Signor Eugenio Gargana und seiner Frau«, erwiderte der Knecht barsch. »Ich habe die Anweisung, niemanden in die Nähe dieses Hauses zu lassen. Und jetzt macht, dass Ihr fortkommt!« Um seine Worte zu bekräftigen, holte er ein Messer aus dem Gürtel.

Celina bemerkte, dass sich doch etwas verändert hatte. Im Hof waren Statuen aus weißem Marmor aufgestellt, die früher nicht hier gestanden hatten, Tiere aus rotem Gestein und Putten aller Art. Onkel Eugenio schien über beträchtliche Geldmittel zu verfügen.

Ohne auf das Messer zu achten, blieb Celina stehen, stemmte die Hände in die Hüften und sagte: »Ihr könnt Euren Herrschaften ruhig ausrichten, dass wir hier waren. Und dass ich eines Tages wiederkomme und mir das hole, was mir rechtmäßig zusteht.«

Sie gab Andriana ein Zeichen, und sie stiegen auf und ritten aus dem Hof hinaus. Celinas Augen waren blind vor Tränen.

»Das wird er mir büßen, der alte Betrüger«, schluchzte sie.

»Im Augenblick können wir leider nicht viel tun«, gab Andriana zurück. »Wir müssen sehen, dass wir so viele Meilen wie möglich zwischen uns und die Stadt Venedig bringen.«

Celina wischte sich die Tränen mit dem Handrücken aus dem Gesicht. »Warum musst du diese Pilgerreise machen, Andriana?«, fragte sie, auch um sich abzulenken.

»Die goldenen Zeiten für die Kurtisanen sind inzwischen vorbei. Vor zwanzig, dreißig Jahren war jede zehnte Frau in Rom eine von ihnen. Viele junge Frauen kamen vom Land in die Ewige Stadt, um dort ihr Glück zu machen. Dann wurden ihre Rechte eingeschränkt. Sie mussten sich kenntlich machen, mussten einen gelben Schleier oder ein gelbes Tuch tragen und durften nicht mehr mit herrschaftlichen Kutschen vorfahren. Schließlich wurden sie wie die Juden in eine Art Ghetto verbannt.«

»Hat man dich auch verbannt?«

»Ich habe mich geweigert, diesen Anordnungen nachzukommen. Mein Stand in der Stadt Venedig ist untadelig:

Männer aus dem Umkreis des Dogen gehören zu meinen Kunden, Dichter und Musiker sind meine Freunde. Ich habe keinen Grund, mich zu verstecken. Als Strafe bekam ich diese Pilgerreise auferlegt.«

»Dann haben wir ein gemeinsames Ziel«, sagte Celina. »Ich begleite dich auf deiner Reise und lerne etwas ganz anderes kennen. Ein wenig Angst macht mir das alles schon.«

»Du brauchst keine Angst zu haben. Bis wir auf der Via Francigena sind, müssen wir uns halt durchschlagen. Dort können wir uns anderen Pilgern anschließen.«

»Was ist das für eine Straße? Und wann werden wir auf sie treffen?«

»Es ist die alte Pilgerstraße nach Rom. Zwischen Florenz und Siena werden wir sie erreichen.«

Es war für die Jahreszeit sehr heiß. Der Schweiß lief Celina vom Nacken den Rücken herab, und sie musste oft den ausgehöhlten Kürbis zum Munde führen, den sie als Trinkgefäss mit sich führten. In Ferrara nahmen sie Quartier in einer Pilgerherberge. Gläubige aus aller Herren Länder hatten sich hier versammelt: deutsche Ordensleute, Kleriker, Landsknechte, Bettler, männliche und weibliche Wallfahrer, die nach Rom, nach Santiago de Compostela oder ins Heilige Land wollten.

Abends saßen sie mit anderen Pilgern vor der Herberge, einem Stadthaus aus rötlichgelben Lehmziegeln. Brot und Käse gab es, dazu Wein aus der Romagna. Am Tisch von Andriana und Celina hatten fünf Frauen Platz genommen. Eine von ihnen war etwa vierzig Jahre alt; ihr Gesicht war breit und grell geschminkt. Eine Zweite hielt sich sehr gerade, was auf eine vornehmere Herkunft schließen ließ. Sie trug einen gelben Schleier am Hut und schwarze Pilgerkleidung aus Seide. Dann waren da noch zwei junge Mädchen, ebenfalls in Pilgerkleidung. Sie waren sehr still und blickten mit Madonnenaugen vor sich auf den Tisch, derweil die anderen aufgeräumt miteinander redeten. Die Letzte der fünf, ebenfalls mittleren Alters, war hager, hatte schwarze Haare und bewegte die Hände heftig beim Sprechen.

»Woher kommt ihr beiden?«, wandte sich die Schwarzhaarige an Celina und Andriana.

Celina wollte nicht zu vertrauensselig sein, deshalb wartete sie ab, wie Andriana sich verhalten würde.

»Wir kommen aus Venedig«, sagte Andriana. »Und machen eine Wallfahrt zum Heiligen Vater in Rom. Wir wollen Vergebung für unsere Sünden erlangen. In welcher Mission seid ihr unterwegs?«

»Wir alle wollen Papst Pius IV. sehen, um uns von ihm segnen zu lassen«, sagte die Schwarzhaarige.

»Du bist eine von den Kurtisanen, nicht wahr?«, meinte die andere ältere Frau, indem sie sich an Andriana wandte. »Schaust auf uns herunter, nicht wahr?«, geiferte sie. »Schön, jung, reich, gebildet, na, was ihr so Bildung nennt, und unsereiner, was hat der vom Leben? Als Trosshure bin ich von Spanien hergekommen, und da haben sie mich einfach weggejagt. Hier in Ferrara können sie ja an jeder Ecke ein Mädchen haben.«

Die beiden jungen Mädchen kicherten verlegen.

»Ja, schaut sie an, die kleinen Dinger«, redete die Trosshure weiter. »Denen ist das gleiche Schicksal beschieden. Meint ihr, aus denen wird was werden? In Rom wird sie sich der Erstbeste schnappen und sie für sich arbeiten lassen.«

»Wir sind als Pilgerinnen nach Rom unterwegs, im Auftrag unseres Klosters in Venedig«, wagte eines der Mädchen schüchtern einzuwenden.

»Unschuld schützt nicht vor Unmoral«, sagte die Frau entschieden und blickte sich triumphierend am Tisch um.

»Jetzt lass sie doch, Gratiosa«, warf die Schwarzhaarige ein. »Meinst du denn, mein Los sei das bessere? Ich bin unehelich geboren, mit meiner Mutter, einer Prostituierten, auf Jahrmärkten herumgezogen, habe eine Zeitlang in demselben Gewerbe gearbeitet und verdiene mir jetzt mit Wahrsagerei ein paar Scudi jeden Tag. Davon kann ich nicht leben noch sterben. In Rom verspreche ich mir bessere Verdienstmöglichkeiten, weil Pilger von überall dorthin kommen.«

»Das ist immer noch ehrbarer als mein Stand, Zuona«, beharrte Gratiosa. »Und so ›ehrbar‹ wie diese Dame kann sich keine von uns nennen.«

»Nun reiß deinen Mund nicht zu weit auf, Gratiosa«, sagte Andriana lächelnd. »Für uns Kurtisanen ist es vorbei mit dem herrlichen Leben. Ihr seht mich hier auf einer Wallfahrt, die mir als Strafe auferlegt wurde, weil ich mich weigerte, den gelben Schleier zu nehmen. Und meine Freundin hier ist auf der Flucht vor der Signoria.«

Staunend sahen die Frauen zu Celina herüber.

»Was hat sie denn verbrochen?«, wollte Zuona wissen.

»Ich habe meine Eltern, mein Hab und Gut verloren und wurde in ein Kloster gesteckt«, antwortete Celina. »Dort habe ich vieles gesehen, was den Klöstern sicher nicht zur Ehre gereicht.«

»Und warum verfolgt man dich?«, ließ sich die andere der Nonnen vernehmen.

»Es gab ein paar merkwürdige Todesfälle. Zusammen mit Freunden versuchte ich dahinterzukommen, wer diese Todesfälle zu verantworten hat. Dabei bin ich wohl irgendwem zu nahe gekommen. Später bin ich aus dem Kloster geflohen.«

Von den geheimen Umtrieben des Verlegers, von Hans und Christoph wollte sie lieber nicht berichten. Wahrscheinlich jedoch waren diese Frauen gute Katholikinnen, sonst hätten sie sich nicht auf eine solch mühselige Pilgerreise begeben.

»Warum seid ihr beide weg von eurem Kloster?«, fragte sie die jungen Nonnen. »Ihr setzt euch damit einer großen Gefahr aus.«

»Sie reisen mit uns, da kann ihnen nicht viel passieren«, antwortete Gratiosa für sie. »Und auch ihr könnt euch uns anschließen, Andriana und Celina. Auf zwei mehr oder weniger kommt es nicht an. Bei uns wird alles geteilt.«

Der Wirt brachte eine neue Lage mit Wein, und die Frauen griffen zu.

»Danke für das Angebot, aber wir können uns selber schützen«, brachte Celina schnell heraus.

Andriana nickte ihr zu. »Es war schön, eure Bekanntschaft zu machen. Aber jetzt müssen wir schlafen gehen. Morgen wird wieder ein beschwerlicher Reisetag werden.«

19.

Einige Tage, nachdem Celina abgereist war, brachte Brinello Christoph einen Brief, den ein Bote dem Direktor des Fondaco dei Tedeschi ausgehändigt hatte.

»Er ist vom Sekretär des Bischofs von Würzburg«, sagte der Verleger. »Hoffentlich sind es keine schlechten Nachrichten.«

Christoph wurde es flau im Magen. Hastig erbrach er das Siegel und las.

An den Ziehsohn des Reinhard von Geldern,

Christoph Pfeifer,

Ich, meines Zeichens Bischof von Würzburg, Friedrich von Wirsberg, habe die traurige Aufgabe auferlegt bekommen, Euch vom Ableben Eures Ziehvaters Reinhard von Geldern zu unterrichten.

Sein Besitz ist, da kein Erbe vorhanden war und Ihr Euch fern der Heimat aufhaltet, in die Hände unserer Kirche übergegangen.

Mein Segen sei mit Euch

Gez. Hippolyt Gratius,

Sekretär seiner Exzellenz

des Hochwürdigsten Herrn Bischof

Christoph hatte das Gefühl, als werde ihm der Boden unter den Füßen fortgerissen. Er sank auf einen Stuhl nieder und hielt den Brief kraftlos in seinen Händen.

»Was ist mit dir, Christoph?«, fragte Brinello. »Du bist ja bleich wie der Mond in einer Januarnacht.«

»Sie haben ihn umgebracht!«, schrie Christoph, blind vor Tränen. »Und die anderen sicher dazu. Diese gottverdammten Schergen – Diener des Teufels sind sie, nichts anderes!«

»Fluche nicht, Christoph«, begütigte Brinello. »Das mit deinem Vater tut mir sehr, sehr leid. Aber vom Fluchen wird er auch nicht wieder lebendig. Wir werden sehr schnell eine Versammlung einberufen müssen.«

»Was soll eine Versammlung nützen?«, rief Christoph aufgebracht. »Am liebsten würde ich sofort losreiten und sie alle in Stücke hauen!«

»Damit benutzt du dieselben Mittel, die du so sehr verdammst. Wir müssen versuchen, sie mit ihren eigenen Waffen zu schlagen. Und zwar hier.«

»Du hast ja recht«, räumte Christoph ein.

Er ging in seine Kammer und warf sich auf das Bett. Eine Zeit lang lag er wie erstarrt da. Dann fiel es ihm siedend heiß ein. Wenn der Sekretär des Bischofs ihm geschrieben hatte, musste der Bischof wissen, wo er sich aufhielt. Sicher war Reinhard gefoltert worden, das sah die Peinliche Halsgerichtsordnung Kaiser Karls V. bei Ketzerprozessen vor. Wahrscheinlich waren die Häscher schon unterwegs. Christophs Gedanken drehten sich im Kreis, er fühlte sich leer und war grenzenlos traurig.

Die Versammlung der Verleger, der Buchdrucker und -händler sollte auf der Insel San Clemente stattfinden, weil das Haus in Dorsoduro der Signoria bereits bekannt war. In einer Art Sternfahrt fuhren die einzelnen Teilnehmer mit Booten an einem Nachmittag im späten Mai dorthin. Als Christoph, Brinello und Hans ankamen, waren die anderen bereits da. Christoph sah die Hütte des Klausners auf ihrem Hügel und dachte an die unbeschwerten Tage, die er mit Celina trotz der Gefahren hier verlebt hatte. Wie sehr wünschte er sich, dass sie hier wäre! Er ging mit Brinello und Hans zu den anderen hinüber, die mit Angeln in der Hand am Strand standen. Aha, so versuchte man den wahren Grund ihres Hierseins zu verbergen. Wenn allerdings jemand von der Signoria Wind von der Sache gekriegt hatte, würde ihnen das nicht viel nützen.

Corregio, der schon in Dorsoduro das Wort geführt hatte, begann zu sprechen. »Wir haben uns heute versammelt, um dem Ernst der Lage, in die wir geraten sind, etwas entgegenzusetzen. Brinello hat mich über die Vorkommnisse im fernen Reich, den Vater Christoph Pfeifers und seine Getreuen betreffend, unterrichtet. Über die näheren Umstände der dortigen Geschehnisse habe ich inzwischen durch einen Gewährsmann Kunde erhalten. Dessen Aufenthaltsort will ich lieber nicht nennen. Wer weiß, vielleicht haben hier sogar die Fische Ohren.«

Die Angespanntheit, die auf den Gesichtern der Männer lag, lockerte sich für einen Moment, und sie begannen zu lachen.

»Es fällt mir nicht leicht, euch über das Geschehene zu berichten«, fuhr Corregio fort. »Aber ich kann und darf es euch nicht vorenthalten. Reinhard von Geldern wurde der peinlichen Befragung unterzogen, um die Namen anderer Häretiker von ihm zu erpressen. Schließlich wurde er, nachdem er kein Sterbenswort über die Lippen gebracht hatte, zusammen mit den anderen gepfählt und verbrannt.«

Auch wenn es Christoph bei diesem Gedanken schauderte, fühlte er sich ein wenig erleichtert. Sein Ziehvater hatte ihn nicht verraten und die anderen ebenfalls nicht.

»Ich bitte um Wortmeldungen«, sagte Corregio.

Brinello trat in den Kreis der Anwesenden. Die langsam sinkende Sonne beleuchtete sein pockenarbiges Gesicht, Vögel zwitscherten in den Bäumen, und im tiefblauen Wasser der Lagune sprang ein Fisch in die Höhe, um sich eine Fliege zu schnappen. Die Natur ist ganz unberührt von dem, was hier geschieht, dachte Christoph, sie fressen einander, um zu leben, während die Menschen sich gegenseitig ausrotten, um die Macht über andere zu haben. Macht und Besitz.

»Die Bücher, die nicht beschlagnahmt worden sind, befinden sich in ihren Verstecken«, sagte Brinello. »Die Frage, die ich euch stellen möchte, ist diese: Sollen wir uns dem Diktat der Kirche beugen und unsere Druck- und Verlagstätigkeit einstellen, oder sollen wir uns – offen oder versteckt – dagegen auflehnen und weitere Bücher drucken und unters Volk bringen?«

»Letzteres ist unsere einzige Möglichkeit«, antwortete Christoph. »Sie dürfen uns nicht kleinkriegen, dann wären unsere Männer umsonst gestorben. Wie viele Märtyrer sind für ihren Glauben in den Tod gegangen? Hätte das Christentum überlebt, wenn nicht so viele dafür mit Leib und Leben eingestanden wären? War nicht das frühe Christentum bei den Römern eine Ketzerei?«

»Haltet ein«, sagte einer der Männer. »Ich habe Weib und Kinder zu Hause, ich kann ihnen den Vater und Ernährer nicht nehmen. Sollen wir unsere Familien ebenfalls den Schergen ausliefern, sie dem Tod, dem Hunger und dem Verderben anheimgeben?«

Andere stimmten ihm zu, redeten durcheinander.

»So schlimm muss es gar nicht kommen«, besänftigte Corregio die Männer. »Wir brauchen einen Ort, an dem wir ungestört drucken können. Die Verteilung an die Leser kann auf ähnlichem Weg geschehen wie bisher, indem wir weiter vorgeben, mit anderen Waren zu handeln.«

»Wie wäre es, wenn du, Corregio, in unserem Namen eine Erklärung an die *Signoria* gibst, dass wir uns aller ketzerischen Tätigkeiten enthalten?«, schlug Christoph vor.

Hans setzte hinzu: »Und ich werde meinem Onkel fragen, ob er uns weiterhelfen könnte. Ich weiß, dass Verlass auf ihn ist.«

»Es ist ein äußerst gefährliches Unterfangen«, erklärte Corregio. »Aber wir müssen diesen Weg gehen, sonst ist all unser bisheriges Streben umsonst gewesen.«

Ein Fischerboot näherte sich der Insel. Als es näher kam, sah Christoph die Zornesröte im Gesicht eines alten Mannes, der es steuerte. Er landete, zog das Boot aufs Ufer und musterte die Männer, einen nach dem anderen.

»Was werden denn hier für Versammlungen abgehalten?«, fragte er misstrauisch. »Habt Ihr überhaupt eine Erlaubnis, hier zu angeln?«

»Wir haben darüber beraten, an welchen Stellen der Lagune man am besten fischen kann«, meinte Corregio. »Die Erlaubnis des Zehnerrates haben wir eingeholt.« Er zeigte dem Mann ein Stück Papier, das von einem Mitglied des Rates unterschrieben war.

Er ist klug, dachte Christoph, er sichert sich ab bei allem, was er tut.

Immer noch misstrauisch kniff der Mann die Augen zusammen. Er rümpfte die Nase.

»Für meinen Geschmack riecht es hier nach Verrat«, sagte er, zog sein Boot vom Strand, schwang sich hinein und ruderte in die sonnenüberflutete Lagune hinaus.

20.

Nach Ablauf von sechs Tagen erreichten Andriana und Celina eine Kreuzung in den Bergen. Sollten sie auf dem Pilgerweg weiterreiten, obwohl hier so viele Menschen unterwegs waren? Es war auf jeden Fall anstrengend, aber die anderen Pilger boten einen gewissen Schutz vor marodierenden Räubern und Männern, die sich ihnen in anzüglicher Weise näherten. Sie berieten sich abends, als sie in der überfüllten Gaststube einer Herberge saßen, eingehend miteinander.

»Der Pilgerweg führt von Berceto durch die Toscana und Montefiascone. Ich aber will nach Florenz«, gab Celina zu bedenken.

Einer der Pilger kam ihnen zu Hilfe. »Der Vatikan hat inzwischen eine Schrift für Pilger herausgegeben, einen Ratgeber mit dem Weg und Hinweisen auf Raststätten und kirchliche Sehenswürdigkeiten, Reliquien zum Beispiel.«

»So etwas brauchen wir nicht«, setzte Celina dagegen. »Wir finden unseren eigenen Weg.« Andriana stimmte ihr zu, und so machten sie sich am nächsten Tag auf den Weg nach Florenz, der goldenen Stadt, von der Celina schon viel gehört hatte.

Der Tag war noch nicht angebrochen, als sie durch die Straßen der Stadt ritten, begleitet vom Rumpeln der Karren, die mit Waren beladen zum Markt fuhren. In den Türen der Häuser erschienen Marktweiber mit langen geblümten Kleidern, Schürzen und bunten Hauben. Der Buchladen, in dem sie die Abschrift der Ordensregeln kaufen sollten, lag nahe der Ponte Vecchio. Sie betraten den Laden, der voller Regale mit Büchern war, alter gebundener

Handschriften, lateinischer und deutscher Bibeln sowie Berichten der Seefahrer. Hier schien das Bücherverbot noch nicht mit aller Strenge durchgeführt worden zu sein. Ein altes Männchen sprang bei ihrem Eintreten auf. Es trug ein Wams aus rotem Samt, das ihm viel zu groß war.

»Womit kann ich dienen?«, fragte es mit einer Fistelstimme.

»Wir suchen nach einer Abschrift der Ordensregeln des heiligen Benedikt«, sagte Celina.

»Zu Diensten, werte Frauen«, fistelte der Kleine. Er eilte in die hintere Ecke des Ladens und suchte angestrengt in den Bücherreihen. »Da sind sie«, sagte der Alte zufrieden und zog ein Buch heraus. Er blies über den Einband und reichte Celina strahlend den Band.

»Aber das ist doch …«, murmelte sie erschrocken.

»Das ist die Abschrift eines Werkes von Erasmus«, sagte der Kleine stolz. »Der Verleger Brinello aus Venedig hat mir geschrieben, dass ich sie derjenigen Frau aushändigen soll, die nach den Ordensregeln des heiligen Benedikt fragt. Sie soll es einem Kardinal in Rom überbringen.«

Dieser Spitzbube, dachte Celina, musste aber unwillkürlich lachen. Andriana stimmte in das Lachen ein.

»Der Kerl ist doch mit allen Wassern gewaschen«, meinte sie. »Aber klug ist er, das muss man ihm lassen.«

»Umsonst kann ich es Euch allerdings nicht geben«, sagte der Buchhändler. »Hat mich etliche Nachtstunden gekostet. Lange werde ich diese Bücher nicht mehr stehen lassen können. Auch hier hat die Inquisition ihre Augen und Ohren überall.«

»Wie viel macht es?«, fragte Celina.

»Das kostet drei Gulden. Und hier, die Regeln des heiligen Benedikt kriegt ihr noch obendrein, die können ja Pilgerinnen wie Euch auf keinen Fall schaden.« Er zwinkerte ihnen zu.

Zum Glück hatte Brinello ihr genügend Geld mitgegeben. Celina zog ihre Geldkatze aus der Kutte und zählte dem Mann die Münzen in die Hand. Sie verließen den Laden. Ihre Pferde übergaben sie der Obhut eines Gastwirtes, die Reisebündel behielten sie bei sich, weil sie wussten, dass auch diese Stadt voller Diebe war. Auf dem Weg zur Ponte Vecchio, einem zentralen Punkt der Stadt, sahen sie Glanz und Elend nebeneinander: reiche Patrizier – die Medici waren erst vor einiger Zeit gestürzt worden –, geputzte Damen der Gesellschaft, Kurtisanen, Bettler, Hausfrauen, Handwerker, Krüppel und Kinder. Auf der Ponte Vecchio hatten die Metzger ihre Standplätze, auch einige Goldschmiede waren dabei. Es roch nach Blut und rohem Fleisch. Dicke Frauen und Männer brieten Hammelfleisch über großen Tonnen, aus denen das Feuer schlug. Das herabtropfende Fett zischte. Spatzen balgten sich um Brotkrumen. Überall standen Kurtisanen und boten sich den Kunden an oder begutachteten die goldenen Ketten, Uhren, Armbänder und Broschen. Zwei Metzger waren offensichtlich in Streit miteinander geraten.

»Du verdammter Hund«, brüllte der eine, ein grobschlächtiger Kerl mit blutiger Schürze und einem pockennarbigen Gesicht, dem man die Völlerei und den Hang zum Alkohol ansah. »Du hast mir meinen Standplatz weggenommen!«

»Das war immer mein Revier«, gab der andere zurück, ein junger, kräftiger Mann mit einer ebenfalls befleckten Schürze. Ein Wort gab das andere, und schließlich zückte der Dicke einen Dolch und stürzte sich auf seinen Widersacher. Andere fielen ihm in den Arm, doch es floss schon Blut: Der Junge war am Arm verletzt worden. Eine Frau aus der gaffenden Menge band ihm ein Tuch um die Wunde. Celina war entsetzt.

»Das darfst du nicht so ernst nehmen«, beruhigte

Andriana sie. »Die Leute sind es nicht anders gewohnt, als ihre Händel auf diese Art auszutragen.«

»Ich werde das niemals begreifen«, antwortete Celina. »Warum können die Menschen nicht vernünftig miteinander umgehen?«

»Verzeih mir, meine Freundin, aber du siehst das allzu rosig. Die Menschen waren schon immer auf ihren eigenen Vorteil bedacht und bereit, über Leichen zu gehen, um ihre Wünsche zu befriedigen.«

Sie standen der vorbeiströmenden Masse im Weg und erhielten einige Stöße und Püffe.

»Lass uns das Gespräch woanders fortsetzen«, meinte Andriana.

Sie ließen sich vom Gewühl der Menschen treiben, erreichten einen großen Marktplatz. Hier war alles aufgefahren, was Gärten und Felder innerhalb und außerhalb der Stadt zu bieten hatten. Es wurde gerufen, gescherzt, gesungen, Mandoline gespielt, getanzt, getrunken, gegessen, gefeilscht und gekauft. Die beiden Frauen ließen sich auf einer Bank am Rande des Marktes nieder. Andriana bat Celina, die Regeln des heiligen Benedikt aus ihrem Reisesack zu holen. Sie schlug das Buch auf.

»Die vier Arten von Mönchen«, las Andriana vor. »... gegen den Teufel kämpfen ... gegen die Sünden des Fleisches und der Gedanken ... die Sarabaiten, eine ganz widerliche Art von Mönchen. Den Befehlen des Abtes sollen alle Folge leisten, ohne Murren und mit freudigem Herzen. Die Mönche sollen sich dem Treiben der Welt entziehen und nach dem Grundsatz *ora et labora* leben. Sie lehnen jedweden Besitz ab. Die Begierden des Fleisches darf man nicht befriedigen. Das dürfte allen gemeinsam sein.«

»Und alle gemeinsam dürften dieses Gebot schon einmal gebrochen haben«, warf Celina ein.

»Die Geißelungen und Selbstkasteiungen dienen dazu, diese Bedürfnisse abzuwehren.«

»Das muss doch zu einer Seelenverklemmung führen«, sagte Celina.

»Du hast gar nicht so unrecht«, entgegnete Andriana. »Nimm die Ritter und ihre Ideale: Mut und Tapferkeit, Durchhaltevermögen, Schutz der Schwachen, zum Beispiel der Pilger im Heiligen Land, zu deren Geleit die Tempelritter angetreten waren – und die Liebe als eine ›Himmelsmacht‹, die sich mit dem Irdischen nicht beschmutzen sollte. Die Minnesänger haben eine solche Liebe besungen.«

»Ich kenne einige ihrer Liebeslieder.« Eine leichte Röte flog über Celinas Gesicht. »Ich selbst spüre ebenfalls diesen Zwiespalt. Das wilde Leben in Venedig, insbesondere zur Zeit des Karnevals, hat mich abgestoßen. Und gleichzeitig hat es mich mit aller Macht angezogen.«

»Gott hätte uns nicht mit diesen Möglichkeiten ausgestattet, wenn wir keinen Gebrauch davon machen sollten! Hättest du nicht genauso eine Kurtisane werden können wie eine Nonne? Eine Dichterin statt einer entsprungenen Häretikerin?« Auf Andrianas Gesicht erschien ein Lächeln.

»Ich glaube, wir haben den göttlichen Auftrag, das Niedere und Gemeine in uns zu besiegen, um zu einer höheren Art des Menschseins zu gelangen.«

»Diese Dinge biegt sich ein jeder so zurecht, wie er sie haben will. Und legt sie nach seiner eigenen Überzeugung aus. Ich persönlich plädiere für die Liebe, und zwar in all ihren Variationen.«

»Ach, Andriana«, Celina stand auf. »Wir werden uns da nicht einigen können. Lass uns zur Herberge gehen und morgen unseren Weg nach Rom fortsetzen.«

»Du bist nicht nur das hehre Wesen, das du meinst zu

sein«, sagte Andriana. »Ich glaube, du verstehst nicht, warum ich das geworden bin, was ich bin. Ich werde dir während unserer Reise noch einiges berichten müssen.«

Celina wollte es gar nicht hören. Warum bedrängte Andriana sie mit diesen Fragen? Tullia d'Aragona und auch andere Dichter und Philosophen hatten geschrieben, die seelische, die platonische Art der Liebe sei allen andren Arten überlegen. Und daran glaubte sie, unerschütterlich.

Hinter Viterbo in Richtung Rom erwies sich die Überquerung der Monti Cimini als ein Problem. Ihr Reisegeld war bis auf wenige Dukaten aufgebraucht, so dass sie die Pferde verkaufen und zu Fuß weitergehen mussten. Sie wählten den schwierigen und steilen Weg durch Kastanienwälder. Weit unten lag das dunkle Auge eines Sees, umgeben von Vulkangestein.

21.

Während sie durch einen Kastanienwald wanderten, sprachen die beiden Frauen miteinander über ihr Leben.

»Warum bist du eine Kurtisane geworden, Andriana?«, fragte Celina.

»Ich bin Kurtisane geworden, weil ich es wollte«, antwortete Andriana. »Beziehungsweise, weil meine Mutter es so wollte. Sie hat sich von meinem Vater, der uns beide schlecht behandelt hat, getrennt und ist nach Rom gegangen, um Kurtisane zu werden. Sie hat mich angeleitet. Es ist das, was ich am besten kann.«

»Hättest du dich nicht als Dienstmädchen verdingen können? Oder einen Mann deiner Wahl heiraten?«

»Beides wollte ich nicht. Dienen hätte ich in beiden Fällen müssen. Als Ehefrau bist du deinem Mann vollkommen ausgeliefert. Es gibt nur zwei Berufe, in denen eine Frau unserer Zeit einigermaßen frei ist: den der Begine und den der Kurtisane.«

»Das leuchtet mir schon ein. Aber ist es nicht auch demütigend, sich Männern hinzugeben, ohne sie zu lieben? Was machst du, wenn du älter wirst? Warum bekommst du keine Kinder? Was machst du, wenn Männer gewalttätig werden?«

»Das sind viele Fragen auf einmal.«

Andriana lachte. »Es geht mir nicht um die körperliche Liebe, es geht um eine verfeinerte Beziehung zwischen den Geschlechtern.«

»Du meinst, gemeinsames Lesen von Büchern, Philosophieren?«

»Ja, das meine ich. Zu deiner zweiten Frage: Wenn ich

älter werde, kann ich immer noch einem Haus mit Freudenmädchen vorstehen und dafür sorgen, dass es ihnen gut geht. Oder mir jetzt so viel verdienen, dass es ein Leben lang reicht.«

»So frei wäre ich auch gern«, meinte Celina. »Aber einen solchen Schritt würde ich nicht machen.«

»Warum nicht?«

»Weil … es widerstrebt mir einfach, mich zu verkaufen.«

»Recht hast du, wenn du für dich sprichst. Jeder muss wissen, wie er glücklich wird.«

»Wir haben einiges Geld ausgegeben auf dieser Reise«, sagte Celina. »Wir müssen schauen, dass wir mehr sparen.«

Andriana schluckte. »Ja, ich muss meinen Lebensstil etwas einfacher gestalten. Heute übernachten wir in einer Hütte, das kostet uns keinen Scudo. Zu deiner letzten Frage: Ich bekomme keine Kinder, weil ich Akazienblätter zusammenrolle und an eine entscheidende Stelle stecke. Ich habe ein Kind, eine Tochter, wie du ja weißt. Sie lebt bei einer Bauernfamilie in den Bergen, und ich lege jede Woche etwas für sie zurück, damit sie einmal eine gute Mitgift hat.«

»Dann wünschst du ihr dein Schicksal also nicht?«

»Nein, keineswegs. Ein guter Mann mit ausreichendem Einkommen ist dem auf jeden Fall vorzuziehen. Es kann gut sein, dass ich einen meiner Liebhaber heirate. Die von uns so bewunderte Tullia d'Aragona hatte ebenfalls einen Sohn, und sie stammte ebenfalls von einer Kurtisane ab, von einer ehrbaren Frau.«

»Was tust du nun, wenn Gewalt im Spiel ist?«

»Für den Fall, dass ein Mann gewalttätig wird, habe ich mein Messer im Gürtel. Meist genügt es, wenn ich es ihm zeige.« Andriana zog einen kleinen diamantbesetzten Dolch aus ihrer Kutte. »Notfalls kann ich den auch versetzen. In den Kreisen, in denen ich verkehre, spielt Gewalt normalerweise keine Rolle. Wir Frauen brauchen aber einen gewissen Schutz. Wenn wir keinen Mann oder keinen Verwandten haben, der diese Aufgabe übernimmt, müssen wir uns gegenseitig schützen, wie es die Frauen in Bologna getan haben.«

Die Dämmerung senkte sich rasch herab. Die beiden Frauen teilten sich einen Parmigiano und einen halben Laib Brot, tranken Wein aus einem Lederbeutel und fanden bald eine Hütte, in der sie die Nacht verbringen konnten.

Am nächsten Tag waren sie früh wach, verließen den Unterstand und stiegen den Berg hinunter. Gegen Mittag standen sie auf einer Anhöhe, die mit Gras bewachsen war. Unter ihnen breitete sich Rom aus mit dem mächtigen, noch im Bau befindlichen Dom. Celina war überwältigt von der Größe und Ausdehnung der Stadt. Von der langen Wanderung fühlte sie sich jedoch sehr müde und erschöpft.

Beim Eintreffen in der Heiligen Stadt kam es ihr vor, als seien alle Pilger der Welt an diesem Tag an diesen Ort gekommen. Sie sah in Hunderte von wildfremden Gesichtern. Keiner nahm Notiz von ihnen. Celina erinnerte sich daran, dass die Stadt unter Papst Julius II. einen Aufschwung genommen hatte. Alles wirkte sauber und gepflegt, die Fassaden der Kirchen waren neu verputzt, die Plätze weit, mit kunstvollen Brunnen geschmückt, deren Figuren Wasserfontänen spien. Andriana fragte einen Passanten, was die Menschenmassen zu bedeuten hatten, und bekam zur Antwort: Papst Pius IV. werde heute seinen Segen aussprechen.

Die beiden Frauen erreichten die Porta del Popolo und wurden mitgerissen vom Strom der Menschen über den Campo de Fiori bis zum Vatikan. Die Stadt war festlich geschmückt; überall waren Blumengirlanden aufgehängt, Zitronenbäume säumten in großen Kübeln die Straßen, und die Menschen waren in ihre Sonntagskleider gehüllt. Besonders fielen Celina die vielen jungen, schönen, reich gekleideten und geschmückten Frauen auf, die an der Seite von ebenso vornehm gekleideten Männern durch die Straßen stolzierten oder in prachtvollen Kutschen fuhren. Sie waren stark geschminkt und trugen Schuhe mit hohen Sohlen. Aus den Gesprächen mit Andriana wusste Celina, dass es die berühmten Kurtisanen der Stadt waren. Sie kamen aus den italienischen Provinzen, aber auch aus dem Ausland, aus dem Reich der Franken, dem Heiligen Römischen Reich und aus den slawischen Ländern, um hier ihr Glück zu machen. Meist waren sie von niederem Stande und hatte keine andere Möglichkeit, an eine Mitgift zu kommen. Als Dienst- oder Schankmädchen hätten sie schwere Arbeit leisten müssen und wenig verdient. Für Celina aber wäre es undenkbar, so zu leben. Aber was war ihr Weg? Wo sollte das alles hinführen? Vor dem Petersdom, einer fünfschiffigen Basilika, füllten Tausende von Gläubigen den Platz. Stundenlang warteten sie auf das Erscheinen des Heiligen Vaters, aßen nichts, tranken kaum. Viele beteten oder geißelten sich. Endlich erschien der Papst auf dem Mittelbalkon am Fenster seines Gemachs. Auch aus der Ferne bemerkte Celina, dass sein Gesicht eingefallen war und einen mürrisch-traurigen Ausdruck hatte. Seine Augen lagen tief in den Höhlen, die Nase war lang und spitz, sein Bart bauschte sich wie Watte um das Kinn. Er war mit einer braunen Kappe und einem Skapulier bekleidet, darunter trug er ein weißes Gewand. Mit brüchiger Altmännerstimme verlas er den Segen. Die Menge stand still da, dann begannen die Glocken von St. Peter zu läuten, und vom Nordende des Platzes her näherte sich eine Prozession mit den höchsten Würdenträgern der Stadt. Ihnen folgten zwei Priester mit einer Monstranz. Durch eine Gasse in der Menge zogen sie in die Peterskirche ein. Die Menschen folgten in ehrfurchtsvollem Abstand. Immer wieder auf die Knie fallend und betend rutschten sie die Treppe zur Kirche hinauf. Alle Orgeln und kirchlichen Instrumente dröhnten und jubelten.

Als Celina im Inneren der Kirche war, fiel ihr die Großartigkeit des Chores und des Schiffes in die Augen. Vor dem Altar war ein rotes Kreuz mit dem päpstlichen Wappen aufgerichtet. Der Priester begann zu predigen.

»Hört ihr nicht eurer Eltern und anderer Verstorbener Stimme, die mit Klagen und Jammern euch zurufen: Erbarmt euch meiner!«

Andriana gab Celina ein Zeichen. Sie wandten sich um und gelangten aus der Kirche hinaus. Sie drängten sich durch die Masse von Pilgern auf dem Platz, bis sie sich in einer Nebengasse wiederfanden. Hier war es ruhiger, die Geräusche drangen nur noch von Ferne herüber, hier lagen die Schatten der Häuser auf dem Pflaster, und die Sonnenstrahlen fielen schräg zu ihnen herein.

»Wo sollen wir nun den Kardinal finden?«, fragte Celina.

»Ich kenne ihn«, sagte Andriana.

»Hast du …«

»Sorge dich nicht um mich, Celina. Ich werde immer irgendwie allein durchkommen. Aber um dich mache ich mir Sorgen. Du siehst aus wie ein Gespenst. Du brauchst dringend Ruhe. Ich werde jetzt von unseren letzten Scudi eine Kutsche bestellen, mit der wir zum Kardinal fahren.«

Celina wollte abwehren, wollte sagen, dass sie das Geld doch für ihr Essen und ihre Unterkunft brauchten, aber sie fühlte sich zu schwach, um zu widersprechen. Andriana winkte einem Kutscher zu, der gerade auf dem Bock einer Edelkarosse vorbeitrabte. Sie fuhren über den großen Platz, auf dem sich die Menschenmassen inzwischen verlaufen hatten. Eine Gruppe von weißen und grauen Tauben stolzierte herum und pickte Brotreste auf, welche die Pilger zurückgelassen hatten.

Ein Priester stand vor dem Portal der Peterskirche und zählte Münzen in einer Kasse, umgeben von Klerikern in schwarzen Mänteln. Wahrscheinlich sammelte er Geld für den Ausbau des Petersdoms. Der Mann war von großer und knochiger Gestalt, mit einem hageren, zerfurchten Gesicht und einem langen Bart. Die Augen waren schwarz und wirkten wie erloschen. Alles in allem gab ihm das, auch die braune Kutte, die er trug, ein verschlagenes Aussehen. Celina drehte den Kopf zur Seite, um den Priester nicht länger sehen zu müssen.

Eine Weile fuhren sie durch ruhige Nebengassen, bis sie zu einem Haus gelangten, das eine weiße, mit Säulen und Ornamenten verzierte Fassade hatte. Der Kutscher brachte das Pferd zum Stehen und sagte: »Hier ist das Haus von Sebastiano Kardinal Battista. Von welcher Sünde soll er Euch denn befreien?« Er zwinkerte Andriana zu.

»Ich habe eine Nonne entführt«, erwiderte die Kurtisane.

Celina konnte trotz ihrer Müdigkeit kaum ihr Lachen verbergen. Sie hielt sich den Ärmel ihres Reisekleides vor den Mund und kicherte vor sich hin.

»Der Kardinal ist bekannt für sein großes Herz«, meinte der Kutscher und grinste breit. »Es sei denn, ihr wäret eine von den Kurtisanen, denen darf er eigentlich nicht erlauben, mit der Kutsche bei ihm vorzufahren. Das ist verboten.«

»Wir sind einfache Pilgerinnen, wie Ihr seht«, zischte Andriana. Sie zahlte ihm die Fahrt, und die Kutsche rollte davon.

22.

Andriana ergriff den Klopfer, der in Form eines goldenen Löwenkopfes an der Tür des Kardinalshauses angebracht war. Lange Zeit rührte sich nichts.

Celina wurde ungeduldig. »Er ist sicher nicht zu Hause«, sagte sie.

Dann waren Schritte zu hören. Ein dunkelhäutiges Dienstmädchen öffnete ihnen. Es war in ein grünes Kleid aus Atlas gehüllt, darüber trug es eine weiße Schürze. »Was wollt Ihr?«, fragte das Dienstmädchen, als es die Pilgerkleidung der beiden Frauen sah. »Der Bettlereingang ist hinten.«

»Sagt Kardinal Battista, Andriana Grimani sei nach Rom gekommen, um ihm ihre Aufwartung zu machen. Und sie habe eine Freundin dabei, die es verdient, ebenfalls in seinem Haus aufgenommen zu werden.«

Das Mädchen schlug die Tür zu. Kurze Zeit später erschien es erneut und sagte: »Der Kardinal ist nicht zu Hause.«

»Sag uns, wo wir ihn finden«, drängte Andriana.

»Ich kenne euch nicht und darf euch keine Auskunft geben«, sagte das Mädchen mit eisiger Miene.

»Täusch dich nicht, wir kommen wieder, wenn wir ihn gefunden haben.« Andriana gab Celina ein Zeichen zum Gehen. »Ob er zu Hause war und sich verleugnen ließ?«, sinnierte sie.

»Du kennst ihn offensichtlich besser als ich«, entgegnete Celina. »Ich vermute, dass er beim Papst im Vatikan ist.«

»Also müssen wir dort hin«, beschied Andriana.

Das Haus des Kardinals lag einige Straßen vom Vatikan

entfernt. Die Straßen und Gassen waren immer noch mit unzähligen Gläubigen gefüllt. Vor den Toren des Vatikans wachten die Männer der Schweizergarde mit dem weißen Kreuz auf dem Brustpanzer. Sie waren mit Hellebarden und Schwertern bewaffnet. An ihren Ärmeln und Halbhosen prangten bunte Bänder.

»Die werden uns nicht zum Kardinal lassen«, meinte Celina.

»Wir versuchen es trotzdem«, antwortete Andriana. Sie steuerte geradewegs auf einen der Gardisten zu. Seine Miene war undurchdringlich.

»Wir möchten Kardinal Battista sprechen«, begann Andriana.

»Hier darf niemand hinein«, entgegnete der Gardist.

»Wir haben aber eine Audienz bei ihm«, log Andriana.

»Davon ist mir nichts bekannt. Schert euch fort!«

»Könnt Ihr uns sagen, wann der Kardinal den Papstpalast verlässt?«, warf Celina ein.

»Er hält Gottesdienst in seiner Titelkirche San Lorenzo«, gab der Gardist gleichmütig zur Antwort.

Die Kirche San Lorenzo befand sich am Rande des Marktplatzes. Aus ihrem Inneren drangen gedämpft liturgische Gesänge. Leise betraten die beiden Frauen den Vorraum. Das Schiff mit den aufstrebenden Pfeilern war bis auf den letzten Platz gefüllt. Sebastiano Kardinal Battista stand vor dem Altar. Er war mit einer scharlachroten Soutane, einem Schultertuch und einem seidenen Käppchen bekleidet. Nachdem der Chor seinen Gesang beendet hatte, teilte der Kardinal den Segen aus und schritt den Gang entlang auf Andriana und Celina zu, gefolgt von den Messdienern und der Menge. Er würdigte die zwei Frauen keines Blickes. Celina bemerkte, dass Andriana die Fäuste ballte.

»Das ist bezeichnend für die Herren vom Klerus«,

raunte die Kurtisane ihr zu. »In der Öffentlichkeit bist du Luft für sie, aber nachts in ihren Zimmern … «

Sie folgten dem Zug über den Marktplatz. Betende Gläubige säumten ihn. Ein kleiner Junge trat auf Andriana zu und zupfte sie am Ärmel.

»Sebastiano Kardinal Battista wünscht Euch zu sehen, gute Frau Grimani«, sagte er und schaute sich um.

»Wo?«, fragte sie zurück.

»In seinem Haus in der Calle Trametto.«

»Ich habe leider keinen Scudo mehr, dich zu entlohnen«, sagte Andriana bedauernd.

»Das macht nichts.« DerJunge lachte. »Der Kardinal hat mir schon etwas gegeben.« Er verschwand in der Menge.

Wenig später standen sie wieder vor dem Haus des Kardinals, und diesmal ließ die Dienerin sie gleich ein. Durch einen schattigen Innenhof mit Springbrunnen und Palmen gelangten sie zu einer Marmortreppe. Sie folgten dem Dienstmädchen hinauf. Auf dem Treppengeländer standen antike Marmorbüsten. Vom Zimmer des Kardinals wehte ihnen ein Duft nach Rosenöl entgegen. Der Raum war ganz mit vergoldeten Ledertapeten ausgekleidet, Truhen und Schränke aus Nussbaumholz standen an den Wänden. Der Kardinal saß in einem breitlehnigen Stuhl und las in einem Buch. Er hatte sich umgezogen und trug einen schwarzen Talar mit roten Knöpfen sowie das ebenfalls rote Birett. Er hob den Kopf und blickte ihnen aus freundlichen Augen entgegen, die von einem Kranz Fältchen umrahmt waren.

»Ich grüße dich, meine liebe Andriana Grimani«, rief er und breitete seine Arme aus. »Lass dich umarmen! Wie lange ist es her, dass wir uns das letzte Mal gesehen haben!«

Andriana rührte sich nicht vom Fleck.

»Warum hast du mich in der Kirche verleugnet?«, fragte sie mit gepresster Stimme.

»Ach, Andriana, du weißt doch, dass ich dem Papst aufs engste verpflichtet bin. Die Leute würden reden. Stell mich doch lieber deiner allerliebsten Begleiterin vor.«

»So leicht kommst du mir nicht davon!«, entgegnete Andriana. »Aber wie dem auch sei: Das ist Celina Gargana, eine Freundin, mit der ich aus Venedig hierher gepilgert bin.«

»Wollt ihr die Absolution vom Papst erhalten?«

»Nein, von dir«, gab Andriana zurück.

»Nehmt erst einmal Platz, meine Lieben.« Der Kardinal griff nach einem Glöckchen, und auf sein Läuten erschien eine kleine Maurin.

»Bring uns Wein und Gebäck«, wies er sie an. Die Dienerin erschien bald mit dem Gewünschten, setzte es auf einem kleinen Tisch ab und verschwand.

»Was ist nun der wirkliche Grund eurer Reise nach Rom?«, wollte der Kardinal wissen.

»Ich selbst mache sie nicht freiwillig«, antwortete Andriana. »Der Zehnerrat hat sie mir auferlegt.«

»Ach, hast du dich geweigert, den gelben Schleier zu tragen?«, fragte der Kardinal.

»Über die Gründe möchte ich lieber nichts sagen. Celina, erzähl doch selbst, was dich zu dieser Pilgerfahrt bewogen hat.«

Celina räusperte sich.

»Ich habe meine Eltern bei einem Schiffsunglück verloren«, begann sie stockend. »Daraufhin haben meine Verwandten mich in ein Kloster gebracht. Es wurden drei tote Mädchen in den Kanälen gefunden, und immer wieder hat mich ein Mann mit einer Totenmaske überfallen.«

»Wollte er Euch umbringen?«, fragte der Kardinal gespannt.

»Ich glaube schon. Er hat mich auch weiterhin bedroht. In einer Nacht wurde mir ein Sack über den Kopf geworfen, und ich wurde in das Gefängnis des Dogenpalastes gebracht. Ein Freund hat mich daraus befreit.«

»Habt Ihr Feinde, Menschen, die Euch Übles wollen?«

»Nein. Ich habe auch nie etwas getan, das die Überfälle rechtfertigen würde.«

»Solche Totenmasken tauchen häufig während des Karnevals auf. Kann es nicht sein, dass Euch jemand einen Streich spielen wollte?«, meinte der Kardinal.

»Nein, dazu war es zu … lebensecht«, brachte Celina heraus.

Der Kardinal schien ihr jedoch nicht recht zu glauben. »Ihr braucht nichts zu fürchten, Celina. Ich muss nur wissen, wie ich Euch helfen kann.«

»Ich musste aus der Stadt verschwinden«, sagte sie leise. »Man hat mich als entlaufene Nonne gesucht. Und jetzt brauche ich die Entbindung von meinem Gelübde.«

Der Kardinal schwieg. Seine Augenbrauen hoben und senkten sich.

»Ich kann Euch als Kardinal und päpstlicher Legat von diesem Gelübde entbinden. Doch muss es dafür schwerwiegende Gründe geben.«

»Ich wurde gezwungen, den Schleier zu nehmen«, antwortete Celina mit fester Stimme.

»Wer hat Euch dazu gezwungen?«

»Mein Onkel und meine Tante. Sie sagten mir, dass sie mich nach dem Tod meiner Eltern nicht im Haus behalten könnten.«

»Warum haben sie Euch nicht verheiratet?«, wollte der Kardinal wissen.

»Weil keine Mitgift da war.«

»Das hast du mir noch gar nicht erzählt, Celina«, schaltete sich Andriana ein. »Deine Eltern hatten doch Besitz – das Landhaus und einen Palazzo in der Stadt.«

»Onkel Eugenio erzählte mir, dass so gut wie nichts vom

Vermögen übriggeblieben sei. Sie waren gezwungen, das Wenige für das Begräbnis auszugeben. Die Häuser mussten sie angeblich unter Wert verkaufen, um Schulden meiner Eltern zu begleichen. Anton Fugger hatte ihnen ein Angebot gemacht.«

»Merkst du etwas?«, fragte Andriana ihre Freundin aufgeregt. »Als wir das Landgut in Bassano del Grappa aufgesucht hatten, behauptete der Diener, es gehöre Eugenio und Faustina!«

Celina schlug sich mit der flachen Hand an die Stirn.

»Darauf hätte ich auch gleich kommen können! Aber vielleicht haben sie es gekauft?«

»Wovon denn?«, ereiferte sich Andriana. »Und wenn, dann hätten sie dich nicht ins Kloster schicken müssen. Sie haben es sich widerrechtlich angeeignet!«

»Könnt Ihr das beweisen, Celina?«, fragte der Kardinal.

»Wenn Ihr einen Brief an das Kloster San Zaccaria schreibt, wird man Euch alles bestätigen«, antwortete Celina.

»Nach kirchlichem Recht«, sprach der Kardinal bedächtig, »darf niemand gezwungen werden, den Schleier zu nehmen. Ich weiß, dass Adlige ihre unverheirateten Töchter gern in die Klöster stecken, das ist hier in Rom nicht anders als in Venedig oder Florenz. Auch ›gefallene Mädchen‹ verschwinden auf diese Art von der Bildfläche. Aber es ist, wie gesagt, nicht recht. Ich werde mich morgen mit dem Papst beraten, vielleicht kann ich etwas für Euch erreichen.«

»Ich wäre Euch zu großem Dank verpflichtet«, entgegnete Celina.

»Nun werde ich dafür sorgen, dass ihr andere Kleidung bekommt, so schmutzig, wie ihr ausseht«, fuhr der Kardinal fort. »Nachher rufe ich eine Kutsche, und wir werden den restlichen Abend im Weingarten meiner Freundin Arcangela Grana verbringen.«

Andriana schürzte spöttisch die Lippen. »Ach, gibt's die auch noch?«

»Eifersüchtig?«, scherzte der Kardinal.

»Wie kann ich eifersüchtig sein, wenn doch mein eigenes Leben meinen Freunden Anlass zur Eifersucht geben könnte.«

»Ich weiß nicht, wie es in Venedig zugeht«, meinte der Kardinal. »Hier hatten wir kürzlich eine Eifersuchtsszene. Ein Liebhaber hat der Kurtisane Lara das Gesicht zerschnitten, weil sie sich mit einem anderen eingelassen hatte. Ihren Beruf kann sie jetzt nicht mehr ausüben.«

»Diese verdammten … «, rief Andriana.

Der Kardinal zog die Augenbrauen hoch.

»Beide Seiten sollten vorsichtiger sein«, fuhr Andriana in ruhigerem Ton fort. »Wir fahren also in der Kutsche zum Weingarten. Mit dir zusammen dürfen wir uns das wohl erlauben.«

»Es ist ein dummes Gesetz«, antwortete der Kardinal. »Der neue Papst hat es sich in den Kopf gesetzt, mehr Anstand und Moral in die Stadt zu bringen. Damit wird er nicht weit kommen. Die Kurtisanen gehören zur Gesellschaft wie der Adel, und keiner kann ihnen verbieten, ein Haus zu bauen, einen Weingarten zu unterhalten, schöne Kleider und Schmuck zu tragen oder Geld zu verleihen.«

Die kleine Maurin hatte Kleider zum Auswählen bereitgelegt. Celina zog eines aus Brokat und Seide an, das geraffte Ärmel hatte und hochgeschlossen war. Andriana dagegen genierte sich nicht, einen gewagten Ausschnitt zu tragen. Es gab auch Schmuck in Hülle und Fülle. Celina suchte für sich einen goldenen Anhänger mit Perlen und funkelnden Edelsteinen aus, Andriana schmückte sich zusätzlich mit juwelenbesetzten Armbändern und Ohrringen. Die Dienerin zupfte ihnen die Haare zurecht.

Die Kutsche des Kardinals erwies sich als ebenso prachtvoll wie die Kleider. Die Armlehnen waren mit Samt gepolstert, und die Pferde trugen bunte, mit Perlen bestickte Decken auf dem Rücken.

Der Kardinal scheint unermesslich reich zu sein, dachte Celina. Er wird sicher auch viele Kurtisanen aushalten. Sie stiegen ein, und der Kutscher trieb die Pferde an. Das abendliche Rom zeigte sich von seiner festlichsten Seite. An den Mauern waren Öllampen angebracht und tauchten die Stadt in ein goldenes Licht. Diener trugen gutgekleideten Bürgern Fackeln voraus. Etwas außerhalb des Zentrums erreichten sie den Weingarten der Kurtisane, der von einer Mauer umschlossen wurde. Lilablütige Glyzinien wuchsen dort und Kapern, die an den Steinen emporkletterten. Auf einem Stück Wiese waren zierliche Stühle, Tische und Bänke aufgebaut. In der Mitte stand eine Laube mit sechs illuminierten Spitzbogen. Einige Frauen in prächtiger Kleidung saßen auf den Stühlen und plauderten mit Männern, andere spazierten zwischen den Rosen und Buchsbaumhecken umher, die einen herben Duft verströmten. Es wurden Stockfischcreme, Sardinen und weißes Brot serviert, später gab es gebratene Tauben und Artischocken, dazu einen leichten römischen Wein, den Angestellte aus einem großen Fass zapften. Eine große Frau mit honigfarbenem Teint und kostbaren Gewändern trat auf sie zu und begrüßte den Kardinal mit einem Kuss auf den Mund.

»Sebastiano, mein Lieber«, sagte sie. »Du hast Gäste mitgebracht.« Aufmerksam musterte sie Celina. »Hübsches Kind«, meinte sie, und an Andriana gewandt: »Schön, dich mal wieder zu sehen. Wie sind denn die Verhältnisse in Venedig? Bekommst du mehr als ein bis zwei Scudi pro Nacht?«

Andriana lächelte. »Die Verhältnisse sind dort ganz ähnlich wie hier«, sagte sie. »Nur muss man nicht so viele

Steuern zahlen, und ein Ghetto haben wir auch noch nicht für die Kurtisanen.«

»Ich lebe nicht im Ghetto«, gab Arcangela zurück. »Wer sich dort einsperren lässt, ist selber schuld.«

»Nun lasst uns von etwas anderem reden. Arcangela, führe uns doch einen Saltarello vor!«

Arcangela holte eine Gitarre aus der Laube und gab sie einem der jungen Männer in die Hand. Die Anwesenden umringten die beiden und klatschten erwartungsvoll in die Hände. Der junge Mann begann zu spielen, wobei er sich um seine Partnerin rasch und hüpfend drehte. Arcangela schlug das Tamburin und hob immer wieder in anmutiger Weise ihre Schürze. Sie tanzten und ihre Bewegungen wurden immer leidenschaftlicher. Lachend und erschöpft kehrten die Tänzer an ihre Plätze zurück. Das Publikum klatschte Beifall. Eine junge Frau spielte auf einer Laute. Arcangela und Andriana lasen abwechselnd Gedichte von Petrarca und aus der Divina Commedia von Dante vor.

Wie gebildet diese Kurtisanen waren! Plötzlich fiel Celina etwas ein. Sie hatte gar nicht mehr an bestimmte Ereignisse in Venedig gedacht. Alles hatte sie hinter sich gelassen. Doch das Geheimnis um die toten Mädchen war noch nicht gelöst, und wieder einmal spürte sie, dass es sehr viel mit ihr selbst zu tun hatte, dieses Geheimnis zu enträtseln. Sie beschloss, die Kurtisanen und den Kardinal vorsichtig darüber zu befragen. Der Kardinal war in ein angeregtes Gespräch mit Andriana vertieft. Sollte sie ihn trotzdem ansprechen?

»Herr Kardinal Battista«, begann sie zaghaft.

»Ja, mein Kind, was liegt dir auf dem Herzen?«

»Ich soll Euch einen Gruß vom Verleger Ernesto Brinello in Venedig und Hans Leublin ausrichten, zwei guten Freunden von mir«, sagte sie.

In den Augen des Kardinals blitzte es auf.

»Ich kenne die beiden. Als Legat des Papstes und als Kardinal kann ich ihr Vorgehen jedoch nicht gutheißen. Und ich kenne den Vatikan und die Priesterschaft, hier wie dort. Es fließen immer wieder Gelder von Venedig zu uns, über deren Herkommen ich nur Vermutungen anstellen kann.«

»Was für Vermutungen?«, fragten Celina und Andriana wie aus einem Mund.

»Offenbar werden dort gewisse dunkle Machenschaften betrieben. Keine Sorge, wir können hier unbesorgt darüber sprechen«, meinte er.

»Zwei Nonnen wurden tot im Kanal gefunden«, sagte Celina. »Möglicherweise wurden sie mit Gift ermordet. Der Zehnerrat versucht das alles zu vertuschen.«

»Es ist seit alters her eine beliebte Art, jemanden mit Gift ins Jenseits zu befördern«, meinte der Kardinal. »Insbesondere die Borgias verstanden sich auf diese Kunst.«

»Meint Ihr, die Nonnen wurden ermordet, weil sie jemandem, zum Beispiel ihren Familien, im Wege standen?«

»Ich habe solche Fälle hier in Rom erlebt«, warf Andriana ein. »Da gab es ein Erbe zu verteilen, ein Amt anzutreten … derjenige, der die Verwandten in ihrer Gier behinderte, musste dran glauben. Manchmal haben sie es auch als Selbstmord getarnt und falsche Abschiedsbriefe verfasst.«

»Die drei Nonnen haben keine Abschiedsbriefe hinterlassen«, sagte Celina.

»Sie könnten sich auch aus Verzweiflung über ihr Los das Leben genommen haben«, meinte Andriana.

»Wenn Ihr wieder in Venedig seid, befragt doch einmal die Familien dieser jungen Frauen«, riet ihr der Kardinal. »Außerdem gebe ich Euch morgen die Adresse eines Abtes, den Ihr aufsuchen solltet. Murare heißt er.«

Venedig, dachte sie. Wie mochte es Hans, Brinello und

Christoph ergehen? Hoffentlich waren sie nicht in Gefahr. Sie hatte letzte Nacht so einen merkwürdigen Traum gehabt. Die *Signori della Notte* hatten das Versteck der Bücher entdeckt und zerrten ihre Freunde aus einem Haus heraus. Sie wehrten sich verzweifelt, aber die Männer der *Signoria* waren in der Übermacht.

23.

Der Verleger Brinello, Christoph und Hans hatten sich im Haus des Ratsmitgliedes Immuti eingefunden, um ihre Lage zu erörtern.

»Ich kann Euch nur empfehlen, die Herstellung dieser Schriften in Venedig einzustellen«, sagte Immuti, an die drei gewandt.

»Und wovon sollen wir leben?«, fragte Brinello.

»Es gibt genügend andere Schriften, die nicht auf dem Index stehen.«

»Aber es kommt doch darauf an, gerade diese Schriften zu verbreiten«, entgegnete Christoph.

»Dann müsst Ihr irgendwo auf dem Land, wohin der Arm der Signoria nicht reicht, eine getarnte Offizin oder einen neuen Verlag mit Druckerei eröffnen. Die Bücher von Luther und Erasmus sind sowieso die meistverkauften des Jahrhunderts; diese Schriften werden sich schon durchsetzen. Doch Ihr dürft in keiner Weise mehr mit ihnen in Verbindung gebracht werden.«

»Er hat recht«, sagte Hans. »Verräter gibt es überall. Wer weiß, ob dieser Fischer uns nicht schon denunziert hat.«

»Ich empfehle Euch, im Fischerdorf Mestre eine Wohnung oder ein Haus zu mieten und dort ganz unauffällig zu leben und zu arbeiten«, erklärte das Ratsmitglied.

»Er hat recht«, sagte Hans noch einmal. »Wenn wir hier bleiben, sind wir verloren.«

»Lebt nicht der Sohn der Nonne Nanna Tarabotti ebenfalls in Mestre?«, fragte Christoph. »Celina hat mir darüber berichtet.«

Beim Gedanken an sie befiel ihn Angst. Was mochte sie während ihrer Pilgerreise erleben? Hätte er sie doch begleitet! Aber das hatten sie beide verworfen, weil er in Venedig dringend gebraucht wurde.

»Um den Kleinen könnten wir uns nebenbei kümmern«, meinte Hans. »Uns als seine Onkel ausgeben, die auf sein Wohl bedacht sind.«

Trotz seiner düsteren Gedanken musste Christoph lachen.

»Na, wenn das keine perfekte Tarnung ist.«

Brinello fuhr am nächsten Tag nach Mestre hinüber und wurde bald fündig. Er lud Christoph und Hans ein, mit ihm das Haus zu besichtigen. Es lag unweit der Lagune, war aus Lehmziegeln erbaut und mit Schilf gedeckt. Um das Haus herum hatte die Fischerfrau einen Gemüsegarten angelegt mit Zitronenbäumen, Karfiol und Kräutern. Die Familie, die vorher darin gewohnt hatte, war nach Padua gezogen, wo sich der Vater als Knecht verdingen wollte. Die Fischerei hatte die Familie nicht mehr ernähren können. Das Haus war geräumig, mit einer Küche unten und drei Kammern im Obergeschoss.

»Eine Druckerpresse werden wir nie und nimmer ungesehen hierher bekommen«, stellte Brinello fest. »Aber wir könnten zumindest die Bücher hierher schaffen und unsere Versammlungen abhalten.«

»Wo denn?« fragte Christoph. »In der Küche?«

»Da gibt es noch eine kleine Scheune nebenan«, meinte Brinello. »Oder ist es eine Fischräucherei?«

Sie gingen hinaus, um den Anbau zu besichtigen. Es war tatsächlich eine Scheune.

»Fahren wir zurück«, sagte Brinello. »In den nächsten Tagen bringen wir die Bücher hierher und halten unsere erste Versammlung ab.«

Hans sah sich nach allen Seiten um. »Was für Nachbarn haben wir wohl?«

Wie als Antwort kam quiekend ein Ferkel um die Ecke gejagt; ihm folgte ein braungebrannter Junge mit wirren Haaren und ärmlicher Kleidung.

»Das muss Nannas Sohn sein«, meinte Hans. »Filippo, kennst du mich noch? Ich soll dir Grüße von deiner Mama überbringen.«

»Meine Mama lebt in einem schönen großen Haus, und sie ist sehr reich«, sagte der Kleine. »Sie wird mich sicher bald besuchen kommen und mir etwas mitbringen.« Filippos Augen strahlten voller Erwartung. Christoph gab ihm ein paar Scudi. Aus den anderen Häusern drangen das Klappern von Töpfen und Kindergeschrei. Ein Geruch von Olivenöl und Fisch zog herüber.

»Hier wird uns niemals jemand vermuten«, sagte Brinello und blickte zufrieden auf das Haus.

Sie kehrten über die Lagune in die Serenissima zurück. Ob wir es schaffen, die Bücher rechtzeitig in Sicherheit zu bringen? dachte Christoph. Wie so oft stand Celina vor seinen inneren Augen. Er hatte schon mehrmals davon geträumt, dass ihr und Andriana Gewalt angetan worden wäre. Die Vorstellung versetzte sein Blut in Wallung.

In der zweiten Nacht nach der Erkundung des Hauses in Mestre war es soweit. Brinello holte die Bücher aus ihrem Versteck, einem größeren Hohlraum in der Wand, der von einem Bild bedeckt war.

»Wie willst du sie transportieren?«, fragte Christoph.

Hans erschien ebenfalls und gähnte.

»Spät ist es«, sagte er.

Die Uhr der nahen Kirche schlug elf Mal.

»Falls uns die *Signori* anhalten, muss es unverdächtig aussehen«, meinte Brinello.

»Wie wäre es mit einem Korb?«, schlug Hans vor.

»Nein, da würden sie hineinschauen. Vielleicht ein Fass?«

»Wenn sie das schütteln, gluckert es nicht, es klötert.« Hans riss seinen Mund auf und lachte sein unvergleichliches Lachen.

»Ich hab's«, sagte Brinello. »Wir nehmen eine Kiste, so groß, dass etwa zwanzig Bücher hineinpassen. Obendrauf legen wir Wäschestücke.«

»Was Besseres fällt mir auch nicht ein«, meinte Christoph.

Brinello brachte eine passende Kiste, und sie legten die Bücher hinein; obendrauf kamen Hemden, Hosen und ein Mantel. Brinello klemmte sich die Kiste unter den Arm.

»Auf geht's«, sagte er.

Sie verließen das Haus. Es war eine warme Nacht. Von den Kanälen her ertönten die Rufe der Gondolieri. Verliebte Paare streiften an den Wänden entlang. Christoph musste stärker als je zuvor an Celina denken. Aber die Aufgabe, die vor ihnen lag, hatte Vorrang. Hatte nicht Tullia von einer höheren Form der Liebe gesprochen? Seine Liebe galt den Büchern und dem Geist der Reformation und des Humanismus, das musste er sich immer wieder vor Augen führen.

Sie erreichten einen Kanal, in dem Gondeln am Kai vertäut lagen.

»Wir brauchen eine Überfahrt nach Mestre«, sagte Brinello zu einem der Gondolieri. Der Mann band diensteifrig die Gondel los und wollte nach der Kiste greifen.

»Die nehme ich selber«, sagte Brinello. »Es sind Erbstücke von meiner Tante darin.«

Sie stiegen ins Boot, und der Gondoliere ruderte los. Geisterhaft, von wenigen Kohlepfannen nur spärlich beleuchtet, glitten die Palazzi des Canale Grande an ihnen vorbei. Kurz bevor sie die offene Lagune erreichten, kam ihnen ein anderes Boot entgegen. Darin standen Männer und unterhielten sich. Die Signori della Notte! Es war bekannt, dass sie die Lagune wegen der Schmuggler Tag und Nacht überwachten. Bald waren sie auf gleicher Höhe mit ihnen.

»Bona Notte«, sagte einer von ihnen, offensichtlich der Diensthöchste. »Wohin fahrt Ihr so spät in der Nacht?«

»Die Herren wollen nach Mestre«, antwortete der Bootsführer.

»Zu welchem Zweck?«, fragte der Mann nach.

»Wir machen einen Besuch in unserem neuen Haus«, sagte Brinello. »Dort wollen wir einige Tage bleiben und fischen.«

»Habt Ihr auch Angelzeug dabei?«

Christoph fuhr der Schreck in die Glieder. Das hatten sie vergessen. Hätten sie sich nur besser abgesprochen!

»Alles, was wir zum Angeln brauchen, befindet sich in dem Haus in Mestre«, antwortete Brinello.

»Was ist in der Kiste drin?« Der Diensthöchste blickte sich argwöhnisch um.

»Wäsche«, ließ sich Hans vernehmen.

Der Mann kletterte hinüber in ihr Boot, das bedenklich zu schaukeln begann. Er hob den Deckel der Kiste an. Gott sei Dank hatten sie die Kiste nicht vernagelt, sonst hätte sich diese peinliche Untersuchung noch länger hingezogen. Der Signor griff in die Kiste hinein, wühlte ein wenig herum.

»Ist wirklich Wäsche drin«, rief er, zu seinen Kameraden im anderen Boot gewandt. Er hielt die Hand an sein Barett, sprang in sein Boot zurück, und es fuhr davon. Christoph wischte sich den Schweiß von der Stirn.

»Die suchen nach Schmugglern«, sagte der Gondoliere. »Fast jede Nacht erwischen sie einen. Besonders begierig sind sie auf Bücherschmuggler, Ihr wisst, diese verbotenen Bücher, die auf dem Index des Papstes stehen.«

»Was Ihr nicht sagt«, entgegnete Brinello und zuckte mit den Schultern.

24.

Das Fest im Weingarten von Arcangela hatte seinen Höhepunkt erreicht. Die Musiker, bestehend aus einem Gitarristen, einem Flötisten und einer Triangelspielerin, spielten zu einem Tanz nach dem anderen auf. Viele der Männer hatten sich mit einem weiblichen Gast in eine verwunschene Ecke des Gartens zurückgezogen, und der Kardinal war schon vor einiger Zeit mit Andriana verschwunden. Celina fühlte sich mit einem Mal sehr allein. All diese Menschen waren sich nahe, nur sie hatte niemanden, mit dem sie sich hätte austauschen können. Aber wollte sie wirklich die Nähe, wie sie die anderen zueinander hatten? Ein junger Mann schaute immer wieder zu ihr herüber. Er wird doch nicht … doch schon stand er auf und kam herbeigeschlendert.

»So allein, schöne Frau?«, sagte er mit einer galant angedeuteten Verbeugung.

»Ich fühle mich ganz wohl«, entgegnete sie.

»Lasst mich Euch zu einem Tanz entführen.«

»Mir ist nicht nach Tanzen zumute.« Er setzte sich neben sie auf die Bank und legte ihr den Arm um die Schulter. Sie rückte ein Stück von ihm ab.

»Fasst mich bitte nicht an«, sagte sie leise.

»Wohl eine alte Jungfer?«, antwortete er und stand auf. »So frostig wird man in ganz Rom nicht behandelt.«

Sie fühlte sich leer und wie von innen verbrannt. Ihre Hände und Knie zitterten leicht. Es ist alles zu viel, dachte sie, stützte den Kopf in den Arm und blickte vor sich hin. So fand sie wenig später Andriana, die mit rot glühendem Gesicht aus dem Pavillon kam.

»Was ist mit dir, Celina?«, rief sie besorgt. »Du siehst aus wie der Tod.«

»Es ist mir zu viel«, murmelte Celina.

»Was ist dir zu viel?«, fragte Andriana.

Celina suchte nach Worten.

»Ich kann diese ... Wollüstigkeit nicht mehr ertragen, dieses Doppelleben des Klerus. Als Nonne soll man züchtig leben, aber alle hier scheinen sich nicht an das Keuschheitsgebot zu halten. Es widert mich an!«

Andrianas Augen blitzten zornig. »Celina, glaubst du wirklich, dass du schon etwas vom Leben verstehst? Du bist wohlbehütet aufgewachsen, bis das Schicksal dich in ein Kloster verschlagen hat. Na und? Es geht Hunderten, Tausenden so. Und es gibt ebenso viele, die sich ihren Lebensunterhalt verdienen müssen.«

»Warum sprach dann Tullia d'Aragona von der nichtsinnlichen, der platonischen Liebe als höchster Form?«

Andriana lachte. »Schätzchen, das sind Wortgebilde. Man kann sich eine Philosophie ausdenken, die man als Ideal hinstellt, ob man danach lebt, ist eine andere Frage.«

»Ich möchte nach Hause«, sagte Celina mit schwacher Stimme. Aber wo war ihr Zuhause eigentlich?

Sie fuhren mit der Kutsche zurück zum Haus des Kardinals. Mitternacht war schon lang vorüber. Der Kardinal plauderte angeregt mit Andriana; anscheinend bemerkte er die Verstimmung zwischen den beiden Frauen nicht. Am nächsten Tag war er schon früh aus dem Haus. Als er gegen Mittag zurückkehrte, bat er Celina und Andriana in sein Zimmer.

»Der Papst will Euch nicht von Eurem Gelübde entbinden«, sagte er in bedauerndem Tonfall. »Er meint, wenn alle den Schleier abgeben würden, wäre der Verderbnis Tür und Tor geöffnet. Dann würden die Priester auch das

Zölibat aufheben wollen, wie es dieser Ketzer Luther schon lange gefordert und es auch praktiziert hat.«

Celina verstand die Welt nicht mehr. Wut kochte in ihr hoch.

»Aber das Keuschheitsgebot wird doch überall gebrochen, ich habe es mit eigenen Augen gesehen, hier und anderswo!«, rief sie.

Der Kardinal senkte den Blick. Er dachte einen Augenblick lang nach.

»Im Grunde habt Ihr recht«, sagte er dann. »Die Kurie und selbst der Papst halten sich nicht an das, was sie predigen. Fast jeder hier, der sich im geistlichen Stand befindet, hält sich eine Mätresse oder einen Lustknaben. Aber ich bin Angehöriger dieser Kurie und muss die Gebote der Kirche nach außen vertreten. Ich kann Euch also nicht entbinden.«

»Du hast gestern gesagt, niemand dürfe gegen seinen Willen gezwungen werden, den Schleier zu nehmen«, warf Andriana ein. »Welche Seite vertrittst du denn nun, die einer Pflicht, die sich als brüchig erweist, oder eine Gerechtigkeit, die dem wahren Glauben zugrunde liegt?«

Der Kardinal seufzte. Er legte seine beringten Hände an die Stirn.

»Ihr macht es mir nicht leicht«, sagte er. »Aber ihr habt mich überzeugt. Ich werde heute Nacht noch ein Schreiben an den Zehnerrat aufsetzen und mit dem päpstlichen Siegel versehen.«

»Ich danke Euch, Sebastiano Kardinal Battista«, entgegnete Celina.

»Meine Mission hier ist erfüllt«, sagte Celina am anderen Mittag zu Andriana. »Ich könnte heute noch aufbrechen. Es hält mich nichts mehr. Aber ich möchte nicht denselben Weg zurückgehen.«

»Ich verstehe dich«, sagte Andriana. »Würdest du dich einer Gruppe von Pilgern anschließen, die zurück in den Norden gehen?«

»Nein, ich möchte keine Gesellschaft. Ich will allein sein.«

»Du bist närrisch, Celina! Willst du, dass dir das passiert, wovor du dich am meisten fürchtest?«

»Nein. War nicht ausgemacht, dass du mich zurück begleitest? Aber wie ich sehe, bist du sehr beschäftigt.«

Andriana dachte einen Moment lang nach.

»Ich hab's«, sagte sie. »Du könntest versuchen, vom Hafen Ostia aus ein Handelsschiff nach Venedig zu bekommen.«

Eine Schiffsreise? Warum nicht? Dort war sie sicherer als auf dem Landweg.

»Das würde ich gern einmal erleben. Auch wenn meine Eltern …« Sie brach ab.

»Vielleicht könntest du das Ereignis bewältigen, wenn du so eine Reise erlebst – mit gutem Ausgang«, meinte Andriana

»Ja, ich will es wagen.«

»Ich bringe dich morgen hin. Schade, ich hatte gehofft, mit dir den Auftritt des Papstes ansehen zu können.«

Der Papst ist der Allerletzte, den ich jetzt sehen wollte, dachte Celina.

Am nächsten Tag, an dem die Sonne wieder von einem tiefblauen Himmel schien, machten Celina und Andriana sich in einer Mietkutsche auf nach Ostia. Der Tiber floss träge dahin. Vom Meer her wurden Galeeren und Handelsschiffe mit Ochsenkarren bis in die Ewige Stadt geschleppt. Händler, Tagelöhner und Hausfrauen auf dem Weg zum Markt begegneten ihnen, mit Säcken beladene Esel, Kühe und ihre Treiber. Am Hafen lagen einige Schiffe am Kai. Sie sahen sich jedes genau an. Es waren fast alles Dreimaster mit Aufbauten und Kanonen an Deck. Am Rumpf einer der Galeeren war in schnörkeligen Buchstaben der Name *Arsenale di Venezia* eingraviert.

»Wohin fährt dieses Schiff?«, fragte Andriana einen der Hafenarbeiter, der schwitzend einen Sack mit Getreide zur Planke trug, die als Brücke zum Schiffsrumpf hinübergelegt war.

»Nach Madeira.«

»Wann läuft es aus?«

»Heute Abend. Wenn Ihr mitfahren wollt, müsst Ihr Euch an den Kapitän wenden.« Er deutete auf den tonnenförmigen Aufbau weiter vorn. Celina und Andriana balancierten über das Brett auf das Schiff. Sie fanden den Kapitän im Steuerhaus, über eine Seekarte gebeugt.

»Was wünscht Ihr?«, fragte er.

»Ich möchte eine Passage nach Venedig«, antwortete Celina. »Ich bin eine Pilgerin, die nach Rom gekommen ist, um sich von ihrer Sündenschuld erlösen zu lassen. Der Rückweg über Land ist mir zu gefährlich.«

»Gut, aber aus Barmherzigkeit nehme ich niemanden mit. Da müsst Ihr schon ein paar Gulden springen lassen. Wir fahren zur Insel Madeira, um Weizen, Wein und Zucker zu laden. In Taormina müsst ihr dann ein anderes Schiff finden.«

»Das ist doch ein wenig zu umständlich«, sagte Celina. »Gibt es auch ein Schiff, das nach Genua fährt? Von dort könnte ich durch die Ebene des Po zurück nach Venedig gelangen.«

»Ja, die *Guiseppe Desoderata*. Die liegt gleich dort drüben. Viel Glück auf Eurer Reise!«

Celina wurde schnell handelseinig mit dem Kapitän des anderen Schiffes.

»Ihr werdet an Deck schlafen müssen, denn in den Mannschaftsräumen ist kein Platz mehr«, meinte der Schiffseigentümer, ein bärtiger Seemann mit wasserhellen Augen. Sein Alter war schwer zu bestimmen, so dunkel war seine Haut.

»Die Mannschaftsräume würden mir auch nicht sehr behagen.« Celina und Andriana lachten, und der Kapitän stimmte ein.

»Gibt es Stürme im mittelländischen Meer?«, wollte Celina wissen.

»Die Südspitze Kalabriens ist bekannt für ihre heftigen Stürme. Aber dieses Schiff ist der *Santa Maria* von Christoph Kolumbus nachgebaut. Er hat es schließlich über den großen Ozean geschafft. Es ist ein Kraweelbau. Es bedeutet, dass die Planken des Rumpfes aufeinanderstoßen und sich nicht überlappen. Wir können bis zu vierhundert Fuder Handelsgut laden. Und das Schiff hält jedem Sturm stand!«

Celina horchte auf. »In der nördlichen Adria … gibt es dort auch Unwetter?«

»Ja, schon, aber nur zu bestimmten Zeiten.«

»Hat es im letzten Juli einen solchen Sturm dort gegeben?«

»Nein, der Juli an der Adria war letztes Jahr besonders ruhig und trocken.«

Celina fühlte sich bis ins Mark getroffen. Dann war das eine Lüge ihres Onkels gewesen. Ihre Eltern waren gar nicht bei einem Sturm ums Leben gekommen! Sicher hatte er sie auf irgendeine Art beseitigen lassen, um an ihre Reichtümer heranzukommen. Das Stadthaus in Venedig fiel ihr ein, der kleine Palazzo, in dem sie ihre Kindheit verbracht hatte. Das hatten sie sich bestimmt auch unter den Nagel gerissen. Sie fieberte danach, in die Serenissima zurückzukehren.

Andriana umarmte Celina zum Abschied.

»Ich wünsche dir eine gute Reise, und gib auf dich Acht!«

»Das tue ich. Auf jeden Fall werde ich dich vermissen.«

Bis zum Abend vertrieb sich Celina die Zeit damit, das Schiff zu erkunden. Der Kapitän wich nicht von ihrer Seite; er nahm gewiss nur selten Passagiere mit und freute sich, wenn er mit Fremden sprechen konnte. Er zeigte ihr die Kapitänshütte. Am Bug war ein etwa zwanzig Fuß langer hölzerner Schnabel befestigt, mit dem im Gefecht der Gegner gerammt werden konnte. Außerdem diene er als Enterbrücke, erzählte der Kapitän, auf der die Besatzung das feindliche Schiff zu erreichen und zu erobern versuche.

»Früher gab es meist über zwanzig Ruder auf jeder Seite«, sagte er. »Die Bemannung bestand aus den Truppen, einigen Seeleuten und dem *Argousin*, das heißt, dem Offizier, dem Comite, der die Ruderer kommandierte, und seinen beiden Sous-Comites, die mit Knütteln in der Mitte des Schiffs postiert waren.«

Das Gerede des Kapitäns interessierte Celina überhaupt nicht. Viel lieber wäre sie jetzt in Venedig gewesen, in der Nähe von Christoph. Noch nie hatte sie solch eine starke Sehnsucht nach einem Menschen verspürt. Doch sie konnte dem Kapitän nicht entrinnen, und so tat sie, als würde sie ihm aufmerksam zuhören.

»… und die Rudermannschaft«, beendete der Kapitän eben einen Satz. »Letztere zerfiel in drei Klassen: in die *forcats*, Sträflinge die, ganz kahl geschoren, stets angekettet blieben, Sklaven, kriegsgefangene Türken, Mauren, auch Christen fremder Nation, endlich Freiwillige, entweder ausgediente Sträflinge, die sich etwas verdienen wollten, oder Vagabunden. Die Freiwilligen trugen Haar und Bart. Das Rudern war äußerst anstrengend, musste aber zehn, zwölf, ja zwanzig Stunden ununterbrochen fortgesetzt werden. Man steckte den Leuten weingetränktes Brot in den Mund und schlug jeden, der nicht genug arbeitete, so lange, bis er umsank. Dann wurde er losgekettet und ins Wasser geworfen.«

Celina schaute den Kapitän fragend an.

»Heute ist das nicht mehr so«, beschwichtigte er, »und nur noch wenige der Ruderer sind Sklaven.«

Endlich, es war inzwischen Abend geworden, ertönte ein Hornsignal. Die Reepe wurden losgebunden, und die Ruderer begannen zu arbeiten. Langsam bewegte sich das Schiff aus dem Hafen. Die Lichter der kleinen Stadt Ostia und des fernen Rom waren zu erkennen. Die Luft war weich und warm, der Duft nach Zistrosen zog vom Land herüber. Lange stand Celina an der Reling und schaute in die Nacht hinaus. Das Schiff schlingerte, hielt aber seinen klaren Kurs nach Nordwesten. Das Wasser plätscherte am Rumpf; Celina schmeckte Salz auf der Zunge. Sie fühlte sich glücklich. Es war ihre erste Fahrt über das Meer. Die Worte des Kapitäns kamen ihr in den Sinn. Wenn es im letzten Juli keinen Sturm in der Adria gegeben hatte, dann konnte das Schiff ihrer Eltern auch nicht gesunken sein. Dieser Gedanke gab ihr Hoffnung. Sie war jetzt eine freie Bürgerin der Stadt Venedig und nahm sich fest vor, nach ihrer Rückkehr alles in ihrer Macht Stehende zu tun, um die Wahrheit ans Licht zu bringen.

Am nächsten Tag blähte ein frischer Wind das Rahsegel, so dass sie schneller vorankamen. Sie fuhren etwa eine Meile von der Küste entfernt. Das Land am Meer war relativ flach; dahinter ragten die Berge des Apennin auf. Sie passierten eine Gruppe von Inseln, eine von ihnen heiße Elba, erklärte der Kapitän. Im Meer sah Celina fliegende Fische und Delphine, die das Schiff eine Weile begleiteten. Später erreichten sie die Steilküsten der Toskana mit ihren Grotten und blauen Buchten. Am Morgen des dritten Tages sah Celina das Häusergewirr von Genua aus dem Dunst steigen. Am Hafen wimmelte es von Händlern, Schuhverkäufern, Wasserträgern, Seeleuten; schmale, verwinkelte Gässchen mit heruntergekommenen Palazzi empfingen sie, nachdem sie die Überfahrt bezahlt und sich vom Kapitän verabschiedet hatte. An jeder Ecke sah sie ein Heiligenbild oder eine Prostituierte. Sie musste den ligurischen Apennin, eine steil aufragende Bergkette, überqueren. Fast wollte sie der Mut verlassen. Sie fühlte sich sehr allein in dieser traumhaft schönen Landschaft. Pinienwälder zogen sich entlang der Küstenstreifen mit den weißen Sandstränden. An den Steilhängen, unterhalb derer sie auf Ziegenpfaden wanderte, blühten rote Levkojen, Glockenblumen, Liguster und Mohn. Feigenkakteen, Aleppokiefern und Agaven säumten den Weg. Der Duft nach Thymian und wildem Lavendel erfüllte die Luft, Zikaden zirpten ihr spätsommerliches Lied. In größeren Höhen spendeten Buchen, Eichen und Kastanien Schatten vor der sengenden Sonne. Celina sah Dörfer, deren Häuser mit schwarzem Schiefer gedeckt waren; der Anblick von Höhlen und Wasserfällen, die in blaugrüne Gumpen stürzten, versetzte sie in eine poetische Stimmung. Hatte nicht auch Petrarca an so einem Fluss gelebt, an der Sorgue im Süden Frankreichs? Schließlich erreichte sie Parma, die Stadt des Schinkens und des berühmten Käses. Über Mantua und Padua gelangte sie zurück zu ihrem Ausgangspunkt, der Serenissima.

Es war ein warmer Frühlingstag Mitte Mai. Ihr Herz klopfte schneller, als sie bei der Ca' d'Oro aus der Gondel stieg. Die vertrauten Gerüche stiegen ihr in die Nase, und das Leben an den Kanälen pulste noch ebenso, wie sie es in Erinnerung hatte. Celina war beklommen zumute. Es wusste ja keiner, dass sie den Brief des Kardinals in der Tasche hatte. Aber ob der Zehnerrat ihn als rechtens anerkennen würde? Das Haus des Verlegers Brinello kam in Sichtweite; aus einem Fenster drang Licht. Celina betätigte den Türklopfer. Schritte kamen näher, gleich darauf wurde die Tür geöffnet. Brinello stand im Rahmen und rief:

»Schön, dass du wieder da bist, Celina! Lass dich anschauen: So eine lange Zeit! Gut siehst du aus, die Reise scheint dir gut bekommen zu sein. Komm rein, Christoph und Hans sind ebenfalls da, wir alle haben uns schon die größten Sorgen gemacht.«

Celina folgte ihm durch den Gang ins Wohn- und Arbeitszimmer. Christoph sprang auf und kam ihr rasch entgegen. Wortlos nahm er sie in den Arm. Sie spürte Wärme und einen tiefen Frieden. Nachdem Christoph sie losgelassen hatte, begrüßte sie Hans. Brinello holte Wein, Brot und Käse. Die drei Männer wollten wissen, wie es Celina und Andriana auf ihrer langen Fahrt ergangen war.

»Wenn ich daran zurückdenke, war es sehr abenteuerlich, aber was das Ergebnis betrifft, hätte ich sie mir auch sparen können«, fasste Celina zusammen.

»Was willst du damit sagen?«, fragte Christoph. Er schaute sie unverwandt an.

»Ich habe erfahren, dass es anderswo genauso zugeht wie hier in Venedig«, erwiderte sie. »In Rom wird Geld gesammelt für den Kirchenbau, die gesamte Kurie hält sich Geliebte, und es wird geschlemmt und gefeiert wie bei uns.«

»Hast du nichts erreicht beim Kardinal?«, wollte Christoph wissen.

»Ich habe einen Brief von ihm bekommen, den aber der Papst nicht abgesegnet hat. Ferner habe ich erfahren, dass sich meine Verwandten den Besitz meiner Eltern widerrechtlich angeeignet haben. Und auf der Rückreise von Ostia nach Genua erzählte mir ein Kapitän, dass es zu der Zeit, als meine Eltern mit dem Schiff unterwegs waren, keinen Sturm in der Adria gegeben hat. Möglicherweise sind sie gar nicht tot.«

»Das ist aber eine ganze Menge, die du erfahren hast«, warf Hans ein. »Ich würde sagen, diese Reise war nicht umsonst!«

Celina nahm ein Stück Brot und Käse.

»Wie ist es denn euch ergangen? Was ist aus den Büchern geworden? Wolltest du nicht noch einmal ins Heilige Römische Reich zurückkehren, Christoph?«

Christoph zuckte bei ihren Worten zusammen.

»Ich erinnere mich ungern daran«, gab er zur Antwort. Er fuhr sich durch die Haare. »Wie beim ersten Mal hatte ich mich einer Gruppe von Rottfahrern angeschlossen. In den Tälern war zwar der Frühling schon hereingebrochen, aber auf den Hängen und Pässen lag der Schnee noch mannshoch. Auf den Twären, den Hängebrücken über die Abgründe, und im Eis der Gletscher verloren wir einige der Lasttiere und der Männer.« Er bedeckte sein Gesicht mit den Händen.

»Was fandest du im deutschen Reich vor?«, fragte Celina.

»Nach dem Tod meines Vaters war die Stimmung denkbar schlecht. Einige waren hingerichtet worden, andere konnten wir freikaufen. Ich habe die drei Adligen aufgesucht, die an dem Tag bei uns waren, bevor ich meine Reise nach Venedig antrat, und hatte eine lange Unterredung mit ihnen. Sie baten mich darum, nicht aufzugeben, und führten mich zu Reinhards Grab. Da konnte ich Abschied von ihm nehmen. Die drei Freunde wollen später, wenn sich alles wieder beruhigt hat, mit den anderen Überlebenden nach Paris gehen.«

»Es tut mir so leid, Christoph«, sagte Celina. »Aber ich bin froh, dass du gesund zurückgekehrt bist!«

»Ich habe mir oft Gedanken über die Gefahren gemacht, in denen ihr beiden Frauen geschwebt haben musstet. Ist euch wirklich nichts geschehen?«

»Wir haben uns um euch gesorgt«, bekräftigte Brinello.

»In den Bergen war mir manches Mal ängstlich zumute«, antwortete Celina auf Christophs Frage. »Aber Andriana hat mir Mut gemacht. Sie erzählte mir, dass es zwar viele Vergewaltigungen von alleinreisenden Frauen gibt, aber sie kannte die weniger gefährlichen Routen. Abseits der ausgewiesenen Pilgerwege ist es sicherer, so widersprüchlich das auch klingt.«

»Du hast nach den Büchern gefragt, Celina«, mischte sich Brinello ein. »Die haben wir an einen Platz gebracht, wo wir auch unsere Versammlungen abhalten. Bis dorthin reicht der Arm der Signoria nicht.«

»Es ist so viel, was es zu besprechen gibt«, meinte Celina. »Aber eins muss ich noch wissen, bevor ich mich zu Bett begebe: Wie steht es um die toten Mädchen, wie ist überhaupt die Stimmung in der Stadt?«

»Es wird kaum noch darüber gesprochen«, meldete sich Hans zu Wort. »Und wenn, dann hinter vorgehaltener Hand. Man sieht kaum noch junge Mädchen oder Nonnen auf den Straßen. Es herrscht eine Atmosphäre der Angst.«

»Ich habe vom Kardinal in Rom die Adresse eines Abtes bekommen, Murare ist sein Name. Den möchte ich demnächst aufsuchen.«

»Murare ist auf einer Pilgerfahrt, er wird erst in den nächsten Tagen, zum Beginn des Sensa-Festes, zurückkommen«, versetzte Hans.

»Woher weißt du das?«

»Immuti, mein Onkel, hat es mir gesagt.«

»Ich kann aber nicht untätig herumsitzen, derweil immer noch der Mörder dieser Mädchen herumläuft!«, begehrte sie auf.

»Als Erstes sollten wir einmal die Frage deines Standes klären«, stellte Brinello fest. »Ob dich dieser Kardinalsbrief nun rehabilitiert oder nicht.«

»Ich werde morgen zu Immuti gehen«, versprach Hans.

Hans hatte seine Beziehungen beim Zehnerrat spielen lassen und brachte ihnen die Adressen der toten Nonnen. Der zuständige Mann des Zehnerrates wollte den Kardinalsbrief nicht anerkennen, doch dank des Einflusses, den

Immuti ausübte, gab der Doge höchstpersönlich seinen Segen dazu. Celina war nun frei und keinem Kloster mehr verpflichtet. Am selben Tag noch machte sie sich zusammen mit Christoph auf, um die Eltern der Mädchen zu besuchen und etwas in Erfahrung zu bringen.

Die erste, Familie Este, wohnte in Dorsoduro, nicht weit von der Kirche San Sebastiano. Das niedrige Haus in einer verwinkelten Gasse hatte schon bessere Tage gesehen. Der Putz bröckelte von der Mauer. In dem schmalen Spalt zum Nachbarhaus war Wäsche zum Trocknen aufgehängt. Auf ihr Klopfen öffnete eine Frau mittleren Alters. Sie war abgemagert und hatte große, ängstliche Augen.

»Was wollt Ihr?«, fragte sie.

»Wir kommen vom Zehnerrat«, sagte Christoph. »Es gibt noch ein paar Fragen zum … Tod Eurer Tochter.«

»Wir haben doch schon alles gesagt«, giftete die Frau. »Kann man uns denn nicht in Ruhe lassen?«

Christoph drückte ihr ein paar Scudi in die Hand.

»Es haben sich Umstände ergeben, die eine neue Befragung nötig machten.« Mit einer Bewegung ihres Kopfes bat die Frau sie herein.

»Und wer ist das?« Sie zeigte auf Celina.

»Eine Freundin von mir. Sie hat mir bei den Nachforschungen geholfen«, erklärte Christoph.

In dem Raum, in dem es vor Schmutz starrte, lebten offensichtlich mehrere Personen.

»Zurzeit sind alle ausgeflogen«, meinte Frau Este. »Es ist mühsam genug, heutzutage eine Familie zu ernähren. Nehmt doch Platz.« Sie räumte zwei Stühle frei, die mit Kleidungsstücken bedeckt waren.

»Ach, meine arme Vittoria«, jammerte sie. »Hätten wir sie doch bloß nicht in dieses Kloster gegeben. Aber was blieb uns anderes übrig? Sie trieb sich mit adligen Herren herum. Ich habe ihr immer wieder gesagt: Vittoria, treib es nicht zu weit, wir haben keine Mitgift für dich, und wenn du dich auch noch mit Männern des geistlichen Standes einlässt, kommst du ins Gefängnis.«

»Und was ist dann geschehen?«, fragte Celina.

»Dann hat sie ein Kind bekommen. Das Kleine ziehen wir für sie auf. Gott sei Dank wurde das Kloster Convertite gegründet, das sie aufnahm, trotz ihrer Verfehlungen. Wir konnten nichts für sie bezahlen, aber die Güte des Abtes hat Vittoria gerettet. Ihm müssen wir in Ewigkeit dankbar sein.«

»Aber die Güte des Abtes hat sie nicht davor bewahrt, in einem Kanal gefunden zu werden«, sagte Christoph scharf.

»Das haben wir unserer Tochter, Gott ist mein Zeuge, auch nicht gewünscht. Es war sein Ewiger Ratschluss, sein Name sei gelobt.«

Celina sah Christoph einen Moment in die Augen. Er schüttelte fast unmerklich den Kopf.

»Hatte Vittoria Feinde?«, fragte er.

»O nein, ganz gewiss nicht! Sie war das feinste, frömmste Mädchen, das man sich nur wünschen kann.«

»Mit wem war sie befreundet?«, warf Celina ein. »Hatte sie Männerbekanntschaften?«

»Vittoria kannte Mädchen ihres Alters, die Nonnen in ihrem Kloster. Nein, mit Männern wollte sie nichts mehr zu tun haben!«

»Nur noch eine Frage«, schloss Christoph ab. »Was für ein Mensch war Vittoria?«

»Sie war ein liebes, ruhiges Kind. Tat immer alles, was man von ihr verlangte.«

»Frau Este, wir danken Euch für Eure Auskünfte.«

Als sie draußen auf der Gasse standen, in die kaum Strahlen der mittäglichen Maisonne fielen, meinte Celina: »Den Besuch bei den Eltern der anderen Mädchen können wir uns eigentlich sparen. Sie werden ein ähnliches Schicksal erlitten haben wie Vittoria.«

»Nein, lass es uns versuchen, wenigstens noch bei einer«, antwortete Christoph. »Vielleicht erhalten wir einen Anhaltspunkt, so klein er uns auch erscheinen mag.«

»Eigentlich habe ich ein schlechtes Gewissen«, meinte sie.«

»Warum das denn, um Himmels willen?«

»Ich halte dich von deinen eigenen Angelegenheiten ab.«

»Das lass mal meine Sorge sein.« Christoph lachte und drückte ihren Arm. »Deine Angelegenheiten sind mir wichtiger als meine.«

Die Eltern des zweiten Mädchens mit Namen Arcangela Botticelli wohnten in einem Palazzo in Canareggio. Celina sah auf den ersten Blick, dass die Familie verarmt sein musste. Die Einrichtung war altmodisch, wenn auch sauber. An die Wände waren vergilbte Fresken gemalt. Herr und Frau Botticelli hatten die blassen Gesichter der Adligen. Sie trugen Gewänder aus Brokat und Atlas, die an einigen Stellen kaum merklich geflickt waren. Signora Botticelli bot ihnen Mandelgebäck auf einer Silberschale an.

»Ich kann mir denken, warum Ihr gekommen seid«, sagte sie mit einer tiefen Stimme. »Wir haben uns immer wieder die heftigsten Vorwürfe gemacht. Hätten wir doch Arcangela nicht in dieses Kloster gegeben! Es ist ihr zum Verderben geworden. Jetzt ist sie tot. Wir gehen jeden Tag auf den Friedhof, um sie zu besuchen und sie um Verzeihung zu bitten.«

»Habt Ihr irgendeinen Anhaltspunkt, was ihr zugestoßen sein könnte? War es ein Unglücksfall?«, fragte Christoph.

»Arcangela war ein Mädchen mit sensiblem Gemüt«, antwortete Signor Botticelli. »Womöglich hat sie so sehr unter dem Leben im Kloster gelitten, dass sie sich etwas angetan hat.« Er holte ein leinenes Taschentuch aus der Tasche seines Rockes und schnäuzte sich.

»War jemand von den *Signori della Notte* bei Euch?«, fragte Celina.

»Nein, warum sollten sie zu uns kommen? Sie ermitteln nur, wenn es Hinweise auf ein Verbrechen gibt«, meinte Signora Botticelli. »Wer sollte denn unserem Kind etwas antun?«

»Die beiden Todesfälle wurden vom Zehnerrat vertuscht«, warf Christoph ein.

»Ich weiß nur«, ergriff Signor Botticelli wieder das Wort, »dass Arcangela bei unseren Besuchen immer verschlossener wurde, als würde sie ein schreckliches Geheimnis mit sich herumtragen.«

Genau wie bei Nanna, ging es Celina durch den Kopf.

»Ihr tragt keine Schuld am Schicksal Eurer Tochter«, beschwichtigte sie die Eltern. »Schaut, dass Ihr Euren anderen Kindern alles an Liebe zukommen lasst, deren Ihr fähig seid. Sie werden euch ein Trost sein.«

Signora Botticelli ergriff ihre Hand. »Ich danke Euch für diese Worte und werde sie im Herzen behalten. Wir möchten Euch bei Eurer Suche nach der Wahrheit in unsere Gebete mit einschließen.«

Als sie wieder auf der Straße standen, meinte Celina:

»Eigentlich können wir mit diesen Hinweisen wenig anfangen. Es sind bedauernswerte Schicksale, aber wirklich weiterhelfen tut uns das nicht.«

»Was haben denn die beiden Mädchen gemeinsam gehabt?«, fragte Christoph.

»Sie waren empfindsam und taten immer das, was von ihnen verlangt wurde«, erwiderte Celina.

Christoph sann nach.

»Vielleicht ist das der einzige Anhaltspunkt, den wir haben. Wer tut denn immer das, was von ihm verlangt wird?«

»Eine Nonne?«, erwiderte Celina.

»Wer noch?«

»Eine Hure.«

»Möglicherweise haben sie sich eines Tages geweigert, anderen zu Willen zu sein.«

»Aber deshalb müssen sie doch nicht ermordet werden«, hielt Celina dagegen.

»Natürlich nicht. Was fällt dir als Beweggrund für die Taten ein?«

Ihr kam ein Gedanke.

»In Rom habe ich erzählen hören, dass Männer, deren Geliebte sich jemand anderem zugewandt hatten, das Gesicht mit einem Messer zerschneiden. Oder sie sogar umbringen. Es könnten doch Liebhaber der Nonnen gewesen sein, die sich an ihnen mit Gift gerächt haben.«

»Dazu müssten wir Zutritt zum Kloster Convertite bekommen und die anderen Nonnen befragen. Das wird uns nicht gelingen«, wandte Christoph ein.

»Ich weiß auch nicht, wie wir weiter vorgehen sollen«, antwortete Celina. Sie fühlte sich mit einem Mal sehr müde.

»Ich glaube, wir sollten uns mal wieder ein wenig amüsieren«, sagte Christoph. »In ein paar Tagen ist das Sensa-Fest.«

25.

Es war ein sonniger Tag Ende Mai, der Himmelfahrtstag. Christoph, Celina und Hans saßen auf einer Bank an der *Piazzetta* des Markusplatzes. Das Wasser der Lagune glitzerte, Möwen segelten durch die laue Luft, und die Inseln lagen verträumt im Dunst. Der Platz war bevölkert von Menschen verschiedenster Nationalitäten, denn das Sensa-Fest stand bevor mit einem riesigen Jahrmarkt, mit Bällen, Banketten, Straßenumzügen, Feuerwerken und erleuchteten »schwimmenden Bildern« auf den Kanälen. Celina sah die Arbeiter an der Prachtgaleere *Bucintoro*, die mit dem Dogen und seinem Gefolge aufs Meer hinausgeschleppt und bis zum Lido gefahren werden sollte. Dort warf der Herrscher alljährlich einen Ring ins Wasser als Zeichen der Vermählung der Stadt mit dem Meer, dem Tag, an dem die Piraten endgültig besiegt worden waren. Die *Bucintoro* war eine hundert Fuß lange zweistöckige, mit vergoldeten Skulpturen dekorierte Galeere. Auf dem Mast wehte das Banner der Republik, und das rote Samtdach trug Karyatiden über einem exquisit ausgeschmückten Thronraum.

Ein Trommelwirbel ertönte. Celina wandte ihren Kopf zum Palast, aus dem der Doge Geramolo Priuli mit den führenden Adelsfamilien der Stadt heraustrat. Sie schritten würdevoll die Treppe hinunter. Priuli war mit dem Dogenhut und einem golddurchwirkten Gewand bekleidet. Die Galeere hatte zwei Decks: Das untere war für die Ruderer, das obere war von einem roten Baldachin bedeckt, unter dem sich ein mit Samt ausgekleideter Saal mit vielen Stühlen und Fenstern befand. Am Heck stand der goldverzierte Dogenthron, auf dem der Herrscher nun Platz nahm. Neben ihm sah Celina eine Männergestalt in schwarzer Kleidung, deren Name ihr jedoch nicht einfiel. Das Schiff wurde von einem Dutzend Pferden und einer Unmenge von Sklaven zum Meer hinunter gezogen. Unter dem Jubel der Menge glitt es ins Wasser. Ihm folgte ein dichter und farbenprächtiger Zug von Booten, die mit Girlanden, Blüten und Zweigen geschmückt waren. Jedes Handwerk war mit seiner Zunft vertreten. Danach folgten die Boote der geringeren Stände, ebenfalls in vollem Schmuck. Während des Umzuges spielte die Kapelle der Marciana ein Madrigal.

Nach der Rückkehr in die Stadt begann auf dem Markusplatz der größte aller venezianischen Jahrmärkte. Die neuesten Moden und Erzeugnisse wurden zur Schau und zum Verkauf gestellt, und wieder tanzten die Menschen kostümiert und maskiert in den Straßen. Celina, Christoph und Hans wurde das Treiben bald zu viel. Sie wiesen einen Gondoliere an, sie auf die Lagune hinaus zu rudern. Celina spürte die Strahlen der Sonne auf ihrem Körper, sah das grünblaue Wasser des Meeres, hörte die Schreie der Vögel und war sich der Gegenwart Christophs mit einem freudigen Schauer bewusst. Ihre Augen streiften immer wieder die seinen, und sie bemerkte, dass sich seine Pupillen verdunkelt hatten. Sie spürte, dass sie ihn liebte. Aber was für eine Art von Liebe mochte das sein?

Vom Ufer her erhob sich ein Lärm, und die Leute liefen aufgeregt hin und her. Der Gondoliere bestand darauf, zurückzufahren. Bei ihrer Ankunft erfuhren sie, dass zwei weitere Mädchen tot in einem Kanal gefunden worden waren. Der Mörder sei auf frischer Tat ertappt worden, als er sie ins Wasser geworfen hatte. Man habe ihn ins Gefängnis im Dogenpalast gebracht; und morgen werde er öffentlich auf dem Markusplatz hingerichtet. Diese Schnelligkeit sei geboten, weil man ein Exempel statuieren wolle.

Alle drei waren keine Anhänger solcher Veranstaltungen; da es jedoch um den Mädchenmörder ging, standen sie am folgenden Tag unter den Schaulustigen und versuchten einen Blick auf den Galgen zu erhaschen, der mitten auf dem großen Platz errichtet worden war. Hausfrauen mit Körben drängelten sich neben ihnen. Berittene Wachen sorgten dafür, dass nur die ersten Familien der Stadt einen Platz nahe dem Galgen erhielten. In Lumpen gekleidete Kinder huschten durch die Reihen der Wartenden, wurden jedoch durch die Wachen zurückgedrängt. Viele der Anwesenden waren maskiert, wie immer, wenn es etwas zu feiern gab; Celina glaubte für einen Moment, eine Totenmaske zu erkennen, doch diese Masken waren allgemein verbreitet, wie sie wusste. Dagegen war wieder diese Gestalt in schwarzer Mönchskleidung anwesend, und diesmal erinnerte sich Celina, wer es war: der Abt von Convertite. Er saß auf einem der Stühle, die für die Patrizier der Stadt auf ein Podest gestellt worden waren, und verfolgte aufmerksam das Geschehen auf dem Platz. Die Damen waren aufgeputzt wie immer bei solchen Gelegenheiten. Nicht nur die Adligen, auch Hausfrauen und Mägde hatten ihre schönsten Kleider angetan, trugen die Haare blond, wie es in Mode war, mit weißen und gelben Frisurteilen versehen. Gerüche nach Bergamotte, Myrrhe und Rosenöl wehten Celina entgegen. Spielleute, Trompeter und Trommler marschierten auf den Platz; das Volk wich zurück und machte eine Gasse frei. Ein Trommelwirbel ertönte, und die Mitglieder des Zehnerrates traten auf den Balkon des Palastes. Erneut ein Trommelwirbel. An der Seite des Scharfrichters, der eine rote Kapuze mit zwei Augenlöchern trug, schleppte sich der Delinquent. Zwei Richter, die ihn wohl in einem Schnellverfahren verurteilt hatten, folgten ihnen. Wenn der Mann auf dem Weg zur Richtstätte strauchelte, rissen ihn die Henkersknechte wieder hoch, was einen Jubel in der Menge auslöste.

Als sie am Galgen angekommen waren, fragte der Henker die Richter: »Ist dieser Mann nach Recht und Gesetz der Stadt Venedig verurteilt worden?«

»Er ist wegen eines Verbrechens des fünffachen Mordes zum Tod durch den Strang verurteilt«, lautete die Antwort. Ein Priester spendete dem Todgeweihten den letzten Segen und beschwor ihn zu bereuen. Die Knechte lehnten zwei Leitern an den Galgen. Der Henker nahm den Strick und forderte den Delinquenten auf, die andere Leiter hinaufzusteigen. Er gehorchte ohne Sträuben und ließ sich willenlos den Strick um den Hals legen. Die Gaffer in den hinteren Reihen verdrehten die Köpfe, um alles genau sehen zu können. Mütter und Väter setzten ihre Sprösslinge auf die Schultern, damit ihnen nichts von dem Schauspiel entging. Es herrschte eine atemlose Stille. Der Henker und der Delinquent waren nun auf der jeweils obersten Sprosse der Leitern.

»Du hast jetzt die Gelegenheit, ein letztes Wort zu sprechen«, sagte der Henker laut. Der Mann öffnete die Lippen und rollte mit den Augen. Doch es kam kein Ton heraus. Dann schrie er: »Ich bin unschuldig! Ein anderer hat die Taten begangen, die man mir zur Last legt! Als die ersten Frauen getötet wurden, war ich gar nicht in der Stadt! Es gibt Menschen, die das bezeugen können.«

»Die Zeugen wurden alle gehört«, beschied der Henker.

Er stieß den Verurteilten von der Sprosse. Mit einem Ruck wurde der Fall des schweren Körpers gestoppt. Der Mann zappelte und drehte sich im Kreise. Celina wurde übel, doch etwas zwang sie, weiter hinzuschauen. Als das Zucken aufhörte, waren die Augen des Delinquenten aus ihren Höhlen getreten, und die Zunge hing bläulich aus dem Mund. Die Menge jubelte und bewarf den toten Körper mit Steinen.

Die drei wandten sich zum Gehen. Dicht gedrängt standen die Menschen, ihre Fratzen erschienen Celina teuflisch. Lüsterne, feuchte Augen, Zungen, die sich über die Lippen leckten. Sie drängelte sich durch die Menge, die beiden Männer folgten ihr. Celina eilte über die *Ponte della Paglia* voraus.

Da es noch hell war, beschlossen Celina und Christoph, in die Lagune hinauszufahren. Sie riefen einen Gondoliere herbei. Vor ihnen lag die Lagune; sie schimmerte tiefblau. Der Campanile erhob seinen steinernen Körper in den Himmel, der Markusplatz, Dogenpalast, Löwe und Hafen waren zum Greifen nah. Ein kalter Wind kam auf. Fischer fuhren mit ihren Booten hinaus. Rechts von ihnen erhoben sich die Inseln Giudecca und San Giorgio Maggiore mit ihren Kirchen. Die Silhouette der Stadt war in ein zartes orangegoldenes Licht getaucht. Christoph hatte seinen Platz verlassen und sich Celina gegenübergesetzt. Er schaute in die untergehende Sonne. Ein Wasservogel schnatterte in der Nähe.

»Glaubst du wirklich, dass der Mann der Mörder war?«, fragte Christoph.

»Nein, das glaube ich nicht«, antwortete Celina. »Möglicherweise hat er die letzten beiden Mädchen wirklich getötet. Es könnte eine Nachahmungstat gewesen sein. Irgendetwas sickert immer durch.«

»Ja, die Stadt hat tausend Ohren«, sagte er nachdenklich. »Der Rat der Zehn kann versucht haben, es dem Mann in die Schuhe zu schieben, damit die Nachforschungen aufhören. Aber ich traue diesem einfachen Menschen nicht zu, die Nonnen zu töten, ihnen einen Löwen einzubrennen und ruhig seinem Tagewerk nachzugehen. Da steckt mehr dahinter, ein größerer Plan.«

»Ich habe dir ja erzählt, dass es im letzten Sommer keinen Sturm in der Adria gegeben hat«, sagte Celina. »Mein Onkel hat gelogen, und Faustina steckt mit ihm unter einer Decke. In dem Brief, den er damals in Bassano del

Grappa erhielt, muss etwas ganz anderes gestanden haben als die Nachricht vom Tod meiner Eltern.«

Christoph blickte auf das dunkler werdende Wasser der Lagune hinaus.

»Es gibt Verbindungen zwischen deinen Verwandten und dem Zehnerrat.«

»Und es gibt Verbindungen zwischen diesem Abt von Convertite und dem Dogen, der gestern seine Zeremonie abgehalten hat«, fügte Celina hinzu. »Ich weiß bloß noch nicht, welche.«

»Fällt dir etwas ein, was wir tun könnten, um endlich Licht in dieses Dunkel zu bringen?«, fragte Christoph.

»Merkst du was?«, fragte Celina.

»Wir sind schon wieder mitten in den Nachforschungen. Es vergeht ja auch kaum ein Tag, ohne dass man mit der Nase drauf gestoßen wird«, sagte er und zwinkerte.

Celina überlegte eine Zeitlang.

»Der Palazzo«, sagte sie.

»Welcher Palazzo?«

»Der Palazzo Gargana. Hans erwähnte gestern beiläufig, dass er gehört habe, Eugenio und Faustina befänden sich auf dem Landgut in Bassano del Grappa. Wir könnten in dem Palast nachschauen, ob es irgendeinen Hinweis gibt, der uns weiterführt.«

»Wir müssen aber wissen, wonach wir suchen sollen.«

»Nach Briefen. Der Diener in Bassano sagte mir, mein Onkel und meine Tante seien in den Palazzo gezogen. Dort müssen sie zumindest über den Winter gewohnt haben. Vielleicht ist dort der Brief versteckt.«

»Wir können es ja probieren«, meinte Christoph. »Auch wenn die Aussicht, etwas zu finden, denkbar gering ist.«

Es war dunkle Nacht, als Celina und Christoph zum Steg des Palazzo Gargana gelangten. Sie gaben dem Gondoliere seinen Lohn und stiegen auf den Steg. Drei Rosetten an der Fassade, jede in einer anderen Form, leuchteten im Licht der Kanalpfannen. Der Palast spiegelte sich rötlich im Canale Grande, in langen, zitternden Bahnen. Sie erreichten die schmiedeeiserne Pforte des Wasserportals und rüttelten daran.

»Hier kommen wir nicht hinein«, sagte Celina. Ihre Stimme klang mutlos.

»Ich hab's«, sagte Christoph. »Wir müssen es durch eines der Fenster versuchen.«

Sie gingen den schmalen, düsteren Gang um das Haus herum. Die unteren Fenster waren vergittert. Ein Spalierbirnbaum wuchs am Haus empor. Christoph schulterte seinen Beutel, kletterte hinauf und brachte es tatsächlich fertig, das Fenster darüber zu öffnen. Celina stieg ebenfalls hinauf. Sie befanden sich im ersten Piano Nobile, dem venezianischen Stockwerk. Von draußen fiel das schwache Licht eines Kohlebeckens herein, das am Nachbarhaus angebracht war. Im diffusen Licht erkannte Celina die vertrauten Gegenstände im Raum, die Truhen, Schränke, fein geschnitzten Tische und Stühle. Sie begannen alles zu durchsuchen. In den Truhen befanden sich alte Bücher und Schriftstücke, aber es war nichts dabei, was von Belang hätte sein können.

»Der Ofen«, sagte Celina. »Er würde ein wunderbares Versteck abgeben.« Der Ofen hatte eine breite, von Ruß geschwärzte Öffnung und einen baldachinartigen Überbau, der mit Stuck und Gold verziert war. In diesem Moment hörte Celina von draußen ein Geräusch. Ihr Herz begann zu rasen.

»Christoph, da ist jemand«, flüsterte sie. Kurz darauf drehte sich quietschend ein Schlüssel in der Tür des unteren Stockwerks. Voller Angst schaute Celina Christoph an. Er zog sie in Richtung des Kamins. Dort drängten sie sich in einer Höhlung aneinander. Es roch stark nach verkohltem Holz. Bald darauf näherten sich schwere Schritte von der Treppe her. Celina wurde es abwechselnd heiß und kalt. Ein Licht flammte auf. Die Schritte kamen näher und hielten direkt vor dem Kamin an. Celina sah zwei braune, blankgeputzte Kuhmaulschuhe und helle Beinlinge, darüber das Ende einer Schaube aus teurem Wollstoff. Eine Ewigkeit verging. Wahrscheinlich studierte der Besucher die Goldornamente. Wer konnte es sein? Wer, außer Eugenio und Faustina, hatte einen Schlüssel für den Palazzo? Endlich entfernten sich die Schritte wieder. Eine Weile tappten sie im oberen Stockwerk herum, dann kamen sie die Treppe herunter und verschwanden in Richtung Eingang. Das Licht verlosch.

Zitternd kroch Celina aus dem Versteck heraus. Christoph folgte ihr und lauschte. Als die Tür ins Schloss gefallen war, klopften sie sich gegenseitig den Ruß von den Kleidern.

»Bist du in Ordnung?«, flüsterte er.

»Ich bin zu allem bereit«, gab sie ebenso leise zurück.

»Wirklich zu allem?«

»Christoph, du bist unmöglich!«

Sie stiegen die Treppe zum zweiten Stock hinauf. Hier stand der Ofen mit den Majolikakacheln. Christoph fand eine Öllampe, die er mit Hilfe einer pulverbestaubten Lunte entzündete. Die Lampe tauchte den Raum in ein warmes Licht. Sie betrachteten den Ofen. Jede Kachel hatte ein anderes Ornament. Da gab es Heilige, Kreuze, Masken, einen Stierkopf, Blumen, Trauben und Kleingetier wie Schlangen und Krebse. An der Seite war eine Kachel mit einem geflügelten Löwen angebracht. Celina unterdrückte einen Ausruf der Überraschung.

»Das ist derselbe Löwe, der den Opfern eingebrannt war!«

Christoph strich über die glasierte Kachel und sah sich nach einem Gegenstand um. Auf dem Fenstersims stand ein rostiger Kerzenständer. Mit dessen Hilfe begann er die Löwenkachel zu lockern. Mörtel bröckelte und verstaubte ihnen die Augen. Die Kachel lockerte sich. Christoph fuhr mit der Hand in die Vertiefung und holte eine Pergamentrolle heraus. Er stellte die Lampe auf eine Truhe, rollte den Brief auf, und sie beugten sich gespannt über das Dokument.

An Eugenio Gargana, achtbarer und wohlgeborener Bürger der Stadt Venedig, stand in Schnörkelschrift darauf.

»Dubrovnik, July anno 1560.«

Christoph hielt die Lampe näher an das Schriftstück.

»Werter Signore Gargana«, las Celina. «Wenn Ihr dieses Schreiben erhaltet, sind Euer Bruder, Luigi Gargana, und dessen Ehefrau, Palladia Gargana, weit fort von dem Ort, den sie ihre Heimat nennen. Das Schiff, mit dem sie die Adria überquerten, wurde von Piraten geentert. Die Besatzung des Schiffes wurde getötet. Da die beiden reich zu sein schienen, brachte man sie an Land, wo man sie an mich verkaufte. Ich habe jedoch keine Verwendung für sie, da sie an körperliche Arbeit nicht gewöhnt sind. Ach, was für feine weiße Fingerchen diese Herrschaften doch haben! Um sie lebend wiederzusehen, erbitte ich mir ein Lösegeld von 50 000 Goldscudi, zahlbar innerhalb von zwei Wochen. Das Geld soll bei einer Bank in Venedig hinterlegt werden, wo es ein Unterhändler abholen wird. Im Gegenzug werde ich die beiden auf ein Schiff setzen und sie an Euch zurückschicken.«

Celina wurde es schwindelig. Dies war der Beweis für das, was sie schon länger vermutet hatte. Von Seeräubern gefangengenommen, an einen Sklavenhändler verkauft, der versucht hatte, Lösegeld zu erpressen? Sie schlug die Hände vor den Mund.

»Das ist ja eine Mordssauerei!«, schimpfte Christoph.

»Der Mann, der vorhin hereinkam, war sicher beauftragt, nach dem Rechten zu sehen«, meinte Celina mit etwas zittriger Stimme.

»Jetzt aber nichts wie weg«, rief Christoph ihr zu. »Sonst werden wir doch noch erwischt!«

Nachdem Celina aus dem Fenster geklettert war, landete er mit einem federnden Sprung neben ihr. Celina steckte den Brief in den Ausschnitt ihres Kleides, und die beiden eilten durch das Gassengewirr, über die Kanäle und Brücken zurück zum Haus des Verlegers Brinello.

26.

Der September des Jahres 1561 war ins Land gezogen. Celina wohnte nun schon seit einigen Wochen beim Verleger Brinello. Wenn sie morgens aus dem Fenster schaute, sah sie Federwölkchen über den blassblauen Himmel segeln. Ein leichter Dunst lag über der Stadt. Vom Kanal her drangen die Stimmen der Gondoliere, der Händler und Hausfrauen herauf. Es klopfte an der Tür. Auf ihr »Herein« erschien Christoph. Er sah abgespannt aus. Celina hatte das Gefühl, dass er zu viel arbeitete. Auch er trug ein Geheimnis mit sich herum, dessen war sie sich sicher. Sie hatte ihm viel über sich erzählt. Vertraute er ihr nicht? Warum beschäftigte ihn die Sache mit den Verlegern so sehr? Und warum hatte er sich in die Sache mit den toten Mädchen so hineingehängt? Tat er es ihr zuliebe, Brinello zuliebe? Oder gab es etwas in seiner Vergangenheit, über das er nicht sprechen wollte?

»Willst du mit mir einen Spaziergang machen?«, fragte er. Seine Augen sahen fast flehend aus.

»Wohin möchtest du gehen?«, fragte sie zurück.

»Am Platz von Santo Giovanni e Paolo vorbei zu den Fondamenta Nuove«, sagte er. »Da kann man schön über die Lagune blicken.«

Christoph sagte Brinello Bescheid, dass er eine Pause machen wolle. Sie verließen das Haus des Verlegers am Rio di Ca' Dolce, passierten viele kleine Brücken. Jetzt, im September, nachdem die große Sommerhitze vorbei war, rochen die Kanäle besonders stark. Die Häuser waren bunt bemalt, aber verfallen. Die Kirche Santo Giovanni ragte gebieterisch über dem Platz auf. Bald waren sie am Ufer angekommen. Hier verlief ein Sandweg direkt an der Lagune entlang. Fischer hatten ihre Netze aufgehängt und reparierten ihre Boote. Gegenüber sah Celina die Insel San Michele mit ihren Zypressen, dahinter Murano und weiter nach Osten Lazzaretto Nuovo, auf der Pestkranke und andere Opfer ansteckender Krankheiten untergebracht waren. Christoph zog Celina auf einen großen Stein.

»Wir haben jetzt den ganzen Sommer mit Nachforschungen verbracht, die allesamt kein Ergebnis zeigten«, sagte er resigniert. »Auch die Befragungen der Familien, aus denen die Opfer stammten, haben nichts Brauchbares ergeben.«

»Doch, schon«, sagte Celina. »Wir haben erfahren, wie sie aufgewachsen sind, eine in einer adligen und daher vom Schicksal begünstigten Familie, die andere in einer weniger begünstigten. Ich habe versucht, ein Buch darüber zu schreiben, wie du weißt. Dabei bin ich darauf gekommen, dass beide Mädchen von ihren Familien geliebt wurden.«

»Du hast einen Roman geschrieben, keinen Tatsachenbericht«, versetzte Christoph. »Und du hast kein gutes Haar am Dogen und der Priesterschaft gelassen.«

»Ich habe das geschrieben, was ich selbst erlebt habe. Daraus kann sich jeder, der es wissen will, sein Urteil bilden.«

»Jetzt wissen wir, dass den Mädchen eines gefehlt hat: die Fähigkeit, sich zu widersetzen. Aber das bringt uns nicht weiter. Außer dem Brief ist kein weiteres Lebenszeichen deiner Eltern aufgetaucht. Schließlich galt die Frist für die Zahlung der fünfzigtausend Scudi nur zwei Wochen lang. Und die Situation für die Verleger wird immer brisanter. Der Zehnerrat hat zum wiederholten Mal eine Bücherverbrennung angekündigt, und diesmal will er Ernst machen.«

»Das Buch, das ich in diesem Sommer geschrieben habe, ist ja ebenfalls auf dem Index gelandet«, sagte Celina. »Es ist die Geschichte zweier Mädchen. Beide sind in behüteten Verhältnissen aufgewachsen. Beide hatten, so verschieden sie auch von Ansehen und Charakter waren, die gleichen Möglichkeiten, eben die Möglichkeit, die ein Mädchen unserer Zeit hat.«

»Heiraten, den Schleier nehmen oder …«, warf Christoph ein.

»Mich hat interessiert«, fuhr Celina fort, »warum ein Mensch zu dem wird, was er ist, und warum der andere, der gleiche Möglichkeiten gehabt hat, in seinem Leben scheitert. Warum sind die Nonnen, die in die Klöster gebracht wurden, dorthin gekommen? Warum fügen sich einige in ihr Schicksal, warum andere nicht? Habe ich nicht mit eigenen Augen gesehen, wie sich Nonnen als Huren verdingten? Was für ein Geheimnis trägt Nanna mit sich herum? Ist sie so verzweifelt, weil sie als ›gefallenes Mädchen‹ in das Kloster hatte eintreten müssen? In meinem Buch habe ich auch den Abt Cornelli und den Dogen Priuli erwähnt. Ist das der Grund, warum das Buch verboten wurde? Gibt es eine Verwicklung dieser beiden in eine dunkle Geschichte? Dann müssen auch der Zehnerrat, mein Onkel Eugenio und Tante Faustina darin verwickelt sein. Am liebsten würde ich hingehen und es Eugenio direkt ins Gesicht sagen, ihm den Brief unter die Nase halten und ihn fragen, was mit meinen Eltern passiert ist. Und dass er unrechtmäßig ihr Erbe angetreten und mich ins Kloster abgeschoben hat.«

»Brinello hat dir immer davon abgeraten, an die Öffentlichkeit zu gehen.«

»Wie sollen wir anders weiterkommen?«

»Ich weiß es nicht, Celina. Auf jeden Fall hat mich deine Einstellung in dem Buch, dass Liebe zwischen Menschen unmöglich sei, nicht überzeugt. Genauso wenig wie mich Tullia mit der ›Unendlichkeit‹ der Liebe überzeugt hat.«

»Darüber kann man sicher auch nicht schreiben, man muss es erfahren«, sagte Celina.

Einige Tage später erreichte sie eine furchtbare Nachricht: Nanna war tot aus dem Rio Convertite, unweit des Klosters, geborgen worden. Celina erfuhr es auf dem Markt an der Rialtobrücke, von einem Metzger, bei dem sie das Schweinfleisch für das Mittagessen kaufte. Ihr fuhr der Schreck durch alle Glieder. Hatte sie nicht böse Vorahnungen gehabt? Warum hatte es jetzt auch Nanna, die kleine Nonne aus Convertite, getroffen? Celina sah sie vor sich, wie sie in dem Theaterstück mitgespielt hatte, wie sie zusammen mit dem älteren Bürger an ihrem Tisch gesessen, wie gehetzt und geängstigt sie gewirkt hatte. Sie suchte Christoph, Hans und Brinello in der Druckerei auf und berichtete ihnen von dem grausigen Fund.

In aller Eile ließen sie sich nach Giudecca rudern. Nanna war auf dem Fondamento in einer Holzkiste aufgebahrt; sie trug ihr Franziskanerinnengewand. Ihr Gesicht und ihr Hals waren schmutzig-blau, an den Händen hatte sich eine Waschhaut gebildet, so wie Celina es bei den Wäscherinnen an den Kanälen gesehen hatte. An der schwarzen Kutte klebten grünrote Algen, das Gesicht war von Krebsen angefressen, und ein Modergeruch ging von dem toten Körper aus. Celina spürte einen Brechreiz.

»Wie lange hat sie im Wasser gelegen?«, fragte sie einen dicken Mann, der neben der Kiste in die Hocke gegangen war und den Körper untersuchte. Offensichtlich war er Arzt.

»Von der Farbe und dem Algenbewuchs her etwa zwei Wochen. Sie hat Druckstellen am Hals, Zungenbein und Kehlkopf sind gebrochen«, erwiderte der Arzt.

»Dann war es … Mord?«

»Das lässt sich so nicht beantworten«, meinte der Arzt. »Es kann auch durch den Trieb des Wassers entstanden sein. Dabei gibt es immer Verletzungen durch Abschürfen von Hautpartien. Die Verletzungen können ebenso von vorbeifahrenden Booten herrühren.«

»Wird die Leiche noch näher untersucht?«, wollte Christoph wissen.

»Der Rat hat angeordnet, die Leiche so schnell wie möglich unter die Erde zu bringen«, sagte der Arzt.

Celina fühlte eine heiße Wut in sich aufsteigen, aber sie sah, dass es zwecklos war, noch weitere Fragen zu stellen. Sie nahm Abschied von der Frau, die auch im Tode und trotz der Entstellungen noch eine klägliche Anmut ausstrahlte. Ein christliches Begräbnis könne sie nicht bekommen, erklärte der Arzt, da sie als ›gefallenes Mädchen‹ in das Kloster aufgenommen worden sei. Hans machte jedoch seinen Einfluss beim Zehnerrat geltend und bewirkte, dass Nanna auf dem Friedhof der Kirche San Stae begraben wurde. Es kamen nur wenige Trauergäste zur Beerdigung, unter ihnen Hans, Celina, Christoph und Brinello. Der einfache Holzsarg wurde aus der Kirche, wo ein Priester eine kurze Predigt gehalten hatte, in einer kleinen Prozession auf den Friedhof hinausgetragen, allen voran der Priester, der ein silbernes Kreuz hochhielt. Ein frischer Wind wehte Celina entgegen, während sie den Sargträgern folgte. Sie konnte ihre Tränen kaum zurückhalten. Warum musste es ausgerechnet Nanna treffen, und sie selbst war aus allen Gefahren herausgekommen? Hatte man nicht auch versucht, sie zu beseitigen? Lag es daran, dass sie Freunde hatte, die sie beschützten? Hätte sie Nanna mehr beschützen müssen? Aber das Mädchen hatte sich ja gegen jede Hilfe gewehrt! Rechts und links des Weges standen die Gräber, einige fast so groß wie ein Haus, aus Marmor und mit allem Prunk und Pomp, andere dagegen klein und unscheinbar. Die Natur hatte sich ihren Bereich zum Teil zurückerobert; viele der Grabsteine waren halb unter

Moos und Efeublättern verschwunden. An einer frisch ausgeworfenen Grube blieb die kleine Gruppe stehen. Die vier Träger ließen den Sarg an dicken Seilen herab. Dumpf polternd schlug die Kiste auf dem Boden auf. Der Priester nahm einen Brocken Erde in die Hand, warf ihn in die Grube und sprach:

»Der Herr hat's gegeben, der Herr hat's genommen, der Name des Herrn sei gelobt.« Ein Schwarm Krähen erhob sich krächzend in die Luft und ließ sich auf einer entfernten Zypresse nieder. Nacheinander warfen alle eine Handvoll Erde in das offene Grab. Bei einem der Männer in der Kleidung eines adligen Patriziers stutzte Celina. Er hatte die Kapuze seines Mantels tief ins Gesicht gezogen. Diesen Mann hatte sie doch schon einmal gesehen, aber sie kam nicht darauf, wo. Der Mann bückte sich, nahm etwas Erde in seine Hand, knetete sie eine Zeitlang und warf den Brocken ins Grab hinab. Celina beschloss, die anderen später zu fragen, wer dieser Mann gewesen sei.

Nach der Beerdigung saßen die drei in einem der Gasthäuser, das von Tagelöhnern und Fischern besucht wurde. Der Lärm im Raum schwoll an, weil zwei Fischer miteinander in Streit geraten waren. Celina hob die Stimme. »Ich glaube, wir sind es Nanna schuldig herauszufinden, wer das getan hat.«

»Aber wo sollen wir anfangen?«, wollte Hans wissen.

»Der einzige Anhaltspunkt ist für mich im Moment der Mann, der an ihrem Grab stand und die Erde in seiner Hand knetete, bevor er sie hineinwarf. Kann mir jemand sagen, wer das war?«, fragte Celina.

»Hast du es schon vergessen? Wir hatten doch fast einen Streit deswegen«, antwortete Christoph.

Die Bedienung brachte vier Krüge mit Bier und stellte sie vor ihre Gäste hin.

Celina fiel es wie Schuppen von den Augen.

»Ach, du meinst den Abt von Convertite? Den habe ich ganz anders in Erinnerung. Was hatte der denn da zu suchen?«

»Nanna war immerhin ein Zögling seines Klosters«, sagte Brinello.

»Dann müssen wir noch einmal zum Kloster«, meinte Celina. »Am besten gleich heute noch.«

Der Septembernachmittag war kühl und dunstig, als sich Christoph und Celina auf den Weg zum Kloster Convertite machten. Durch den Kreuzgang, in dem lesende Brüder in schwarz-weißer Ordenstracht umhergingen, gelangten sie ins eigentliche Kloster, dessen Pforte von einem Mönch bewacht wurde.

»Was ist Euer Begehr?«, wurden sie gefragt.

»Wir sind Abgesandte des Großen Rates und sollen prüfen, wie es um die Tugend der Mädchen steht«, antwortete Christoph schlagfertig.

»Ach, wirklich? Könnt Ihr Euch ausweisen?«

Christoph zog einen Dukaten aus seinem Mantel. Der Pförtner streckte schnell die Hand nach dem Geld aus und barg es in seiner Kutte.

»Dann schicke ich Euch am besten zum Abt«, sagte er mit zufriedenem Gesichtsausdruck. »Normalerweise ist er unterwegs, aber heute ist zufällig der Tag, an dem er hier einiges zu tun hat. Bis er Euch empfängt, könnt Ihr an der Prim mit dem Hochamt teilnehmen und Euch davon überzeugen, dass hier alles seinen geordneten Gang geht.«

Der Mönch führte sie in den Kapitelsaal. Dort saßen etwa hundert schwarzgekleidete junge Nonnen in demütiger Haltung auf den Kirchenstühlen. Ein Priester las eine kurze Predigt, dann einige Sätze aus der Ordensregel. Danach begann ein Mönch, Namen von einzelnen Nonnen vorzulesen. Das kenne ich doch, dachte Celina. Sie ertrug den Anblick des Mönches nicht mehr und ging hinaus zum Brunnen im Kreuzgang. Christoph folgte ihr wenig später.

»Mea culpa, mea maxima culpa!«, zischte Celina. »Ich kann es nicht mehr hören! Diese Nonnen tragen nicht die geringste Schuld an dem, was sie beichten. Man hat sie ihrer Freiheit beraubt, ihrer Habe!«

»Und ihre Gefühle brechen wieder durch, je länger sie eingesperrt sind«, vollendete Christoph ihren Gedanken. »So wurden und werden Nonnen zu Huren.«

»Ich habe auch schon unkeusche Gedanken gehabt«, sagte Celina wie zu sich selbst. Gleich darauf wurde sie verlegen, als sie Christophs Grinsen bemerkte. Die Nonnen sangen noch ein Lied und zogen sich zurück. Der Pförtner kam, um Celina und Christoph abzuholen.

»Der Abt ist jetzt bereit, Euch zu empfangen«, sagte er. Über eine Treppe gelangten sie zum Zimmer des Abtes. Er saß auf seinem Stuhl aus Kirschholz und blätterte in einer alten, schön gebundenen Ausgabe der Bibel. Wieder verzog sich beim Anblick von Christoph sein Gesicht. Seine Hand mit dem Ring, die er ihnen zum Kuss entgegenstreckte, war nicht nur weich und schwammig, sondern glänzte vor Schweiß.

»Kommt herein und setzt Euch«, sagte er mit seiner leicht näselnden Stimme. Celina und Christoph hauchten Küsse auf den Ring und nahmen Platz.

»Wer hat Euch erlaubt, mein Kloster zu betreten?«, fragte der Abt mit hochgezogenen Augenbrauen. Wieder fühlte Celina sich von ihm besonders eindringlich gemustert.

»Wir wollten Euch noch einmal zu den Todesfällen befragen, die sich in letzter Zeit in der Stadt ereignet haben«, begann Christoph. »Wieder ist eine Nonne Eures Klosters zu Tode gekommen. Warum trifft es eigentlich immer Frauen aus Eurem Hause?«

Die Augen des Abtes verengten sich.

»Es könnten genauso gut Nonnen aus anderen Klöstern sein«, sagte er in grimmigem Ton.

»Es waren aber sämtlich Nonnen aus Eurem Kloster«, beharrte Christoph.

»Und die Nonnen Eures Klosters, warum werden die gegeißelt?«, fragte Celina.

Der Abt erstarrte mitten in seiner Bewegung.

»Es sind die Regeln des heiligen Benedikt, nach denen wir uns richten. Als Bettelorden sind wir auch mit anderen nicht zu vergleichen. Wir haben nicht nur das Keuschheits-, sondern auch ein besonders strenges Armutsgelübde abgelegt. Wenn jemand gegen die Regeln verstößt, wenn er sich der Völlerei hingibt, der Gier nach Besitz, der fleischlichen Lust, dann befehlen uns unsere Regeln, denjenigen zu bestrafen.«

Die Miene des Abtes wurde steinhart.

»Wenn Ihr nicht schnell von hier verschwindet, lasse ich Euch auspeitschen und einkerkern«, zischte er. »Ihr seid hier widerrechtlich eingedrungen, habt Euch als Gesandte des Zehnerrates ausgegeben, angeblich, um nach dem Rechten zu sehen. Hier herrscht das Regiment der Kirche! Zusammen mit dem Zehnerrat und dem Dogen wache ich über die Keuschheit in den Klöstern.«

Er zog an einer Klingelschnur. Kurze Zeit später erschien der Mönch, der beim Geißeln der Nonnen geholfen hatte.

»Schafft sie hinaus!«, blaffte der Abt.

Der Mönch ergriff Celina und Christoph grob an den Armen. Ein kurzer Blick auf seinen sehnigen Arm zeigte Celina einen eingebrannten Löwen.

»Wir gehen schon selbst«, sagte Christoph und schüttelte die Hand des Mönches ab. »Habt Ihr etwas mit den Bücherverboten zu tun, wenn Ihr mit dem Dogen so sehr auf gutem Fuß steht?«, rief er dem Abt über die Schulter zu.

»Hinaus!«, brüllte der Abt. Sein Gesicht war verzerrt und puterrot.

»Nun, was meinst du?«, fragte Celina, nachdem sie das Kloster verlassen hatten. Es war inzwischen Mittag geworden; die Sonne wärmte schon recht ordentlich, und aus dem Konvent klang das Mittagsläuten für die Bruderschaft. Christoph legte den Finger an die Nase und schaute Celina aus seinen graublauen Augen an.

»Der Kardinal in Rom hat uns doch die Adresse des Abtes Murare gegeben. Ich glaube, es wird höchste Zeit, ihn aufzusuchen!«

27.

Torcello, die Insel, auf der das Kloster des Abtes Murare stand, gehörte zu den am weitesten entfernten Inselgruppen in der Lagune. Celina und Christoph brauchten einige Zeit und Überredungskünste, um einen Fischer aufzutreiben, der sie hinüberbrachte. Auf der Piazza San Marco wurden sie fündig. Das Meer war in ein goldenes Licht getaucht; da, wo die Sandbänke höher lagen, hatte das Wasser eine schmutzigbraune Farbe angenommen. Sie sprachen nicht viel während der Überfahrt. Der flache Lido zog an ihnen vorbei mit seinem Sandstrand, die Inseln Le Vignole, San Erasmo und Mazzorbo. Schon von weitem sahen sie den hoch aufragenden Turm von Santa Maria dell'Assunta, daneben die kleinere, gedrungene Kuppel von La Fosca. Schließlich landeten sie am Ufer, das mit Gras bewachsen war. Sie baten den Fischer zu warten und schritten auf die Klosterkirche zu. Ein Mönch in schwarzer Kutte wies ihnen den Weg zum Abt. Sie fanden Murare in der Kirche, wo er im Gebet versunken vor einem Seitenaltar kniete. Sie nahmen im Chorgestühl Platz, um ihn nicht bei seiner Andacht zu stören. Der Kirchenraum war prachtvoll ausgeschmückt; die gesamte Westseite überspannte ein Fresko mit Bildern zum Weltgericht. Nach einiger Zeit erhob sich Murare und schaute sie fragend an. Sie erklärten ihm kurz ihr Anliegen und überbrachten Grüße von dem römischen Kardinal.

»Ich weiß Bescheid«, sagte er mit freundlicher Altmännerstimme. »Kommt mit mir in unseren Klostergarten, da können wir ungestört reden.«

Zwischen Buchsbäumen, Liebstöckel und Johanniskraut

wandelten sie auf den sauber angelegten Wegen. Ein herbsüßer Geruch lag in der Luft, Bienen und Hummeln umsummten die späten Rosen und die Kapuzinerkresse.

»Was wollt Ihr nun wissen?«, fragte Murare. »Ich bin nur ein unbedeutender Abt eines kleinen Klosters auf einer abgelegenen Insel. Viel werde ich Euch nicht weiterhelfen können.«

Celina räusperte sich, doch Christoph kam ihr zuvor.

»Wir wollen wissen, wie der Rat in der Frage der Verleger und der Buchdruckereien vorgehen will.« Sie hatten vorher ausgemacht, mit scheinbar harmlosen Fragen anzufangen.

»Aber darüber weiß ich nichts, mein Sohn. Wollt Ihr nicht eine Eingabe an den Zehnerrat selbst machen?«

»Das hat überhaupt keinen Zweck!«, platzte Celina heraus. »Der Rat hat versucht, die Morde an den Nonnen zu vertuschen, angeblich, damit keine Nachahmungstäter auf den Geschmack kommen. Wir glauben, dass es Machenschaften zwischen Kirche, Doge und Bürgern dieser Stadt gibt, von denen ich ebenfalls betroffen war.«

Das schmale, faltige Gesicht des Abtes versteinerte.

»Das sind ungeheuere Anschuldigungen, die Ihr erhebt, meine Liebe! Habt Ihr keine Angst, deswegen als Hochverräterin angeklagt zu werden?«

Er faltete die Hände und blickte zum Himmel, an dem sich Federwölkchen zeigten. »Sprecht nicht weiter, sonst muss ich Euch von diesem Platz verweisen«, fügte er hinzu.

Christoph warf Celina einen warnenden Blick zu und fuhr fort:

»Sebastiano Kardinal Battista, den uns mein Freund Hans empfohlen hatte, gab uns Eure Adresse für den Fall, dass wir mit unserem Latein am Ende wären. Er, das heißt, dieser Kardinal, gab uns zu verstehen, dass Ihr ein … nun … ein aufmerksamer Beobachter der Zusammenhänge wäret.«

Die Augen des Alten leuchteten auf. »Warum habt Ihr das nicht gleich gesagt? Battista ist freilich ein großer Geist, und wo er mit seiner Einschätzung recht hat, hat er recht. Was hat er Euch erzählt?«

»Dass es dunkle Machenschaften in der Serenissima gebe«, sagte Celina. »Und dass Geldmittel von hier bis nach Rom fließen würden. Im Anschluss daran gab er mir einen Brief, in dem er mich von allen Sünden lossprach und meine Ehre als Bürgerin der Stadt Venedig wiederherstellte. Außerdem gab er mir Eure Adresse; er sei mit Euch befreundet. Wenn es schlimm komme, solle ich zu Euch gehen.«

Murare wirkte nachdenklich.

»Ihr sucht mich also in meiner Funktion als Seelsorger auf und als jemanden, für den die Wahrheit über allem stehen soll – die Wahrheit Gottes wie auch der Welt, selbst wenn es mich den Kopf kosten sollte.«

»Ja, wir suchen die Wahrheit, wollen aber nicht, dass Euch etwas passiert, Ehrwürdiger Vater«, sagte Celina.

»Ach, Vater, musst du mir eine solch schwere Prüfung auferlegen?«, klagte Murare und blickte erneut zum Himmel. Die Schreie von Möwen klangen aus der Ferne herüber.

»Ihr braucht uns nicht alles zu verraten«, beschwichtigte Christoph. »Aber gebt uns wenigstens einen Hinweis, wie wir dieser Wahrheit näherkommen könnten.«

Murare stand eine Zeit lang in sich gekehrt da. Das Schweigen war so greifbar, dass Celina das Summen einer Hummel überlaut hörte.

»Ich werde Euch diese Hinweise geben«, sagte der Abt und begann wieder mit seinem Rundgang durch den Garten. Die beiden folgten ihm.

»Achtet genau auf meine Worte. Der Abt des Klosters Convertite heißt in Wirklichkeit nicht Cornelli, sondern Lion«, sagte er schließlich.

»Das Zeichen des Löwen!«, entfuhr es Celina.

»Schaut in der Biblioteca Marciana nach, die Schriften dort werden Euch weiterhelfen«, sagte der Abt. »Und was Eure Frage nach den Verlegern und Buchdruckereien angeht: Noch in diesem Herbst ist eine große Bücherverbrennung geplant. Aber das pfeifen ja schon die Spatzen von den Dächern.«

»Ehrwürdiger Vater, ich danke Euch von Herzen für das, was Ihr uns berichtet habt«, sagte Christoph und küsste den Ring des Abtes. Celina tat es ihm nach. Sie übergab dem Abt den Erpresserbrief, weil er noch einmal als Beweisstück dienen sollte, sie jedoch nicht sicher war, ob er ihr nicht abgenommen oder gestohlen werden könnte. Murare nahm den Brief, steckte ihn in seine Kutte, legte ihnen die Hand auf den Kopf, drehte sich um und ging langsam den Weg zurück zur Kirche. Die beiden wandten sich in die entgegengesetzte Richtung, fanden den Fischer am Ufer der Lagune sitzend und an einem Grashalm kauend. Als sie den Markusplatz erreichten, hatte die Sonne ihren Zenit schon überschritten.

Durch das Gewirr von Händlern und Ständen erreichten sie die Piazetta San Marco. Die Biblioteca Marciana war aus wertvollen Stiftungen hervorgegangen, erinnerte sich Celina. Die erste Schenkung erfolgte 1362 durch Francesco Petrarca; er vermachte der Stadt seine Handschriftensammlung. Durch weitere Schenkungen entwickelte sich die Bibliothek zu einem Zentrum humanistischer Studien. Über eine Prachttreppe gelangten sie in die Bibliotheksräume. Am Eingang standen die Überreste des goldenen Schlachtschiffes *Bucintoro*, das in den Himmel geflogen sein sollte. Die Bibliothek beeindruckte Celina sehr. Bilder von Veronese und Tizian hingen an den Wänden. Die Säle waren mit Stuck, Medaillons und Fresken ausgeschmückt. Vom Aufseher erhielten sie die Erlaubnis, sich zwei Stunden in den Bibliotheksräumen aufzuhalten, und setzten sich nebeneinander an einen Tisch. Celina ließ die Augen schweifen. Bücher, soweit man sah, in Regalen an den Wänden; in einem Nebenraum war das Archiv. Sie stand auf und betrachtete die Bände. Viele Aufschriften waren in Lateinisch oder Griechisch abgefasst, einige in Italienisch. Sie waren in Leder oder Pergament gebunden, mit teilweise rissiger Oberfläche. Die Vielzahl der Bücher verwirrte und erdrückte Celina. Wonach suchten sie eigentlich? Sie ging zurück an den Tisch und flüsterte Christoph zu: »Wonach sollen wir denn genau suchen?«

»Gute Frage«, gab er ebenso leise zurück. »Schau mal, ob du ein Buch über den Markuslöwen findest.«

Celina stand auf und sah wieder die Reihen der Bücher durch. Staub stieg ihr in die Nase, und sie musste niesen. Hatte da jemand leise glucksend gelacht? Sie sah zu Christoph hinüber. Er saß unbewegt über ein Buch gebeugt. Da, dieser Band könnte es sein: *Martyrium Evangelistae Marcus*. Ihr stieg das Blut in den Kopf, und sie kehrte aufgeregt zu Christoph zurück.

»Schau mal«, flüsterte sie«, »was ich gefunden habe.«

»Hervorragend!«, raunte er zurück. Er blätterte in dem Buch. »Das ist eine gute Entdeckung. Ich glaube, wir haben jetzt einen ersten Hinweis, der uns bei unseren Nachforschungen weiterhilft.«

»Was meinst du damit? Das Latein ist für mich ein Buch mit sieben Siegeln, auch wenn ich diese Sprache in ihren Grundzügen gelernt habe.«

»Celina, merkst du was? Wir hätten gar nicht in die Bibliothek zu gehen brauchen.«

Der Aufseher, ein kleiner, vertrockneter Mann mit Augengläsern, dem man das viele Lesen ansah, blickte vorwurfsvoll zu ihnen herüber.

»Komm, wir haben, was wir brauchen«, sagte Christoph

und nahm Celina an der Hand. Zusammen eilten sie aus den Bibliotheksräumen hinaus die Treppe hinunter.

»Was ist es denn Wichtiges, das du in diesem Buch gefunden hast?«, fragte sie atemlos, als sie in der Nachmittagssonne auf der Piazetta San Marco standen. Er zog sie zu einer Ecke des Platzes, an dem sich weniger Menschen aufhielten.

»Überleg doch mal! Was hat uns der Abt Murare gesagt?«

»Wir sollten in der Biblioteca Marciana nach dem geflügelten Löwen schauen.«

»Und?«

»Der Abt von Convertite heiße gar nicht Cornelli, sondern …«

»Na?«

»Lion. Das erinnert mich an *leone*, Löwe.«

»Und der Löwe steht hier auf dem Markusplatz. Was weißt du über diesen Löwen?«

»Im neunten Jahrhundert, glaube ich, wurden die Gebeine des heiligen Marcus nach Venedig überführt. Er ist einer der Evangelisten, die das neue Testament geschrieben haben, und seine Reliquien liegen in der Markuskirche. Sein Symbol ist der geflügelte Löwe, das Zeichen für die Metamorphose und die Auferstehung.«

»Was für ein Zeichen war den toten Mädchen eingebrannt?«, fragte Christoph.

»Ein Löwe, aber ohne Flügel.«

»Was könnte das bedeuten?«

»Dieser Löwe ist ein reines Machtsymbol. Jemand wollte zeigen, dass er Herr ist über Leben und Tod. Und dass er die ganze Stadt herausfordern kann, ohne dass ihm etwas passiert.«

Christoph legte den Finger an die Nase, wie immer, wenn er angestrengt nachdachte.

»Wir haben auf jeden Fall den Hinweis darauf, dass Lion alias Cornelli etwas mit den Toten zu tun hat. Nur Beweise haben wir nicht. Es bleibt uns nichts anderes übrig, als weiter zu suchen.«

»Wir haben doch schon alles ausprobiert, entgegnete Celina. »Murare war meine letzte Hoffnung.«

»Die Hoffnung stirbt zuletzt«, meinte Christoph und grinste. »Mir ist noch etwas eingefallen. Hans hat doch eine verwandtschaftliche Verbindung mit Immuti, dem Ratsmitglied. Den Mann müssen wir uns vorknöpfen. Und wenn er nicht reden will, müssen wir mit der Waffe des Gegners kämpfen.«

»Du meinst, wir müssten ihn bedrohen?«, fragte Celina erschrocken.

»Nein, wir müssten ihn bestechen.«

Pasquale Immuti, Mitglied des Zehnerrates, erwartete sie in einer Gastwirtschaft in Dorsoduro. Alle anderen Treffpunkte wären zu gefährlich gewesen. Er war mit der Grandezza der venezianischen Adligen gekleidet; sein flaches Barett umrandete ein hageres, gebräuntes Gesicht, während er die pelzkragenbesetzte Schaube lässig über eine Stuhllehne geworfen hatte. Celina, Hans und Christoph nahmen an dem runden Holztisch Platz. Eine junge, flinke Venezianerin mit einer gestärkten Haube stellte Krüge mit Wein auf den Tisch. Sie waren die einzigen Gäste in dem Lokal.

»Ihr seid also Pasquale Immuti, Mitglied des Rates der Zehn und von unserem Freund Hans sehr empfohlen«, begann Christoph vorsichtig das Gespräch.

»Ja, ich kenne Giovanni schon lange – wir sind verwandt, aber das wisst ihr ja«, antwortete Immuti. »Er sagte mir, es gehe um einige … äh … delikate Dinge.«

Ein halb verlegenes, halb spitzbübisches Lächeln kräuselte seine Lippen.

»Delikat würde ich sie nicht nennen«, sagte Christoph. »Wir würden gern etwas über eine Familienangelegenheit erfahren.«

»Ist Geld im Spiel?«, wollte Immuti wissen.

»Ja, und es könnte auch für Euch etwas dabei herausspringen.« Christoph schien sich zum Wortführer machen zu wollen, aber das war Celina recht, denn sie hätte mit ihrer direkten Art alles verderben können. Später würde sie ihren Mund schon noch aufmachen.

Über Immutis Gesicht glitt wieder ein Lächeln.

»Mit Speck fängt man Mäuse, heißt es doch, oder? Dann sagt mir, worum es geht.«

»Es geht um die Familie Gargana. Seit etwa einem Jahr ist sie Mitglied im Rat. Gehört sie zu den Patriziern der Stadt?«

»Im Rat kann Mitglied werden, wer zu den alteingesessenen Familien gehört, und dazu gehören sie. Bei ihnen gab es aber eine Besonderheit. Lasst mich nachdenken.«

Er schwieg eine Weile, nahm einen Schluck aus seinem Weinbecher.

»Sie sind auf irgendeine Weise zu Reichtum gekommen und haben sich den Sitz im Rat erkauft. Das heißt, Eugenio Gargana hat ihn sich erkauft.«

»War nicht von einer Erbschaft die Rede?«, fragte Christoph.

»Doch. Eugenios Bruder ist im letzten Sommer mit seiner Frau bei einem Sturm in der Adria ums Leben gekommen.«

Celina konnte nicht mehr an sich halten.

»Den Sturm gab es gar nicht, ich habe es von einem gehört, der genau Bescheid weiß! Das war erlogen.«

Immuti wandte sich ihr erstaunt zu.

»Allzu sehr wundert mich das nicht. Das Gebaren von Gargana und seiner Frau kam mir immer ein wenig seltsam vor. Auch dem Dogen gegenüber verhielten sie sich geradezu liebedienerisch, obwohl sie es nicht nötig hatten. Was war denn wirklich mit Euren Eltern?«

Celina wechselte einen schnellen Blick mit Christoph. Er nickte fast unmerklich, und sie sagte: »Wir haben in unserem Stadthaus, das sich Eugenio ebenfalls unter den Nagel gerissen hatte, einen Brief gefunden, der besagt, dass meine Eltern von Seeräubern entführt und an einen Sklavenhändler verkauft worden seien, der Lösegeld von meinem Onkel verlangt hat. Ach, vielleicht sind sie doch schon tot.« Eine Träne erschien in ihrem Augenwinkel.

»Dieser Hund«, sagte Immuti. »Ich werde Euch helfen mit allem, was in meinen Kräften steht. Und zwar unentgeltlich, das ist für mich eine Frage der Ehre. Was wollt Ihr noch wissen?«

»Zu welchem Zeitpunkt sind die Bücherverbrennungen und für wann die Verhaftungen von Verlegern und Buchdruckern geplant?«

»Mein Gott, was habt Ihr denn damit zu schaffen?«, fragte Immuti.

»Wir sind Buchdrucker und arbeiten für einen Verleger«, entgegnete Hans.

»Es ist für Mitte Oktober geplant, betrifft aber nur die, welche reformatorisches Gedankengut verbreiten. Es ist vom Papst abgesegnet worden. Sie beziehen sich auf den *Index Librorum Prohibitorum*, die Liste der verbotenen Bücher.«

»Und warum ist mein Buch verboten worden?«, wollte Celina wissen. »Es enthält kein reformistisches Gedankengut.«

»Ach, geht es um die Frau, die man gegen ihren Willen in ein Kloster gesperrt hat? Es zieme sich nicht für eine Frau zu schreiben und schon gar nicht, es auch noch zu veröffentlichen, hieß es in der Begründung.«

»Aber Tullia d'Aragona hat doch auch …«

»Bei ihr war das etwas anderes«, sagte Immuti. »Sie war Kurtisane und hatte somit eine gewisse Machtstellung inne. Einflussreiche Männer gehörten zu ihren Freunden.«

So weit habe ich es nicht gebracht, dachte Celina.

»Abgesehen davon«, fuhr Immuti fort, »hat sie sich nicht lange in Venedig aufgehalten. Sie war hier mit dem Vater Torquato Tassos, Bernardo, befreundet. Und auch sie bekam Auflagen; ihr wurde angetragen, den gelben Schleier zum Zeichen ihres Status als Prostituierte zu tragen, was die Gräfin Eleonora, Gattin von Cosimo I. Medici, zu verhindern wusste.«

»Über ihr Leben weiß ich nicht viel«, sagte Celina. »Ich habe aber ihren ›Dialog über die Unendlichkeit der Liebe‹ gelesen. Noch einmal«, beharrte sie, »warum wurde sie nicht auf den Index gesetzt, dafür aber mein Roman?«

»Vielleicht hast du über etwas geschrieben, das nicht ans Tageslicht kommen sollte?«, fragte Hans. Er grinste und zeigte dabei seine weißen Zähne.

»Was könnte das gewesen sein?«, fragte Immuti.

Die kleine Venezianerin mit der gestärkten Haube kam an ihren Tisch und fragte, was sie zu essen wünschten.

»Wie wäre es mit Pfefferfleisch für alle?«, fragte Immuti und blickte in die Runde. »Und noch einmal von dem ausgezeichneten Wein.«

Die Venezianerin entfernte sich.

Celina senkte ihre Stimme. »Ich habe darin über die unzüchtigen Praktiken in den Klöstern berichtet, auch über das, was während der Ohrenbeichte geschehen kann. Aber ich habe es nicht direkt geschildert, sondern in eher satirischer Form.«

»Da sind die Herren meist noch empfindlicher«, antwortete Immuti. »Kein Wunder, wenn sie das Buch verboten haben. Da könnte sich ja der eine oder andere wiedererkennen.«

Er lachte, und alle stimmten ein. Inzwischen hatte sich der eine und der andere Gast eingefunden. Es wurde lauter, je mehr die Gäste dem Wein zusprachen. Christoph beugte sich nahe zu Immuti hinüber und sagte leise, so dass Celina es kaum verstand: »Was für eine Rolle spielt der Abt Cornelli vom Kloster Convertite?«

»Er ist bekannt als gottesfürchtiger Mann, der die Gesetze des heiligen Benedikts besonders streng einhält. Unser Doge Priuli hält große Stücke auf ihn; die beiden sind eng befreundet.«

Dann habe ich das damals doch richtig gesehen, dachte Celina.

»Sind Euch nie Bedenken gekommen, nachdem klar war, dass die toten Nonnen alle aus dem Kloster Convertite stammten?«, fragte sie und bemühte sich, nicht zu laut zu sprechen, so aufgeregt war sie.

»Mir war zwar bekannt, dass es da etwas mit toten Nonnen gab, aber es wurde ein Mantel des Schweigens darüber gebreitet. Ich vergaß es auch bald wieder, weil es wichtige Entscheidungen zu treffen gab.«

»Zum Beispiel die Bücherverbote«, sagte Celina spitz, wurde aber gleich darauf rot, denn sie wollte Immuti, der ihnen ihre Hilfe angeboten hatte, nicht bloßstellen.

»Ich habe dagegen gestimmt, aber was gilt schon die Stimme eines Einzelnen?«, erwiderte Immuti.

Celina beschloss, ihm voll und ganz zu vertrauen. Wer aus dem Zehnerrat hätte ihnen sonst so bereitwillig Auskunft gegeben?

Die Venezianerin brachte das Pfefferfleisch, dazu dunkles Brot. Obwohl Celina aufs Äußerste gespannt darauf war, was Immuti zu berichten hatte, brach sie ein Stück Brot ab und tunkte es in die Schüssel. Alle langten zu. Eine Zeit lang aßen sie schweigend.

»Die reformatorische Bewegung hat den Buchdruck

tiefgreifend verändert«, sagte Immuti zwischen zwei Bissen, »sowohl in seinem Umfang als auch in seiner Qualität. Die Bibel ist heute jedem zugänglich gemacht, dadurch, dass sie in deutscher Sprache erschienen ist. Das Alltagsdeutsch wurde literaturfähig Das Buch ist ein lukratives Handelsgut, und die Buchproduktion hat Massencharakter erreicht.«

Es war spät geworden, in der Gaststube drängten sich inzwischen viele Menschen. Der Lärm war so groß, dass sie sich kaum noch verständigen konnten. Immuti zog seine golddurchwirkte Lederkatze heraus und zahlte die Rechnung.

»Ihr braucht mir nicht zu danken, ich danke Euch«, sagte er. Gemeinsam machten sie sich auf den Heimweg. Die Nacht war kühl, blasse Sterne zeigten sich am Himmel. Celina fühlte sich erhitzt, vom Wein leicht berauscht. Auf der Zunge hatte sie ein brennendes Gefühl. Der Pfeffer! Der wurde seit einiger Zeit vielen Gerichten beigemengt, auch bei den ärmeren Leuten, manchmal, um einen schlechten Geschmack zu überdecken. Die drei gingen beschwingt nebeneinander her, überquerten den Canale Grande mit einer Gondel. Aus dem Augenwinkel sah Celina, dass das Boot nicht mehr so reich verziert war wie früher. Als hätte er ihre Gedanken erraten, sagte Immuti: »Unser Doge hat eine Neuerung eingeführt. An den Gondeln darf nur noch eine einzige goldene Verzierung dran sein, ansonsten sind sie in Schwarz zu halten.«

Priuli, Priuli, Cornelli, Lion, was hatte sie noch wissen wollen?

»Kennt Ihr einen Mann namens Alois Breitnagel?«, fragte sie Immuti.

»Natürlich kenne ich ihn. Wer kennt ihn nicht, den lustigen Mann aus dem Bayernland?«

Celina merkte, dass Immuti nicht offen sprechen wollte. So wartete sie, bis sie am Markusplatz an Land gegangen waren. Über den Platz zogen verspätete Heimkehrer, manche auch in Masken.

»Was ist mit diesem Breitnagel?«, wollte Celina wissen.

»Er kam vor einem Jahr aus Deutschland herüber und brachte es sehr schnell zu Reichtum und Ansehen«, erwiderte Immuti.

»Das wundert mich nicht«, fiel Christoph ein. »Er hat mich und die anderen Rottfahrer fast in den Tod getrieben. Ich weiß nicht, wie viele von ihnen er auf dem Gewissen hat.«

»Dieser Mann geht über Leichen«, sagte Immuti. »Und er ist das Verbindungsglied des Rates zu den Fuggern. Ihr wisst sicher, dass die Fugger überall ihre Finger drin haben. Mit ihrem Geld entscheiden sie über Krieg und Frieden, über Reformation und Gegenreformation, über die Geschicke der Menschen überhaupt.«

Eine eiskalte Hand griff nach Celinas Herz. Mussten sie sich mit den Mächtigsten und Reichsten dieser Welt anlegen, um zu ihrem Recht zu kommen?

28.

Die nächsten Tage waren mit fieberhafter Betriebsamkeit erfüllt. Brinello hatte mit Entsetzen die Berichte der drei aufgenommen. Er rief sie am nächsten Tag in seinem Kontor zusammen. Auch Immuti war gekommen.

»Wir müssen jetzt mit aller Vorsicht, aber auch mit aller Konsequenz vorgehen«, sagte Brinello.

»Viel haben wir nicht mehr zu verlieren«, meinte Hans. Sein sonst so glattes bräunliches Gesicht war von Sorgen zerfurcht. Auch Brinello sah vergrämt aus.

»Womit haben wir das nur verdient«, sagte der Verleger und seufzte.

»Sie können jeden Moment kommen und uns holen«, meinte Christoph. »Wahrscheinlich stehen wir schon lange auf ihrer Liste der Häretiker und Hochverräter. Ich habe das alles schon einmal erlebt.«

Celina sah ihn an und bemerkte, dass sich seine Augen bei diesen Worten verdunkelten.

»Können wir Hilfe aus Deutschland erwarten?«, fragte sie ihn.

»Nein, ich wurde in einer Mission hierher geschickt und bin bereit, sie zu erfüllen.«

»Offener Widerstand ist das einzige Mittel, das uns jetzt noch retten kann«, sagte Immuti.

»Wir könnten Flugblätter drucken«, meinte Brinello.

»Was sollte in solchen Flugblättern stehen?«, wollte Immuti wissen.

Brinello eilte zu seinem Stehpult, ergriff seine Feder, nahm den Korken vom Tintenfass, tauchte die Feder hinein und schrieb etwas auf ein Blatt Papier. Keiner sagte ein

Wort. Celina beobachtete Staubflocken, die in einem Sonnenstrahl tanzten. Der Geruch nach Fäulnis von den Kanälen her war wieder besonders stark. Häufig hatte dieser Geruch schon ein Hochwasser angekündigt.

»Hört zu«, sagte Brinello.

»An die Bevölkerung unserer Lagunenstadt

Wie es uns, einem Kreis von Bürgern, denen das Wohl von uns allen am Herzen liegt, zu Ohren gekommen ist, gibt es ein Komplott in unserer Stadt. Kein Komplott von Dieben, Räubern oder gewöhnlichen Betrügern, nein, es sind hochgestellte Herren, die engste Verbindungen zum Zehnerrat und sogar zum Dogen haben.«

»Das ist unser Todesurteil!«, rief Celina.

»Hört es euch zu Ende an«, sagte Brinello unbeirrt.

»Da sie ihre Geschäfte im Dunkeln betreiben, sieht es niemand, doch ist ihr Treiben deshalb nicht weniger zerstörerisch. Ihre wahre Gesinnung ist heuchlerisch, ihre Triebkraft die der Habsucht. Wir möchten, dass diesem verbrecherischen Treiben das Handwerk gelegt wird, und fordern einen öffentlichen Prozess gegen die Verantwortlichen: gegen Eugenio Gargana und seine Frau Faustina wegen Betruges und Erbschleicherei, gegen Alois Breitnagel wegen Verführung mindestens einer Nonne und gegen hohe Mitglieder der Kirche wegen Mordes.«

»Das ist gut, wenn auch sehr scharf formuliert«, ließ sich Hans nach dem ersten Moment des Schreckens vernehmen. »Aber willst du nicht auch noch die drohenden Bücherverbrennungen erwähnen?«

Brinello wiegte den Kopf mit den ergrauten Schläfen hin und her. »Ich habe es mir überlegt, aber ich fürchte, das einfache Volk würde es nicht verstehen.«

»Wieso nicht? Viele können doch inzwischen lesen?«, warf Celina ein.

»Du hast recht«, antwortete Brinello, »diejenigen, die nicht lesen können, lassen es sich von Freunden vorlesen. Das Übrige verbreitet sich von Mund zu Mund.«

»Dann ist das Volk so aufgeklärt, dass es begreift, worum es geht. Nämlich um eben diese Freiheit, lesen zu dürfen, was es will«, meinte Christoph.

»Also gut«, beschied Brinello. »Ich schreibe noch Folgendes hinein:

Eure Freiheit, unser aller Freiheit ist bedroht, Bürger Venedigs. Unterstützt unsere Forderung nach einem Prozess! Was haltet ihr davon?«

Brinello schaute fragend in die Runde.

»Attempto!«, rief Christoph, »Wir sollten es wagen!«

»Attempto!«, stimmten die anderen ein.

»Dann fangen wir gleich an zu drucken und verteilen die Flugblätter noch heute Nacht. Die Zeit drängt«, sagte Brinello.

»Verteilen?«, fragte Hans mit großen Augen. »An die Leute?«

»Natürlich nicht«, entgegnete Brinello. »Wir legen sie an Plätzen ab, an denen sie gefunden werden. Und dabei darf sich keiner erwischen lassen, sonst ist alles aus.«

Immuti war wieder gegangen. Celina schaute den Männern zu, wie sie die Presse zum Drucken vorbereiteten. Hans setzte die Lettern aus Zinn in die Matrize ein. Die Buchstaben wurden von Christoph gefärbt und in die Presse eingesetzt. Ein stechender Geruch nach Druckerschwärze verbreitete sich im Raum. Brinello legte Papier ein und bat Celina, die Blätter nach dem Drucken herauszunehmen, sie kurz an der Luft zu trocknen und anschließend zu stapeln. Die Männer begannen mit der Arbeit. Mit einem ziemlichen Lärm bedruckte die Presse das eingeschobene Papier. Wie Celina sehen konnte, war der Druck gestochen scharf. Tausend Exemplare ließ Brinello drucken, für jeden von ihnen zweihundertfünfzig zum Verteilen. Schließlich lagen die Flugblätter ordentlich auf vier Haufen geschichtet nebeneinander.

»Geht in die Kammer nebenan und holt euch jeder einen Leinenbeutel«, sagte Brinello. »Du, Celina, solltest dich in San Marco nicht blicken lassen, du bist aus der Klosterzeit noch dort bekannt. Du gehst nach Cannaregio, du, Hans, nach Castello und Christoph nach Dorsoduro. Bleibt für mich der Bezirk San Marco.«

Celina packte ihre Flugblätter in den Beutel und verabschiedete sich von den anderen. Christoph hielt ihre Hand länger und schaute sie liebevoll, aber auch mit einem Ausdruck von Angst und Sorge an. Ihr Herz pochte schneller, aber sie fühlte sich zuversichtlich.

Das Haus des Verlegers befand sich im Stadtteil Cannaregio, am Rio di Ca' Dolce. Celina brauchte also nur die Gassen zu durchlaufen. Sie querte eine Brücke des Kanals und wandte sich nach Westen. Die Dunkelheit brach rasch herein; ein kalter Wind war aufgekommen. Das Gewicht des Beutels lastete auf ihrer Schulter.

Bald werde ich diese Last abgetragen haben, dachte sie, auch im übertragenen Sinne. Immer wenn sie sich unbeobachtet glaubte, legte sie eines der Blätter ab, auf der Stufe zu einer Kirche, in einer einsamen Gondel oder auf dem Treppenabsatz eines Hauses. Es gab nur wenig Beleuchtung in dieser Gegend, die von ärmeren Leuten bewohnt war. Doch je mehr sie vorankam, desto mehr änderte sich das Bild. Sauber gefegte fondamenta, Gehwege zu herrschaftlichen Villen, aus deren Gärten der Duft von exotischen Blumen drang, ersetzten die niedrigen Häuser der Fischer und Handwerker. Hier waren keine Wäschestücke über die Kanäle gespannt, sondern jedes Haus hatte seinen eigenen Bootsplatz.

Ob es einen Sinn hatte, auch hier Flugblätter abzulegen? Waren diese Menschen nicht vornehmlich an ihrem Eigentum interessiert? Aber nein, wies sie sich zurecht, auch diese Menschen haben ein Recht auf Auskunft darüber, was in ihrer Stadt vor sich geht. Celina legte auch vor den Toren dieser Häuser Flugblätter ab.

Das Ghetto Nuovo, in dem die jüdischen Einwohner Venedigs lebten, war mit einer Mauer umschlossen. Celina drückte sich in den Schatten eines Hauses, um vom Torwächter nicht gesehen zu werden. Merkwürdigerweise hatte sie aber keine Angst mehr. Wahrscheinlich bin ich an meiner Aufgabe gewachsen, dachte sie. Sie ging weiter. Vom Markusdom schlug die Uhr elf, und sie hatte immer noch nicht alle Flugblätter verteilt. Auf dem Rückweg ging es dann schneller. Schließlich legte sie das letzte Blatt auf dem Fenstersims eines Fischerhauses nieder. Gedankenverloren ging sie weiter, Schritt für Schritt. Sie dachte an Nanna und was sie ihr bei dem Besuch auf der Insel erzählt hatte. Was hatte sie dazu bewogen, mit diesem Kerl namens Breitnagel herumzuziehen? Das Geld? Celina konnte es nicht glauben. Nanna ließ alles mit sich geschehen, weil sie dachte, selbst an allem schuld zu sein – an ihrem Aufenthalt im Kloster, dem Kind … Ein Moment der Unbesonnenheit, und das ganze Leben verlief in Bahnen, die man sich nie vorgestellt hätte.

Celina war so in Gedanken versunken, dass sie die Schritte hinter sich fast überhört hätte. Sie schreckte zusammen. Wo war sie eigentlich? Es konnte nicht mehr weit sein bis zu Brinellos Haus. Da war schon die Ecke mit dem gelblichen Gebäude, hinter dem der Rio di Ca'Dolce begann. Die Schritte kamen schnell näher. Celina drehte sich um und erstarrte. Sie blickte in das Antlitz eines Toten. Der Mann mit der Maske! Bevor sie einen klaren Gedanken fassen konnte, fühlte sie sich von starken Händen gepackt. Ein Tuch wurde in ihren Mund gestopft, die Hände blitzschnell gefesselt. Der Strick schnitt ihr ins Fleisch. Sie war unfähig, sich zu rühren. Der Mann warf sie sich wie eine Puppe über die Schulter und eilte mit schnellen Schritten davon. Dann fühlte sie einen dumpfen Aufprall. Es tat höllisch weh, und einen Moment glaubte sie, das Bewusstsein zu verlieren. Die Männer hatten sie in ein Boot geworfen. Sie sprachen flüsternd miteinander. Längere Zeit hörte Celina nichts als das Plätschern von Wasser, von dem sie annahm, dass es der Canale Grande war. Schemenhaft glitten die Häuser im Dunkeln vorüber. Das Boot kam zum Halten. Einer der Männer packte sie grob an der Schulter. Sie erhob sich von dem Sitz, auf dem sie die ganze Zeit gesessen hatte.

»Steig an Land!«, befahl der Mann mit barscher Stimme. Eine schwielige Hand wurde ihr gereicht. Zögernd machte sie einen großen Schritt und spürte Land unter den Füßen. Sie schritten über den Markusplatz, auf die Treppe des Dogenpalastes zu. Sie schluckte. Wer sich in Gefahr begab, kam darin um! Hoffentlich waren die anderen ihnen entkommen. Warum hatte man sie überhaupt gefangen nehmen können? Gab es einen Verrat?

Aber wer konnte gewusst haben, dass sie Flugblätter verteilen wollten?

Es ging eine Treppe hinauf. Die Schritte ihrer Begleiter und ihre eigenen hallten in den Gängen und Räumen, durch die sie sich bewegten. Fast vertraut kam ihr der Weg nach unten vor, und vertraut war ihr auch der Raum, in den man sie schließlich hineinstieß. Die Handfesseln wurden nicht gelöst.

In das Gemäuer war eine schmale Luke eingelassen, durch das ein wenig Tageslicht hereinfiel. Von außen drangen die Stimmen der Vorübergehenden zu ihr. Das schlurfende Geräusch sich entfernender Schritte machten ihr klar, dass sie nun ganz allein war. Eine lange Zeit saß sie so im Halbdunkeln und horchte in sich hinein. Traurig zog sie für sich selbst eine Schlussfolgerung: Was hatte dazu geführt, dass sie nun in dieser Situation war? Wer war daran schuld? Eugenio und Faustina mit ihrer Habgier? Christoph, weil er sie mit dem Buchdruckergewerbe und dem Verleger Brinello zusammengebracht hatte? Der Verleger selbst, weil er den Vorschlag gemacht hatte, die Flugblätter zu drucken? Nein, war ihre Antwort, es war alles ausschließlich ihre Schuld, denn sie hatte alles mitgemacht, hatte sogar Christoph und die anderen dazu gebracht, sich um ihren Fall zu kümmern. Selbst eine Pilgerreise nach Rom hatte man ihr verschafft, mit dem Ergebnis, dass alles umsonst war. Lohnte es sich überhaupt, sich gegen das Schicksal aufzulehnen?

Celina schlief ein und schreckte wieder auf, als sie ein Geräusch hörte. Sie versuchte das Zwielicht mit ihren Augen zu durchdringen, lauschte mit aller Anstrengung, doch es blieb still. Es wird eine Ratte gewesen sein, dachte sie. Eine weitere Ewigkeit verging. Sie wusste nicht, ob sie wachte oder schlief, träumte oder die Wirklichkeit erlebte. So muss es sein, verrückt zu werden, so wie diese Unseligen, die sie manchmal aus einem Haus schauen oder in Begleitung eines Verwandten in einer versteckten Gasse gesehen hatte, schamhaft verborgen vor der Außenwelt. Die Tür öffnete sich abermals. Ein Mann tauchte im Schein einer Fackel auf, die er bei sich trug. Er war groß, stämmig, dunkelhaarig, mit behaarten Händen. Der Mann blieb stehen und betrachtete sie.

Ich kann es nicht glauben, dachte sie. Es ist der Abt Cornelli aus Convertite, nein, in Wirklichkeit heißt er ja Lion, der Löwe. Und er hat doch die Predigt an jenem Abend gehalten, Nanna hatte gelogen. Celina wich gegen die Wand ihres Kerkers zurück.

»Du brauchst keine Angst vor mir zu haben, Kleine«, sagte der Abt mit näselnder Stimme. »Und du hast sicher gemerkt, dass ich ein Auge auf dich geworfen habe, als ich dich das erste Mal sah.«

»Hinaus mit Euch!«, schrie Celina in höchster Angst. Was hatte er mit ihr vor? Wollte er sie dem Inquisitor ausliefern? Alles wäre ihr lieber gewesen, als allein mit diesem Mann in einem Raum zu sein. Eine schreckliche Angst kroch aus ihrem Magen herauf, ihr wurde übel.

»Du wirst mich schon noch mögen, Kleine«, sagte der Abt. »Ich werde dich an einen Ort bringen lassen, an dem du nicht nur mir zur Verfügung stehen wirst, sondern auch keinen Schaden mehr anrichten kannst. Viel zu viel hast du in den letzten Monaten in Sachen herumgeschnüffelt, die dich nichts angehen.«

Wo waren ihre Freunde? Konnte sie es wagen, ihn danach zu fragen? Als hätte er ihre Gedanken erraten, fuhr der Abt fort: »Deine Spießgesellen sind in Gewahrsam, falls es dich interessiert.«

»Hat man sie … «

»Man hat sie beim Verteilen dieser Flugschriften erwischt, genauso, wie ich dich erwischt habe. Aber du bist mir zu schade für das Gericht und für das Feuer. Für dich habe ich mir etwas anderes ausgedacht.«

Wenn doch dieser Albtraum ein Ende nehmen würde! Stattdessen klopfte es an der Tür, und zwei der Wächter erschienen im Rahmen.

»Waltet Eures Amtes«, sagte der Abt und wandte sich zum Gehen.

Die beiden Schergen machten ein paar Schritte auf Celina zu. Sie schlug um sich, versuchte wegzulaufen, aber sie wurde von beiden Seiten an den Armen festgehalten und hinausgeführt. Wieder ging es treppauf, treppab durch den Palast. Es waren keine Menschen anwesend. Schließlich wurde sie auf einen Stuhl gesetzt und allein gelassen, wie sie es den sich entfernenden Schritten entnahm. Mit einem raschen Blick erfasste sie die Einrichtung des Zimmers. Es musste ein abseits gelegener Raum im Dogenpalast sein, denn er war reichlich ausgestattet und verziert. An den Wänden hingen wertvolle Teppiche, und ein Bett mit einem Baldachin aus rotem Brokat stand an der Wand. In der Mitte des Zimmers befand sich ein zierlicher Tisch mit zwei Stühlen. Eine Schranktruhe war an die Wand gelehnt, auch sie schön verziert und vergoldet.

Mit wenigen Schritten war Celina an der Tür und rüttelte daran. Zugeschlossen! Das hätte sie sich denken können. Es sollte wohl ein goldener Käfig sein, in dem sie von nun an leben würde, fern von ihren Freunden, ohne Aussicht auf Befreiung. Wie ein gehetztes Tier blickte sie sich um. Über dem Bett befand sich ein kleines Fenster, das durch schmiedeeiserne Gitter verschlossen war. Sie stieg auf das Bett und stellte sich auf die Zehenspitzen. Nur der nachtdunkle Himmel war zu erkennen, mit einzelnen Sternen und einem halbrunden Mond. Kühle Luft strömte ihr entgegen. Mit einem Gefühl, das nun alles verloren sei, stieg sie langsam herunter und setzte sich auf das Bett. Immer wieder schreckte sie zusammen, wenn sie ein Geräusch hörte. Aber es ließ sich niemand sehen. Ab und zu hörte sie, ganz fern, einen heiseren Schrei. Ob es von einem der Gefangenen kam, ob von ihren Freunden? Was würde sie hier erwarten? Angst und Ekel brachen aus ihr heraus. Es gibt keine Liebe, dachte Celina, es gibt nur tierische Wollust, und keiner würde sie forthin davor bewahren.

3. Teil

Anfang Oktober bis Ende November 1561

29.

Der Tag neigte sich seinem Ende entgegen. Christoph hatte fast alle seine Flugblätter verteilt und schickte sich an, ein Boot für die Rückfahrt zu Brinellos Haus zu suchen. Die Strahlen der untergehenden Sonne erleuchteten die kleinen Plätze und spiegelten sich in den Kanälen. Ein leichter Wind brachte die Blätter eines Olivenbaums zum Zittern, der knorrig inmitten des engen Platzes stand. Es war ein friedlicher Abend, und er musste sein Leben riskieren, um die Sache der Reformation voranzutreiben. Christoph legte sein letztes Flugblatt auf der Schwelle eines Hauses ab. Der Schreck fuhr ihm in die Glieder. Ein Vorhang wurde beiseite geschoben, und der Kopf eines Mannes tauchte auf, die Nase vom Wein gerötet.

»Was fällt Euch ein, mir solchen Mist vor die Tür zu legen?«, schimpfte der Mann.

Christoph gab keine Antwort, sondern versuchte, sich schnell zu entfernen.

»Haltet ihn!«, gellte die Stimme des Mannes hinter ihm her.

Waren das Menschen, die sie für die Reformation gewinnen wollten? Christoph lief, wie er noch nie in seinem Leben gelaufen war. Doch zu spät; überall in den Häusern gingen Lichter an. Die Leute liefen vor ihre Türen, um zu schauen, wer da so ein Geschrei verursacht hatte.

»Haltet ihn, haltet ihn, es ist ein Ketzer, ein Ketzer!«, hallte es nun von allen Seiten. Christoph fühlte sich von starken Händen gepackt und niedergeworfen. Eine hagere Frau spuckte auf ihn und hielt ihm eines der Flugblätter vor die Nase.

»Pfui, schäm dich, unsere Kirche derart zu beschmutzen«, geiferte sie. Ein alter Mann trat mit den Füßen nach ihm. Christoph bäumte sich auf vor Schmerz.

»Was ist denn hier für ein Aufruhr?«, ließ sich eine Stimme vernehmen. Aus dem Augenwinkel sah Christoph ein Mitglied der Signori della Notte.

»Er ist ein Ketzer«, beeilte sich einer der Umstehenden zu erklären. »Er hat Flugblätter verteilt, in denen unsere Stadt, unser Doge, der Zehnerrat beschimpft werden!« Er hielt dem Polizisten das Flugblatt entgegen. Der überflog den Inhalt und wurde sehr förmlich.

»Ich muss Euch mit zum Palazzo Ducale nehmen«, sagte er, an Christoph gewandt. »Was ich hier sehe, riecht nach Hochverrat.«

»Hochverrat! Lasst ihn brennen, wir wollen ihn brennen sehen!«, schrien die Leute, nun ganz entfesselt vom Gedanken an das Schauspiel, das ihnen bevorstehen würde. Christoph versuchte, seine Gedanken zu ordnen, während er, von einem Pulk Menschen begleitet, zum Polizeiboot geführt wurde. Zwei andere Signori nahmen ihn in Empfang und legten ihm Handfesseln an. Während das Boot in der beginnenden Dämmerung den Canale Grande überquerte, hörte Christoph noch lange das Schreien und Rufen am Ufer. Hatte er das nicht schon einmal erlebt? Eine ferne Erinnerung an ein Theaterstück im Kloster San Zaccaria flog ihn an. Damals hatte er Celina kennengelernt. So viel war seither geschehen! Nein, er würde sich nicht unterkriegen lassen, jetzt erst recht nicht. Die Sorge um Celina und die beiden anderen nahm ihm fast den Atem.

Stundenlang hockte er nun schon auf der Strohmatratze seiner Zelle. Der Raum war in völlige Dunkelheit gehüllt, und er wusste nicht, ob es Tag war oder Nacht. War eine Woche vergangen, seit man ihn zu seinem Entsetzen in eine der sieben Bleikammern des Dogenpalastes gebracht hatte, in diese berüchtigten Zellen, von denen es hieß, dass sie noch nie jemand lebend verlassen hätte? Am selben Abend hatte ihm ein mürrischer, schweigsamer Wärter einen Topf mit Fleisch hingestellt, aber Christoph aß nur von dem Brot, weil die Fleischbrocken erbärmlich stanken. Irgendwann hatte er an die Wände geklopft, einmal, zweimal, dreimal. Bald darauf kam ein Echo zurück. Er war also nicht allein hier. Und er war sich fast sicher, dass seine Freunde ganz nahe waren. Viel mehr wünschte er sich allerdings, dass sie hatten entkommen können. Bot das Haus in Mestre noch einen sicheren Schutz? War Celina in Sicherheit? Zwischen Wachen und Traum sah er sie, berührt von gierigen Händen, mit Gewalt zu Boden gedrückt und dann … Christoph schrie in ohnmächtiger Wut auf bei diesem Gedanken. Sein Leben zog an ihm vorbei. Er sah die brennenden Menschen vor sich, seine Mutter und seinen Vater, die klaglos gestorben waren. Die Zeit im deutschen Reich trat ihm vor Augen, sein Ziehvater Reinhard und all die anderen Menschen, mit denen er die letzten Jahre verbracht hatte.

Manchmal schon wäre er lieber tot gewesen. Aber um ihretwillen musste er leben und weiter kämpfen. Würde er wegen Ketzerei angeklagt werden oder wegen Hochverrats? Er war sich nicht sicher, ob die zuständigen Instanzen das zu unterscheiden vermochten. Die Tür öffnete sich, ein Lichtschein fiel herein. Ob sie ihn jetzt zum Verhör durch den Inquisitor holten? Eine Person trat ein, eine Frau, wie er an der Silhouette ausmachen konnte, eine Frau von hohem Stand.

»Vergnügt euch schön zusammen, ihr Vögelchen«, tönte die raue Stimme des Wärters. Ein Topf wurde hereingeschoben, der den Geruch von Kohl verbreitete. Christoph hörte zunächst nichts als den ruhigen Atem der Frau. Er nahm einen schwachen Duft nach Bergamotteöl wahr. Kleider raschelten. Ein Funke sprang auf, und die Fremde entzündete eine Kerze. In ihrem Schein sah Christoph eine Frau von hohem, schlankem Wuchs. Das Gesicht war oval geschnitten, die Nase schmal und gerade. Ihre Haare trug sie unter einem Perlennetz, darüber ein Barett. Ihr Kleid war fließend, aus edlem Stoff.

»Mein Name ist Andriana Grimani«, sagte sie mit einer tiefen, angenehmen Stimme und streckte Christoph die feingliedrige Hand entgegen. Eine Adlige, eine Patrizierin. Warum schickten sie eine solche Frau zu ihm? Wollte sie ihn etwa aushorchen? Christoph nahm sich vor, auf der Hut zu sein.

»Ich heiße Christoph Pfeifer«, antwortete er.

Andriana stellte die Kerze auf eines der Bretter, die als Betten dienten. »Ihr wundert Euch sicher, wie so eine vornehme Dame wie ich in ein solches Verlies gerät«, meinte sie.

»Das wundert mich allerdings.«

»Ich bin eine Kurtisane. Aber bevor wir unsere Unterhaltung fortsetzen … wollt Ihr nicht erst etwas essen?«

Christoph verspürte Ekel beim Gedanken an den Kohl. »Ich habe keinen Hunger.«

»Auf die Gefängniskost hätte ich auch keine Lust«, sagte Andriana lächelnd. »Doch dagegen habe ich ein Mittel.«

Sie zog einen Lederbeutel aus den Tiefen ihres Gewandes und entnahm ihm weißes Brot, etwas Käse und getrocknete Feigen.

»Hier, nehmt! Meine Stellung in der Stadt ist so bedeutsam, dass der Wächter es sich nicht getraut hat, mich zu durchsuchen. Ich hoffe auch, dass meine Gönner mir Körbe mit Lebensmitteln bringen lassen.«

Christoph griff zu und fragte, nachdem er seinen ersten Hunger gestillt hatte: »Was führt Euch hierher?«

»Erkennt Ihr mich nicht? Aber nein, wir sind uns nie begegnet, glaube ich. Ich hatte mich einst geweigert, den gelben Schleier zu tragen, und wurde zu einer Pilgerreise nach Rom verurteilt.«

»Wie Tullia d'Aragona«, entfuhr es Christoph. »Dann seid Ihr ...«

»Ja, ich bin die Kurtisane, die mit Eurer Freundin nach Rom gegangen ist. Im Spätsommer bin ich nach Venedig zurückgekehrt und hörte, dass Celinas Buch ebenfalls auf den Index gesetzt wurde.«

»Wisst Ihr, wo sie ist?«

»Leider nicht. Dass ich jetzt hier bin, habt Ihr Eurem Freund Brinello zu verdanken. Er hat einen Wärter bestochen, einen Brief an Immuti, den Ratsherrn, weiterzuleiten, und der hat mich verständigt. Aufgrund meiner Stellung darf ich hier ein und aus gehen und den Gefangenen Nahrung bringen, ohne Verdacht zu erwecken.«

»Wie sieht es in der Stadt aus? Will man uns den Prozess machen?«

Andriana schluckte. »Ja, man will Euch einen Hochverratsprozess machen und dann zusammen mit den Büchern öffentlich verbrennen. Aber Immuti und ich werden alles tun, was in unserer Macht steht, um das zu verhindern.«

»Ich bin Euch zu allertiefstem Dank verpflichtet«, sagte Christoph.

»Ich habe Tullia d'Aragona noch gekannt«, entgegnete Andriana. »Eure Freundin Celina erinnert mich an sie. Tullia ist 1555 verarmt und vergessen gestorben. Zusammen mit ihren Weggefährten, Bempio und den anderen, habe ich den literarischen Salon in ihrem Sinne weitergeführt.«

Christoph kam eine Erkenntnis. »Ist es in Wirklichkeit vielleicht deswegen, dass Ihr ... «

»Ja, das ist der wahre Hintergrund«, gab Andriana zu. »Ich kenne Eure Geschichte, Christoph Pfeifer.«

Christoph zuckte zusammen. War das eine Falle? Er musste so erschrocken ausgesehen haben, dass Andriana begütigend einlenkte: »Ich habe Celinas Buch gelesen, bevor es auf den Index kam. Von diesem Bücherverbot sind wir in unserem Zirkel ebenfalls betroffen.«

»Dann wisst Ihr wohl auch, was mich in diese Lage gebracht hat.«

»Ja, das weiß ich. Eugenio Gargana, den ich sehr gut kenne, ist ein Ränkeschmied erster Güte. Ich bin mir sicher, dass er zu Eurer Verhaftung beigetragen hat, weil Ihr Euch zu sehr in die Politik des Zehnerrates eingemischt habt.«

Christoph hatte nun vollends Vertrauen zu Andriana gefasst. »Könnt Ihr mir erzählen, was sich hinter den Kulissen abspielt? Was für Mächte sind am Werk in unserer Stadt?«

Andriana seufzte. »Viel mehr als Ihr weiß ich auch nicht. Auf jeden Fall ist viel Geld im Spiel.«

»Ist Euch bekannt, was mit dem Verleger Brinello und seinen Freunden passiert ist?«

»Sie wurden noch gestern Nacht in Brinellos Haus verhaftet.«

»Aber warum?«

»Keine Sorge, Eure Flugblätter sind unters Volk gekommen. Es gab eine Denunziation. Ein Mädchen, das in einer Wirtschaft in Dorsoduro serviert, hat einen Zettel mit einer Anzeige in den Briefkasten geworfen, der im Dogenpalast für diese Zwecke vorgesehen ist.«

»Die *boca di leone*, das Löwenmaul?«

»Ja. Eure Freunde müssen sich ebenfalls hier im Gefängnis befinden.«

Das Gefühl, ausgeliefert zu sein, krallte sich wie eine

eiserne Hand um Christophs Herz. Gleichzeitig spürte er große Erleichterung darüber, dass die anderen in der Nähe waren.

»Besteht keine Möglichkeit, aus dem Gefängnis zu fliehen?«

»Über die Bleidächer zu entkommen würde ich keinem raten. Da hat sich schon mancher zu Tode gestürzt oder wurde von den Wachen entdeckt und unter erschwerten Bedingungen inhaftiert. Trotzdem habt Ihr Glück, dass Ihr nicht in einer der modrigen Zellen im Keller gelandet seid.«

30.

Nach einem kurzen, unruhigen Schlaf wurde Celina durch das Quietschen der Tür geweckt. Der Abt Cornelli stand im Rahmen. Celinas Körper wurde starr; unwillkürlich presste sie die Schenkel zusammen.

»Wir beide werden jetzt zusammen speisen«, kündigte er mit näselnder Stimme an.

Celina stand auf und stellte sich ans Fenster. Sie würde ihm Widerstand leisten, dazu war sie fest entschlossen, so, wie sie auch anderen Widerstand geleistet hatte. Doch was passierte dann mit ihren Freunden? Sollte sie nicht ihnen zuliebe dem Abt zu Willen sein? Hatte sie überhaupt die Möglichkeit, sich ihm zu verweigern? Schon einmal hatte er versucht, ihr auf jede nur erdenkliche Weise zu schaden.

Die Tür öffnete sich, und ein livrierter Diener trug eine Platte mit einem Silberdeckel herein. Es roch verführerisch, und als der Diener die Platte auf den Tisch stellte, zog sich ihr Magen schmerzhaft zusammen. Der Abt bedeutete dem Diener, sich zurückzuziehen, dann trat er zum Tisch und hob den Deckel. Da standen Teller mit Huhn in katalonischer Soße, eine Schüssel mit Pappardelle sowie Wildschweinragout, gebackene Fische und Wachteln, winzig und knusprig auf einem weiteren Teller angerichtet. Gegen das Essen war ja nichts einzuwenden. Oder wollte er sie etwa vergiften?

Der Abt setzte sich auf einen Stuhl, griff herzhaft zu und nötigte sie, sich ebenfalls zu setzen und sich zu bedienen. Trotz ihres Hungers bekam Celina kaum etwas hinunter. Sie zwang sich jedoch, von jedem Gericht ein wenig zu sich zu nehmen. Der Nachtisch bestand aus einer

Mandelgeleecreme mit Sahne. Cornelli leckte sich die Lippen, lehnte sich genüsslich im Stuhl zurück und musterte sie. Celina lief ein Schauer über den Rücken. Schon bei ihrer ersten Begegnung hatte er das geplant, ging es ihr durch den Kopf. Gab es keine Möglichkeit, ihm zu entkommen?

»Du brauchst gar nicht daran denken zu fliehen«, sagte der Abt. »Die Tür ist abgeschlossen, der Schlüssel wohlverwahrt. Nach unserem Schäferstündchen wird mein Diener kommen und mir wieder aufschließen. Nun zier dich nicht so, es ist ja nicht das erste Mal für dich.«

Wie kam er auf diesen Gedanken? Andrianas Pilgerreise mit Celina hatte sich wohl herumgesprochen, und wenn man mit einer Kurtisane herumzog, dann wurde man selbst als solche angesehen. Wie hieß noch das Sprichwort? Gehe ein Jahr lang mit einem Krüppel, und du wirst selber hinken.

Der Abt nahm sie am Arm und führte sie zum Bett, dessen Baldachin zu leuchten schien. Sie musste es hinter sich bringen, durfte ihn nicht noch mehr gegen sich erzürnen. Wer konnte wissen, was sonst mit Christoph und ihren Freunden passierte. So ließ sie es geschehen, dass er seine feuchten Lippen auf ihre Lippen drückte, mit der Zunge in ihrem Mund herumfuhr, ihr das Mieder öffnete, ihre Brüste betastete und ihr schließlich den Rock hochzog. Lieber Gott, lass es mich unbeschadet überstehen, betete sie stumm.

Der Abt lag nun halb über ihrem Unterleib. Er stieß zwei Finger seiner Hand zwischen ihre Beine. Celina stöhnte auf vor Schmerz.

»Schön, das du mitmachst«, brabbelte er. Sein Atem ging schneller. Als er sein hartes Glied zwischen ihre Schenkel zwang, drehte sie die Augen zur Decke, wo rote Pünktchen tanzten, und betete, dass diese Tortur endlich vorübergehen möge. Wer bin ich eigentlich? dachte sie. Bin ich eine Hure? Ich wollte keine Nonne sein, geschweige denn eine Hure. Nannas Gesicht trat vor ihre inneren Augen. Du hast sie auf dem Gewissen, du Miststück! dachte sie.

Celina spannte ihr rechtes Bein und stieß es dem Abt mit aller Kraft in den Unterleib.

»Christoph Pfeifer, kommt mit mir zum Verhör.«

Er wusste, was das zu bedeuten hatte. Wenn er kein Geständnis ablegte, würde er die peinliche Befragung über sich ergehen lassen müssen. Hoffentlich wurde er nicht vom Inquisitor verhört, sondern von einem Mitglied des Rates. Der Wächter fesselte ihn an Armen und Beinen, so dass er mit Mühe laufen konnte. Christoph hob den Kopf und folgte dem Wärter durch die Gänge und Räume des Palastes. Edel gekleidete Herren hoben kaum den Kopf, als sie vorübergingen. Der Wächter führte Christoph eine Treppe hinunter. Aus den Zellen, den *pozzi*, drangen gequälte menschliche Laute. Durch eine Tür gelangten sie ins Freie, in einen schmalen Gang zwischen den beiden Teilen des Palastes. Auf der anderen Seite ging es durch eine weitere Tür wieder hinein. Sie kamen zu den Justizräumen. In einem kargen Raum wies der Wächter ihn an, auf einem Stuhl Platz zu nehmen und zu warten. Er entfernte sich durch die Tür, die er verschloss. Christoph schaute sich um. Eine Reihe von Sitzgelegenheiten verteilte sich im Raum. Ein Stuhl, mit schwarzem Leder bezogen und hoher Lehne, stand vor dem Fenster, das den Blick auf die Markuskirche mit ihren Kuppeln und goldenen Mosaiken freigab. In der Mitte des Raumes war ein Stehpult aus schwarzem Holz plaziert, und an den Wänden hingen Seile herab, Lederstreifen waren an zwei schmalen Tischen befestigt, und im Hintergrund sah er ein Rad. Der Schlüssel drehte sich wieder im Schloss. Mehrere Wächter führten Hans und Ernesto Brinello herein. Beide warfen ihm einen Blick des Erkennens zu.

Nachdem die Wächter das Zimmer verlassen hatten, sagte Christoph halblaut: »Ich freue mich trotz allem, euch zu sehen. Doch warum werden wir hier zusammengebracht?«

Brinello räusperte sich. Sein Kinn war mit Bartstoppeln bedeckt. »Lasst mich euch eine Geschichte erzählen. Der venezianische Staat muss in heller Aufregung sein. Ihr wisst ja, dass es seit Jahren Prozesse gegen Häretiker gibt. Erst vor einigen Jahren, in Valladoid, hat man eine Ketzergruppe mit sechzig Mitgliedern ausgehoben; sie arbeiteten im Untergrund für ihren Glauben, direkt neben den königlichen Gebäuden.«

»Was geschah mit den Ketzern?«, fragte Christoph atemlos.

»Sie wurden gefoltert und verbrannt, ebenso wie die Bücher verbrannt wurden, die sie aus Deutschland hatten kommen lassen. Es waren Bücher von Luther, Melanchthon und Erasmus von Rotterdam. Dazu viele, die auch wir kennen, die auf dem Index stehen. Aber sorgt euch nicht! Wir werden ja wegen Hochverrats vernommen, nicht wegen Ketzerei.«

Er verstummte, weil wieder die Tür aufging, vor der zwei Wachen postiert waren. Drei Männer kamen herein. Der Ratsherr, der vom Gerichtsdiener als Felice Peretti vorgestellt wurde, und zwei *fante dei cai*, Beamte im Dienst des Zehnerrates. Sie seien als Zeugen des Verhörs vorgesehen, verkündete der Anklagevertreter Peretti. Einer von ihnen sei ein Notar, der die Verhandlung protokollieren würde.

Peretti setzte sich auf den hohen Stuhl am Fenster, die Beamten stellten sich daneben auf. Peretti war in ein rotes Wollgewand gekleidet und trug eine ebensolche Kappe mit weißen Rändern. Sein Gesicht war grob geschnitten. Er stützte die Hände auf den Tisch, beugte sich vor und musterte die drei Angeklagten scharf. Mit ruhiger Stimme begann er: »Wisst ihr, warum ihr hier seid? Ich bin mir sicher, dass ihr es wisst. Eure Befragung ist hiermit eröffnet.«

Er wandte sich an den links von ihm stehenden Notar. »Geh zum Stehpult und schreibe alles, was du hörst, gewissenhaft auf! Normalerweise gibt es nur Einzelverhöre, aber bei der Schwere eurer Taten und wegen ihrer Gleichartigkeit haben wir das Verfahren zusammengezogen.« Er zog ein Pergament hervor und las: »Wir, Vertreter des Zehnerrates der Stadt Venedig, sehen unsere Aufgabe darin, den Ruf des Dogen, des Rates und aller seiner Mitglieder sowie des städtischen Klerus zu verteidigen sowie Irrlehren und Häresien zu überprüfen und sie gegebenenfalls an die Heilige Inquisition weiterzugeben. Angeklagter Brinello, schwörst du, die Wahrheit zu sagen?«

Brinello schien mit sich zu kämpfen. Dann hob er die Hand zum Schwur und sagte: »Ich schwöre.«

»Ihr anderen, Christoph Pfeifer und Hans Leublin, schwört ihr bei Gott, die Wahrheit zu sagen?«

»Ich schwöre«, sagte jeder von ihnen vernehmlich.

»Noch einmal die Frage: Wisst ihr, warum ihr hier seid?«

»Wegen eines Flugblattes, das ich habe drucken lassen und das wir in der Stadt verteilten«, sagte Brinello und blickte dem Ratsherrn dabei in die Augen.

»Wegen eines Flugblatts«, wiederholten die anderen.

»Wir haben auch noch einen anderen Verdacht«, fuhr der Ratsherr fort und fixierte sie nacheinander. »Die *fides fiduciosa*, die Rechtfertigung, die Gnade, die Hierarchie der Kirche, die Wirksamkeit der Sakramente, das Fegefeuer, die Buße und die Erbsünde sollen auch Gegenstand dieser Verhandlung sein. Der Papst verbietet allen gläubigen Christen, die Bücher Martin Luthers, Johann Calvins,

Philipp Melanchthons, Zwinglis, Erasmus von Rotterdams und anderen ketzerischen Autoren zu besitzen, zu lesen oder zu drucken. Seine Heiligkeit, der Papst, fordert zu deren öffentlicher Verbrennung auf.«

Er wies mit dem Finger auf Brinello. »Hast du in deiner Funktion als venezianischer Verleger solche Bücher drucken lassen, sie gelesen und in deinem Besitz gehabt, oder hast du sie noch in deinem Besitz?«

Brinellos Hände zitterten kaum merklich. »Ich habe solche Bücher drucken lassen, sie gelesen und sie sind noch in meinem Besitz. Was jedoch die Gnade, die Hierarchie der Kirche, die Wirksamkeit der Sakramente, das Fegefeuer, die Buße und die Erbsünde betrifft, so sind die in meinen Augen nur eine Auslegungssache und die Anordnung des Papstes rechtfertigt nicht die Vernichtung solcher humaner Güter. Von der Freiheit des Christenmenschen hat Luther gesprochen, und die vertrete ich und werde ich immer vertreten.«

Er ist mutig, und er hat recht, dachte Christoph, doch er redet sich um Kopf und Kragen.

»Du hast vor einigen Tagen Flugblätter mit folgendem Inhalt drucken lassen.« Der Ratsherr entrollte ein beschriebenes Blatt Papier. Christoph erkannte einen von den Bögen, die er in Dorsoduro verteilt hatte.

Der Ratsherr las den Inhalt vor, den Christoph inzwischen auswendig kannte. Drohend reckte Peretti das Kinn vor. »Wie kommst du zu dieser ungeheuerlichen Anschuldigung? Was für ein Komplott soll das sein?«

»Euer hochwohlgeborener Ratsherr von Gnaden unserer Stadt«, sagte Brinello. »Mit diesen Fragen versuche ich herauszufinden, worin diese Verschwörung, wenn man es so nennen mag, im Eigentlichen besteht.«

»Drück dich gefälligst deutlicher aus«, rief Peretti. Sein Gesicht war rot angelaufen. »Wir sind hier nicht in einer theologischen Disputation.«

»Ich habe Beweise dafür, dass Eugenio und Faustina Gargana sich der Aneignung fremden Eigentums schuldig gemacht haben, dass Alois Breitnagel mindestens eine Nonne verführt hat und dass ein Abt dieser Stadt, Lion, wahrscheinlich die toten Mädchen auf dem Gewissen hat, die in den Kanälen gefunden wurden«, antwortete der Verleger.

»Hast du den Verstand verloren?«, schrie Peretti.

»Nein, wahrlich nicht, aber manchmal habe ich den Eindruck, die ganze Welt habe den Verstand eingebüßt. Beruft einen öffentlichen Prozess ein, und Ihr werdet sehen, was dabei herauskommt.«

»Du redest dich um Kopf und Kragen«, sagte der Ratsherr. »Hans Leublin und Christoph Pfeifer – habt ihr dem Verleger Brinello beim Drucken und Verbreiten solcher Schriften geholfen?«

Das ist unser Todesurteil, dachte Christoph. Ihm wurde fast schwarz vor Augen, doch gleichzeitig erfüllte ihn eine rasende Wut. Seit dem Mord an Reinhard hatte er diese Wut immer öfter gespürt.

»Ja, ich habe dem Verleger Brinello geholfen«, sagte er. »Und ich möchte, dass es zu einem öffentlichen Prozess kommt.«

»Du hast gar nichts zu wollen«, herrschte Peretti ihn an. »Was hat der andere zu sagen?«

»Ich habe nichts anderes zu sagen als Brinello und Christoph«, kam es von Hans. »Ich setze, wenn es sein muss, mein Leben dafür ein, die Wahrheit ans Licht zu bringen, die Dummheit und Verblendung aus der Welt zu beseitigen und der Habsucht keinen Vorschub zu leisten. So wahr ich hier stehe. Amen.«

»Amen«, sagte auch Christoph. »Dem habe ich nichts hinzuzufügen.«

Dem Ratsherrn traten fast die Augen aus den Höhlen. »Ihr seid nicht bereit, Buße zu tun, mit der Hand auf der

Bibel eurem Irrglauben abzuschwören und eure Beschuldigungen gegenüber den hohen Würdenträgern zurückzunehmen?«

»Nein«, kam es wie aus einem Munde.

»Meine Herren«, wandte sich der Ratsherr an die beiden Beamten. »Den Einsatz einer peinlichen Befragung erachte ich für müßig: Die Verbrechen der Angeklagten liegen klar vor aller Augen! Doch merkt es euch gut: In weniger schweren Fällen sind die Strafen milde. Sie erstrecken sich vom Kirchenbesuch über Pilgerfahrten bis zum Tragen eines Kreuzes. Bei schwereren Delikten droht euch lebenslanges Gefängnis. Zeigt ihr aber während des Prozesse keine Reue und widerruft ihr nicht das, was ihr an Anschuldigungen vorgebracht habt, dann werdet ihr gepfählt und ebenso verbrannt wie eure Bücher, für die ihr dummerweise bereit seid zu sterben.« Er gab den Männern einen Wink. »Bringt sie in ihre Gefangenenräume zurück.«

Wie auf ein Stichwort ging die Tür auf, und vier Gerichtsdiener kamen herein. Bevor einer der Beamten ihn ergreifen konnte, sagte Christoph laut: »Ich habe die Bulle des Papstes *Licet ab initio* gelesen. Es ist die Kongregation der römischen und der allgemeinen Inquisition, um die Kirche vor Häretikern, vor Abweichlern von der Glaubenslehre zu schützen. Darin ist auch festgelegt, dass alle Habe der Verurteilten in das Eigentum der Kirche übergeht. Ihr seid …«

»Hinaus mit ihnen!«, brüllte der Ratsherr.

Durch die reich ausgeschmückten Säle und Gänge des Palastes ging es zurück zur Treppe, die nach oben, zu den Bleikammern unter dem Dach führte. Jede Stufe erschien Christoph wie ein Stück näher zum Scheiterhaufen. Er hatte keine Gelegenheit mehr, mit den anderen zu sprechen. Es würde auch sicher keine Möglichkeit mehr geben, einen Wächter zu bestechen. Und es gab niemanden von außen, der ihnen Hilfe oder wenigstens Nahrung bringen könnte.

»Wie lange wird es dauern, bis uns der Prozess gemacht wird?«, fragte Christoph seinen Wächter.

»Halt's Maul, ich gebe keine Auskünfte«, brummte der Mann nur. Er stieß ihn in den düsteren Raum hinein. Rasselnd drehte sich der Schlüssel im Schloss. Christoph war wieder einmal allein. Nein, schwebte nicht noch ein wenig von Andrianas Parfüm im Raum? Mit Sehnsucht dachte er an Celina, die immer nach frischem Gras geduftet hatte. Oder wenigstens war ihm das so vorgekommen. Er hockte sich nieder, suchte mit den Fingern im Stroh. Richtig, da waren noch zwei Kerzen und Zündwerk, von den Wachen wohl übersehen worden. Er zündete eine von ihnen an, schob das Stroh beiseite, ließ Wachs auf den Boden tropfen, womit er die Kerze befestigte. Christoph setzte sich mit dem Rücken zur Wand und dachte nach. Er wollte sich nicht in sein Schicksal ergeben. Was hatte Andriana gesagt? In den Bleikammern unterhalb des Daches sei eine Flucht zwar möglich, aber es gebe keine Gelegenheit, von dort wieder herunterzukommen. Allmählich begann er zu verzweifeln. Die Fleischbrocken, die ihm in einem Topf hingestellt wurden, aß er mit viel Selbstüberwindung, weil er bei Kräften bleiben wollte.

Eine lange Zeit später knirschte wieder ein Schlüssel im Schloss. Ein Duft nach Bergamotte wehte herein, überdeckte den muffigen Geruch in der Zelle.

»Lass uns allein«, sagte Andriana zu dem Wächter. Der Mann verbeugte sich und ging schlurfend davon. Was für eine Macht musste Andriana haben! Christoph war glücklich darüber, Celinas Freundin zu sehen.

»Wieso ist es dir erlaubt, mich zu besuchen?«, fragte er. »Ich dachte, wir seien des Hochverrats angeklagt.«

»Seid ihr auch«, sagte sie. »Aber ich habe viele einflussreiche Gönner. Meine Strafe habe ich durch die Pilgerreise verbüßt, und ich trage nun, zähneknirschend zwar, den gelben Schleier. Doch sprechen wir nicht von mir.« Andriana stellte den Korb, den sie am Arm getragen hatte, auf den lehmgestampften Boden.

»Ich habe keine Hoffnung, hier wieder herauszukommen, und wenn, dann am Tag des Prozesses«, sagte Christoph mit müder Stimme.

»Der Prozess ist auf den 25. Oktober angesetzt, also findet er in sechs Tagen statt. Ich will versuchen, deine Freunde und dich herauszubekommen. Und dann kümmern wir uns um Celina.«

»Das wird aber nicht noch einmal mit Bestechung gehen«, wandte Christoph ein.

Andriana lachte. »Ja, der Zehnerrat wacht streng darüber, dass seine Schäfchen ihm nicht entkommen. Ich habe einen Plan, Christoph. Aber der ist gefährlich.«

Atemlos hörte Christoph ihr zu.

»Ich werde dir heute noch Hammer und Meißel bringen, dazu einen Strick. Und zwar in einem größeren Korb.«

»Wird das nicht auffallen?«

»Nein, ich habe ja mehr als nur einen Gefangenen zu versorgen. Bei der Gelegenheit werde ich deine Freunde gleich in den Plan einweihen.«

»Sollen wir uns vielleicht vom Dach in den Hof oder in den Kanal abseilen?«, fragte Christoph. »Hast du nicht selbst gesagt, das sei lebensgefährlich?«

»Sei beruhigt, es ist alles wohldurchdacht. Während des Nachmittags, wenn der Lärm vom Markt durch die Räume des Palastes dringt, wirst du auf einen Stuhl steigen und ein Loch in die Decke schlagen. Darüber liegen Bleiplatten, die sich mit einiger Kraftanstrengung anheben lassen. Den anderen habe ich ein Seil in den Korb gelegt. Heute Nacht ist

Vollmond, so dass ihr euch gut auf dem Dach bewegen könnt.«

»Und dann? Wie kommen wir vom Dach herunter?«

»Das Seil knüpft ihr um eine der Essen. Ihr lasst euch nacheinander hinunter, aber nicht bis in den Hof, denn dort stehen zwei Wachen, sondern zum Kanal, in dem ein Boot auf euch warten wird.«

»Warum tust du das alles für uns?«

»Kannst du es dir nicht denken? Weil ihr für mich Brüder und Schwestern im Geiste seid«, erwiderte Andriana mit ernstem Gesicht.

Am Abend besuchte Andriana Christoph erneut.

»Heute Nacht ist es soweit«, sagte sie und stellte den Korb mit Lebensmitteln auf den Boden. Nach einer Weile erschien der Wärter, schaute in den Korb hinein, brummelte etwas Unverständliches und verschwand mit Andriana. Christoph wartete. Die Glocke des Markusdomes schlug zehnmal, elfmal. Er stieg auf einen Stuhl und begann, mit dem Hammer und dem Meißel ein Loch in die Decke zu klopfen. Immer wieder hielt er inne und lauschte. Hoffentlich bemerkte niemand von den Wachen etwas. Der Putz rieselte unaufhörlich auf ihn herab. Wenn er innehielt, hörte er wie ein Echo ein anderes Klopfen in der Nähe.

Schlag zwölf war das Loch fertig und breit genug, ihn hindurchzulassen. Ein Schwall kalter Luft kam in die Zelle hinein. Ein Seil wurde herabgelassen. Er packte es mit beiden Händen, schlang seine Beine darum. Die Hanffasern des Strickes schnitten in seine Hände. Endlich war sein Kopf in der Öffnung an der Decke; noch ein Stück weiter, und er sah den Sternenhimmel über sich. Der Halbmond über der schwarzen Lagune beleuchtete das Dach des Dogenpalastes. Hans und Brinello standen als schemenhafte

Gestalten neben ihm. Auf dem Dach erkannte Christoph zwei der Bleiplatten, die herausgenommen worden waren.

»Der erste Teil ist geschafft«, flüsterte Christoph. »Jetzt müssen wir nur noch von diesem verfluchten Dach herunterkommen.«

Er folgte Brinello und Hans, setzte vorsichtig Fuß vor Fuß über das bleigedeckte Dach. Sie gingen in nordöstlicher Richtung. Giudecca, Lido und die ferneren Inseln ragten schattenhaft aus dem Meer. Brinello machte halt. Sie standen oberhalb vom Rio del Palazzo; die Seufzerbrücke verband den Palast mit dem angrenzenden Gefängnis.

Der Abt brüllte vor Schmerz auf, rollte von Celina herunter und hielt sich mit beiden Händen den Unterleib.

»Du verdammte Hure!«, schrie er. »Das wirst du mir büßen!«

Er holte aus und schlug ihr mit den bloßen Händen ins Gesicht. Es tat höllisch weh, und warmes Blut floss ihr aus der Nase. Im Nu war das Bett mit roten Flecken übersät.

»Glaub nur nicht, dass ich auf dich angewiesen bin«, polterte Lion weiter. Aufgebracht rannte der Abt aus dem Zimmer und schloss hinter sich zu. Celina war es speiübel. Sie zog sich zum Bettrand und erbrach sich. Lange Zeit blieb sie so liegen. So weit war sie nun gekommen. Hatte sie etwas getan, was den Abt gereizt haben könnte? Oder reagierte er auf jede Frau in dieser Weise? Was mochte er nur mit Nanna oder den anderen Nonnen angestellt haben? Wieso verkehrte der Doge von Venedig mit ihm? Warum hatte Lion einen Raum im Dogenpalast, in dem er so widerliche Dinge treiben konnte? Von dem Glauben an die Liebe war nichts übrig geblieben, ihr Leben lag in Trümmern. Nie mehr würde sie unbeschwert durch die Welt gehen können. Derweil übten Lion, Eugenio und Faustina weiterhin ihre schändlichen Taten aus. Am liebsten wäre sie tot gewesen, so sehr schämte sie sich, so erniedrigt und ausgenutzt fühlte sie sich. Die Tage mit Christoph auf der Insel fielen ihr ein. Das war eine andere Welt gewesen, da hatte sie noch geglaubt, dass sich alles zum Guten wenden würde. Christoph hatte sie mit der Aussage Tullia d'Aragonas geneckt, dass die platonische Liebe unendlich sei, eine Stufe höher als die zwischen Mann und Frau und damit göttlich. Was nützte all diese Philosophie? Es wird immer Menschen geben, die ihren eigenen Begierden und Lüsten nachgehen und gar nicht erst fragen, was Liebe ist, die es sich einfach nehmen, wie es ihnen passt.

Irgendwann schlief Celina ein. Als sie erwachte, war es dunkel im Raum. Sie erhob sich mühsam vom Bett und schaute sich um. Da weiter hinten war ein etwas hellerer Fleck, das musste das Fenster sein, durch das der Mond oder die Sterne schwach hereinschienen. Sie stützte sich am Bett ab und wankte zum Tisch hinüber. Schließlich war sie am Fenster. In welchem Teil des Palastes sie sich wohl befand? Das Fenster war offen; sie konnte bis hinunter zu einem schmalen Kanal schauen, der im Mondlicht glitzerte. Wer versuchte, dort hinaus zu fliehen, würde in den Tod stürzen. Wie viele arme Mädchen hier schon gefangen gehalten worden waren? Ihre Schreie waren sicherlich ungehört verhallt. Sie hörte ein Scharren, ganz in der Nähe. Kam da ein Mensch an der Mauer herunter? Tatsächlich, eine männliche Gestalt seilte sich herab. Sollte sie sich zu erkennen geben? Wer mochte das sein? Ihre Freunde fielen ihr ein. Es war nicht unwahrscheinlich, dass sie in den Bleikammern gefangengehalten wurden und ihnen nun die Flucht über das Dach des Palastes gelang.

»Wer seid Ihr?«, rief Celina halblaut.

Die Gestalt zuckte zusammen.

»Celina«, kam es zurück, »bist du das? Gott im Himmel, welche Freude!«

Es war Christoph. »Hat man dich hier eingesperrt? Wir saßen nicht weit von hier in den Bleikammern.«

»Es war Lion, der Abt, nicht die Signoria della Notte.«

»Gib mir deine Hand«, sagte er kurzentschlossen. »Wir seilen uns zusammen ab.«

Sie vergaß ihre Schmerzen und kletterte auf den Fenstersims. Nur nicht nach unten schauen. Christoph schwang sich am Seil herüber. Schon hatte er sie um die Taille gepackt und zog sie zu sich. Ihre Hände bekamen das Seil zu fassen. Langsam ging es in die Tiefe. Der Hanf schnitt ihr in die Hände und riss sie blutig, aber was machte das schon? Sie landeten in der wartenden Gondel.

Einer nach dem anderen kamen Hans und Brinello herunter. Das Seil ließen sie hängen. Binnen weniger als einer Stunde würden die Signori della Notte die Löcher entdeckt haben und ihre Flucht melden. Bis dahin mussten sie verschwunden sein. Celina wusste nicht, wohin die Gondel sie bringen würde, aber das war auch nicht wichtig, Hauptsache, fort von diesem Ort des Schreckens.

Geisterhaft schwebten die Palazzi an ihnen vorüber, plätschernd tauchte das Ruder ins Wasser, das den vertrauten Geruch nach Meer und Seifenlauge hatte.

»Wohin werden wir gebracht?«, fragte sie flüsternd.

Brinello, der neben ihr saß, antwortete leise: »Zur Klosterinsel, zum Abt Murare. Er ist der Einzige, der uns jetzt noch helfen kann.«

Bei all der Wirrnis, die in Celinas Kopf herrschte, empfand sie es wie Heimkommen, als die gedrungene Kuppel von La Fosca vor ihnen im Mondlicht auftauchte.

31.

Der Pförtner sagte ihnen, dass der Abt sich zur Ruhe begeben habe, weil er einen schweren Tag gehabt habe. Als er das getrocknete Blut auf Celinas Kleid sah, ging er mit ihnen zum Dormitorium und weckte einen Bruder, damit er sie verband und ihr Ringelblumensalbe auf die Wunden strich. Die Männer bekamen einen Platz im Dormitorium zugewiesen, Celina ein Bett im Besucherzimmer.

Am nächsten Tag nach dem Morgengottesdienst ließ Murare die vier auf sein Zimmer kommen. Sein Gesicht war von tiefen Furchen gezeichnet, als hätte er mehr als nur eine schlaflose Nacht verbracht.

»Man hat mir schon gestern berichtet, was Euch widerfahren ist, Celina Gargana«, begann er ohne Umschweife, »und es ist der Zeitpunkt gekommen, an dem ich nicht mehr schweigen kann. Ich habe stundenlang mit mir gerungen, habe Gott angerufen und ihn angefleht, mich vom meinem Schweigegelübde zu entbinden. Ich stehe zutiefst in Eurer Schuld. Und ich hoffe, das, was ich Euch jetzt zu sagen habe, kommt nicht zu spät.«

Celina atmete tief durch. Sie war gespannt, was der Abt ans Tageslicht bringen würde.

»Nehmt erst einmal Platz«, sagte Murare und wies auf die bereitgestellten Stühle. »Wie Ihr sicher wisst, wurde das Kloster Convertite vor wenigen Jahren als Besserungsanstalt für ›gefallene Mädchen‹ und reuige Prostituierte errichtet. Der Abt Giovanni Pietro Lion wurde von der Kirche für dieses Amt auserwählt, weil er als besonders fromm und darauf bedacht galt, die Regeln des heiligen Benedikt einzuhalten. Bis eines Tages eine junge Nonne zu mir in die

Beichte kam und berichtete, sie sei von ihrem Abt in schamloser Weise berührt worden.«

»War es …«, begann Celina.

»Ja, es war Nanna Tarabotti. Als sie sich geweigert habe, ihm zu Willen zu sein, habe er sie geschlagen, eingesperrt, sogar in Ketten gelegt und gequält. Kurze Zeit später habe er ihr ein Löwenzeichen in den Oberschenkel gebrannt. Schließlich sei sie so zermürbt gewesen, dass sie sich ihm hingegeben habe. Später sei sie an fremde reiche Herren vermittelt worden, unter anderem an einen deutschen Kaufmann namens Alois Breitnagel. Der Abt habe Hunderte von jungen, meist hübschen Nonnen missbraucht und gequält. Manchmal hätten sie sich nackt vor ihm ausziehen müssen, und er hätte sich die Schönsten herausgesucht. Das Geld, das er durch den Hurenhandel verdiente, habe er mit Mitgliedern des Zehnerrats verprasst.«

»Einiges davon ist sicher nach Rom geflossen«, warf Celina ein. Sie hatte geahnt, dass etwas Furchtbares hinter dieser Sache stecken musste.

»Warum habt Ihr den Abt nicht angezeigt?«, fragte sie.

»Ich musste das Beichtgeheimnis bewahren. Überdies sagte Nanna mir, dass Lion sie mit dem Tode bedroht habe, für den Fall, dass sie etwas über seine Machenschaften verriete. Ich habe die ganze Zeit mit mir gerungen, konnte es aber nicht über mich bringen, mit jemandem darüber zu sprechen. Es hätte ihr Ende bedeuten können.«

»Irgendjemand muss dem Abt etwas zugetragen haben, denn sie wurde ja ermordet«, sagte Celina.

»Die beiden ersten Mädchen, die im Kanal gefunden wurden, mussten gar nicht getötet werden. Sie haben sich Gift besorgt, weil sie das Leben so nicht mehr ertrugen. Wer sich dem Abt widersetzte, wurde eingesperrt, geschlagen und auf alle erdenkliche Art misshandelt.«

»Ach, deswegen waren keine Besuche in dem Kloster erlaubt«, sagte Celina.

»Einige Mädchen mögen sich selber mit Gift das Leben genommen haben«, rief Christoph. »Aber Nanna wurde erwürgt, dafür gibt es eindeutige Beweise.«

»Das habe ich nicht weiter verfolgt«, sagte Murare. »Ich war selber drauf und dran, den Strick zu nehmen. Nur die Verantwortung gegenüber Gott und meinen Mönchen hat mich davor bewahrt. Zutrauen würde ich es Lion allerdings, wenn er es auch nicht selbst getan haben wird.«

»Der Mann mit der Totenmaske muss ein gedungener Mörder gewesen sein«, folgerte Celina. »Und er war auch derjenige, der mich verfolgt und bedroht hat, um mich von meinen Nachforschungen abzuhalten.«

»In dem Augenblick, als Ihr das erste Mal bei mir auftauchtet, war mir schon eine große Last vom Herzen gefallen. Ich wusste, Ihr würdet nicht ruhen, bis die Angelegenheit geklärt ist. Heimlich hatte ich mir Euer Buch besorgt, Celina Gargana, und ich muss sagen, ich bewundere Euren Mut, so offen über Euer Schicksal berichtet zu haben«, sagte Murare.

»Es wurde auf den Index gesetzt und wird demnächst der Verbrennung anheimfallen« versetzte Celina. »Wisst Ihr etwas über die Rolle, die meine Verwandten dabei spielten und spielen?«

»Eugenio und Faustina Gargana? Nein, darüber weiß ich leider nichts Näheres.«

Celina wurde immer wütender. »Sagt mir noch eines, ehrwürdiger Abt: Warum musste einem Mädchen wie Nanna so etwas passieren, und mir, die ich doch unter ähnlichen Umständen aufgewachsen bin und ins Kloster kam, erging es ganz anders?«

»Gottes Wege sind unerforschlich, mein Kind. Vielleicht war es ihre Sünde, die sie von Gott getrennt hat?«

»Das glaube ich nicht«, meinte Christoph. »Ich glaube eher, Celina hat von ihrer Erziehung und ihrem Charakter her einfach die Standfestigkeit gehabt, den Anfechtungen zu widerstehen. Wäre sie einfach so, ohne Rückhalt, aus dem Kloster geflohen, hätte sie möglicherweise das gleiche Schicksal ereilt wie die anderen.«

»Wir müssen zu einem Schluss kommen«, mahnte Brinello. »Die Anklage gegen uns lautet auf Hochverrat, nehme ich an.«

»Ja, Ihr solltet zusammen mit den Büchern öffentlich verbrannt werden, und zwar am 16. November.«

»Das ist ja schon in sechs Wochen«, entfuhr es Celina.

»Ich kann Euch hier nicht länger verstecken«, sagte der Abt. Er zitterte kaum merklich.

»Wir müssen nun alles wagen«, sagte Brinello mit fester Stimme. »Es ist der einzige Weg, um die Wahrheit ans Licht zu bringen.«

»Du meinst …«, setzte Christoph an.

»Wir müssen uns den Signori della Notte freiwillig stellen. Heute noch. Und Ihr, ehrwürdiger Abt Murare, müsst gegen Lion und möglicherweise auch gegen andere aussagen. Fühlt Ihr Euch dazu in der Lage?«

»Ich weiß es nicht«, sagte der Abt mit schwacher Stimme. »Aber ich werde Gott darum bitten, mich darin zu unterstützen.«

Die Sala del Consiglio dei Dieci, der Saal des Zehnerrates im Dogenpalast, war voller Menschen. Die Nobili der Stadt hatten sich mit ihren Kurtisanen versammelt, alle in Samt, Seide und Brokat und mit dem unvermeidlichen Barett auf dem Kopf. Die Damen fächelten sich Luft zu. Celina entdeckte Andriana in Begleitung eines gutaussehenden Herrn. Die Männer des Zehnerrates, auch sie in der Kleidung der Adligen, saßen in einem Karree um den

Tisch der drei Inquisitoren, die in rote Umhänge gehüllt waren.

Celinas Blick wanderte hinauf an die Decke, als ob sie sich bei den Bildern Hilfe und Stärkung holen könnte. Sie hatte das eine Bild schon einmal gesehen: »Jupiter schleudert Blitze aus dem Himmel« von Paolo Veronese. Aus graugelben und weißen Wolken stürzten kräftige Gestalten herab, mit roten und blauen Tüchern umweht. Es sollte die gnadenlose Bestrafung der Sünden darstellen, ein Göttergericht.

Gott, ich bete zu dir, dass die wirklichen Sünder bestraft werden! Vorerst sah es jedoch nicht danach aus. Die Menge beäugte sie und ihre Gefährten unverhohlen, manche mit einem Ausdruck von Hass in den Augen. Woher kam dieser Hass? Und worum würde es eigentlich gehen in dieser Verhandlung? Sie hatten sich freiwillig gestellt, das müsste doch als Zeichen des guten Willens gewertet werden. Dagegen standen die Bücher Brinellos, die deutschen Werke, die Christoph über die Alpen gebracht hatte, das Bekenntnis von ihr, Celina, und schließlich ihre Widersetzlichkeiten einschließlich der Flucht aus dem Gefängnis. Ob die Ankläger es wagten, auf die Flugblätter zu sprechen zu kommen, war ungewiss. Wer von den Anwesenden hatte eines davon gelesen? Ihre Mienen waren undurchdringlich.

Einer der Inquisitoren stand auf. »Hiermit ist die Verhandlung gegen die vier Angeklagten eröffnet. Ernesto Brinello, Hans Leublin, Christoph Pfeifer, Celina Gargana, alle zurzeit wohnhaft in Venedig, erhebt Euch.«

Die Angeredeten erhoben sich von ihren Plätzen.

»Angeklagte, Euch wird zur Last gelegt, verbotene Bücher geschrieben, vertrieben und aus Deutschland in unsere Stadt gebracht zu haben. Dass Ihr Euch freiwillig gemeldet habt, spricht zu Euren Gunsten. Nicht zu Euren Gunsten spricht, dass Ihr Flugblätter mit ungeheuren

Anschuldigungen gegen einen Abt, gegen den Zehnerrat und sogar den Dogen selbst geschrieben und verteilt habt.«

Ein Aufseufzen ging durch die Menge.

»Ebenfalls gegen Euch spricht, dass Ihr aus dem Gefängnis ausgebrochen seid. Das war ein Schuldeingeständnis!« Die Augen des Inquisitors funkelten bedrohlich.

»Denkt an die Einhaltung des Verfahrens«, sagte ein junger Mann mit dunklen Lockenhaaren, auf denen eine Kappe saß. Das Papier auf seinem Pult, Schreibfeder und Tintenfass wiesen ihn als Schreiber aus. »Es sind keine verbotenen Bücher bei den Angeklagten gefunden worden. Wir haben lediglich Bekundungen der Sympathie für die verbotenen Autoren von ihnen gehört.«

»Angeklagte, sprecht mir nach«, fuhr der Inquisitor fort. »Ich werde nichts sagen als die Wahrheit, so wahr mir Gott helfe, Amen.«

Die vier Angeklagten sprachen die Worte im Chor nach.

»Bei der eigentlichen Befragung muss die Öffentlichkeit ausgeschlossen werden«, erinnerte der Schreiber.

»Die Öffentlichkeit wird hiermit ausgeschlossen«, rief der Inquisitor. »Ihr könnt im Hof warten. Zur Urteilsverkündung werdet ihr wieder geholt.«

Unter Scharren, Schlurfen und Murren verließen die Leute den Saal. Manch heimlicher Blick wurde auf die Angeklagten geworfen, und gar nicht ohne Wohlwollen, wie Celina feststellte.

»Fangen wir an mit Euch, Christoph Pfeifer.«

Christoph trat vor den Richtertisch.

»Was war Euer Ansinnen, als Ihr verbotene Bücher aus Deutschland nach Venedig gebracht habt?«

»Es waren meine Studienbücher. Sie gehörten zu meinen persönlichen Dingen, als ich aufbrach.«

»Hattet Ihr nicht einen Auftraggeber oder sogar mehrere? Seid Ihr nicht aus Frankreich herübergekommen, um die Irrlehren der Hugenotten zu verbreiten?«

»Als ich aus Frankreich kam, war ich noch ein Kind«, sagte Christoph. »

»Aber später wart Ihr sehr wohl in der Lage, Recht von Unrecht zu unterscheiden«, entschied der Inquisitor.

»Das lasse ich nicht gelten«, mischte sich der zweite Inquisitor ein. »Er muss abschwören! Alle müssen abschwören.«

»Fahrt mit der Verhandlung fort«, beschied der dritte Inquisitor, an den ersten gewandt.

»Was für Bücher waren das, die Ihr in Eurem persönlichen Besitz hattet?«, fragte er.

»Von Luther ›Die Freiheit eines Christenmenschen‹, Melanchthons ›Confessio Augustana‹ und das ›Traktat über die Gewalt und den Primat des Papstes‹, Calvins Genfer Katechismus.

»Wisst Ihr nicht, dass diese Bücher auf dem Index der verbotenen Bücher stehen?«

»Wisst Ihr nicht, dass nach diesen Büchern in deutschen Universitäten gelehrt wird?«, gab Christoph zurück.

Der Inquisitor schluckte. Er hatte wohl ein demütigeres Betragen erwartet.

»Wer hat Euch den Auftrag gegeben, die Bücher über die Alpen zu bringen?«, fragte der zweite Inquisitor in scharfem Ton.

»Ich habe mich ganz allein entschieden, sie mitzunehmen.«

»Da Ihr leugnet, werden wir die peinliche Gerichtsordnung zu Rate ziehen müssen«, sagte der Inquisitor. »Ihr könnt Euch setzen. Schreiber, habt Ihr alles notiert?«

Der Schreiber bejahte.

»Ernesto Brinello, tretet vor«, befahl der Inquisitor Der Verleger ging gemessenen Schrittes zum Tisch des Richters und sah ihm in die Augen.

»Ihr habt verbotene Bücher drucken lassen und vertrieben«, sagte der Inquisitor mit schneidender Stimme. »Überdies habt Ihr Flugblätter gedruckt und verteilen lassen, mit denen Ihr euch des Hochverrats schuldig macht. Deswegen allein solltet Ihr schon gepfählt und verbrannt werden. Bereut Ihr Eure Taten? Schwört Ihr den Irrlehren ab?«

»Die Beweismittel«, warf der Schreiber ein.

»Belehrt zunächst einmal die Angeklagten darüber, wie es zum Index der verbotenen Bücher kam«, war die Antwort des Inquisitors.

»Papst Paul III. ernannte im Jahre 1542 mit der Bulle *Licet ab initio* sechs Kardinäle zu General-Inquisitoren und schuf damit die *Congregatio Romanae et universalis Inquisitionis*. Grund dafür waren die unterschiedlichen Meinungen darüber, welche Bücher an den Universitäten erlaubt seien und welche nicht. Wichtigstes Mittel dieser notwendigen Zensur ist der *Index Librorum Prohibitorum*.«

»Welche Bücher fallen darunter?«, wollte Brinello wissen.

»Darüber schweigt ein frommer Christ lieber, aber wenn Ihr es so wollt: unter anderem Machiavelli, Luther, Boccaccio …«

»Und wie kommen die Bücher auf den Index?«

»Das Verfahren beginnt mit der Anzeige eines Buches; manchmal genügt schon der protestantische Druckort. Der Sekretär der Kongregation, einem Glaubensverband, prüft mit zwei Gutachtern, ob ein Zensurverfahren eingeleitet wird. Diese Gutachten werden von den Konsultoren ausgewertet und in einer Versammlung beraten. Der Beschluss wird dem Kardinalsgremium der Inquisition vorgelegt. Die Kardinäle schließlich entscheiden über das Verbot.«

»Ihr solltet den Angeklagten auch gleich über die Strafen

berichten, die das Verfassen, der Besitz oder das Verbreiten verbotenen Gedankenguts nach sich ziehen«, brummte der Inquisitor.

»In geringfügigen Fällen wird der Delinquent dazu verurteilt, eine Messe lesen zu lassen, eine Pilgerfahrt ins Heilige Land anzutreten oder eine Buße zu zahlen. In den schwereren Fällen droht die Verbannung, Gefängnisstrafen für immer oder der Tod durch Pfählen, Abschlagen des Kopfes oder Verbrennen.«

Celina merkte, dass ihr der Schweiß aus allen Poren brach. Würden sie angesichts dieser bedrohlichen Lage bestehen können, würden sie überhaupt mit dem Leben davonkommen?

»Bereut Ihr Eure Taten?«, brüllte der Inquisitor nun Brinello an. »Schwört Ihr der Irrlehre, die Euch auf unrechte Wege geführt hat, ein für alle Mal ab?«

»Es kann nicht Unrecht sein, was ich selbst und die größten Geister unserer Zeit als Recht erkannt haben«, antwortete Brinello.

»Ein verstockter Ketzer«, grummelte der Inquisitor. Die beiden anderen Richter nickten mit grimmigen Mienen. Der Schreiber tauchte die Feder in das Tintenfass und schrieb.

»Abtreten«, befahl der Inquisitor mit unheilverkündender Stimme. »Wie wäre es, wenn wir jetzt eine Pause machen und uns für den weiteren Lauf der Verhandlung erst einmal kräftig stärken?«

»Die Vernehmung der beiden anderen Angeklagten muss erst abgeschlossen sein«, bemerkte der Schreiber.

»Wenn's denn sein muss«, sagte der Inquisitor mit einem Seufzen. »Hans Leublin, tretet vor.«

Hans tat, wie ihm geheißen.

»Hans Leublin, Ihr seid aus dem Heiligen Römischen Reich Deutscher Nation zu uns gekommen. Was hat Euch bewogen, Euch mit diesem Verleger einzulassen, sogar für ihn zu arbeiten?«

Hans stand in seiner Schlaksigkeit da.

»Ich bin in einem freien Geist erzogen worden«, sagte er und lächelte den Richter an. Seine Bernsteinaugen funkelten. »Ich bin ein Weltreisender, bin überall zu Hause. Die Arbeit der Verleger in Venedig hat mich interessiert, also habe ich mich bei einem von ihnen, und das war Brinello, als Drucker verdingt.«

»Wisst Ihr nicht, dass der Buchdruck Unglauben und Abtrünnigkeit von einem gottgefälligen Leben in die Welt gebracht hat?«

»Für mich hat der Buchdruck es überhaupt erst dem Volk ermöglicht, sich eine eigene Meinung zu bilden«, entgegnete Hans.

»Ich sehe schon, Ihr seid genauso verstockt wie die anderen«, versetzte der Inquisitor.

Jetzt bin ich an der Reihe, dachte Celina. Die Knie wurden ihr weich.

»Celina Gargana, tretet vor.«

Sie straffte sich und ging hoch erhobenen Hauptes zum Richtertisch. Die anderen hatten sich so wacker geschlagen, da durfte sie nicht versagen.

»Celina Gargana, Tochter des Luigi und der Palladia Gargana, verwandt mit Eugenio Gargana, einem hochangesehenen Mitglied unseres Rates, wie kamt Ihr dazu, ein Buch zu schreiben und zu veröffentlichen, das in hinterhältigster Weise unseren ehrbaren Rat, die Äbte und Äbtissinnen der Klöster, sogar unseren Dogen selbst beschuldigt?«

Celina atmete tief durch. »Die Kurtisane Tullia d'Aragona, deren Bücher nicht verboten worden sind, und die Werke von Dante und Petrarca haben mich dazu bewogen, überhaupt etwas zu schreiben. Gerade dieses Buch zu verfassen, haben mich meine Erlebnisse in einem Kloster dieser Stadt und die merkwürdigen Todesfälle der letzten Zeit veranlasst.«

Der Inquisitor räusperte sich und schaute auf die anderen Inquisitoren. Die saßen wie versteinert auf ihren Plätzen.

»Fahrt mit der Verhandlung fort«, sagte der Schreiber. Celina glaubte ein Lächeln in seinen Mundwinkeln zu entdecken.

»Das sind die verquasten Ergüsse einer Frau, die nicht weiß, was um sie herum vorgeht«, sagte der Richter mit einem verächtlichen Schnauben. »Warum habt Ihr Euch dazu bereit erklärt, die von Brinello gedruckten Flugblätter zu verteilen?«

»Weil ich wollte, dass die Wahrheit ans Licht kommt!«

»Welche Wahrheit?«

»Über die Todesfälle, über die Machenschaften in den Klöstern und schließlich auch die Verstrickung hoher Würdenträger in die Angelegenheit, einschließlich meines Onkels Eugenio, der mich um mein Erbe betrogen hat.«

»Das ist ungeheuerlich, was Ihr hier vorbringt«, brüllte der Inquisitor. Die Zornesadern an seinen Schläfen traten hervor, seine Augen waren weit aufgerissen. Die anderen Inquisitoren und der Schreiber waren aufgesprungen.

»Meint Ihr vielleicht, dass selbst unser Doge Priuli …«

»Ich gestehe ihm zu, dass er von alledem nichts wusste oder es vielleicht nur ahnte«, sagte Celina in gelassenem Ton.

»Man sollte euch alle auf der Stelle hängen!«, brüllte der Inquisitor.

Als hätte jemand gerufen, ging in diesem Moment die Tür des Saales auf. Herein traten der Abt Murare und der Ratsherr Immuti.

32.

Die Köpfe der Anwesenden fuhren herum. Dem Inquisitor blieb der Mund offen stehen. In der nun einsetzenden Stille schritten Immuti und Murare zum Richtertisch vor.

»Der Senat hat mich in einer Eilentscheidung ermächtigt, ausnahmsweise in eine laufende Verhandlung einzugreifen«, sagte Immuti. »Hier ist die Erlaubnis.« Er legte ein Papier vor den Inquisitor hin.

»Was habt Ihr vorzubringen?«, fragte der Inquisitor.

»Der Mann hier an meiner Seite, der ehrwürdige Abt Murare vom Kloster der Insel Torcello, ist bereit, zugunsten der Angeklagten auszusagen.«

Etwas löste sich in Celina. Jetzt würde endlich die Wahrheit ans Tageslicht kommen!

»Ich dulde so etwas nicht, das ist ein Vertrauensbruch gegenüber der Römischen Inquisition!«, polterte der vorsitzende Inquisitor.

»Im Rahmen unseres Rechtes haben die Delinquenten durchaus Anspruch auf Zeugen, die sie entlasten können«, sagte einer der anderen Inquisitoren.

»Also, dann bringt vor, was Ihr zu sagen habt, aber fasst Euch kurz«, sagte der erste Inquisitor zu Murare gewandt.

»Ich habe lange Zeit mit mir gerungen, ob es richtig ist, was ich hier tue. Und ich bin zu dem Schluss gekommen, dass es Gottes Wille ist. Ich kann meine Augen nicht länger verschließen, kann nicht länger schweigen zu dem, was ich in den letzten Monaten erfahren habe.«

»Kommt zur Sache!«, herrschte ihn der Inquisitor an.

»Lasst ihn sprechen«, warf der Schreiber ein.

Er ist mutig, ging es Celina durch den Kopf, aber er hatte ja ein gewisses Mitspracherecht.

»Vor nicht allzu langer Zeit«, fuhr Murare fort, »kam eine junge Nonne des Klosters Convertite zu mir in den Beichtstuhl. Was sie mir zu berichten hatte, war ungeheuerlich. Der Abt Cornelli, allen hier wohlbekannt, hat jahrelang seine ihm anvertrauten Nonnen missbraucht, auf alle erdenkliche Weise gequält und an reiche Herren vermietet, um selbst in Saus und Braus zu leben. Die Schwere dieser Tat wird deutlich, wenn man bedenkt, wie eifrig er nach außen hin die Befolgung der Regeln des heiligen Benedikt forderte. Es müssen in den letzten neunzehn Jahren mehr als vierhundert junge Frauen gewesen sein.«

»Dafür braucht Ihr Beweise«, sagte der Inquisitor mit einem selbstzufriedenen Lächeln.

»Die bekommt Ihr noch – keine Sorge«, meinte Murare. »Über diese Freveltat hinaus gibt es ein weiteres Delikt, das ich hiermit zur Anzeige bringe. Das Ratsmitglied Eugenio Gargana hat in betrügerischer Absicht einen Brief gefälscht, um das Erbe der hier anwesenden Celina Gargana an sich zu bringen. Sie selbst hat er in ein Kloster abgeschoben. Ich zeige ihn an wegen Betrugs und der zwangsweisen Unterbringung seiner Nichte in einem Kloster.«

Die Anwesenden begannen erregt miteinander zu murmeln.

»Hier ist der Brief, den ein Erpresser an Eugenio Gargana geschrieben hat«, sagte Murare und legte das Schriftstück auf den Richtertisch. »Und versucht nicht, ihn beiseitezuschaffen: Einer meiner Mönche hat eine Abschrift davon gemacht. Und nun zu meinem Beweisstück in der anderen Sache.«

Immuti ging zur Tür und öffnete sie. Herein kamen zwei junge Nonnen, die verlegen die Augen niederschlugen.

»Erzählt dem Inquisitor, was Euer Abt Cornelli mit Euch gemacht hat«, sagte Murare.

»Er hat während der Beichte eine Hand in meinen Schoß gelegt und sie da herumgedreht und mich gefragt, was ich dabei empfinde«, sprach die eine mit leiser Stimme. Sie stockte, räusperte sich und fuhr fort: »Als ich mich gegen ihn wehrte, lobte er meine Standhaftigkeit. Ein paar Tage später jedoch sperrte er mich ein, schloss mich an Ketten, schlug mich und quälte mich so lange, bis ich seiner Begierde nachgab.«

»Wie verhielten sich die anderen Nonnen?«, fragte Murare.

»Viele von ihnen waren zu zart, um das Martyrium und die Härte des Gefängnisses, welches das Kloster für sie geworden war, zu überstehen. Sie brachten sich um, indem sie Gift nahmen. Diejenigen, die ihm zu Willen waren, würden nicht reden, das wusste er. Die anderen hat er einfach weggeschlossen.«

»Was für Gift nahmen die Nonnen?«

»Schierling, Tollkirsche, alles, was sie in die Finger kriegten.«

»Was geschah mit Nanna Tarabotti?«

»Sie wurde von einem gedungenen Mörder erwürgt und in den Kanal geworfen«, sagte die Nonne und hüstelte. Es war ihr sichtlich peinlich, über diese Dinge zu reden. Der anderen Nonne liefen die Tränen über die Wangen.

»Und was hast du über den Abt Cornelli auszusagen?«, wandte sich Murare an die andere Nonne. Sie schluchzte auf. »Während des Sommers ließ er uns sich nackt ausziehen und zu dem überdachten Bereich am Meer gehen. Dort ist auch unsere Gondel untergebracht. Er suchte sich die schönsten unter uns aus und verschwand mit ihnen in Richtung seiner Gemächer.«

»Hat er euch auch an andere Männer vermietet?«

»Jawohl, das hat er, und er aß Fasane und Rebhühner und trank kostbare Weine, und einer seiner Räume, den nie jemand von außerhalb zu Gesicht bekam, war angefüllt mit Süßigkeiten und Kostbarkeiten, die er den Nonnen abgenommen hatte.«

»Wie lange ging das so? Und wie viele Nonnen waren es, die unter seiner Tyrannei litten?«

»Andere haben mir erzählt, dass es schon seit neunzehn Jahren so geht. Es waren, glaube ich, so dreihundert bis vierhundert Nonnen. Die Priorin von Convertite und die Äbtissin von San Zaccaria standen auf seiner Seite.«

»Wie könnt Ihr den gewissenlosen Anschuldigungen dieser verderbten Frauen Glauben schenken?«, entrüstete sich der Inquisitor. »Es ist doch allgemein bekannt, dass Convertite ein Kloster für reuige Prostituierte und andere gefallene Mädchen ist!«

Murare zog seinen letzten Trumpf, einen Brief, aus der Tasche.

»Hier habe ich den letzten Beweis. Es ist ein Schreiben vom päpstlichen Nuntius und Bischof von Fano, Ippolito Capilupi, an den Kardinal Borromeo, päpstlicher Sekretär in Venedig. Er ist datiert auf den 9. Oktober 1561. Darin steht, dass sich der Abt Lion trotz seines frommen Wesens, gelehrt in der lateinischen und griechischen Sprache, zur Rechenschaft ziehen lassen müsste. Er erfreute sich der Kontakte zu höchstgestellten Personen, wurde vom Dogen und von allen Männern des Herrschaftsgebietes geliebt, und immer wieder sprach er mit ihnen über seine heilige Arbeit. Doch er hat das Vertrauen des Nuntius schändlich missbraucht, indem er in seinem Kloster neunzehn Jahre lang Unzucht trieb und seine Schützlinge missbrauchte, quälte und als Huren an reiche Männer vermietete.«

Es war totenstill im Raum geworden. Celina schaute

zum Fenster hin, wo die Sonne schräg durch die Glasscheiben schien.

Allmählich löste sich der Inquisitor aus seiner Erstarrung.

»Ich unterbreche die Verhandlung bis zum morgigen Tag«, sagte er dumpf.

»Dürfen wir jetzt einfach so gehen?«, fragte Celina erstaunt, nachdem die Inquisitoren, der Schreiber und die Männer des Zehnerrates sich entfernt hatten.

»Ich glaube, sie waren zu verwirrt, um noch irgendwelche Anordnungen treffen zu können«, meinte Brinello. »Wartet ab, der Skandal wird noch weite Kreise ziehen. Eine Zeitlang wird man vielleicht das, was man uns vorwirft, vergessen.«

Im Hof des Palastes trafen sie eine aufgebrachte Menge, die sich um die Urteilsverkündung betrogen sah.

»Da sind sie, die elenden Ketzer«, riefen einige, doch als sie sahen, dass sich der Abt Murare und das Ratsmitglied Immuti bei ihnen befanden, wichen sie zurück.

Am nächsten Tag fanden sich die vier zusammen mit den Gerichtsbesuchern im Saal des Zehnerrates ein. Der Inquisitor betrat mit den anderen den Raum und setzte der Unruhe unter den Zuhörern ein Ende.

»Es wurde ein Bote zum Abt Lion geschickt, um ihn, die Priorin von Convertite und Suor Mathilda aus dem Kloster San Zaccaria vor Gericht zu bringen«, sagte er. »Die Priorin von Convertite habe ich gleich in unser Gefängnis nebenan schaffen lassen. Die beiden anderen, Lion und Mathilda, waren spurlos verschwunden.«

Bei diesen Worten wurde es Celina ganz kalt. Der Abt war auf der Flucht, Suor Mathilda ebenso, und der Mörder lief immer noch frei herum!

»Angesichts der Schwere der Verbrechen, dessen der

Abt Lion und Suor Mathilda sich schuldig gemacht haben, breche ich über sie den Stab und spreche folgendes Urteil aus: Wegen des Vergehens der Unzucht mit Hunderten junger Nonnen, Diebstahls, Betruges und Täuschung der Behörden sowie der Anstiftung zum Mord in einem Fall soll Giovanni Pietro Lion ergriffen, in den Kerker geworfen und Ende des Monats auf dem Markusplatz enthauptet werden. Die beiden Äbtissinnen werden aus der Stadt verbannt. Eugenio Gargana mit seiner Frau Faustina kommen wegen Betruges, zwangsweiser Unterbringung ihrer Nichte in einem Kloster und Erbschleicherei fünf Jahre in den Kerker, anschließend werden sie auf immer verbannt. Den Senat, den Zehnerrat und den Dogen trifft keine Schuld, weil Lion sie gekonnt getäuscht hat – über viele Jahre lang. Das Ketzerverfahren wird abgetrennt und nach Vollstreckung des Todesurteils wiederaufgenommen. Bis zu diesem Zeitpunkt dürfen sich die Angeklagten nicht aus der Stadt entfernen. Verhandelt und beschlossen am 15. des Oktober 1561. So wahr uns Gott helfe, Amen.«

Die Menge brach in Jubel aus, da es doch noch ein Todesurteil gegeben hatte. Celina war erschüttert von allem, was sie gehört hatte. In dem Tumult, der entstand, gelang es ihr und den drei Männern, unbehelligt zu entkommen.

33.

Eine große Last war von Celina abgefallen. Auf der anderen Seite hatte sie das beklemmende Gefühl, vom Schatten Lions und des Mannes mit der Totenmaske verfolgt zu werden. Während sie die breite Treppe hinuntereilten, gingen ihr immer wieder Bilder durch den Kopf, vom Abt, vom geflügelten Löwen, der sich in die Luft schwang und davonflog. Dieser Löwe war überall: Hatte sie ihn nicht eben noch gesehen, auf einem Bild, womöglich vom Maler Cavareggio? Sie war froh, als sie das Tor nach draußen durchschritten, den Markusplatz hinter sich ließen und in einem der Gässchen verschwinden konnten. Dort hinten, in dem Kloster San Zaccaria, hatte alles begonnen. Wären ihre Eltern nicht von Piraten verschleppt worden, hätte sich alles ganz anders entwickelt. Bei allem, was jetzt geschah, durfte sie deren Schicksal auf keinen Fall aus den Augen verlieren.

Brinello führte Celina, Christoph und Hans in eine der Schänken, in denen die Speisen auf einem Tisch angerichtet und lediglich mit einer Glocke aus Glas bedeckt waren. Celinas Magen begann zu knurren. Als die Bedienung die Glasglocke hob, stiegen ihr köstliche Düfte in die Nase. Die meisten dieser Speisen waren ihr wohlbekannt. Es gab *sardelle in saor* mit Zwiebeln, Pinienkernen und Rosinen, Gelatine von Kapaunen und Drosseln, Blutwürste und den unvermeidlichen Klippfisch mit Zitronensoße. Celina bestellte einen Teller Suppe mit Bohnen und Schweinefleisch, den die Bedienung empfohlen hatte. Während des Essens sprachen sie wenig. Das Lokal war voller Menschen, die aßen, tranken und mit heftigen Gesten aufeinander einredeten. Brinello wischte sich den Mund am Tischtuch ab, trank einen großen Schluck aus seinem Weinbecher und begann zu sprechen.

»Wir müssen verdammt vorsichtig sein. In den nächsten Tagen und Wochen wird uns sicher nichts geschehen, weil die *Signoria* damit beschäftigt ist, Lion und den gedungenen Mörder zu finden. Danach wird man sich jedoch wieder auf die Bücherverbrennung besinnen – ein neues Spektakel für das Volk. Wir dürfen die Stadt bis auf weiteres nicht verlassen. Ich weiß nicht, was wir angesichts dieser Lage tun sollen.«

»Uns ruhig verhalten und versuchen, den Rest unserer Bücher und Schriften in Sicherheit zu bringen«, meinte Christoph.

Hans sah ihn scharf von der Seite an. »Du willst auf deinen Tod warten? Ich hätte dir ein mutigeres Verhalten zugetraut. Ich für meinen Teil werde das Verbot nicht einhalten und aus dieser Stadt verschwinden.«

Celina sah sich in dem Raum mit der niedrigen, rauchgeschwärzten Decke um. Die anderen Gäste waren mit sich selbst beschäftigt, keiner hörte ihnen zu. Je mehr Wein sie zu sich nahmen, desto lauter wurden ihre Gespräche. Celina musste die Stimme heben, um zu den anderen durchzudringen.

»Ich glaube nicht, dass sich die *Signoria* große Mühe geben wird, Lion und den Mörder zu finden. Schließlich war er der Liebling aller hochgestellten Patrizier und des Dogen selbst. Zu leicht könnte ein schlechtes Licht auf sie fallen. Es wäre nicht das erste Mal, dass versucht wird, etwas zu vertuschen. Es ist ja schon einmal jemand hingerichtet worden; ich habe mir gleich gedacht, dass es der Falsche war. Sie werden auf die Macht des Vergessens bauen.«

»Und was gedenkst du zu tun?«, fragte Christoph.

»Ich würde den Abt selber suchen und ihn den Behörden ausliefern.«

»Wo willst du denn anfangen zu suchen?«, fragte Brinello mit zweifelnd hochgezogenen Augenbrauen. »Wir haben keinerlei Anhaltspunkt.«

Hans legte den Finger an die Nase, wie immer, kurz bevor ihm etwa einfiel.

»Ich hab's«, sagte er. »Der Löwe könnte solch ein Anhaltspunkt sein. Was sagt uns diese Figur?«

»Der geflügelte Löwe ist das Wahrzeichen der *Serenissima*«, meinte Brinello. »In der Offenbarung des Johannes wird der Evangelist Markus mit einem Buch und einem geflügelten Löwen dargestellt. Seine Gebeine kamen im 10. Jahrhundert nach Venedig, wo sie noch heute in einem Schrein in der Markuskirche aufbewahrt werden.«

»Und was bedeutet der geflügelte Löwe noch?«, fragte Hans.

»Er ist ein Symbol für die Stärke Venedigs gegenüber Rom und Byzanz, überhaupt ein Symbol für Stärke.«

»Was für ein Symbol ist er noch?«, fragte Hans weiter.

»Er ist ein Symbol für die Wiederauferstehung und die Überwindung des Todes«, fiel Celina ein.

»Das könnte wirklich ein Anhaltspunkt sein«, erwiderte Brinello. »Wenn sich Lion seinen Namen selbst gegeben hätte, weil er sich allmächtig und unsterblich fühlt, wo könnte er dann jetzt eurer Meinung nach sein?«

»Er könnte in ein anderes Kloster gehen und sein Treiben dort ungehindert fortsetzen – unter einem anderen Namen.«

»Oder er begibt sich in den Schutz eines Menschen, der ebenfalls an seine Allmacht, wie an die des Löwen, glaubt.«

»Und wo haben wir diese Löwen? Überall. Schaut euch doch mal um in dieser Stadt.« Brinello winkte ab.

»Der Löwe ist auch außerhalb der Stadt zu finden«, warf Celina ein. »Wir müssen erfahren, wo Lion seine Gönner und Freunde hat.«

»Und wo erfahren wir das?«, fragte Brinello.

»Natürlich im Kloster Convertite«, sagte Hans und lächelte.

Im Kloster Convertite herrschte ein heilloses Durcheinander. Viele Nonnen standen, von Kisten und Kasten umgeben, im Kreuzgang und warteten offensichtlich darauf, in ein anderes Kloster gebracht zu werden. Celina warf einen Blick auf die Wasserseite, wo die klostereigene Gondel lag, und dachte an das, was der Abt hier getrieben hatte. Das Wasser war über die Ufer getreten; der Wind wehte von Nordost, und ein brackiger Geruch lag in der Luft, wie immer, wenn sich ein Hochwasser ankündigte. Jetzt, im November, kam es regelmäßig dazu.

»Wer hat denn jetzt die Leitung des Klosters inne?«, fragte Christoph eine der Nonnen, die verängstigt an einer Säule lehnte.

»Ein Laienabt namens Pater Friosi«, antwortete das Mädchen mit niedergeschlagenen Augen.

»Wo finden wir ihn?«

»In den Räumen von Abt … « Sie stockte.

»Wir wissen Bescheid, wir waren schon einmal hier«, sagte Christoph, und sie gingen den bekannten Weg zu den Räumen des Abtes. Auf ihr Klopfen öffnete ihnen ein mittelgroßer Mann im Benediktinergewand. Er hatte kluge, graue Augen.

»Was ist Euer Begehr?«, fragte er.

»Nach den Ereignissen der letzten Tage würden wir gern wissen, wohin der Abt Lion verreist ist.«

»Wenn ich das selber wüsste! Ich bin erst heute hier eingesetzt worden, um ein wenig für Ordnung zu sorgen. Mein Kloster liegt auf der Insel Burano, und ich habe gestern mit Schrecken vernommen, was der Abt seit vielen Jahren hier getrieben hat.«

»Wir gehen davon aus, dass er nicht mehr in der Stadt ist«, sagte Celina. »Hat er auswärtige Freunde oder Gönner?«

Der Laienabt legte seine Stirn in Falten. »Manchmal machte er Reisen zum *Lago del Benaco*, zum Gardasee. Dort besuchte er einen Comte, der in einem Palazzo – ich glaube, in Riva – lebt.«

»Wisst Ihr den Namen von diesem Comte?«

»Nein, aber er soll von den Scaligern abstammen.«

»Das war's auch schon, was wir wissen wollten«, sagte Celina. »Danke vielmals für Eure Auskunft.«

»Geht mit Gott, Kinder«, sagte der Laienabt. »Und möge der Allmächtige alles zu einem guten Ende führen, die Bösen bestrafen und die Guten belohnen.«

»Was sollen wir jetzt tun?«, fragte Celina, nachdem sie das Kloster verlassen hatten. Sie schlenderten auf dem *Zattere*, einem gemauerten Kai am Ostufer des Stadtteils Dorsoduro, entlang. Hier war die Armut deutlicher zu spüren; Wäsche war zum Trocknen zwischen den Häusern aufgespannt, und schmutzige Kinder spielten auf dem Boden mit Murmeln. Der brackige Geruch des Wassers war stärker geworden.

»Ich glaube, wir bekommen Hochwasser«, sagte Celina.

»Es sieht so aus. Ich schlage vor, wir machen uns morgen auf den Weg zum Gardasee.«

»Unbedingt! Ich bin dabei. Aber die heutige Nacht möchte ich in unserem Familienpalazzo in der Stadt verbringen. Er gehört ja nun wieder meiner Familie.«

»Ganz allein?«, fragte Christoph.

Sie lachte. »Wie sähe es denn aus, wenn ich mit dir dort übernachten würde? Mein Ruf ist schon angeschlagen genug.«

»Ich habe ein merkwürdiges Gefühl dabei. Pass auf dich auf, Celina!«

Celina holte den Schlüssel für das Haus bei den *Signori della Notte*, der ihr anstandslos ausgehändigt wurde. Auf dem Weg zum elterlichen Palazzo sah sie, dass das Wasser in den Kanälen immer höher stieg. Sie hatte das unbestimmte Gefühl, nicht allein zu sein, als würde sie von jemandem verfolgt. Die Leute hatten es eiliger als sonst; sie liefen zu ihren Häusern, um Möbel und Wertgegenstände vor der Flut zu retten. Auf der Piazza San Marco trat ihr ein Mann in den Weg. Er war von der Sonne sehr braun gebrannt, trug einen weißen Bart und hatte wasserhelle Augen. Es war der Kapitän der *Guiseppe Desoderata*, der sie von Ostia nach Genua mitgenommen hatte. Der Kapitän streckte ihr die Hand entgegen.

»Wie ich sehe, seid Ihr wohlbehalten in der *Serenissima* angekommen«, meinte er.

»Ich bin Euch zu Dank verpflichtet«, entgegnete Celina. »Von Euch habe ich auch etwas über die Stürme auf dem Mittelmeer gelernt. Wie kommt Ihr von Genua hierher?«

»Wir sind ohne weiteren Aufenthalt nach Konstantinopel gesegelt. Dort habe ich einen Sklavenhändler kennengelernt, der mir erzählte, dass er vor einiger Zeit zwei venezianische Edelleute freigelassen hätte. Ich habe sie gesehen, und ich dachte mir, das könnte etwas mit der Frau zu tun haben, die mit mir von Ostia nach Genua gefahren ist.«

»Gewiss hat das etwas mit mir zu tun!«, rief Celina. »Es könnten meine Eltern gewesen sein, die ich für tot gehalten hatte!«

»Sie sind wohlauf«, meinte der Kapitän. »Sie leben bei dem Sklavenhändler, haben aber keine Mittel, nach Venedig zurückzukehren.«

»Habt Ihr die Namen der beiden erfahren?«

»Luigi und Palladia Gargana.«

»Sie sind's!«, jubelte Celina. »Wie kann ich Euch nur für diese Auskünfte danken?«

»Eure Freude ist mir Dank genug. Doch jetzt muss ich mich von Euch verabschieden, es wartet jemand auf mich.« Er gab ihr die Hand zum Abschied und entfernte sich, vorsichtig auf den Holzplanken balancierend. Gedankenverloren ging Celina weiter. Jetzt war sie ihrem Ziel ganz nahe. Sie würde morgen zu Andriana gehen und sie bitten, mit ihr nach Konstantinopel zu fahren.

Schließlich stand Celina vor dem Palazzo, den sie seit ihrer Kindheit kannte. Sie sah hinauf zu den Fenstern, die in maurischem Stil in das Gebäude gebrochen waren. Darunter verliefen zwei Balkons mit kleinen weißen Säulen. Sie steckte den Schlüssel ins Schloss und drehte ihn um. Warum verspürte sie das Bedürfnis, sich umzuschauen, ob sie niemand beobachtete? Ihre Nerven waren sicher so überreizt von den Ereignissen, dass sie sich alles Mögliche einbildete. Sie zog die Tür hinter sich zu. Mit einem Krachen fiel sie ins Schloss. Celina befand sich im Untergeschoss des Palastes; das Geschoss diente als Lagerplatz für die Gondeln, die an der Wasserseite in den Canale Grande gelassen wurden. Alles war noch so, wie sie es in Erinnerung hatte. Der kleine Springbrunnen mit dem Löwen, der von der steigenden Flut vergangener Zeiten poröse Boden, der Geruch nach Algen und Brackwasser … Sie durchquerte das Untergeschoss und ging die Treppe zum *primer piano* hinauf. Da war das Zimmer, in dem der Ofen mit den Majolikakacheln stand. Celina erinnerte sich an den Augenblick, als sie mit Christoph den Brief in einem Versteck in diesem Ofen gefunden hatte. Sie ging in die Küche nebenan. Es sah alles so aus, als würden die Besitzer gleich wieder zurückkehren, doch Eugenio und Faustina saßen in diesem Moment in einer Zelle des Palazzo Ducale. Die Küche war reichlich ausgestattet, wie Celina bald herausfand. Ihre Verwandten hatten sich jeden Luxus geleistet, während sie im Kloster gewesen war.

Bitterkeit stieg in ihr auf, aber sie verscheuchte die düsteren Gedanken schnell wieder. Die Küche war mit einem steinernem Ausguss, einem Schrank aus Tannenholz sowie Regalen ausgestattet, die an der Wand befestigt waren. Auf einem Tisch stand eine Schale mit Äpfeln, Birnen und Pflaumen. Sie nahm einen Apfel und biss hinein. In einer Vorratskiste befanden sich Brot, geräucherter Schinken und Asiago-Käse. Celina brach ein Stück von dem Brot ab, nahm ein Messer aus einem Regal, schnitt Käse und Schinken ab, in grüne Blätter gewickelt fand sie auch einen Laib Butter, von der sie etwas nahm, und begab sich ins Wohnzimmer, wo sie sich in einen der bequemen, zierlichen Sessel setzte und ihr Abendbrot verzehrte. Dazu trank sie Wein aus Bassano del Grappa; die Gläser, die immer noch in einer Vitrine nahe des Fensters standen, waren aus kostbarem Muranoglas.

Allmählich wurde es dunkel im Raum, Schatten krochen über die Möbel und den Fußboden, der aus lauter hellroten und blauen Steinchen zusammengesetzt war. Draußen zogen Boote vorüber, Gondoliere warfen sich gegenseitig Scherzworte zu; dazwischen klang das Geschrei von Kindern und die Stimmen ihrer Mütter. Celina wurde ruhig. Das war ihr Zuhause, niemand würde es ihr je wieder fortnehmen können. Morgen früh noch würde sie zur Zecca gehen, zur städtischen Münzanstalt gegenüber dem Palazzo Ducale, und aus dem Vermögen ihrer Eltern, das als Eugenios Besitz sicher schon konfisziert worden war, einen Betrag entnehmen, der ihr und Andriana die Überfahrt nach Konstantinopel ermöglichen und sie mitsamt ihren Eltern wieder zurückbringen sollte. Und dann? Sie wusste nicht, wie es mit Christoph und ihr weitergehen sollte, hoffte aber, ihre Freundin Andriana bewegen zu können, ihr bei der Gründung eines literarischen Salons zu helfen. Ihre Eltern hatten sie immer frei entscheiden lassen, was sie tun oder lassen wollte – und so würden sie ihr bei ihren Plänen auch nicht weiter hereinreden.

Später am Abend ging sie die Treppe zum *segundo piano* hinauf, wo sich das Bad, das Schlafzimmer und ein kleines Zimmer befanden, in dem Celina seit ihrer Kindheit gelebt hatte. Sie betrat das Badezimmer. Die Hähne über der Wanne waren vergoldet, und über einem steinernen Waschbecken hing ein goldumrahmter Spiegel aus dem feinsten Muranoglas. Sie entfachte ein Feuer unter dem Zuber, der noch mit frischem Wasser gefüllt war, und als es heiß war, ließ sie es in die Wanne laufen. Dann entkleidetet sie sich, holte ein leinenes Handtuch, ein Stück Seife, das nach Rosenöl duftete, und stieg in die Wanne. Es war ihr erstes Bad seit Monaten, und alle Müdigkeit und aller Verdruss, alle Angst und alles Entsetzen fielen von ihr ab. Wohlig entspannte sie sich, wusch sich mit der duftenden Seife, stieg aus der Wanne und griff zu dem Handtuch. Sie ging in ihr Zimmer hinüber, zog ein Nachthemd aus Batist über und schlüpfte in ihr Bett. Die Sterne schienen zum Fenster herein, sie dachte an den morgigen Tag, an dem sie mit Andriana nach einer Schiffspassage suchen würde. Sie hörte das Wasser des Kanals an die Mauern schwappen. Bald war sie eingeschlafen.

Mitten in der Nacht wurde sie durch ein Geräusch geweckt. Es klang wie ein entferntes Poltern, von weit unten, wahrscheinlich aus dem Untergeschoss. Die Wellen plätscherten heftiger an das Gebäude. Celina stand auf, zündete eine Öllampe an, warf sich ihren Mantel über und stieg vorsichtig die Treppe zum *primer piano* hinunter. Sie öffnete die Tür zum Wassergeschoss. In der Dunkelheit erkannte sie einen Schatten, der bei ihrem Anblick den Arm erhob. Sie wollte den Mund zu einem Schrei öffnen, aber es kam kein Ton heraus. Ein schwerer Gegenstand wurde ihr auf den Kopf geschlagen, und es wurde dunkel um sie.

34.

Als Celina erwachte, hatte sie das Gefühl, sich in einer Art Krypta zu befinden. Mit Entsetzen stellte sie fest, dass sie an Händen und Füßen gefesselt war. Ein Knebel steckte in ihrem Mund. Wer hatte sie niedergeschlagen? Gegen alle Vernunft fiel ihr Lion ein. Aber der Abt musste doch längst fort sein. Ihr Körper fühlte sich steif an; er war eiskalt, und sie hörte ein Plätschern, von dem sie nicht wusste, woher es kam. Nachdem ihre Augen sich an die Dunkelheit gewöhnt hatten, richtete sie sich mühsam auf. Ihre zusammengebundenen Hände ertasteten die Oberfläche des Bodens: Stein, mit flachen Riefen und kleinen Löchern darin wie bei einem Schwamm … Wo hatte sie das schon gesehen? Dann fiel es ihr ein: Sie befand sich im Wassergeschoss des Palazzo Gargana, und jemand wollte ihr ans Leben.

Celina merkte, dass ihre Füße von Wasser umspült waren. Das war Brackwasser, giftiges, stinkendes Wasser, so, wie es der Schirokko in die Kanäle hineintrieb. Wenn es der Wind in die Kanäle drückte, wurden die Keller und Wassergeschosse in ganz Venedig überflutet. Das Plätschern, das sie die ganze Zeit hörte, kam jedoch nicht vom eindringenden Wasser, sondern vom Brunnen. Celina wurde starr vor Angst. Was konnte sie getan haben, dass sie jemand auf diese Weise umbringen wollte? Wenn die Flut sich wieder verzogen hatte, würde man sie finden, schlammbedeckt, mit glasigen Augen. Nach zwei Wochen im Wasser schält sich die Haut ab, hatte sie einmal gehört. Nanna und die anderen toten Mädchen hatten auch so ausgesehen. Um Gottes willen, ich muss hier raus! dachte sie. Das Wasser schwappte schon an ihren Knien entlang. Ihr Mantel, den sie sich über das Nachthemd geworfen hatte, war schwer und feucht. Ihre Zähne klapperten. Sie schloss die Augen. Wenn sie nicht ertrank, würde sie vermutlich an Unterkühlung sterben.

Als sie die Augen wieder öffnete, sah sie zwei schwarze, blankgeputzte Schuhe sowie Beinlinge und Halbhosen aus grauem Samt. Ihr Herz setzte zwei Schläge lang aus. Schaudernd wanderte ihr Blick an einem schwarzen Umhang und einem roten Wams hinauf zu einem Gesicht, das sie schemenhaft zu erkennen meinte, bis zu dem Barett auf dem Kopf. Das Antlitz war mit einer Totenmaske bedeckt, die Augen blicklos in ihre Höhlen gebettet. Das musste eine Täuschung sein. Seine Stimme, die er jetzt erhob, klang wie aus einem Grab.

»Du bist nun da, wo ich dich immer haben wollte«, sagte der Mann hinter der Maske. »Endlich habe ich dich erwischt und kann meinen Auftrag erfüllen.«

Celina versuchte zu antworten, doch der Knebel in ihrem Mund hinderte sie daran. Sie hob ihre gefesselten Hände. Mit einer schnellen Bewegung zog der Mann den Knebel heraus.

»Was habe ich getan?«, fragte sie verzweifelt. »Wer seid Ihr, was wollt Ihr von mir?«

»Ich führe das aus, was mir bisher nicht gelungen ist, im Auftrag meines Herrn. Du hast nichts von ihm wissen wollen. Das passiert einem Mann wie ihm einfach nicht. Dabei hättest du eine der angesehensten Frauen der Stadt werden können!«

Eine eiskalte Hand griff nach Celina.

»Ihr könnt doch nicht … «

»Und ob ich das kann!«, war die Antwort. »Es ist zu spät für deine Klagen; ich habe alles eingeleitet.«

Damit drehte er sich um und verschwand, nachdem er ihr den Knebel wieder in den Mund gesteckt hatte.

Sie sank in sich zusammen, glitt in eine Ohnmacht. Dunkle Fluten trieben sie durch einen Schacht. Es stank gotterbärmlich, und an einigen Stellen grinsten ihr Ratten entgegen. Blut troff von ihren spitzen Mäulern. Als sie in einem Kanal auftauchte, wurde sie von starken Händen gepackt und an Land gezogen. Sie befand sich auf dem Markusplatz. Ihre Hände wurden von hinten an einen Pfahl gebunden. Um sie herum johlte eine große Menge; sie bewarf sie mit Steinen und faulen Eiern. Das Geschrei wurde immer lauter. Zu ihren Füßen sah sie den Holzstoß, der jetzt von einem Gehilfen des Scharfrichters in Brand gesteckt wurde. Die Flammen kamen immer näher, es wurde immer heißer ... dann wieder eiskalt.

Als sie wieder zu sich kam, war es totenstill. Das Wasser reichte ihr jetzt bis zum Bauch. Hör auf zu kämpfen, sagte sie sich, dein Leben ist verwirkt, du hast verloren, hast alles nur schlimmer gemacht. Die Kälte spürte sie kaum noch. Wieder sank sie in eine Ohnmacht. Sie fiel und fiel und kam auf dem Grunde eines Schachtes an. Mit einem Ruck war sie wach. Was passierte hier eigentlich? Lag sie schon im Sterben? Sie nahm all ihre Kraft zusammen und richtete sich auf. Einen Brunnen gab es, zwei Türen und eine weitere Öffnung nach außen, das Wasserportal. Schließlich stand sie auf den Füßen. Ihr war so schwindelig, dass sie immer wieder umzukippen drohte. Die Fesseln gaben ein ganz klein wenig Spielraum. Unendlich langsam trippelte sie zur Tür. Das Wasser war jetzt, im Stehen, schenkeltief.

Schließlich erreichte sie den Ausgang. Sie hob ihre Arme und begann, die Handfesseln an den Eisenverschlägen zu reiben. Endlich fielen die Fesseln zu Boden. Mit steifen Fingern zog sie sich den Knebel aus dem Mund und lehnte ihren Kopf gegen die Tür. Um Hilfe zu rufen, war zu gefährlich. Vielleicht kam der Mann mit der Maske noch einmal zurück. Eine lange halbe Stunde brauchte sie, um die

Fesseln an ihren Füßen zu lösen. Die Flut reichte ihr inzwischen bis zur Brust. Sie musste immer wieder mit dem Kopf untertauchen, um den Knoten allmählich aufzulösen. Jetzt stand ihr das Wasser bis zum Hals. Es gab keinen Ausweg. Die Fenster zum Kanal hin waren vergittert, da würde sie niemals hindurchpassen. Es stank erbärmlich. In diese Lage hatte sie sich selbst gebracht. Hatte Christoph sie nicht gewarnt? Ich will nicht sterben, dachte sie, gerade erst habe ich doch meine Eltern wiedergefunden!

Das Wasserportal war ihre einzige Möglichkeit hinauszukommen. Celina holte tief Luft und tauchte unter. Da waren die Gitterstäbe des Portals. Prustend tauchte sie noch einmal auf und dann tiefer hinunter. Die Stäbe reichten nicht ganz bis zum Grund. Celina bekam keine Luft mehr und musste noch einmal auftauchen. Sie sog ihre Lungen voll, tauchte wieder hinab, hielt sich an den Stäben fest und arbeitete sich mit letzter Kraft unter dem Gitter hindurch. Sie wusste nicht, wo sie sich befand, sah nur trübes, dunkles Wasser. Angestrengt dachte sie nach. Sie war unter dem Gitter des Wasserportals hindurchgeschwommen, musste sich also im Canale Grande befinden. Sie ruderte mit Armen und Beinen, gelangte nach oben und streckte keuchend ihren Kopf aus dem Wasser heraus. Sie war frei! Gespenstisch glommen die Kohlepfannen im Nebel. Es waren keine Boote unterwegs, auch keine Menschen. Ihr war so kalt, und sie war so steif, dass sie sich fast nicht mehr über Wasser halten konnte. Auf keinen Fall durfte sie zu den Lichtern hinschwimmen, sondern musste zur Seite, zwischen dem Palast und dem angrenzenden Gebäude hindurch. Mit fast erstarrten Bewegungen arbeitete sie sich vor.

Schließlich erreichte Celina einen Landeplatz für die Gondeln. Mit letzter Kraft zog sie sich die Stufen hinauf und blieb erschöpft liegen. Sie zitterte am ganzen Leib. Du kannst hier nicht liegen bleiben, sagte sie sich. Mühsam rappelte sie sich auf und setzte sich in Bewegung nach Castello, zu Brinellos Haus. Zum Glück begegnete sie keinem Menschen mehr, denn in ihrem vollkommen nassen, erschöpften Zustand wäre sie möglicherweise bei den Signori della Notte abgeliefert worden. Die Stadt bot ein Bild der Verwüstung. In den Gassen stand das Wasser kniehoch; die Flut hatte den Inhalt der Keller nach oben gedrückt. Es stank nach Moder und Verwesung.

Brinello öffnete ihr mit erschrecktem Gesichtsausdruck, zog sie hinein, wickelte sie in Decken, ohne die anderen zu wecken, machte ihr Würzwein heiß und schickte sie ins Bett.

Anderntags war das Hochwasser schon wieder beträchtlich gesunken. Als Celina aus dem Bett sprang und zum Fenster hinaussah, erblickte sie venezianische Bürger, die auf Brettern über die riesigen Pfützen balancierten. Brinellos Dienerin hatte den Frühstückstisch schon mit Haferbrei, Brot und einigen Coppi di Parma, kleinen Hartwürsten, gedeckt. Als sich alle gesetzt hatten, reichte Brinello den heißen Wein herum und sagte:

»Du hast Glück gehabt, Celina. Dein Leichtsinn, allein in dieses Haus zu gehen, hat dich beinahe das Leben gekostet!«

»Wir müssen gewissenhaft über alles nachdenken und uns beraten, bevor wir weitere Schritte unternehmen«, sagte Christoph, nachdem Celina über die Ereignisse berichtet hatte.

»Fassen wir einmal zusammen«, meinte Brinello. »Einen Vorwurf der Ketzerei vergisst die Kirche nicht so schnell. Und wir haben keine mächtigen Beschützer, die uns vor dem Scheiterhaufen retten können. Die Stadt dürfen wir nicht verlassen, und keiner würde uns helfen hinauszukommen.«

»Es stimmt nicht, dass wir keine mächtigen Beschützer hätten«, fiel Hans ein. »Denk an Immuti, den Kardinal in Rom, den Abt Murare.«

»Und die Kurtisane Andriana«, rief Celina. »Sie hat euch schon einmal geholfen, aus den Bleikammern zu fliehen.«

»Das war allerdings das Todesurteil für den Wärter«, versetzte Brinello. »Er musste die Strafe antreten, die uns zugedacht war.«

Das hatte Celina nicht gewusst.

»Das tut mir leid«, sagte sie betreten.

»Nun gut«, fuhr Brinello fort. »Der Abt Lion und Suor Mathilda sind aus der Stadt verschwunden, und er ist in Abwesenheit zum Tode verurteilt worden. Wer läuft noch frei herum?«

»Der Mann mit der Totenmaske und Breitnagel, der alte Geldsack«, antwortete Christoph. »Ich würde nur zu gern wissen, was er mit der ganzen Sache zu tun hat.«

»Das finden wir auch noch heraus«, beruhigte ihn Hans.

»Das Wichtigste für mich ist, endlich meine Eltern zu befreien.« Celina schaute nachdenklich vor sich hin. »Ich könnte unseren Palast verkaufen, um sie in Konstantinopel auszulösen. Ich verfüge ja sonst über keine Geldmittel.«

»Ich habe eine Idee«, meldete sich Hans zu Wort. »Ich werde zur Börse der Deutschen im Fondaco dei Tedeschi gehen; dort kennt man sicher die Adresse dieses Breitnagel. Und dort könnten wir auch versuchen, den Palast zu verkaufen.«

»Ich kümmere mich um unsere Verbündeten«, meinte Brinello.

Christoph blickte Celina in die Augen. »Und was hast du vor?«

»Ich gehe zu Andriana und berate mich mit ihr. Es zerreißt mich förmlich, nichts zur Befreiung meiner Eltern tun zu können. Gestern, bevor ich zum Palazzo kam, hat mich ein Mann auf der Piazza San Marco angesprochen. Es war der Kapitän des Schiffes, mit dem ich von Ostia nach Genua gefahren bin. Er erzählte mir, dass er meine Eltern in Konstantinopel gesehen habe. Sie sind wohlauf; der Sklavenhändler hat sie freigelassen; sie leben bei ihm, haben nur keine Mittel, nach Venedig zurückzukehren. Ich werde Andriana fragen, ob sie mit mir hinüberfährt, um sie zu holen.«

»Das schmerzt mich zutiefst«, sagte Christoph. »Am liebsten wäre ich keinen Tag von dir getrennt. Aber ich sehe es ein, dass deine Eltern jetzt Vorrang für dich haben.«

»Warum wollte der Sklavenhändler sie zuerst töten und Geld für sie erpressen, um sie später freizulassen?«, wollte Brinello wissen.

»Vielleicht war es ein anderer Händler«, erwiderte Celina.

Christoph wandte sich an Hans. »Würdest du mich an den Lago del Benaco begleiten?«

»Mit Vergnügen«, lautete die Antwort.

35.

In dem Gefühl, dass sich doch noch alles zum Guten wenden könnte, bestieg Christoph am nächsten Tag zusammen mit Hans ein Fährboot, das sie durch den Canale Grande ans Festland bringen sollte. Der Abschied von Celina war ihm nicht leichtgefallen. Als er sie in den Arm genommen hatte, bemerkte er ihr Zurückweichen. Er war sich sicher, dass sie ihm zugetan war. Weshalb dann diese Zurückhaltung? Sie waren doch inzwischen durch eine tiefe Freundschaft verbunden, wenigstens empfand er das so. Er würde seine Aufgabe, den Abt zu finden, erfüllen und hoffte, dass Celina ihre Eltern wohlbehalten nach Venedig zurückbrachte. Es versprach ein warmer Tag zu werden. Der Nebel über der Lagune lösten sich allmählich auf. Die Menschen waren mit Aufräumarbeiten nach dem Hochwasser beschäftigt. Am Ufer standen Pferde für ihn und Hans bereit, mit denen sie sich in Richtung Padua auf den Weg machten. Gegen Mittag rasteten die beiden an einem Bach, der von Kopfweiden gesäumt war. Christoph war froh über den Schatten, da sein Hemd ihm am Körper klebte. Er trank gierig aus der hohlen Hand, dann aßen sie vom Brot und von den Feigen, die Brinellos Dienerin ihnen eingepackt hatte. Die alte Stadt Padua kam in Sicht. Sie umritten sie weiträumig, da sie von möglichst wenigen Menschen gesehen werden wollten. Ab und zu begegnete ihnen ein Bauer auf einem Esel. Kühe und Pferde grasten auf den Weiden; sie blickten den Reitern verwundert kauend nach. Die Ebene flimmerte vor Christophs Augen; am Horizont standen in einem grau wabernden Dunst die Berge. Immer wieder schaute er sich um, aber offensichtlich folgte ihnen niemand. Sie gelangten ins flache, von Kanälen durchzogene Land der Poebene. Nach einiger Zeit tauchten saftig grüne Hügel auf, deren Gipfel von burgähnlichen Städten gekrönt wurden.

»Das sind erloschene Vulkane«, erzählte Hans auf Christophs unausgesprochene Frage hin. »Aus der Tiefe der Erde sprudeln Quellen, und Orte wie Albano und Montegrotto Terme sind entstanden. Francesco Petrarca, unser Dichterfürst aus dem 14. Jahrhundert, hat sich in seinen letzten Lebensjahren dorthin zurückgezogen. Die Stadt wurde nach ihm benannt: Aqua Petrarca.«

»Petrarca … ist der nicht auf den Mont Ventoux gestiegen und hat später bei der Fontaine de Vaucluse gelebt?«

»Er ist sozusagen der Begründer des Bergsteigens. Als Jugendlicher traf er eine verheiratete Frau – Laura, die von diesem Moment an die Muse seines Lebens wurde und ihn zu den schönsten Liebesgedichten, Sonetten, inspirierte, die wir kennen.

»Kennst du solche Sonette?«

Hans rezitierte:

Ich wanke wie das Gras, so von den kühlen Winden
Um Vesperzeit bald hin geneiget wird, bald her.
Ich walle wie ein Schiff, das in dem wilden Meer,

Von Wellen ungejagt, nicht kann zu Rande finden.
Ich weiß nicht, was ich will, ich will nicht, was ich weiß,
Im Sommer ist mir kalt, im Winter ist mir heiß.

»So geht es mir auch«, meinte Christoph. »Ich weiß manchmal nicht, woran ich mit ihr bin.«

»Mit Celina?«

»Ja. Ich habe von Anfang an gespürt, dass sie mich mag. Aber sie hat mich nie richtig nahe an sich herangelassen.

Ihre Gefühle versteckt sie hinter der Philosophie Tullia d'Aragonas.«

»Was ist das für eine Philosophie?«

»Tullia meint, die platonische Liebe sei der irdischen, fleischlichen, überlegen, weil sie unendlich sei. Die Liebe zwischen Mann und Frau ende, sobald ihr Ziel erreicht sei, nämlich die Vereinigung.«

»Du könntest ihr ja das Gegenteil beweisen!« Hans zwinkerte ihm von seinem Pferd aus zu.

»Das habe ich vor. Aber erst mal müssen wir unseren Auftrag erfüllen.«

Als die Sonne tiefer sank, schauten sie sich nach einem Nachtlager in einem nahegelegenen Wäldchen um. Sie aßen von dem mitgenommenen Schinken, tranken jeder einen Becher Wein und schliefen in den Herbergen am Weg. Sobald die Sonne ihre Strahlen über die Berge schickte, saßen sie auf und zogen weiter. In Verona stießen sie auf einen Platz mit einer Kirche gewaltigen Ausmaßes: San Zeno Maggiore. Rechts und links der Fassade, einer riesigen Rosette, einem Glücksrad, ragten zwei Türme auf. Erbaut war die Kirche aus schwarzem Back- und weißem Tuffstein. Sie beschlossen, eine Pause zu machen, auch wenn die Zeit drängte. Als sie das Schiff betraten, wurden sie fast erschlagen von der Größe und Ausstattung des Gotteshauses. Eine Orgel spielte, und in dem dämmrigen Raum, der nach Weihrauch roch, erschlossen sich ihnen nach und nach die Kunstwerke, unter anderem der Hochaltar von Andrea Mantegna und die Krypta mit den Gebeinen des heiligen Zeno, des Drachentöters, der als Schutzheiliger gegen Überflutungen angerufen wurde. Im lichten Kreuzgang mit romanischen und gotischen Bögen beschlossen sie den Kirchenbesuch und blieben noch einmal vor dem Glücksrad an der Fassade stehen.

»Es symbolisiert Aufstieg und Fall des Menschen«,

bemerkte Hans. Und richtig, unten stand ein Mensch aufrecht. Während des Aufstiegs verbog er sich, stand oben in Siegerpose, um dann hinunterzufallen und schließlich klein und gebrochen am Boden zu liegen.

»So geht es all denen, die nach Macht und Reichtum streben«, sagte Christoph zu seinem Freund.

Bei Vizenza erreichten sie die Ausläufer der Monte Lesini, und Hans schlug vor, den Weg über die Berge nach Riva zu nehmen. Sie ritten die Kuppe hinauf, die mit Pistazienbäumen bewachsen war. Noch einmal schlugen sie ihr Nachtlager in den Bergen auf. Die kalte Sichel des Mondes stand über ihnen. Der nächste Tag begann mit einer Wärme, die selbst hier auf den Höhen des Gebirges zu spüren war. Es war Mitte Oktober, aber die südliche Sonne brannte schon bald auf sie herab. Sie ritten hinunter ins Val Lagarin, rissen sich Kleider und Haut an stacheligen Büschen und wilden Rosen auf. Die Sohle des breiten Tales war mit Gras bewachsen. Hier und dort hatte ein Bauer die Erde für einen Acker umgegraben, und an den sanft ansteigenden Hängen wuchsen Reben mit dicken blauroten Trauben. Das Massiv des Monte Baldo erstreckte sich wie ein Hahnenkamm zwischen Tal und See. Bald hatten sie die Olivenbäume hinter sich gelassen und erreichten die verkarsteten, teilweise bizarren Felsformationen, die von Lorbeerbüschen und Steineichen umstanden waren. Sie ritten gerade durch einen lichten Olivenhain, als Christoph Hufgetrappel hörte. Die beiden blickten sich erschrocken um. Und da kamen sie durchs Unterholz geprescht, mindestens zehn an der Zahl. Das waren die Häscher der *Signoria*. Wie hatten sie die beiden nur aufgespürt? Doch es war keine Zeit, Überlegungen anzustellen. Sie galoppierten einen steinigen Weg hinauf. Er bot wenig Schutz vor den Kugeln der Verfolger. Der Weg führte in Richtung des Berggipfels. Von den Nüstern ihrer Pferde flogen Flocken mit dem Wind davon.

Beim Zurückschauen sah Christoph, dass die Männer sich in zwei Gruppen aufgeteilt hatten und versuchten, ihnen weiter oben den Weg abzuschneiden. Sie durften auf keinen Fall anhalten, weil sie sonst ein festes Ziel für ihre Pistolen geboten hätten. Christoph hatte seinen Kopf fast auf den Hals des Pferdes gelegt und trieb es unbarmherzig weiter nach oben. Jetzt zischte eine Kugel an ihm vorbei, weitere folgten. Der Himmel über der Bergspitze leuchtete in einem tiefen Blau. Hier gab es so gut wie keinen Schutz mehr, keine Büsche, nur noch Moose, Flechten und Hochgebirgspflanzen. Vor ihnen tat sich ein Abgrund auf, eine Schlucht, an deren Sohle ein Bach dahinschäumte. Sie wandten sich nach links und ritten am Rand entlang. Das Donnern der Hufe kam näher. An einer Stelle wurde die Schlucht so schmal, dass Christoph Hans zurief: »Wir springen!« Hans nahm einen Anlauf und flog über die Spalte hinweg. Auf der anderen Seite wäre das Pferd fast gefallen, doch es rappelte sich wieder auf. Christoph sprang ebenfalls und drehte den Kopf. Die Männer hatten angehalten und schienen zu beraten. Christoph sah, dass Blut aus einer Wunde an Hans' Ärmel floss. Ein langgezogener Schrei ertönte. Einer der Männer musste beim Versuch, es ihnen nachzutun, in den Abgrund gestürzt sein. Lass es die anderen nicht versuchen, betete Christoph.

Als hinter ihnen nichts mehr zu hören war und der Ziegenpfad sich schon wieder abwärts wand, hielten sie an. Hans kletterte mühsam aus dem Sattel. Christoph tat es ihm nach und untersuchte die Wunde. Hans stöhnte vor Schmerzen. Christoph untersuchte eine Zeitlang den Boden, zupfte ein paar Blätter heraus, kaute sie und strich sie ihm auf die Wunde.

»Du hast Glück gehabt«, meinte Christoph. »Die Kugel hat dich nur gestreift.«

»Was ist das?«, fragte Hans.

»Schafgarbe, das hat meine Mutter in Frankreich uns Kindern auf die kleinen Verletzungen gestrichen, wenn wir vom Spielen nach Hause kamen.« Er verband die Wunde mit einem sauberen Tuch, das er aus seinem Beutel holte, und sie ritten weiter, dem See entgegen, der tief unter ihnen leuchtete. Die Schatten der Zedern, Krüppeleichen und Wacholder wurden allmählich länger. Hans schwankte im Sattel, sein Gesicht war schweißbedeckt, und auch Christoph fühlte sich schmutzig und erschöpft. Ab und zu drohte Hans die Besinnung zu verlieren, aber er richtete seine Augen immer wieder auf den Spiegel des Sees, der im abendlichen Dunst dalag und auf die fernen Häuser von Riva, dem Ziel ihrer Reise.

»Ich glaube, dass wir unter einem guten Stern stehen. Alles wird gut«, sagte Christoph. Gegen Abend erreichten sie das Ufer des Sees. Die Dunkelheit sank schnell herab. Sie wagten nicht, sich in einer der verlassenen Hütten in den Oliven- und Zitronenhainen niederzulassen, um ein wenig zu schlafen. Der Mond ging als riesige runde Scheibe über den gegenüberliegenden Uferbergen auf und warf eine breite Bahn auf die Oberfläche. In seinem Licht passierten sie Torri del Benaco, immer auf einem steinigen Muliweg am Ufer entlang. Schließlich fielen sie fast aus dem Sattel, und Hans bat um eine längere Rast. Sie standen am Eingang von Malcesine, und bei ihrem müden Ritt durch die Gassen klapperten die Hufe vernehmlich. Am Fuß der Burg gab es einen Grashügel, auf dem sie sich niederließen und die Pferde grasen ließen. Den schwarz schimmernden See vor Augen, schlummerten sie ein, in ihre wollenen Decken gehüllt.

36.

Celina erwachte schweißgebadet. Sie hatte geträumt, dass der Mann mit der Maske sie unter Wasser drückte, bis sie ertrank. Nur langsam glitten die Bilder von ihr weg. Von draußen kamen die Stimmen der Gondoliere, der Fischer und Marktfrauen; eine blasse Novembersonne schien zum Fenster herein. Sie musste so schnell wie möglich ein Schiff finden, das sie und Andriana zum Bosporus brachte. Den Brief mit der Adresse in Konstantinopel trug sie immer bei sich. Um von den Signori della Notte nicht erkannt zu werden, trug Celina Männerkleider. Den Tag verbrachten sie und Andriana damit, Reiseutensilien für die Überfahrt zu besorgen. In der *Zecca*, der Börse Venedigs gegenüber vom Dogenpalast, bekam sie Geld aus dem Vermögen ihrer Eltern, nachdem sie sich als Tochter der Garganas ausgewiesen hatte. Davon besorgte sie einen Lederkasten und einen Weidenkorb für ihre Kleider. Früher hatte sie einige solcher Kästen gehabt, auch aus Holz, aber die standen alle in Bassano del Grappa, und sie hatte keine Zeit mehr, sie dort zu holen.

Am Nachmittag ging sie mit Andriana zum Markusplatz, um nach einem Schiff zu fragen, das in den nächsten Tagen Richtung Bosporus auslaufen würde. Am Kai, zum großen Arsenale hin, in dem die Schiffe der Stadt gebaut wurden, lagen einige Galeeren, kenntlich durch den Rammsporn am Bug, und Galeassen, alle dreimastig und mit Kanonen bestückt, die Galeassen etwas plumper in der Ausführung. Andriana trat auf einen Mann zu, der sich gewichtig mit zwei anderen Männern unterhielt und der Kapitän eines der Schiffe zu sein schien. Er war mit

Pumphosen und einem orientalisch bestickten Mantel bekleidet.

»Gibt es hier ein Schiff, das in den nächsten Tagen nach Konstantinopel fährt?«, fragte Andriana.

»Ja, gute Frau, ich selbst bringe eine Galeasse nach Indien, mit orientalischen Gewürzen, Wein und Öl. Auf der Rückfahrt laden wir Pfeffer und Seidenstoffe. Wollt Ihr eine Passage haben?«

»Ja, für mich und meine Freundin.« Der Kapitän warf ihnen einen abschätzigen Blick zu.

»Ganz ohne männliche Begleitung? Nun, Ihr müsst es wissen. Mit jeweils zehn Golddukaten seid Ihr dabei.«

Celina zahlte das Geld und erhielt dafür zwei Passagierscheine. Sie wandten sich zum Gehen.

»Morgen, früh um die Stunde sechs, stechen wir in See«, rief der Kapitän ihnen nach. Die beiden holten ihr neu erworbenes Gepäck, das sie beim Händler abgestellt hatten, und begaben sich zu Brinellos Haus.

Die Silhouette der Serenissima versank im Dunst der untergehenden Sonne. Celina stand mit Andriana am Heck der Venezia Grande, einem Handelsschiff der venezianischen Flotte. Das Schiff hatte seine drei Segel gesetzt und nahm Kurs nach Südosten, auf den fernen Bosporus zu. Es sollte Zwischenstation in Zadar machen und dort Marmorsteine aufnehmen, die für herrschaftliche Bauten in Konstantinopel gebraucht wurden. Es wehte eine kräftige Brise, die Ruderer unter Deck waren noch nicht zum Einsatz gekommen. Celina war froh darüber, denn die Männer taten ihr leid.

»Jetzt geht es in eine neue Welt«, sagte sie zu Andriana,. »Und eigentlich sollte ich mich freuen, dass alles so glimpflich ausgegangen ist. Trotzdem bin ich sehr traurig.«

»Das ist doch kein Wunder«, erwiderte ihre Freundin.

»Das, was du durchgemacht hast in diesem einen Jahr, das hinterlässt seine Spuren.«

»Der Abschied von Christoph ist mir nicht leicht gefallen. Auch von den anderen nicht.«

»Liebst du ihn?«

Celina wurde rot.

»Ja … ich … glaube schon. Ich glaube nur eigentlich nicht an die Liebe zwischen Mann und Frau.«

»Wenn ich daran glauben würde, wäre ich nicht Kurtisane geworden. Ist dir einmal aufgefallen, dass Tullia d'Aragona ihr Leben der fleischlichen Liebe verschrieben hat und von einer ›höheren‹ Liebe spricht? Ich selbst glaube daran, dass es eine Brüderlichkeit oder Schwesterlichkeit zwischen den Menschen gibt und Gott uns den Weg zu dieser Liebe weist, auch wenn die meisten diesen Ruf nicht hören und ihm nicht folgen.«

»Ich bin froh, dass du mich begleitest«, antwortete Celina. »Vielleicht hätte ich dieses letzte Kapitel auch allein geschafft, aber es ist gut, jemanden an seiner Seite zu haben.«

»Du musst dich entscheiden, Celina.«

»Ja, aber … du weißt schon.«

»Ich weiß gar nichts. Erinnerst du dich an die Gedichte von Petrarca?«

»Die sicher auch schon den Flammen zum Opfer gefallen sind.«

»Und daraus wie Phönix aus der Asche neu erstehen werden! Willst du eines hören?«

»Aber ja doch, meine Liebe.«

Andriana rezitierte mit lauter Stimme, und es hallte über das dunkler werdende Meer hinaus: Celina standen Tränen in den Augen.

»Viele von Petrarcas Gedichten sind ebenfalls verbrannt worden. Alles, was ich zu lieben gelernt hatte, wurde vernichtet«, sagte sie.

»Denk daran, wie viele Menschen schon verbrannt wurden, wie viele ihrer Bücher – und doch hat das, woran sie glaubten, überlebt«, entgegnete Andriana.

In der Ferne waren nur noch winzige Lichtpunkte von der Stadt zu sehen. Über ihnen breitete sich ein Sternenhimmel aus, wie ihn Celina in solcher Klarheit und Kälte noch niemals erblickt hatte.

»Ich denke gerade an Pietro Pomponazzi«, nahm Andriana den Faden wieder auf.

»Wer ist das?« Celina kannte zwar einige wichtige Dichter und Gelehrte, aber diesen Namen hatte sie noch nie gehört.

»Pomponazzi schrieb in seinem Hauptwerk *De Immortalitate Animae* über die Unsterblichkeit der Seele. Anders als die gängige Meinung verwarf er jeden Glauben daran. Moses, Christus und Mohammed hielt er für Betrüger, zweifelte an der Existenz nichtmaterieller Geister wie Engel und vertrat die Lehre von der doppelten Wahrheit.«

»Was ist die doppelte Wahrheit?« Celina erinnerte sich an die Gespräche, die sie mit Christoph auf der kleinen Insel bei Venedig geführt hatte. Schon damals fühlte sie sich als Lehrerin und Schülerin zugleich.

»Er behauptete, es gebe eine wissenschaftliche und eine glaubensmäßige Wahrheit. Das Wesen des Menschen liege in der Fähigkeit, über die Natur hinauszugehen, zumindest gedanklich. Deshalb liege seine Bestimmung nicht im Jenseits, denn die Seele sei immanent, sondern im Aufbau einer moralischen Ordnung im Diesseits. Der Lohn dieses Handelns sei Glückseligkeit, weil seine Tugendhaftigkeit ihn glückselig mache. Seine Botschaft lautet: Tue dir und deinem Nächsten Gutes, dem Lasterhaften wird das Laster selbst zur Plage. Pomponazzi versuchte mit allerlei Wendungen, sich nicht allzu weit von der Lehre der katholischen Kirche zu entfernen, natürlich, um sich zu schützen. Trotzdem wurde sein Werk damals verbrannt.

Außerdem wurde er bei der römischen Kurie wegen Frivolität und Ketzerei angeklagt. Zu seinem Glück setzte sich der spätere Kardinal Pietro Bembo für ihn ein, so dass er vor kein Kirchengericht kam.«

»Was willst du mir nun damit sagen?«, fragte Celina.

»Damit will ich sagen, dass die Inquisition sich ihre eigenen Überwinder heranzüchtet und damit zu ihrem eigenen Untergang beiträgt«, erklärte Andriana.

Auf der Galeere gab es trotz des beengten Raumes zwei Bereiche: Vom Achterdeck aus, das mit Täfelungen und Schnitzwerk verziert war und über dem ein Sonnensegel Schatten spendete, wurde das Schiff befehligt und gesteuert. Von diesem Deck aus gelangte man über eine schmale Stelling auf die Back. Hier standen Kanonen, die in Fahrtrichtung ausgerichtet waren, und hier warteten auch die Soldaten, wenn das Schiff sich auf dem Weg zu einer Seeschlacht befand, wie der Kapitän Celina erzählte, als sie am nächsten Morgen aus ihrer Kajüte im Unterdeck kam. Links und rechts von der Back befand sich jeweils eine kleine Plattform, auf denen ein Beiboot sowie der Kochherd standen. Warmer Gerstenbrei und Schiffzwieback wurde an alle ausgeteilt, auch an die Passagiere.

»Ein Deck tiefer sitzen die Ruderer«, erzählte der Kapitän.

Andriana erschien jetzt ebenfalls und gähnte.

»Die *Venezia Grande* ist ein kleines Handelsschiff und hat deshalb nur vierzig Ruderer in seinem Bauch«, erzählte der Kapitän weiter. Celina schaute zum Horizont, der eine Linie zwischen dem glitzernden Meer und der azurnen Bläue des Himmels bildete. Fliegende Fische schossen aus dem Wasser, um gleich darauf wieder zu verschwinden. Obwohl es bereits Mitte Oktober war, brannte die Sonne noch mit ziemlicher Kraft herab.

»Es sind Sklaven, Sträflinge und Kriegsgefangene, die unsere Schiffe rudern.«

»Woher kommen sie?«, fragte Celina.

»Von überall her, aus Afrika, Arabien, Kroatien ... wir haben auch schon Piratenangriffe überstanden. Mit dem Rammsporn am Bug haben wir ihnen ein mächtiges Loch beigebracht und sie schließlich versenkt.«

Celina horchte auf.

»Was für Piraten treiben ihr Unwesen an diesen Küsten?«

Der Kapitän setzte sich auf ein Knäuel von Tauen und kniff die Augen über seiner breiten, braungebrannten Nase und dem schwarzen Schnauzbart zusammen.

»Hier an der Adriaküste sind es die Uskoken«, sagte der Kapitän. »Das ist ein Verband von Hajduken, den Bewohnern aus den osmanisch besetzten Gebieten Kroatiens, Herzegowinas und Bosniens. Auf der Flucht vor den Osmanen verließen sie Anfang des Jahrhunderts ihr Heimatland. Sie waren und sind ausgezeichnete Scharfschützen und Schwertkämpfer, und sie hielten die Herzegowina weitgehend frei von den Osmanen. Die Uskoken sammelten sich in Dalmatien, unter dem Befehlshaber Petar Kruzîc in Klis. Als 1537 die Türken Klis eroberten, zogen die Uskoken nach Senj. Von dort kämpften sie erbittert gegen die Türken, aber auch gegen die Venezianer, besonders an der Küste von Zadar. Mit ihren kleinen und wendigen Booten machen sie die gesamte Adria unsicher. Bisher ist es uns nicht gelungen, sie zu überwältigen.«

Celina stutzte.

»Warum wird dann in Venedig am Himmelfahrtstag die *Bucintoro*, die Prachtgaleere, hinausgefahren?«

»Das hat eine alte Geschichte, kennt Ihr sie noch nicht?«

»Mein Vater hat mir mal etwas erzählt, aber ich habe es wieder vergessen.«

»Am Tag von Christi Himmelfahrt«, begann der Kapitän, » im Jahre 997 stach der Doge Pietro II. Orseolo mit einer Galeere in See, um die dalmatinischen Küstenstädte von den Piraten zu befreien.«

»Also auch damals schon«, meinte Andriana.

»Und es ist ihm gelungen«, fuhr der Kapitän fort. »Seit dem Zeitpunkt findet in jedem Jahr an diesem Tag die *sposalizio del mare*, die spirituelle Vermählung Venedigs mit dem Meer, statt. Der Patriarch von San Elena segnet einen Ring, den der Doge am Lido als Zeichen des *sposalizio* in die Adria wirft mit den Worten:

›Wir vermählen uns mit dir, Meer, zum Zeichen unserer wahren und beständigen Herrschaft.‹«

»Mit der Herrschaft ist es heute auch nicht mehr so weit her«, warf Celina ein.

»Das ist richtig«, antwortete der Kapitän. »Die Stadt hat ihre Macht und Vorrangstellung an viele andere Mächte verloren. Das begann mit der Entdeckung der Seewege nach Indien und Amerika. Wir konnten zwar im *Arsenale* viele Handelsgaleeren zu Kriegsgaleeren umrüsten, aber das hat uns auch nichts mehr geholfen.«

»Meine Eltern wurden von Piraten gefangengenommen, auf dem Weg nach Triest«, sagte Celina.

»Und Ihr seid jetzt dabei, sie wieder auszulösen?«, fragte der Kapitän.

»Ja, in Konstantinopel. Angeblich waren sie in einen Sommersturm geraten und untergegangen.«

»Sommerstürme gibt es hier nicht. Aber ich habe von der Geschichte gehört – von diesem Eugenio Gargana und seiner Alten, die hätte man nicht nur verbannen, sondern ihnen den Kopf abschlagen sollen. Oder sie zeitlebens in ein Rattenloch sperren. Ist denn dieser Geldsack, dieser …«

»Breitnagel«, ergänzte Andriana. »Nein, der wurde nicht bestraft, ihm wurde kein Härchen gekrümmt. Und der

Mörder, den er gedungen hatte, ist immer noch auf freiem Fuß.«

»Was ist denn nun mit diesem Eugenio und seiner Alten?«, wollte der Kapitän wissen.

»Sie haben fünf Jahre Kerkerhaft im Dogenpalast bekommen und anschließend zehn Jahre Verbannung«, antwortete Celina.

In diesem Moment wurde Celina bewusst, dass sie weiterhin in Gefahr schwebte, und nicht nur sie allein, sondern auch Christoph. Was hatte der Mann mit der Maske im Wassergeschoss des Palazzo gesagt? Celina konnte sich nicht mehr erinnern.

»Habt Ihr keine Sorge, dass dieses Schiff ebenfalls von Piraten angegriffen werden könnte?«, fragte Andriana.

Der Kapitän strich sich über den Bart.

»Ist schon öfter passiert, aber wir haben sie jedes Mal zurückgeschlagen. Nicht wahr, Alessandro?«, rief er einem jungen Seemann mit Kopftuch und Pluderhose zu.

»Es ist so, wie Ihr sagt, Herr«, gab der Junge zur Antwort.

»Und jetzt steht nicht herum und haltet Maulaffen feil«, polterte der Kapitän gutmütig. Die Seeleute machten sich an ihre Arbeit.

37.

Ein Hahn krähte. Christoph rieb sich die Augen. Hans war schon aufgestanden und rieb die Pferde mit einem Tuch ab. Christoph reckte sich, dann war er mit einem Satz auf den Beinen. In der Ferne zog ein Fischerboot seine Bahn, und auf der anderen Seite glaubte er Palmen zu erkennen. Sie saßen auf und ritten durch die kleine Stadt mit ihren grauen Häusern und den rotbraunen Dachziegeln. Die Gassen waren mit Menschen bevölkert. Pferdekarren mit Früchten ratterten über das Pflaster. Sie kauften Brot, Käse, Butter und Wein und ließen es sich im Schatten einer Pinie schmecken.

»Wir müssen so schnell wie möglich Riva erreichen«, sagte Christoph. »Dort kann man sicher auch deine Wunde behandeln.« Sie tranken den letzten Schluck Wein, kauften einen Sack Hafer für die Pferde und machten sich auf den Weg. Hans' rechter Arm war inzwischen ziemlich taub, aber die Wunde blutete nicht mehr. Am Ausgang des Ortes mussten sie feststellen, dass sie nicht mehr weiterkamen.

»Hier machen wir alles mit den Booten«, erklärte ihnen ein fast zahnloser Fischer, der im Schatten einer Pinie seine Netze flickte. Er gab ihnen einen anständigen Preis für die Tiere, und sie setzten zu einem ebenso anständigen Preis mit seinem Fischerboot hinüber nach Torbole. Im Städtchen erstanden sie neue Pferde und trafen am späten Nachmittag in Riva ein. Der Ort wurde überragt von einer mächtigen Scaligerburg

»Wer waren eigentlich die Scaliger?«, wollte Christoph wissen.

»Mein Vater hat mir davon erzählt«, entgegnete Hans. »Die Scaliger waren ein veronesisches Herrschergeschlecht, das von 1363 bis 1387 hier herrschte. Ihr Oberhaupt hieß *Cangrande*, der Große Hund. Dabei waren sie relativ gerechte und kultivierte, wenn auch machtgierige Regenten. Von 1301 bis 1304 hielt sich auch der Dichter Dante an diesem Hof auf und widmete Cangrande sein ›Paradiso‹, den letzten Teil der ›Göttlichen Komödie‹.«

»Ja, Dante«, meinte Christoph und pfiff durch die Zähne. »Der hatte doch auch so eine … platonische Beziehung zu seiner Beatrice.«

»Und Petrarca zu Laura«, ergänzte Hans.

Kleinere Palazzi und Kanäle säumten den mit Porphyr ausgelegten Platz. Der Fluss Adige, der mitten hindurch floss, führte kaum Wasser, wurde aber von blühenden Oleanderbüschen gesäumt. Die kahlen Zweige der Pappeln zitterten in der Brise. An einem der Paläste war ein Schild angebracht mit dem Hinweis: *Palazzo Pretario*. Christoph betätigte den Klopfer, der in Form eines Blätterkranzes an der Tür angebracht war. Über dem Portal hing der geflügelte Löwe, in Stein gemeißelt, das Symbol der Verbundenheit der Scaliger mit der *Serenissima*. Nichts rührte sich. Sie gingen um das Gebäude herum, spähten zu einem Fenster hinein. Außer staubbedeckten Möbeln und Spinnweben konnten sie nichts erkennen.

»Merkwürdig«, sagte Christoph. »Der Palast scheint seit langem nicht bewohnt zu sein. Wo könnten sie sich aufhalten? Oder wo könnte Lion sein, falls Suor Mathilda nicht bei ihm ist?«

»Mir kommt gerade ein Gedanke«, meinte Hans. »Die Boten der Signoria sind möglicherweise nicht nur wegen uns hier, sondern auch ihretwegen. Das Wissen darüber, wo sie sich aufhalten könnten, wird ihnen nicht verborgen geblieben sein.«

»Ich rechnete nicht mit einer solchen Schnelligkeit bei ihrem Vorgehen.«

»Dann wollen wir hoffen, dass sie nach ihnen und nicht nach uns suchen, wenn sie hierher kommen«, bemerkte Christoph.

Da die Dunkelheit sich herabsenkte, stiegen sie wieder auf und suchten nach einer Herberge für die Nacht. Die Wärme des Nachmittags stand noch in den Gassen; da und dort sah Christoph späte Rosen und Geranien. Im *Pescadero*, einer kleinen Wirtschaft, die auch Betten vermietete, wurden sie fündig. Durch die offene, niedrige Tür betraten sie einen dunklen Raum, der nur durch den Schein des Kaminfeuers erhellt wurde. Über dem Feuer hing ein Kessel, in dem offenbar eine Fischsuppe brodelte. Die Gäste saßen an Tischen mit fleckigen Decken; der Boden war mit Gräten und Krabbenköpfen übersät. Eine rundliche Frau mit sauberer Schürze zeigte ihnen den Schlafraum. Einander gegenüber lagen jeweils fünf Strohsäcke mit einer wollenen Decke. Später saßen sie im Gastraum und sahen der Wirtin zu, wie sie eine Bürste aus dem Specksteinspülbecken nahm, einen Kupfereimer mit Wasser füllte und den Boden schrubbte. Nach getaner Arbeit erschien sie mit einer frischen Schürze. Sie schöpfte ihnen mit einer Kupferkelle von der Suppe in die Teller. In der Brühe schwammen Flusskrebse, Muscheln und Stücke von Wels und Aal. Dazu gab es goldgelbe Polenta. Als Hauptspeise wurde Fasan mit Speck, Salbei und Rosmarin serviert, dazu tranken sie Zypernwein. Bald kamen sie mit den anderen Gästen ins Gespräch.

»Jetzt sag mir mal einer, was dieser komische Herr da die ganze Zeit treibt«, meinte ein junger, kräftiger Fischer mit einem prachtvollen schwarzen Haarschopf.

»Ach, meinst du den Deutschen, der den Palazzo gekauft hat?«, schaltete sich die beleibte Wirtin ein.

»Geld scheint er ja zu haben.« Der Wirt, ein dürres

Männchen, ging zum Fass in der Ecke des Raumes, um frisches Bier zu zapfen.

»Er macht was aus dem alten Gemäuer, das muss man ihm lassen«, meinte der Fischer. Eine alte Vettel, vielleicht seine Mutter, öffnete ihren zahnlosen Mund zum Sprechen. »Es geht nicht mit rechten Dingen zu dort«, meinte sie. »Neulich kam Besuch, ein Mönch und eine Nonne, beide wirkten wie vom Teufel gehetzt. Der Diener hat sie eingelassen, und seitdem klingen manchmal die Laute einer Mandoline aus dem Haus. Morgens tragen die Diener einen Haufen Abfälle vor die Tür und verfüttern sie an die Schweine.«

»Sollen sie den Abfall doch lieber den Armen geben, uns zum Beispiel«, tönte es aus dem Halbdunkel, wo die übrigen Gäste saßen.

»Wisst Ihr, wie dieser Fremde heißt?«, fragte Christoph..

»*Chiodo ampio*«, war die Antwort der Alten.

»Breiter Nagel. Um Gottes willen«, sagte Hans.

Nun bestürmten die Gäste die beiden mit Fragen. »Was habt Ihr mit dem zu tun?« – »Ist es Euer Vater? Oder Onkel?«

»Es ist ein … Bekannter«, wich Christoph aus. »Wir suchen diesen Mönch und die Nonne, weil sie etwas Wichtiges in ihrem Besitz haben, das uns gehört.«

»Ah, ein Fall von Diebstahl«, meinte der junge Fischer mit einem Zwinkern. Dann wandten sich die Gäste anderen Themen zu; sie sprachen über die diesjährige Ernte, die Fangergebnisse der letzten Tage und Wochen und dass es eine Gemeinheit sei, dass jemand wie dieser Deutsche und andere reiche Leute jagen dürften, sie aber nur mit deren ausdrücklicher Erlaubnis, für die sie auch noch bezahlen müssten. Über die örtliche Festung *La Rocca* erfuhren sie, dass sie der Schaustellung militärischer Macht diene und Ende des letzten Jahrhunderts ein merkwürdiger Mensch namens Nostradamus dort geboren worden sei. Die Gäste zogen sich bald zurück, und Christoph und Hans verbrachten eine ungemütliche Nacht zwischen schnarchenden, schwitzenden Männern und Frauen.

Das Schiff strich unter vollen Segeln an der dalmatinischen Küste entlang. Am Himmel zeigten sich hohe Federwolken, die Aussicht auf gutes Wetter boten. Celina ging dem Schiffsjungen beim Kochen zur Hand. Das Leben an Bord war ansonsten recht eintönig. Sie las viel oder unterhielt sich mit Andriana über die Unendlichkeit der Liebe.

»Ich habe jetzt die Lösung gefunden«, sagte sie und ließ ihre Haare, die sie von allen Hauben und Hüten befreit hatte, im Wind flattern. »Christoph und ich, wir lieben uns, nicht nur platonisch, und das macht diese Liebe unendlich, weil sie einmal stattgefunden hat. Sie ist zwar nur ein kurzes Aufflackern in der Unendlichkeit der Geschichte und des Raums, aber sie war da und wird von Gottes Güte und Gnade gezählt. Was für ein Ereignis ist bedeutsamer, eine lange Seeschlacht, ein großes Herrscherleben, die Ära eines Papstes oder Abtes, der das, was er lehrt, sich selbst nicht abverlangt – oder eine Spanne der Zärtlichkeit, die liebevolle Verbindung zweier Menschen?«

»Du bist eine richtige Philosophin geworden«, meinte Andriana bewundernd.

Die unzähligen, verstreuten grünen Inseln der dalmatinischen Küste lagen hinter ihnen. In Zadar lagen sie eine Nacht vor Anker. Wilde Gestalten mit roten Kopftüchern standen am Ufer und halfen beim Entladen. Sie passierten die Straße von Otranto zwischen der Spitze des apulischen Festlands und der osmanischen Küste. Vorbei an Korfu und Levkas, Inseln, die durch ihre Steilfelsen und das blaugrün bewegte Meer beeindruckten, kamen sie zum Kanal von Korinth. Die Landschaft wirkte kahl und trocken, nur von einzelnen Büschen und Olivenbäumen bestanden. In Athen lagen sie zwei Tage. Am dritten Tag fuhren sie durch das Ägäische Meer. Hier erlebten sie einen Sturm, der aber glimpflich ablief und nur dazu führte, dass ein paar Weinfässer über Bord gingen und es Celina eine Zeitlang schlecht war. Sie stand die ganze Zeit an der Reling und schaute zum Horizont, nur so konnte sie den starken Wellengang ertragen. Schließlich erreichten sie den Bosporus, die Meerenge, die den Weg nach Konstantinopel freimachte.

38.

Am Morgen kam durch das Fenster der Geruch nach Mist herein. Christoph wusch sich im Brunnen hinter dem Haus. Die anderen Gäste saßen schon beim Frühstück, als er mit Hans in die Gaststube kam, und schaufelten sich große Portionen Haferbrei in ihre Holzschüsseln. Der Morgen war herbstlich grau und kühl. Christoph und Hans beschlossen, noch einmal zum Palazzo von Breitnagel zu gehen. Sie durchquerten einen Park mit alten Weiden, spazierten am steilen Ufer des Sees entlang, wo das Wasser weißen Sand angespült hatte, und fanden sich im kleinen Ortskern mit rot und pastellfarben gestrichenen Häusern wieder. Schließlich standen sie vor dem Palazzo. Christoph nahm den Klopfer in die Hand und ließ ihn mit einem Knall auf die Tür krachen. Erst rührte sich nichts, dann kamen schlurfende Schritte näher. Ein alter Diener mit schütterem Haar und etwas verblichener Kleidung öffnete ihnen und blinzelte ins Licht.

»Was wünschen die Herrschaften?«, fragte er unfreundlich.

»Wir wünschen den Herrn des Hauses zu sprechen, Signore Breitnagel«, antwortete Christoph.

»Der Herr befindet sich noch in seinem Schlafgemach«, sagte der Diener. »Kommt später wieder.«

»Melde uns bitte deinem Herrn. Wir kehren in einer Stunde zurück.«

Im Hafen lagen schmale, schwarz gestrichene Fischerboote mit einem schnabelförmigen Aufsatz. Wie die Gondeln in Venedig, dachte Christoph. Sie liefen durch die Stadt. Nach genau einer Stunde kehrten sie zum Palazzo zurück.

»Ihr werdet heute Abend vom Signore zum Essen erwartet«, sagte der Diener.

»Was meinst du, was uns im Palazzo heute Abend erwartet?«, fragte Christoph.

»Ich bin selbst gespannt. Die Deutschen sind zwar als knauserig verschrien, aber ich denke, dass Breitnagel sich nicht lumpen lassen wird.«

Sie spazierten eine Weile am See entlang.

»Eigentlich habe ich ein schlechtes Gewissen«, fing Christoph an.

»Warum denn? «

»Während wir in der Gegend herumreisen, sitzen unsere Mitstreiter in den Kerkern, werden zu Tode gefoltert und versuchen, zu retten, was zu retten ist.«

»Aber genau das tun wir doch auch. Wir sind hier, um das Unrecht beseitigen zu helfen.«

»Ich habe Celina jetzt das zweite Mal allein gelassen. Was, wenn ihr auf der Seereise etwas passiert?«

»Liebst du sie?«, wollte Hans wissen.

»Mehr als mein Leben. Aber es gibt eine Sache, die ich noch darüber stelle. Das ist die Liebe zu Gott.«

»Gott offenbart sich in jedem Menschen«, meinte Hans. »Folglich offenbart er sich auch in der Liebe zwischen Mann und Frau. Dort vielleicht am meisten.«

»Also steht die körperliche Liebe über der geistigen?«

»Eine jede hat ihre Daseinsberechtigung. Hätte Gott uns sonst die Möglichkeit gegeben, zwischen beiden zu wählen? Oder auch beides zu wählen?«

»Ich war drauf und dran, mein Liebstes zu verlassen und für immer ins deutsche Reich zu gehen. Wären die anderen nicht schon tot gewesen … « Christoph fühlte sich niedergeschlagen. »Ich glaube, ich weiß es jetzt«, rief er. »Man kann nicht alles gleichzeitig machen. Jetzt ist die Zeit für

Menschenliebe und die Zeit dafür, das Unrecht zu bekämpfen. Die Zeit der Liebe wird wiederkommen.«

»Und Celina wird genesen von ihren Wunden, auch das ist eine Frage der Zeit«, entgegnete Hans. »Wir werden die Sache hier schnell erledigen, das verspreche ich dir.«

Sie schauten auf die Weite des Sees hinaus. Ein paar Schäfchenwolken hatten sich gebildet und warfen Schatten auf die spiegelglatte Oberfläche, die sich immer wieder kräuselte, als hätte jemand sie berührt. Der letzte Schein der Sonne fiel auf das Massiv des Monte Baldo, der finster und drohend aufragte wie ein Wächter zum Tor der Hölle. Schließlich machten sie sich zu Breitnagels Haus auf.

Breitnagels Diener führte sie durch ein Vestibül, das mit kostbaren orientalischen Teppichen ausgelegt war. Von den Spinnweben war nichts mehr zu sehen, wahrscheinlich hatten sie kürzlich in eine Rumpelkammer hineingeblickt. An der Decke waren Fresken angebracht, die Szenen griechischer Götter zeigten. In dem prunkvollen Esssaal, den sie danach betraten, stand eine lange Tafel, mit weißem Linnen und dem edelsten Geschirr versehen. Christoph trug ein sauberes Wams und Halbhosen aus Barchent, Hans hatte seine schlaksige Gestalt in eine Jacke aus Brokat und seidene Beinlinge gehüllt. Breitnagel saß am Kopfende des Tisches, die anderen Gäste, alle in kostbare Gewänder gehüllt, ihm zur Rechten und zur Linken. Huldvoll winkte der Deutsche sie zu sich. Sein breites Gesicht war noch breiter geworden; die Haut, durch seine Laster verwüstet, wies rote Äderchen und Runzeln auf, die seinem Alter nicht angemessen waren. Sein mächtiger Bauch zwang ihn, ein Stück vom Tisch entfernt zu sitzen.

»Ja, wen haben wir denn da«, begrüßte er sie mit einem Grinsen und breitete die Arme aus. »Mein Gefährte aus Rottfahrertagen und sein allgegenwärtiger Freund aus der *Serenissima*. Seid willkommen in meinem Hause! Hier zu meiner Rechten und zu meiner Linken habe ich zwei Plätze für euch freigehalten.«

Tat er nur so freundlich, oder war das etwa eine Falle?

»Es ist mir eine Ehre«, sagte Breitnagel jedoch genauso freundlich und gab ihm die Hand.

»Seid Ihr nicht der Gespiele jener schönen Jungfer, die ich die Ehre hatte, auf einer Piazza in Venedig kennenzulernen? Zusammen mit Nanna, Gott hab sie selig, die Ärmste«, plauderte Breitnagel und schaute Christoph an.

Da warst du sicher nicht ganz unschuldig daran, dachte Christoph, doch er sagte nichts. Die Damen und Herren an der illustren Tafel unterhielten sich derweil angeregt miteinander. Die Tür öffnete sich, und die Bediensteten trugen die ersten Gänge herein. Polenta und *Zuppa di riso alla veneziana* und Fischgelatine, danach *Oca sotto grasso*, in Schmalz eingelegte Gans mit einer Soße aus Öl, Knoblauch und Rosmarin, Stückchen vom Stör in einer kupfernen Kasserolle, in Most, Essig und mit Pflaumen gegart, *fegato alle cibolle*, Leber mit Zwiebeln, und schließlich *Golosessi*, karamellisierte Spieße aus Feigen, Trauben, Walnüssen und Aprikosen. Christoph nahm von allem nur ein wenig und aß erst, als die anderen von derselben Speise genommen hatten. Er sah, dass Hans sich ebenso verhielt. Wurde ihm heiß, wurde es ihm schwindlig? Christoph spürte keine Veränderung und lehnte sich beruhigt zurück.

»Was gibt es für Nachrichten aus Venedig?«, fragte Breitnagel mit vollem Mund. Dann rülpste er, was in bestimmten Kreisen immer noch als normal galt.

»Der Abt Cornelli, der in Wahrheit ja Lion heißt, ist zum Tode durch Enthaupten verurteilt worden«, entgegnete Christoph. »Einer aus dem Rat der Zehn, Eugenio Gargana, wurde mit seiner Frau im Dogenpalast inhaftiert und wird später aus der Stadt verbannt. Die Äbtissin des

Klosters Convertite sitzt im Gefängnis. Es gibt zurzeit kein anderes Gesprächsthema in der Stadt.«

»Ich halte mich schon länger hier auf meinem Landsitz auf«, meinte Breitnagel. »So bekomme ich wenig davon mit, was in der Welt passiert. Ich erinnere mich daran, einmal mit Herrn Gargana und dieser schönen jungen Frau auf einem Platz gesessen zu sein.«

»Ich habe von den Ereignissen gehört«, warf ein älterer, magerer Herr mit gestutztem Backenbart und übergroßem Barett ein. »Ich glaube nicht an die Schuld dieser Leute. Die Beweislage war keineswegs eindeutig.«

»Zudem waren einige Häretiker in den Prozess verwickelt«, kam es von seinem Tischnachbarn, einem ebenfalls älteren, dicklichen Landadligen. »Nichts sollte gegen unsere gottgewollte Ordnung und gegen unsere Kirche geschehen.«

»Alles ist einem Wandel unterworfen, also auch die Kirche«, wagte Christoph einzuwenden. »Es ist viel an neuem Gedankengut in die Welt gekommen. Dem kann man sich nicht verschließen, ohne hoffnungslos rückständig zu sein.«

»Ihr seid wohl einer dieser Häretiker?«, fragte der erste Sprecher mit lauernd zusammengekniffenen Augen. Die ganze Tischgesellschaft war still geworden und lauschte gespannt der Auseinandersetzung.

»Christoph Pfeifer und sein Begleiter, Hans Leublin, sind meine Gäste, und ich dulde es nicht, dass sie verdächtigt und beleidigt werden«, polterte Breitnagel. »Ich kenne ihn als Mitglied der Rottfahrer, der mich über die Alpen begleitet hat, und Hans als Angehörigen eines guten Hauses.«

»Was war denn mit dem Trupp, als die Geröllawine kam?«, stichelte Christoph.

»Da hat mir niemand einen Vorwurf draus gemacht. Das

Wichtigste war, die Ware unbeschadet nach Venedig zu bringen, und das habe ich geschafft«, erwiderte Breitnagel.

»Ach … die Ware wurde zusammen mit Euch gerettet?«

»Ja, so ist es. Ich bin ja nun nicht besonders belesen, aber schon Machiavelli schrieb, dass der Staat als allem anderen übergeordnet betrachtet werden muss. So ist auch meine private Philosophie. Der Wert des Geldes ist unvergänglich; es hat die Welt schon immer regiert und wird sie immer regieren.«

»Diese Ansicht könnt Ihr natürlich vertreten«, antwortete Christoph. »Aber es gibt andere Werte, die viel stärker sind und mehr Bedeutung für das Wohl der Menschen haben.«

»Nun, welche denn, mein Lieber?« Breitnagel lächelte spöttisch.

»Nennt mich nicht ›mein Lieber‹!«, gab Christoph zurück. »Ich gehöre Euch nicht, ich gehöre niemandem. Habt Ihr nicht Nanna auch so genannt? Habt Ihr sie nicht gnadenlos für Eure Zwecke ausgenutzt?«

»Mit diesen Dingen habe ich nichts zu tun. Ich bin ein ehrenwerter Bürger aus Mittenwald, Rottfahrer und Geschäftsmann.«

Die Tischgesellschaft saß in gespanntem Schweigen da.

»Wir haben Euch im Verdacht, Alois Breitnagel, dass Ihr mit in dieser Affäre drinsteckt«, rief Christoph. Er war bereit, alles zu wagen.

»Wenn mein Geld irgendeine Rolle gespielt hat, so mögt Ihr recht haben«, versetzte der Bayer. »Es hat aber niemandem wehgetan, es hat keinen zu Tode gebracht. Geld stinkt nicht, es ist an sich gut.«

»Wenn Ihr so unschuldig seid, dann verlange ich, dass Hans und ich Euer Haus durchsuchen dürfen. Wenn Ihr nichts zu verbergen habt, dann könnt Ihr dem nichts entgegensetzen.«

»Ich habe nichts zu verbergen. Tut, was Ihr nicht lassen könnt.«

Breitnagel wandte sich seinem Nachtisch und seinem Wein zu und fuhr fort, mit seinem Nachbarn Belanglosigkeiten auszutauschen. Christoph und Hans erhoben sich, als hätten sie es miteinander abgesprochen. Die Tischgesellschaft nahm keinerlei Notiz mehr von ihnen. Wenn wir etwas finden, das ihn belastet, dann ist ihm das anscheinend gleichgültig, dachte Christoph.

Sie verließen den Raum und gingen in die Küche, wo die Angestellten mit Geschirrspülen beschäftig waren. Große Mengen von Essensresten waren auf einem Tisch abgeladen worden. Der gemauerte Herd war von neuester Art, wie Christoph mit einem Blick erkennen konnte. Sie gingen langsam die geschwungene Treppe aus Marmor hinauf. Ihre Füße versanken in roten Teppichen. Oben gab es einen Flur mit Spiegeln und Ahnenbildern von den Scaligern. Drei Türen waren auf dem Gang angebracht. Christoph erinnerte sich an das Fondaco dei Tedeschi, an die Zeit, als Celina dort nach ihm gesucht hatte. Mit einem Ruck riss er die Tür des ersten Zimmers auf. Ein Himmelbett stand darin und ein verzierter Schrank, sonst war es leer.

»Gehen wir weiter«, sagte Hans hinter ihm. Christoph öffnete die zweite Tür; sein Freund spähte ihm über die Schulter. Auf einem Diwan mit einer orientalisch gemusterten Decke saßen ein Mann und eine Frau in Ordenskleidung. Es war Lion, und die Frau musste Suor Mathilda aus dem Kloster San Zaccaria sein, unter der Celina so lange gelitten hatte. Der Mann hielt ein Kreuz in den Händen; beide beteten leise vor sich hin. Sie schienen Hans und Christoph nicht zu bemerken. Christoph betrat den Raum und stellte sich vor den Abt und die Äbtissin hin.

»Giovanni Lion«, sprach er mit lauter Stimme. »Suor

Mathilda, wir sind gekommen, um euch zurück in die Serenissima zu bringen, damit ihr eure Strafe antretet.«

Lion schaute ihn aus verständnislosen Augen an.

»Ich habe immer ein gottesfürchtiges Leben geführt«, sagte er mit gebrochener Stimme. »Was mir vorgeworfen wird, ist eine Lüge. Diese kleinen Huren lügen doch nur, um sich einen Vorteil daraus zu verschaffen!«

»Das kann ich bestätigen!«, pflichtete ihm Suor Mathilda bei. »Dieses Mädchen schrecken vor nichts zurück, wenn es um ihren eigenen Vorteil geht.«

»Was für einen Vorteil sollten sich die Nonnen daraus erhoffen, dass sie Euch beschuldigen?«, fuhr Christoph den Abt an. »Ihr habt diese armen Kreaturen neunzehn Jahre lang missbraucht, habt sie gequält und geschlagen, wenn sie Euch nicht zu Willen waren! Ihr habt den Tod gleich mehrfach verdient!«

Hans war inzwischen neben Christoph getreten.

»Gebt zu, Lion, dass Ihr Eure Stellung dazu missbraucht habt, Gewalt über die Euch Anvertrauten auszuüben! In zumindest einem Fall habt Ihr einen Mörder auf Nanna Tarabotti angesetzt, der sie zum Schweigen bringen sollte. Auch die anderen toten Mädchen habt Ihr auf dem Gewissen, denn sie nahmen sich aus Verzweiflung und wegen ihrer Schande mit Gift das Leben.«

»Und Ihr, Suor Mathilda«, fuhr Christoph unbarmherzig fort, »habt ihm dabei geholfen. Wahrscheinlich hat er den Besitz der Mädchen mit Euch geteilt.«

»Alle haben es gewusst«, warf Hans ein, »der Zehnerrat, der Doge, die Priester – und niemand hat den Mut besessen, einzuschreiten, außer Nanna und dem Abt Murare.«

»Murare ist ein Denunziant«, gab Lion gleichmütig zurück.

»Es gibt Zeugen, und vor dem Gericht des Zehnerrates seid Ihr zum Tod durch das Beil verurteilt worden, Lion!«, rief Christoph. »Wenn Ihr Euch nicht schuldig fühlen würdet, warum seid Ihr dann aus der Stadt verschwunden und habt Euch nicht gestellt?«

»Ich möchte einmal wissen, wozu man mich verurteilt hat«, kam es von Suor Mathilda.

»Zur ewigen Verbannung aus der Serenissima«, erwiderte Christoph.

Lion richtete sich auf und kam drohend auf Christoph zu. Er blieb dicht vor ihm stehen.

»Ein Mann der Kirche ist niemals schuldig«, geiferte er. »Die Mädchen waren schuld. Sie haben mich und viele andere Männer verführt! Frauen werden dazu geboren, Unglück in die Welt zu bringen. Sie haben den Teufel in sich, den man ihnen austreiben muss!«

»Wir beten für die armen Seelen der Mädchen«, näselte Suor Mathilda.

»Habt Ihr Nanna Tarabotti ermordet, Lion?«, fragte Christoph.

»Nein, ich habe meinen Auftrag von Gott erhalten und ihn immer in seinem Sinn ausgeführt.«

»Habt Ihr Nanna den Teufel auszutreiben versucht?«

»Nein!«, schrie Lion auf. »Ich habe sie nicht getötet!«

»Wer dann?«

»Das kann ich Euch nicht sagen.«

In diesem Moment hörte Christoph Waffengeklirr, Schreie und Flüche aus dem Vestibül. Sie liefen zurück zum Treppenabsatz und sahen, dass der Eingangsraum voll mit Männern der Signoria war, deren blaue Uniformen und weißen Federhüte hervorstachen. Einige Damen der Tischgesellschaft kreischten oder fielen in Ohnmacht. Wie hatten die Signori della Notte sie gefunden? Christophs Herz klopfte schneller. Waren sie ihnen schon von Venedig aus gefolgt? Doch es war nutzlos, jetzt darüber nachzudenken. Sie mussten schnell handeln, sonst war alles, was sie bisher erreicht hatten, verloren. Christoph stürmte in das Zimmer, in dem Hans immer noch den Abt und die Äbtissin mit seinem Messer in Schach hielt.

»Ich habe die beiden eben daran gehindert, Gift zu nehmen«, berichtete Hans kurz.

»Ihr wollt Euch aus dem Leben stehlen, Euch der Verantwortung entziehen?«, schrie Christoph den Abt an. »Ihr werdet der Gerechtigkeit nicht entkommen. Und Eure Gespielin ebenfalls nicht!«

»Wir müssen fort von hier, schnell«, raunte Hans ihm zu.

Christoph blickte sich um, doch es gab keinen Fluchtweg außer über die Treppe, die gerade von den Signori gestürmt wurde. Es war zwecklos, weiter nach einem Ausweg zu suchen, deshalb blieben sie einfach stehen und harrten der Dinge, die da kommen sollten. Schnell waren sie von den Männern umringt.

»Das sind der Abt Lion und Suor Mathilda«, sagte einer, anscheinend der Anführer, und deutete auf das unglückselige Paar. Die beiden ließen sich widerstandslos festnehmen. Ihnen wurden Armfesseln angelegt.

»Seid Ihr Christoph Pfeifer und Hans Leublin?«, fragte der Anführer. Als sie bejahten, ließ er ihnen ebenfalls Handfesseln anlegen.

»Ihr seid im Namen des Zehnerrates und des Dogen von Venedig verhaftet wegen Verlassens der Stadt«, meinte er gewichtig.

»Woher wusstet Ihr, dass wir hierher gereist sind?«, fragte Christoph den Anführer der Signori.

»Ein Mann, der Euch ans Festland gerudert hat, berichtete uns von der Flucht.«

Sie wurden die Treppe hinuntergeführt, vorbei an den staunenden, spöttischen Blicken der Gesellschaft, und nach draußen gebracht. Breitnagels Gesicht zeigte einen befriedigten Ausdruck. Vielleicht hatte er die *Signori* sogar herbeigerufen, nachdem sie in Riva angekommen waren.

Lion rief Breitnagel zu: »Du hast mir versprochen, uns zu beschützen! Was für ein erbärmlicher Wicht du doch bist!«

Breitnagel wandte sich gleichgültig ab. Suor Mathilda spuckte auf den Deutschen. Sie und Lion wurden von den Signori fortgezogen. Die Stadtbevölkerung hielt sich in gebührendem Abstand. Sicher wollte keiner es mit den Gehilfen der Signoria zu tun bekommen. Vier der Polizisten nahmen sie jeweils vor sich aufs Pferd, und los ging es im Galopp, am Hafen vorbei, am Gestade des Sees entlang. Über Torbole gelangten sie an das Ostufer des Sees. Christoph bewunderte trotz der aufgewühlten Stimmung, in der er sich befand, die Grandiosität dieser Landschaft. Fast senkrecht, graugrün schoben sich die Felsmassen am gegenüberliegenden Ufer zum Wasser hinab, das inzwischen in einem dunklen Smaragdgrün leuchtete. Wie einsame Schwäne zogen die Fischerboote über das Wasser. Manchmal konnte er einen Blick auf die Gesichter der anderen Gefangenen erhaschen. Hans blickte gleichmütig, aber auch zuversichtlich vor sich hin. Lion und Mathilda warfen ihm giftige Blicke zu.

In Torre del Benaco bezogen sie das Fort der Scaliger. Christoph erhielt eine Einzelzelle für die Nacht. Er versuchte gar nicht weiter nachzudenken, aß das Brot, das er zur Nacht bekam, trank einen Becher Wein und schlief ein. Spätabends am zweiten Tag trafen sie mit einem Traghetto, bewacht von zwei Signori, in der *Serenissima* ein. Die Stadt machte einen trostlosen Eindruck auf Christoph, alles erschien ihm grau und verfallen, dekadent und verworfen, wie eine alte Hure. Zu seinem großen Erstaunen wurden sie nicht eingekerkert, sondern freigelassen. Es sei auf Befehl des päpstlichen Gesandten Capilupi geschehen, wurde ihnen gesagt.

39.

Am Morgen des fünfzehnten Tages tauchte die Stadt Konstantinopel wie eine Fata Morgana auf, mit ihren goldenen Kuppeln, den Türmen, Mauern, Minaretten und Moscheen. Emsig liefen die Seeleute hin und her, holten die Segel ein, befestigten das Schiff an einem der mächtigen Pontons am Ufer und begannen mit der Entladung. Der Kapitän sagte zu Celina und Andriana, dass am nächsten Tag ein befreundeter Kapitän wieder zurück nach Venedig fahren würde.

Celina las noch einmal die Adresse: Caddesi Süylamanje 14. Sie verließen das Schiff über einen schmalen Holzsteg und ließen sich durch die Gassen treiben.

Konstantinopel sei ein Schmelztiegel der Völker, erklärte Andriana.

An jeder Ecke fand ein Markt statt. Die ganze Welt schien sich hier ein Stelldichein zu geben. Von einem kleinen Hügel aus, der mit armseligen Hütten bestanden war, blickten sie hinüber nach Asien und auf das Goldene Horn, den Zufluss zwischen Bosporus und dem Marmarameer. In der Altstadt trafen sie auf das Hippodrom der Byzantiner, den osmanischen Topkapi-Palast, die überwältigende Kirche Haghia Sophia, die Blaue Moschee – und dann auf die Kirche der Süleymaniye.

»Hier in der Nähe muss die Straße sein«, sagte Celina aufgeregt. Nachdem sie ein paar Mal Passanten gefragt hatten, die jeweils in eine andere Richtung wiesen, standen sie schließlich vor einem einfachen, weißgetünchten Haus mit schmalen Fenstern und einer niedrigen Tür. Celinas Herz klopfte heftig, als Andriana die Hand hob und mit dem

Fingerknöchel an die Tür pochte. Im Innern begann es zu rumoren, dann steckte eine alte Frau mit einem schwarzen Kaftan das runzlige Gesicht heraus. Sie sagte etwas in einer unverständlichen Sprache, das hart und abweisend klang. Celina zog, ohne lange zu überlegen, einen Golddukaten heraus und reichte ihn der Frau. Die Alte biss mit ihren Zahnstummeln darauf, und gleich wurde ihr Gesicht freundlicher.

»Venezia?«, fragte sie. Als Celina nickte, verschwand sie im Inneren des Hauses und kehrte mit einem Brief zurück. Es war der Brief, den Brinello in Celinas Auftrag geschrieben hatte. Im Gegenzug holte Celina den Erpresserbrief aus dem Mantel und zeigte ihn der Alten. Die murmelte etwas in sich hinein und verschwand abermals im Haus. Kurz darauf tauchte sie mit einem Mann wieder auf. Er trug den gezwirbelten Schnurrbart der Osmanen und einen roten Hut auf den schwarzen Kräuselhaaren. Seine scharfen dunklen Augen zogen sich zusammen, als er die beiden erblickte.

»Ihr gekommen, um meine Sklaven auszulösen?«, fragte er.

»Ja, es sind meine Eltern«, antwortete Celina mit fester Stimme.

»Folgt mir!«, sagte der Mann und watschelte ihnen voraus die Gasse entlang. Sie gelangten zu einem anderen Haus in einer Nebengasse. Es war ebenfalls weiß getüncht und mit Mosaiken und Kacheln verziert. Sie betraten einen Innenhof mit einem Römischen Brunnen. Leise plätschernd ergoss sich das Wasser aus drei übereinanderliegenden Schalen in das große Becken. Im Hof standen Terrakottakübel mit Kirschlorbeer, Orangenbäumen und Hibiskus. Ein Duft nach Lavendel wehte herüber. Auf einer steinernen Bank saßen ein Mann und eine Frau und unterhielten sich. Sie waren so in ihr Gespräch vertieft, dass sie Celina nicht bemerkten. Der Mann war groß und kräftig, er hatte graue Haare und wirkte wie ein Aristokrat. Die Frau war ein wenig jünger, hatte volles schwarzes Haar, war in einen Kaftan gehüllt und bewegte ihre feinen weißen Hände heftig beim Reden.

»Vater, Mutter!«, rief Celina aus und eilte auf die beiden zu.

Die beiden schauten zunächst erschrocken auf, dann trat ein Schimmer des Erkennens in ihre Züge. Frau Gargana stand auf, schloss Celina in die Arme und bedeckte ihr Gesicht mit Küssen.

»Bist du doch noch gekommen, meine Kleine! Wir haben deinen Brief aus Venedig gelesen. Und wer ist die junge Frau?«

»Das ist Andriana, eine gute Freundin, die mir geholfen hat, euch zu finden.«

Ihr Vater, Luigi Gargana, klopfte ihr immer wieder auf die Schulter.

»Wenn du uns das Reisegeld geschickt hättest, wären wir schon lang wieder zu Hause gewesen. Unser Gastgeber, Sulaman Raischi, war so freundlich, uns seine Gastfreundschaft so lange zu gewähren, bis wir zurückkehren konnten. Hast du unsere Briefe nicht bekommen?«

»Ich dachte, ihr wäret von Piraten gefangen genommen und nach Konstantinopel verkauft worden«, stammelte Celina.

»So ist auch gewesen«, meldete sich der Dicke zu Wort. »Ich habe sie von den Uskoken freigekauft und ihnen Unterkunft und Essen gegeben. Ich habe sie nicht als Sklaven gehalten.«

»Dann war alles … es waren alles gemeine Lügen, die Eugenio und Faustina über euch verbreitet haben.«

»Was haben sie denn behauptet?«, wollte ihr Vater wissen.

»Dass ihr bei einem Sturm ums Leben gekommen seid.«

»Die Piraten, die uns gefangen nahmen, versuchten ein Lösegeld zu erpressen«, fuhr Luigi Gargana fort. »Aber da das Geld nicht eintraf, haben sie uns auf dem dalmatinischen Sklavenmarkt verkauft.«

Sie setzten sich zusammen auf die steinerne Bank, Raischi ließ noch einige Polster von einem schwarzen Sklaven herbeibringen sowie Früchte und Getränke, und Celina berichtete den Eltern alles, was seit ihrer Reise vor mehr als einem Jahr geschehen war. Ein bis zwei Tage würden sie Zeit haben, sich über das Wiedersehen zu freuen und vielleicht ein wenig von dieser wunderbaren Stadt kennenzulernen. Celina schlief in einem kleinen Raum in einem Himmelbett mit blauen Vorhängen, auf die silberne Monde, Sonnen und Sterne genäht waren. Raischi begleitete sie tags darauf zu ihrem Schiff. Sie kamen am großen Basar vorbei, der mit seinen Kuppeln, Ladenstraßen und Ständen wie ein eigener Stadtteil wirkte. Es wurde alles angeboten, was das Herz begehrte. Ab und zu sahen sie eine Gaststube, in denen Männer mit Kaftan, Pluderhosen und Turbanen an kleinen buntverzierten Tassen nippten.

»Das sind unsere Kaffeehäuser«, sagte Raischi stolz. »Es sind die ersten, die weit und breit eingerichtet wurden, schon im Jahr 1554.«

»Was ist das für ein Getränk?«, wollte Celina wissen.

»Es ist schwarz, bitter und süß. Angeblich haben es fromme Pilger entdeckt, die sahen, dass Ziegen von bestimmten Bohnen fraßen und dann nicht mehr schliefen. Das kam ihrem Bedürfnis nach ununterbrochenem Gebet nach. Die Kaffeehäuser sind jedoch für Frauen verboten«, fügte er mit einem Seitenblick auf Celina hinzu.

Sie gelangten zum Hafen, in dem es von Fischerbooten und größeren Segelschiffen wimmelte. Der Lärm war ohrenbetäubend. Auf den Pontons im Meer, das kurze, schimmernde Wellen warf, hockten Kormorane. Celina bezahlte beim Kapitän die Schiffspassage für ihre Eltern. Tränenreich verabschiedeten sich Luigi und Palladia Gargana von ihrem Wohltäter Raischi. Gegen die zehnte Stunde stach ihr Schiff in See.

Christoph erwartete ungeduldig die Rückkehr von Celina, ihren Eltern und Andriana. Nachdem auch Brinello und seine Gruppe vom Vorwurf der Ketzerei freigesprochen worden waren, trafen sie sich wieder offen im Haus des Verlegers.

»Es will mir nicht in den Kopf, dass Breitnagel frei herumläuft«, sagte Christoph zu Hans und Brinello, als sie wieder einmal beisammen saßen.

»Er ist reich und hat Einfluss«, entgegnete Brinello. »Wenn sie ihn wegen Verführung einer Nonne belangen würden, müssten sie viele andere ebenfalls anklagen.«

»Wer weiß, was er noch alles anstellen wird«, ließ sich Hans vernehmen. »Breitnagel ist noch weniger zu trauen als den Priestern und Äbten.«

»Wir sollten uns jetzt, nachdem wir freie Hand mit unseren Büchern haben, wieder vermehrt auf ihre Verbreitung besinnen«, meinte Brinello.

»Der Meinung bin ich auch«, antwortete Christoph. »Doch es gibt noch ungeklärte Fragen. Wer war der Mann mit der Totenmaske? Ich fürchte, er könnte Celina wieder gefährlich werden, wenn sie zurückkommt.«

»Der Abt Lion kann es nicht gewesen sein«, meinte Hans, »denn als Celina im Wassergeschoss ihres Hauses fast ertrank, war er schon fort aus der Stadt.«

»Wie können wir uns sicher sein? Wir wissen nur, dass er später bei Breitnagel in Riva war.«

»Aber wer sonst könnte ein Interesse daran haben, Celina zu töten?« Brinello wiegte zweifelnd den Kopf.

»Ich nehme an, dass Lion einen Mörder gedungen hat«, sagte Christoph. »Dieser Mann hat Nanna getötet, nachdem Lion erfuhr, dass sie mit Murare über ihn gesprochen hatte.«

»Und der Mörder versuchte Celina daran zu hindern, etwas herauszubekommen?« Brinello schien nicht ganz überzeugt zu sein. »Warum hat er sie dann nicht gleich getötet in dem Palazzo? Es muss noch etwas anderes dahinterstecken. Er wollte, dass sie leidet.«

Christoph lief ein Schauer über den Rücken. Was konnten sie tun, um zur Aufklärung der Verbrechen beizutragen?

»Wir könnten morgen noch einmal zu Immuti gehen«, schlug Hans vor, »und ihn über den neuesten Stand der Dinge befragen.«

Die Schiffsreise zurück nach Venedig verlief ruhig. Celina stand oft mit ihren Eltern an der Reling und sprach mit ihnen über Vergangenheit und Zukunft.

»Das Wichtigste war für mich immer, etwas über euren Aufenthalt zu erfahren«, sagte sie und legte ihre Hand in die ihrer Mutter. »Lange Zeit dachte ich, ihr wäret tot.«

»Das hätte auch passieren können«, meinte ihr Vater. »Als die Piraten unser Schiff enterten, glaubte ich, unser letztes Stündlein hätte geschlagen. Überall war Blut, Scherben lagen verstreut, und der Pulverdampf machte das Atmen schwer. Ich habe die ganze Zeit danach geschaut, dass Palladia nichts zustößt.« Liebevoll blickte er auf seine Frau.

»Wir hatten furchtbare Angst«, erzählte Celinas Mutter weiter. »Die Piraten fesselten uns und brachten uns unter Deck, wo wir bei Wasser und Brot ausharren mussten.«

»Zu den Ruderern?«, fragte Celina entsetzt.

»Es gab einen kleinen Raum dort unten«, antwortete

ihre Mutter. »Aber wir konnten die Flüche und das Seufzen dieser armen Männer hören.«

»Und das Knarren der Ruderpinnen«, ergänzte ihr Mann. »Später kamen wir in einen Hafen an der dalmatinischen Küste. Die Forderung nach Lösegeld schlug fehl. Wir wurden zusammen mit anderen auf den Markt gestellt, von den Händlern begutachtet und an Raischi verkauft.«

»Das war unser Glück«, fiel Celinas Mutter ein, »denn er wollte uns als Bedienstete in seinem Haus haben. Später ließ er uns frei, aber wie schon gesagt, waren wir völlig mittellos und blieben daher bei ihm.«

»Ich bin froh, euch wieder bei mir zu haben«, sagte Celina.

»Wie ist denn die Lage in Venedig?«, fragte ihr Vater.

»Ich weiß es nicht«, antwortete Celina. »Als wir wegfuhren, hatte der Zehnerrat gerade den Abt Lion von Convertite in Abwesenheit zum Tode verurteilt.«

»Sind Faustina und Eugenio ebenfalls bestraft worden?«, wollte ihr Vater wissen.

»Sie sitzen im Keller des Dogenpalastes und werden später für alle Zeiten verbannt«, gab Celina zur Antwort.

»Das haben sie auch verdient«, sagte Celinas Mutter. »Die schrecklichen Geschehnisse sind jetzt aufgeklärt. Aber was ist mit diesem Mann, der dich so sehr bedroht hat?«

»Der mit der Totenmaske?«, fragte Celina zurück. »Bis zum heutigen Tag habe ich die Erinnerung an ihn weggeschoben. Aber ich habe nachts oft geträumt, dass er zurückkommt und mich töten will.«

Andriana, die in ein Gespräch mit dem Kapitän vertieft gewesen war, gesellte sich zu ihnen.

»Ich habe es gespürt, dass du darunter gelitten hast«, sagte sie. »Oft habe ich dich im Traum sprechen hören. ›Nein, ich will nicht‹, hast du gerufen und abwehrend die Hände von dir gestreckt.«

»Der Mann mit der Maske hatte etwas gesagt, das mir einfach nicht mehr einfällt«, versetzte Celina. »Ich glaube, wenn ich es weiß, kenne ich auch den Mörder!«

Bei ihrer Ankunft in der *Serenissima* sah Celina Christoph unter den Wartenden. Sie konnte es kaum erwarten, zu ihm zu gelangen. Sie umarmten sich. Als Andriana und Celinas Eltern kamen, umarmte er auch sie.

»Ich muss gehen«, sagte Andriana. »Morgen werde ich euch in eurem Palazzo besuchen.«

Celina verabschiedete die Freundin zerstreut.

»Leider ist etwas sehr Unangenehmes geschehen«, sagte Christoph, nachdem Andriana im Gewühl der Menge verschwunden war.

»Ist eure Reise zum Gardasee schlecht verlaufen?« Celina hatte ein flaues Gefühl im Magen.

»Nein, die Reise war durchaus erfolgreich. Wir haben den Abt Lion und Suor Mathilda in der Villa Breitnagels in Riva gefunden. Sie wurden von den Signori della Notte hierher überführt. Und der päpstliche Gesandte, Capilupi, hat uns alle vom Vorwurf der Ketzerei freigesprochen.«

»Das ist doch wunderbar!«, erwiderte Celina. »Was kann es dann noch Unangenehmes geben?«

»Breitnagel ist diesmal zu weit gegangen«, sagte Christoph mit düsterer Stimme. »Er hat sich im Palazzo deiner Eltern eingenistet!«

Als sie zum Palazzo Gargana kamen, verschlug es Celina den Atem. Am Eingang zu dem kleinen Garten waren zwei steinerne Löwen aufgebaut, die nicht hierher gehörten. Mit heißem Gesicht folgte sie ihren Eltern, die auf die Tür zuschritten, um sie aufzuschließen. Christoph war unterdessen stehen geblieben. Auf das Geräusch des sich drehenden Schlüssels hin erschien ein livrierter Diener.

»Was wollt Ihr?«, fragte er grob, nachdem er die Ankömmlinge gemustert hatte.

»Mein Haus betreten«, antwortete Luigi Gargana.

»Das könnt Ihr nicht. Das hier ist der Besitz von Signore Breitnagel.«

»Das kann nicht sein«, murmelte Gargana. Celina hatte das Gefühl, als öffnete sich der Boden unter ihr.

»Signore Breitnagel hat den Palast rechtmäßig erworben, nachdem die Besitzer für tot erklärt wurden und deren Erbin der Ketzerei und des Hochverrates verdächtigt wurde. Die letzte Überlebende der Familie war verschwunden. Der Signore kann Euch die Kaufpapiere zeigen.«

»Und unser Besitz auf dem Land?«

»Mit dem verhält es sich ebenso«, sagte der Diener.

Niedergeschlagen gingen die drei zu Christoph zurück und berichteten, was sie gehört hatten.

»Dieser Lump!«, schimpfte Christoph. »Es ist doch alles dasselbe Pack. Aber warte, diesem Halunken werden wir das Handwerk legen!«

»Was sollen wir jetzt tun?«, fragte Luigi Gargana. Seiner Frau standen die Tränen in den Augen.

»Kommt erst einmal mit mir zum Fondaco dei Tedeschi«, meinte Christoph. »Von dort aus werden wir die Sache klären.«

Da Celina noch Mittel aus dem Vermögen der Eltern besaß, konnten sie sich im Handelshaus der Deutschen einquartieren. Am Abend saßen sie beieinander und berieten über die neue Lage.

»Ich werde Breitnagel anzeigen«, sagte Celina in einer plötzlichen Eingebung.

»Damit kommst du doch nicht durch, er hat viel zu viel Macht in der Stadt«, erwiderte ihr Vater.

»Lasst sie nur, sie weiß genau, was sie will«, kam Christoph ihr zu Hilfe.

»Ich werde ihn anzeigen wegen Betrugs, Unzucht mit mindestens einer Nonne, was schon zur Ausweisung aus der Stadt führen kann, sowie der Beihilfe zum Mord. Das muss alles noch einmal aufgerollt werden.«

»Wie willst du die Anzeige durchführen?«, fragte Celinas Mutter.

»Ich werde die Anklagepunkte aufschreiben und ins Maul des Löwen am Dogenpalast werfen«, antwortete Celina. Sie holte Papier und Feder aus ihrem Reisegepäck, das noch nicht ausgepackt war, und schrieb eine Zeitlang am Tisch. Schließlich nahm sie die Streusandbüchse und trocknete damit die Tinte.

»Lass es sein«, sagte Christoph, der nun die Gefahren noch einmal durchdacht hatte. »Du bringst dich nur in Schwierigkeiten.«

»Wie sollen wir denn sonst zu unserem Recht kommen?«

»Am liebsten würde ich diesem Mann den Hals umdrehen!«

»Damit bringst du dich noch mehr in Schwierigkeiten!«

»Das Gesetz des Geldes regiert die Welt«, wandte Luigi Gargana ein. »Wir können diese Leute nur mit ihren eigenen Waffen schlagen.«

»Geld haben wir nicht mehr viel«, sagte Palladia. »Und Gleiches mit Gleichem vergelten verbietet mir mein Glaube.«

»Sagt nicht das Alte Testament: Auge um Auge, Zahn um Zahn?«, fragte Christoph dagegen.

»Für uns ist das Neue Testament ausschlaggebend«, meinte Luigi.

»Sollen wir etwa die andere Wange auch noch hinhalten, nachdem uns auf die eine geschlagen wurde?«, begehrte Celina auf. »Ich bleibe dabei: Wir müssen ihn anklagen. Und wenn er wegen Betruges, Beihilfe zum Mord und

Teilnahme an einer Verschwörung nicht dranzukriegen ist, müssen wir ihm halt nachweisen, dass er Unzucht mit einer Nonne getrieben hat.«

»Wie willst du das schaffen?«, fragte Christoph.

Celina überlegte eine Weile. »Ich gehe morgen zu dem Restaurantbesitzer, der uns damals bedient hat, in der Nähe vom Fondaco.«

»Ob der sich nach so langer Zeit erinnern wird?«, fragte Christoph zweifelnd.

»Es ist auf jeden Fall ein Anhaltspunkt.«

»Ich habe noch eine andere Idee«, sagte Christoph. »Wir könnten die Äbtissin des Klosters Convertite im Gefängnis besuchen. Sie muss doch etwas wissen. Vielleicht könnte man ihr Hafterleichterungen versprechen, wenn sie plaudert.«

»Das ist aber unehrenhaft«, rief Celinas Mutter.

»Wir haben so viel Unehrenhaftigkeit von diesen Männern und Frauen erfahren, dass wir jetzt keine Rücksicht mehr nehmen können«, beharrte Celina. »Ich werde morgen zu Andriana gehen und sie um Rat fragen.«

An der Rialtobrücke herrschte das übliche Gedränge. Vom Markt kamen Düfte herüber, die Celina an ihren Besuch in Konstantinopel erinnerten. Sie fand die kleine Wirtschaft am Campo San Bartolomeo. Die Wirtin war gerade dabei den Boden aufzufegen.

»Bon Giorno, Signora«, begrüßte Celina sie. »Ich habe eine Frage. Könnt Ihr Euch an einen Nachmittag im Frühling dieses Jahres erinnern? Da saß ich mit meinem Onkel und meiner Tante an einem Tisch draußen vor dem Haus. Wir haben etwas gegessen und getrunken.«

»Wir haben viele Gäste in unserer Wirtschaft, sie kommen und gehen, ich schaue sie mir nicht so genau an.«

»Es saß noch jemand an unserem Tisch – ein dicker, älte

rer Herr deutscher Herkunft. Er hatte ein junges, blondes Mädchen bei sich.«

»Kann mich nicht erinnern. Und jetzt schert Euch raus, ich habe zu tun.«

Celina holte einen Golddukaten aus ihrem kleinen Lederbeutel und hielt ihn der Frau unter die Nase.

»Was ist denn hier los, Grazia?«, fragte der Wirt, ein kleiner, sehniger Mann mit blauer, sauberer Schürze, der aus der Küche hereingekommen war. Als er den Golddukaten sah, funkelten seine Augen. »Was wollt Ihr wissen, meine Liebe?«

»Ist ein Mann namens Alois Breitnagel des Öfteren hier gewesen?«

»O ja, den kenne ich. Nicht wahr, Grazia? Hat immer einen ordentlichen Batzen Geld dagelassen.«

»Hatte er immer Mädchen bei sich?«

»Kann man schon sagen.«

»Könnt Ihr mir auch verraten, wo er mit den Mädchen abgestiegen ist?«

»In der Herberge *Larga Magazini*, gleich hier um die Ecke. Nette Unterkunft, ich habe sie ihm empfohlen.«

»Dann sagt mir noch, guter Mann, wo sich die Wohnung von Andriana Grimani befindet, der berühmten Kurtisane.« Celina hatte Andriana nie nach ihrer Adresse gefragt, wie sie zu ihrem Missfallen feststellte.

»Wer wird das denn nicht wissen?« Der Wirt leckte sich die schmalen Lippen. »Die Adresse ist Calle Michelangelo 111 auf der Giudecca.«

»Ihr habt mir sehr geholfen«, sagte Celina. Sie verabschiedete sich hastig, rief eine Gondel und ließ sich zur Giudecca hinüberbringen.

Auf der Insel hatte sich nichts verändert. Noch immer war das wie ein Fisch geformte Eiland mit Kirchen und Klöstern bebaut. Celina ließ sich an der Fondamenta della

Zitelle absetzen. Von hier aus waren es nur wenige Schritte bis zur Calle Michelangelo. Die Nummer 111 war eine kleine Villa mit einem schmiedeeisernen Tor und einem großen Garten vor dem pfirsichfarben getönten Haus.

Andriana wohnt aber sehr vornehm, dachte Celina. Es scheint so, als ob man in ihrem Gewerbe sehr weit kommen kann. Eine hübsche junge Frau in einem Kleid aus weichem, rotem Barchent öffnete ihr.

»Was sind Eure Wünsche?«, fragte das Mädchen.

»Ich möchte Signorina Grimani sprechen. In einer dringenden Angelegenheit.«

»Sie ist gerade … beschäftigt. Wen darf ich melden?«

»Celina Gargana. Es ist dringend.«

Während Celina wartete, musterte sie den Garten. Er war rechteckig angelegt, mit Dattelpalmen, Buchsbäumen, Springbrunnen und einem zierlichen, weiß gestrichenen Gartenhaus, das von duftenden Rosen umwuchert war. Ihr wurde ganz eigenartig zumute. Nach einer Weile verließ ein Mann das Haus, der Kleidung nach ein Adliger. Er musterte Celina kurz und eilte davon. Andriana erschien an der Tür.

»Komm herein, Celina«, sagte sie. »Verzeih, dass ich dich nicht gleich empfangen konnte.«

»Ich bin froh, dich überhaupt zu Hause anzutreffen, Andriana.«

Die Kurtisane führte die Freundin durch einen Innenhof mit Springbrunnen in ein Gemach, das mit großen Kissen, Spiegeln und orientalischen Teppichen ausgestattet war. In dem Raum roch es nach Rosenöl.

»Was führt dich zu mir, meine Freundin?«, fragte Andriana.

Was für eine prachtvolle Erscheinung sie doch ist, dachte Celina. Auf dem wohlfrisierten Kopf trug die Kurtisane eine *Sella*, eine kleine Hörnerhaube verziert mit kostbaren uwelen und einem Schleier. In der Hand hielt sie ein *azzoletto*, ein mit Spitzen und Stickereien versehenes Taschentuch. Um ihren schlanken Hals hatte sie ein Perenmedaillon gelegt, und die zierlichen Füße steckten in *Zoccoli* mit sehr hohen Absätzen.

»Ich bin gekommen, um mir abermals deine Hilfe zu erbitten«, sagte Celina. »Nachdem sich alles zum Guten gewendet hatte, mussten wir feststellen, dass Alois Breitnagel unseren gesamten Besitz an sich gerissen hat, während wir uf Reisen waren und meine Eltern abgeholt haben.«

»Ich kenne diesen Mann«, antwortete Andriana nachdenklich.

»Hast du mit ihm … «

»Celina, das gehört zu meinem Gewerbe, ohne das könnte ich nicht überleben. Du hast dich bestimmt schon gefragt, warum ich einen solchen Beruf ausübe. Erinnerst du dich an die Kurtisane Tullia d'Aragona? Ich habe sie noch gekannt. Sie ist in dieses Leben hineingeboren worden: schon ihre Mutter war Kurtisane. Durch unsere Bildung stehen wir – in den Augen der Bürger Venedigs – weit über den kleinen Straßenhuren.« Sie verstummte einen Moment. »Ja, ch kenne diesen Alois Breitnagel und muss sagen, dass er in skrupelloser, zur Gewalt neigender Mensch ist.«

»Was können wir tun, um zu unserem rechtmäßigen Besitz zu kommen?«

»Dein Vater sollte ihn anzeigen.«

»Bei der *Signoria*? Die halten doch alle zusammen wie Pech und Schwefel, besonders, wenn es um Geld und Besitz geht.«

»Einen anderen Weg sehe ich nicht. Der Fall muss gerichtlich geklärt werden.«

»Celina … « Andriana sah ihr eindringlich ins Gesicht. Sei vorsichtig! Der Mann mit der Maske läuft immer noch frei herum.«

»Den werde ich auch noch zur Strecke bringen!«, ant wortete Celina grimmig.

Nachdem Celina in das Fondaco zurückgekehrt wa suchte sie sogleich ihre Eltern in deren Zimmer auf. Si schauten ihr fragend entgegen.

»Wir müssen Breitnagel anzeigen, das ist alles, was ich i Erfahrung bringen konnte.«

»Nein, das möchte ich nicht«, sagte ihre Mutter. »Ic kenne diese Geldsäcke. Haben sie nicht immer Verbindun zu den höchsten Kreisen gehabt, auch denen der Kirche Hat nicht Jakob Fugger mit der Verleihung von 4800 Gulden an den Vatikan zum Ablasshandel beigetragen? Di Fugger sind zwar nicht mehr so mächtig wie zu Zeite Luthers, aber immer noch mächtig genug. Ich glaube, wi wären unseres Lebens nicht mehr sicher, wenn wir uns i den Streit mit den Mächtigen begeben.«

»Mutter, willst du einfach klein beigeben und dene alles, was wir haben, in den Rachen werfen?«

»Ich gebe Palladia recht«, warf ihr Vater ein. »Wir müs sen sehen, dass wir anders zu unserem Recht kommer Vielleicht kann sich Immuti noch einmal für uns verwen den.«

Celina wurde wütend. »Damit erreichen sie doch gena das, was sie wollen! Indem sie Angst und Schrecken ve breiten, raffen sie alles an sich, was nicht niet- und nage fest ist!«

»Es ist mein letztes Wort«, entgegnete ihr Vater.

»Wo ist Christoph?«, fragte Celina.

»Er ist bei einem Treffen mit Verlegern. Er muss abe jeden Moment zurückkommen.«

Erst jetzt bemerkte Celina eine Schale mit Konfek Mandelsplitter in Marzipan, die auf dem Tisch stand. Ih Mutter sah ihren Blick und sagte: »Die hat uns ein Bot geschickt, sie sind von Immuti. Er heißt uns willkommen und wünscht uns viel Glück.«

»Ich rate euch zur Vorsicht. Wer weiß, von wem das ist.«

Es polterte an der Tür. Christoph trat ein und ging schnurstracks zu der Konfektschale. Er nahm sie, lief zum Fenster und warf alles hinaus in den Kanal.

»Was tust du da?«, rief Frau Gargana entsetzt.

»Ich habe eure letzten Worte gehört«, antwortete Christoph. »Immuti war bei der Versammlung anwesend. Er hat die Süßigkeiten mit keinem Wort erwähnt. Wahrscheinlich waren sie vergiftet.«

Etwas zersprang in Celinas Kopf. Das ging zu weit! Und sie würde es nicht mehr ertragen und erdulden. Ohne ein Wort zu sagen, nahm sie die Anzeige, die sie gegen Breitnagel formuliert hatte, vom Tisch und stürmte hinaus. Sie achtete nicht auf die Rufe, gab auch Christoph, der ihr gefolgt war, keine Antwort. Über den Campo San Bartolomeo rannte sie, vorbei an der Kirche San Salvatore, durch Gassen, über Brücken und Kanäle, sah die erstaunt zurückweichenden Menschen, bis sie schließlich schwer atmend auf der Piazza San Marco ankam. Sie verlangsamte ihre Schritte, um nicht weiter aufzufallen, schlenderte gemächlich an den Ständen der Händler vorbei und sah den Malern zu, die eine möglichst naturgetreue Nachbildung von dem Platz, dem Palast, dem Meer und den Booten hinzupinseln versuchten. Schließlich gab sie sich einen Ruck und ging hinüber zum Dogenpalast. Sie drehte sich nicht um, als sie ihren Brief in die Boca del Lion, die Öffnung des Löwenkopfes, warf.

Erst jetzt wurde ihr das, was sie getan hatte, mit aller Deutlichkeit bewusst. Was würde in der nächsten Zeit passieren? Gedankenverloren schritt sie weiter, bis sie vor dem Tor des Klosters San Zaccaria stand. Es begann zu regnen und wurde empfindlich kalt. Dasselbe Gefühl wie vor ungefähr einem Jahr überkam sie. Wer hierher kommt, wird für immer begraben. Aber sie selbst war ja das beste Beispiel dafür, dass man diesem Schicksal entrinnen konnte! Die Bilder von damals zogen an ihrem inneren Auge vorüber: die Ankunft, ihr Erstaunen über die Freizügigkeit, die im Kloster herrschte, das Theaterspiel, das vom Dogen unterbrochen wurde. Also hatte er das, worauf das Spiel dezent verwies, vertuschen wollen. Ihn traf genauso die Schuld wie alle anderen auch, diejenigen, die diesen Hurenhandel in die Wege geleitet, genauso wie jene, die ihn ermöglicht, erduldet, bezahlt und weggesehen hatten.

Wieder einmal stellte sie sich die Frage: Traf die Mädchen auch eine Schuld? Warum hatten sie das mit sich machen lassen? Blieb ihnen wirklich keine andere Wahl? Wieso konnte der Abt sich diese Frauen derart untertan machen, warum hatten die Äbtissinnen und andere höhergestellte Nonnen mitgemacht? Einmal war es wohl der lukrative Vorteil, den sie sich davon versprachen. Das musste der wesentliche Antrieb gewesen sein. Und bei den Mädchen waren es mangelnde Bildung, Unwissenheit, Hilflosigkeit, Gottergebenheit, die sie so erbärmlich leben und einige von ihnen auch sterben lassen hatten. Was unterschied sie selbst davon, was unterschied eine Frau wie Andriana von ihnen? Es konnte nicht allein der gesellschaftliche Stand sein, denn viele der Nonnen waren aus sehr gutem Hause. Es musste allein der Wille sein, dem etwas entgegenzusetzen, es nicht zu machen wie alle.

Ach, mich verlässt schon wieder der Mut, dachte sie. Allein werde ich es niemals schaffen. Das brauchst du auch nicht, flüsterte eine Stimme in ihrem Innern, du kannst dir Hilfe holen, wenn du sie nötig hast.

Ohne dass sie es bemerkt hatte, war die Dämmerung herabgesunken. Ihre Kleider waren durchweicht; sie musste ziemlich lange im Regen gestanden haben. Ein Frösteln

.urchlief sie. Jetzt musste sie sich auf den Heimweg ma-hen. Sie hatte Hoffnung, dass alles gut werden würde. Sie •eschleunigte ihre Schritte. Irgendwie kam ihr das alles be-:annt vor. Hatte sie das nicht schon einmal erlebt? Als sie inen dunklen Torbogen passierte, sprang eine dunkle Ge-talt heraus, sie meinte noch den hellen Schatten der 'otenmaske zu erkennen, umklammerte sie und drückte ır ein übelriechendes Tuch vor die Nase. Sie schrie lautlos ı das Tuch hinein, zappelte mit den Armen, versuchte den ıngreifer zu treten. Dann wurde es Nacht.

40.

Sie erwachte in einem hellen Raum mit weißgetünchte Wänden. Durch das Glas des Fensters kamen schwach Lichtstrahlen herein. Einen Moment lang glaubte Celin in einer Klosterzelle zu liegen. Doch etwas sagte ihr, das das nicht möglich war. Sie war von einem Mann angegrif fen und betäubt worden. Der Mörder mit der Totenmask warum hatte sie an den nicht mehr gedacht? Arbeitete e für Breitnagel? Hatte der Deutsche dem Abt Lion in di Hände gespielt? Die Tür öffnete sich, und ein Dienstmäd chen betrat den Raum.

»Ich soll Euch zu meinem Herrn bringen«, sagte sie.

Celinas Herz machte einen Satz. Das Mädchen führt sie eine marmorne Treppe hinunter. Überall standen fr sche Blumen in Vasen. Das Mädchen öffnete eine Tü knickste und zog sich zurück. Im Zimmer saß Alois Brei nagel in seinem Bett, vor sich ein Tablett mit einem op lenten Frühstück: gekochte Eier, weißes Brot, Speck, Käs Braten und Würzwein. An einem Tisch in der Nähe war fü eine weitere Person gedeckt.

»Komm näher, meine Kleine«, sagte Breitnagel. Celin war immer noch übel, und in der Gegenwart dieses feiste Ungeheuers würde sie keinen Bissen herunterbringen. S wollte jedoch versuchen, so lange mitzuspielen, wie es ih möglich war.

»Ihr wundert Euch sicher darüber, hier in meinem Hau gelandet zu sein«, sagte Breitnagel, genüsslich kauend. E schluckte das Stück Braten herunter. »Ja, ich nenne noch ei weiteres Haus mein Eigen. Euer schäbiger Palazzo war nu ein Zubrot für mich. Ich habe Euch kommen lassen, u

Euch vor Euch selbst zu beschützen. Ihr habt Eure Nase so lange in Angelegenheiten gesteckt, die Euch nichts angehen, dass ich dem endgültig Einhalt gebieten muss.« Breitnagel nahm einen tiefen Schluck Würzwein und rülpste.

»Setzt Euch doch, esst und trinkt«, forderte er sie auf. Gehorsam setzte Celina sich an den Tisch und begann zu essen. Es schmeckte hervorragend, da brauchte sie sich gar nicht zu verstellen.

»Ich mache Euch ein Angebot«, meinte er. »Ihr bekommt Euren Stadtpalast zurück, und dort können Eure Eltern in Frieden leben. Ihr selbst werdet in meinen Räumen leben und mir zu Diensten sein, ebenso einigen anderen Herren, besonders einem.« Er grinste. »Das werde ich Euch reichlich lohnen.«

Ein durch und durch unmoralisches Angebot, dachte Celina.

»Und was ist mit dem Landgut in Bassano del Grappa?«, fragte sie.

»Genau das wird der Ort des fröhlichen Lebens werden. Ich habe schon alles vorbereitet.«

»Wenn ich mich darauf einlasse – werdet ihr mich gut behandeln?«

»Kleines, Ihr wisst doch, wie Eure Freundin Andriana lebt. Ein solcher Luxus wird Euch ebenfalls umgeben. Ich habe noch keine Frau kennengelernt, die nicht angebissen hätte wie ein munterer Fisch.«

»Was ist, wenn ich ablehne?«

»Ihr werdet nicht ablehnen. Und wenn – die Süßigkeiten, die ich Euren Eltern geschickt habe, wären nur der Anfang gewesen. Eine andere Möglichkeit wäre, dich ins Kloster San Zaccaria zurückbringen zu lassen.«

Celina erschrak zutiefst. Also hatte Christoph recht gehabt!

»Ich schlage ein«, sagte sie. Mit der rechten Hand tastete

sie nach ihrem Messer, das wie immer am Gürtel ihres Unterkleides hing. Die Dienerin erschien erneut.

»Bereite der Dame ein Bad und gib ihr neue Kleider zum Anziehen«, sagte Breitnagel.

Celina brachte ihr Messer am Gürtel des neuen Unterkleides an, während die Dienerin heißes Wasser in einen hölzernen Bottich schüttete, Seife und ein Handtuch zurechtlegte. Celina kleidete sich aus und bestieg die Wanne. Wie lange hatte sie so einen Luxus nicht erlebt! Das letzte Mal war in Konstantinopel gewesen, im Hause des Herrn Raischi. Sie ließ sich von der Dienerin den Rücken einseifen und die Haare waschen. Mit den neuen, duftigen Kleidern angetan, ging sie zurück ins Schlafzimmer Breitnagels. Der Deutsche hatte sein Frühstück inzwischen beendet. Er winkte sie zu sich her. Sie setzte sich auf den Bettrand, ließ es zu, dass er ihr ans Kinn fasste, an den Busen griff und den Rock hochstreifte. Er zog sie mit einer plötzlichen tigerartigen Bewegung über sein Bett, zerrte die Decke weg und brachte sie auf sich zu liegen. Sie spürte sein großes, hartes Glied. Er umfasste ihre Hinterbacken. Ihre Hand glitt zum Gürtel des Unterkleides. Doch sie zögerte. Es würde ihr nichts nützen, ihn zu verletzen oder gar zu töten.

»Alois«, sagte sie und versuchte ihrer Stimme einen sanften Ton zu verleihen, »ich weiß, wer der Mann mit der Maske ist!«

Er zuckte zurück.

»Was soll das?«, fragte er wütend. »Willst du, dass ich es nicht mit dir treiben kann?«

»Alois, du bist zu tief in die Verbrechen dieser Stadt verstrickt. Du solltest lieber deinen Hals retten, als dich mit mir zu vergnügen.«

Er warf sie vom Bett herunter, griff nach einer großen

Handglocke und klingelte. Zwei große, muskulöse Männer in schwarzen Umhängen betraten den Raum.

»Macht mit ihr, was ihr wollt, aber schafft sie mir aus den Augen«, schnaufte Breitnagel.

Im Vorraum zum Schlafzimmer fesselten die beiden Männer Celina und steckten ihr ein Taschentuch als Knebel in den Mund. Sie wusste, dass Gegenwehr zwecklos sein würde. Aus dem Fenster erhaschte sie den Blick auf einen Kanal. Wo dieses Haus stehen mochte? Der Größe der Zimmer nach zu urteilen, konnte es eine der Villen in Castello oder auf der Giudecca sein. Einen kurzen Moment lang dachte sie an Andriana. Warum hatte sie, Celina, bloß niemandem gesagt, wohin sie gehen würde? Ihr fiel etwas ein. Was hatte Breitnagel erklärt? Besonders einem Mann sei daran gelegen, dass sie ihm zu Diensten sei? Sie dachte an die Stunden, die sie im Wassergeschoss des Palazzo Gargana verbracht hatte, in dem Haus, das nun Breitnagel bewohnte. Der Mann mit der Totenmaske hatte gesagt, seinen Herrn weise man nicht zurück. Wen konnte er damit gemeint haben? Lion? Breitnagel selbst? Der Mann mit der Maske konnte weder Breitnagel noch der Abt Lion sein, weil sich beide zu dieser Zeit in der Villa am Gardasee befanden. Wer hatte schon einmal etwas Ähnliches zu ihr gesagt? Die Wochen und Monate im Kloster San Zaccaria kamen ihr in den Sinn. Da waren Priester gewesen, die während der Beichte unzüchtige Dinge von ihr und den andern Mädchen verlangt hatten. Und da war noch einer gewesen … der Patriarch! Er hatte gesagt: »Ich warte aber nicht lange, einen Patriarchen lässt man nicht warten!« Warum war sie nicht früher darauf gekommen?

Einer der Männer brachte eine grobgezimmerte Kiste. Zu zweit packten sie Celina und warfen sie hinein. Der Deckel klappte zu. Celina fühlte sich wie lebendig begraben. Das hatte sie doch schon einmal erlebt. Die Kist wurde hochgehoben und eine Treppe hinuntergetragen Mit einem Poltern landete sie auf Holz, das gleich darau zu schaukeln begann. Ein Boot! Was hatte man mit ihr vor Wollte man sie ertränken? Der Schweiß brach ihr aus alle Poren, sie wollte um Hilfe rufen, brachte aber nur ein er sticktes Krächzen heraus. Andere Boote fuhren mit einen leisen Rauschen vorbei. Ihre Insassen wurden von den bei den Männern gegrüßt. Während der Fahrt sprachen sie je doch kein Wort. Das war also mein Leben, dachte Celina Ich werde hinuntersinken in einen Kanal oder in di Lagune, werde immer tiefer sinken, Wasser wird in meine Mund und meine Lungen dringen, und dann wird nicht mehr sein. Werde ich bei Gott oder in der Hölle erwachen

»*Avanti*«, sagte einer der Männer. Die Kiste wurde ge packt und hochgehoben. Celina schlug mit den Knöchel an den Rand des Behältnisses. Doch die Männer kannte kein Mitleid. Mit einem Platschen schlug die Kiste auf der Wasser auf. Celina sank hinein in das kalte Nass, betete ei letztes Vaterunser. Eine Szene trat ihr überdeutlich vo Augen. Sie saß mit ihren Eltern in Bassano del Grappa an Fluss. Der Vater angelte und lächelte ihr immer wieder zu Die Mutter hatte einen Korb neben sich stehen, den sie nu auspackte und alles auf einer Decke ausbreitete. Da gab e duftendes Brot und Käse, herzhafte Würste, Trauben, Äpf und Süßigkeiten. Mit einemmal wurde es dunkel. Ein rie senhafter Vogel landete im Wasser, mit bösen kleine Augen und einem gebogenen Schnabel. Er verschlang eine Fisch, Blut spritzte auf Celinas weißes Kleid, und dann kan er, um auch sie zu verschlingen. Celina versuchte wegzulau fen, war aber wie am Boden festgewurzelt.

Wieder packte sie jemand und tauchte mit ihr an die Obe fläche. Vor Kälte war sie ganz steif und halb besinnung os. Celina hatte aufgehört zu atmen. Schneidend drang ihr die Luft in die Lunge. Sie wurde in ein Boot gezogen. Es war Nacht; im Schein einer Kohlenpfanne erkannte sie Christoph, der nass war und schlotterte, sowie Andriana.

Christoph nahm sein Messer, schnitt ihre Handfessel durch und zog ihr das Taschentuch aus dem Mund.

»Stell jetzt lieber keine Fragen«, sagte Andriana. »Du musst schnell ins Warme und Trockene, sonst holst du dir den Tod bei dieser Kälte.«

»Wie kommt ihr …?«

»Als du länger wegbliebst«, sagte Christoph, »bin ich zu der Wirtschaft gegangen und dann zu Andriana. Sie zeigte mir den Weg zu Breitnagels Haus. Ich habe dir glatt zugetraut, dass du dorthin gegangen bist.«

»Und daraufhin … «

»… haben wir die beiden Männer gesehen mit dieser merkwürdigen Kiste. Wir sind ihnen in einem Boot gefolgt.«

»Wie bin ich denn da herausgekommen?«

»Der Deckel war glücklicherweise nicht vernagelt, sondern mit einem Strick festgebunden.«

»Gott sei Dank!«, rief Celina. Sie blickte sich um. »Seht, da steigt gerade Breitnagel in seine Gondel.«

»Da wird er auch gut daran tun, denn jeden Moment können Immuti und zwei Männer der *Signori della Notte* auftauchen. Dein Brief ist sehr wohl gelesen worden, davon konnte ich mich überzeugen.«

Einer der Männer stieß die Gondel vom Ufer ab. In diesem Moment erschienen Immuti und zwei Polizisten; sie kamen ebenfalls mit einer Gondel den Kanal entlang.

»Ich will dabei sein, wenn ihr ihn einfangt«, rief Celina.

Andriana holte zwei Decken und legte sie ihr und Christoph um die Schultern. Christoph griff zum Ruder und begann es, ins Wasser zu tauchen, erst langsam, dann immer schneller. Die Gondel mit Immuti und den Polizisten folgte ihnen. Der Abstand zwischen ihnen und dem Boot, das sie verfolgten, wurde immer größer.

Celina hatte eine Idee. »Wo sind wir genau?« Sie schlotterte, doch sie biss die Zähne zusammen.

»In Castello, am Rio della Pietad«, gab Andriana zur Antwort.

»Wir müssen ihnen den Weg abschneiden«, sagte Celina »Es gibt keinen Seitenkanal, so weit ich weiß. Ich werde vorauslaufen und ihnen als Wasserleiche auf einer Brücke erscheinen.«

»Celina!«, entfuhr es den beiden wie aus einem Mund »Bist du verrückt geworden?«

»Warum nicht? Sie haben es nicht anders verdient.«

Als Antwort steuerte Christoph das Schiff ans Ufer, an das Celina mittels eines kleinen Steges sprang. Sie begann sofort in Richtung Calle di Lion zu laufen. Ihr Herz drohte zu zerspringen, sie keuchte, kleine Atemwölkchen stiegen vor ihr auf und wurden beim Laufen beiseitegefegt Schließlich erreichte sie die Brücke bei der Calle di Lion Sie warf die Decke ab, die sie beim Laufen sehr behindert hatte, und stellte sich mitten auf die Brücke. Zwei späte Fußgänger starrten sie entgeistert an und fragten, ob sie Hilfe brauche. Da erschien ein Boot in schneller Fahrt Leise Männerstimmen redeten miteinander. Zum Glück war auf der Brücke ein Kohlebecken befestigt, so dass die Ankömmlinge sie sehen mussten.

»Dio mio«, hörte Celina sie rufen, einen lauten Schrei und sie sah, wie die Männer sich bekreuzigten. Das Boot geriet ins Trudeln, einer von ihnen fiel ins Wasser.

»Hilfe«, hörte sie schreien, »so helft mir doch.« Es war Breitnagel. Ein anderes Boot näherte sich mit klatschenden Ruderschlägen. Immuti reichte Breitnagel das Ruder, und gemeinsam mit den Polizisten zogen sie den dicken, tropf nassen Körper ins Boot.

»Hiermit nehme ich Euch in Gewahrsam«, sagte einer er *Signori*, der andere ruderte zu den beiden Männern hin, ie zusammengesunken in der Gondel kauerten. Alle drei vurden gefesselt, und die Komplizen wurden auf das Boot er Polizisten gebracht.

»Ihr könnt jetzt nach Hause gehen«, sagte Immuti. »Ihr abt wieder einmal der Republik Venedig einen großen)ienst erwiesen.«

»Da ist aber noch etwas«, sagte Celina.

»Was könnte noch sein? Wir haben alle Schuldigen gengen«, gab Immuti zurück.

»Der Mann mit der Totenmaske. Ich habe einen Veracht, wer es sein könnte.«

»Lion hat einen Mörder gedungen, das haben wir doch chon herausgefunden«, sagte Immuti etwas ungeduldig.

»Aber wir wissen nicht, wer es ist!«

»Kommt morgen zu mir in mein Haus, da können wir s in Ruhe besprechen«, schloss Immuti das Gespräch ab.

rotz ihrer Aufregung schlief Celina fest in dieser Nacht n Fondaco dei Tedeschi. Am anderen Morgen begab sie ch mit Christoph zu Immutis Haus. Es war ein kleiner tadtpalazzo am Zattere.

»Was habt Ihr nun herausgefunden, Celina?«, begann nmuti ohne Umschweife.

»Ich hatte im Kloster San Zaccaria einmal eine Begegung mit dem Patriarchen«, erzählte sie.

»Mit Francesco Cornaro?«, fragte Immuti.

«Ich weiß nicht mehr, ob er so hieß. Auf jeden Fall ollte er, dass ich seine Geliebte werde. Er sagte, ich solle ın nicht zu lange warten lassen, einen Patriarchen lasse ıan nicht zu lange warten.«

»Das ist kein Beweis«, meinte Immuti.

»Ich habe auch keinen Beweis gegen ihn, aber so lange

der Mörder sich auf freiem Fuß befindet, habe ich keinen ruhigen Moment mehr!«, rief Celina aus.

»Wir könnten ihn doch aufsuchen und ihn zu dem Vor gefallenen befragen«, warf Christoph ein.

»Also, ich weiß nicht, aber ein Patriarch … das ist ei hoher Würdenträger. Er trägt den Titel eines Kardinals« überlegte Immuti.

»Der Abt Giovanni Lion war auch ein ehrenwertes Mit glied der Kirche«, protestierte Celina, »was ihn nicht da von abhielt, seine Freveltaten zu vollbringen!«

»Ich muss noch ein Schreiben herrichten, dann komm ich mit euch«, gab sich Immuti geschlagen. Kurze Zeit spä ter befand er sich mit Celina und Christoph auf dem We zum Markusplatz.

»Wisst Ihr, wo wir den Patriarchen finden können?« fragte Celina.

»Ich werde im Dogenpalast nachfragen, da wird es siche jemand wissen«, entgegnete Immuti. Sie erreichten de Markusplatz, der jetzt, am frühen Morgen, noch nicht seh belebt war. Immuti bat sie, vor dem Palast zu warten, lie die Treppe hinauf und verschwand im Eingang.

»Der Patriarch sei in die Kirche San Zaccaria gegangen wurde mir gesagt«, berichtete Immuti.

Celina wurde es heiß. Ausgerechnet in San Zaccaria sollt sich der Patriarch befinden, gleich hier um die Ecke, in dem Kloster, in dem sie so Schreckliches erlebt hatte? Sie folgt Christoph und Immuti durch die Gassen, die zum Kloste führten. Vor einem Jahr war sie hier mit ihrem Onkel Euge nio unterwegs gewesen, und sie hatte befürchtet, nie meh aus diesem Kloster herauszukommen. Die Fassade de Kirche San Zaccaria war mit Marmor verkleidet. Der Geruc von Weihrauch umfing Celina, nachdem sie das dämmerig Schiff betreten hatten. Eine alte Frau mit einer schwarze Spitzenhaube stand vor einem Seitenaltar. Vor dem Haup ltar kniete ein Mann im Priestergewand. Er rührte sich ıicht, als sie mit hallenden Schritten näherkamen.

»Seid gegrüßt, Francesco Patriarch Cornaro, Euer Selig-:eit«, sagte Immuti vernehmlich. Der Mann fuhr herum, ınd Celina erkannte ihn sofort wieder – die dunklen, stehenden Augen, den schwarzen Bart … Beim Anblick Ceınas fiel Cornaro die Bibel aus der Hand, in der er gerade ;elesen hatte. Er starrte Celina an.

»Was schaut Ihr mich so an, Euer Seligkeit?«, fragte sie.

»Wer wagt es, mich hier beim Gebet zu stören?«, gab er ur Antwort.

»Wir haben einige Fragen an Euch zu richten, Euer Selig-:eit«, antwortete Immuti.

»Mit welchem Recht?

»Ich bin Mitglied des Zehnerrates, und meine Begleiter ıaben mehr als berechtigte Gründe für Eure Befragung«, ntgegnete Immuti. »Warum seid Ihr so angespannt?«

»Ich glaubte, dieses Mädchen zu kennen. Ist es nicht ;elina Gargana, die nach Konstantinopel gereist ist?«

»Da hinkt Ihr der Zeit ein wenig hinterher, Francesco 'atriarch Cornaro«, spottete Celina. »Ich bin seit zwei 'agen wieder da.«

»Könnten wir nicht woanders miteinander reden?«, ragte der Partiarch.

»Was schlagt Ihr vor?«, kam es von Immuti.

»Gehen wir in die Sakristei.«

Die Sakristei war mit niedrigen Stühlen, einem Tisch und inem geschnitzten Schrank ausgestattet. An einer Stange ingen die frisch gewaschenen Hemden der Chorknaben.

»Dieses Gotteshaus ist noch nicht lange meine Titelirche«, sagte Cornaro, wie um sich zu entschuldigen.

»Aber vor einem Jahr gehörte sie schon zu Eurem Einugsbereich, nicht wahr?« Celina war bereit, die Wahrheit ber ihn auszusagen.

»Ja, so ist es. Wie kommt Ihr darauf?«

»Vor etwa einem Jahr kamt Ihr in das Kloster San Zac caria und habt mich zuerst einmal der Nonnenweihe unter zogen und mir später das Angebot gemacht, Eure Geliebt zu werden«, fuhr Celina fort.

Der Patriarch schaute sie entrüstet an.

»Niemals würde ich so etwas tun! Wie kommt Ihr dazu mich dermaßen zu beschuldigen?«

»Ihr habt dieselbe Soutane und dieselbe Mütze getrage wie heute, ich erinnere mich genau. Ihr sagtet, dass Ihr da Kloster einer Prüfung unterziehen wolltet, weil Verfehlun gen aufgedeckt wurden. Ihr sagtet, dass der Zehnerrat er wogen habe, die Todesstrafe für diejenigen einzuführen die Verkehr mit einer Nonne hatten. Ihr fragtet mich, o das Schweigegebot bei Tisch eingehalten werde. Dann hab Ihr die Küche und die Zellen inspiziert.«

»Ich erinnere mich«, sagte der Patriarch. »Da war ei Loch in der Wand; zwei Nonnen hatten Männern Einlas ins Kloster gewährt – und die ganze Nacht Unzucht mi ihnen getrieben. Sie haben gegen die Regeln des heilige Benedikt verstoßen!«

»Ihr habt sie in den Arrest geschickt«, fuhr Celina un gerührt fort. »Schließlich habt Ihr noch die Hühner ir Cellarium entdeckt und sie alle schlachten lassen.«

»Das ist doch nicht verboten. Verboten ist es dageger persönlichen Besitz zu haben. Das alles ist in dem Berich nachzulesen, den mein Schreiber damals niedergelegt hat.

»Aber hat er auch niedergelegt, was danach geschah?«, rie Celina.

»Euer Seligkeit hat mich durch einen Boten zu sich be stellt und mich gefragt, ob ich mittellos sei. Auf mein Frage, wie ich dem Kloster entkommen könnte, sagtet Ih es hätte keinen Zweck zu fliehen, aber ich könnte Eur Geliebte werden.«

»Das habe ich niemals gesagt, das Mädchen lügt«, rief er Patriarch, an Immuti und Christoph gewandt.

»Als ich ablehnte, sagtet Ihr wörtlich zu mir: ›Ich mache ir dieses Angebot nur einmal. Du kannst es dir noch überegen und mir durch Suor Mathilda eine Antwort zukomnen lassen. Aber lass mich nicht zu lange warten. Einen atriarchen lässt man nicht warten.‹«

»Das hast du dir ausgedacht, Celina. Du hast geträumt. o etwas hättest du wohl gern gehört, arm und allein, wie u warst.«

Etwas zerplatzte in Celinas Kopf. Einer Eingebung folend, lief sie auf den Schrank zu und riss die Türen auf. Jeben Priestergewändern lagen ein langer schwarzer Manel mit Kapuze sowie eine Totenmaske darin.

»Es ist nicht so, wie Ihr denkt!«, schrie der Patriarch und ersuchte, zur Tür der Sakristei zu gelangen. Hans hielt ihn est. Christoph holte Mantel und Maske aus dem Schrank.

»Seht mal, sie sind beide noch nass!«, meinte er.

»Die Nonne ist schuld, Celina«, kreischte der Patriarch. Alle Nonnen waren selber schuld, weil sie mich verführt aben. Celina hat mich angesehen, als wolle sie mir auf der telle beischlafen! Ich wollte sie nicht töten, ich wollte uch Nanna nicht töten, aber Nanna wollte uns verraten, nich und meinen Freund Giovanni Lion, der für mich wie in Herr war …«

Die Untersuchungen der Fälle Alois Breitnagel und des atriarchen Cornaro zogen sich über drei Monate hin. Cornaro war geständig, wie auch der Abt Lion seine Verrechen zugegeben hatte. Der Frühling kam ins Land, und nit ihm kamen die Zugvögel, die aus allen Bäumen sangen, ie ihr erstes zaghaftes Grün zeigten. Kleine Wolken zoen über den tiefblauen Himmel, und von der Lagune her ehte eine sanfte Brise, die den Duft nach Mandelblüten mit sich brachte. Vor dem Dogenpalast hatte sich wiede einmal eine Menschenmenge versammelt. Drinnen tagt der Rat der Zehn unter dem Vorsitz des Dogen Priuli, ver handelt wurde der Fall Alois Breitnagel, den man de Unzucht mit einer Nonne überführt hatte. Celina, Chris toph und Andriana hatten sich unter die Anwesenden ge mischt. Celinas Gesicht glühte vor Spannung. Ob Breit nagel nun seine gerechte Strafe bekommen würde? Unruh machte sich breit, denn die Bevölkerung war diesem Ra mit der Zeit immer feindlicher gesinnt. Zu sehr hatte er di Menschen dieser Stadt bespitzelt, zu stark hatte sich di Macht in den Händen weniger konzentriert. Als ihnen di Zeit zu lang wurde, begannen sie rhythmisch zu klatscher Kinder spielten um die Todessäulen herum Fangen.

Endlich öffnete sich das Tor, und der Doge Geralom Priuli, die zehn Räte, der Ankläger, der über den Gang de Verfahrens wachte, sowie die Angeklagten Breitnagel un der Patriarch kamen langsam die Treppe herunter. Breit nagels Gesicht wirkte grau und wie versteinert, der Patri arch hatten die Hände vors Gesicht geschlagen. Der klein Zug hielt an, und der Gerichtsschreiber baute sich mitte auf der Treppe auf. Er zog eine Papierrolle aus einer Tasch seines grauen Wamses, entfaltete sie langsam und las mi lauter Stimme vor: »Bürger von Venedig, Gott sei mit ih für alle Zeiten, hört das Urteil der weisen Zehn über dies Männer. Alois Breitnagel aus dem Heiligen Römische Reich Deutscher Nation wurde überführt, einer Nonn beigewohnt zu haben. Dies haben Andres Veluti, ein Gast wirt aus Venedig, sowie ein Herbergsvater bezeugt. Er wir bestraft mit zehnjähriger Verbannung aus der Stadt. Dies Strafe kann er jedoch nur antreten, wenn er tausend Duka ten in die städtische Kasse zahlt, sonst muss er unter er schwerten Bedingungen für drei Jahre ins Gefängnis.«

Die Menge klatschte lauten Beifall. Das ist zu milde fü

inen, der so viel auf dem Gewissen hat wie er, dachte :elina.

Der Gerichtsschreiber fuhr fort: »Für den Mord an Ianna Tarabotti , den der Patriarch Francesco Cornaro be-angen hat, und die versuchten Morde an Celina Gargana ird dem Schuldigen die höchste Strafe zuteil. Er wird bin-en weniger Tage hier auf dem Markusplatz durch Viertei-ıng hingerichtet.«

Celina wurde es gleichzeitig heiß und kalt. Die Strafe für ie anderen Täter mochte gerecht sein. Aber nur, weil reitnagel wohlhabend war, konnte er sich freikaufen, ıusste lediglich durch Verbannung büßen, die er sicher gendwie umgehen würde!

»Kommt«, sagte sie zu Andriana und Christoph, die ge-ıuso entgeistert aussahen wie sie. »Hier haben wir nichts ıehr verloren.«

ber dem Markusplatz lag eine stille Trauer. Die Konturen ɔn Markuskirche, Dogenpalast, *Porta della Carta*, Uhren-ırm und Prokuratien, den Verwaltungsgebäuden, ver-:hwammen zu einer grauen Masse. Auf dem fischgrätartig :rlegten Ziegelpflaster hatten sich etliche Schaulustige ein-:funden. Alte Frauen in schwarzen Mänteln bekreuzigten ch, Priester eilten hin und her, und mitten durch die Menge gten zerlumpte Kinder einen räudigen Hund. Die Uhr auf :m Turm schlug elf Mal. In der Mitte des Platzes waren die ücher zusammengetragen worden, es mussten wirklich wa zehntausend an der Zahl sein, wie Celina bemerkte.

Mein Gott, was ist das für ein Verbrechen! dachte sie. Da ıben sich führende Geister unserer Republik und anderer inder angestrengt, haben das Höchste und Geistreichste, ıs Tiefsinnigste und Lustigste geschrieben, zu dem sie hig waren – und nun alles auf einem Scheiterhaufen, nur eil ein paar Inquisitoren und Gremien diese Bücher für ketzerisch befunden hatten. Es bedeutet das Ende für di venezianische Bücherwelt.

»Das ist nicht das Ende«, raunte Brinello ihr zu, als hab er ihre Gedanken erraten. »Sie wissen gar nicht, wie so et was auf die Massen wirkt. Wenn auch nur wenige Exem plare dieser Bücher vorhanden bleiben, wird man sie un schon bald aus den Händen reißen. Und so werden sie di Jahrhunderte überdauern. Nehmt einmal die Lutherbibel wie oft ist die schon verbrannt worden! Die Schriften Tho mas von Aquins sind im Sommer der spanischen Inqu sition entronnen, weil keine Exemplare aufzutreiben wa ren. Die hatten seine Anhänger sicher gut versteckt. Un auch wir werden wieder auferstehen mit unseren Büchern Du weißt, wo wir sie versteckt haben.«

»In der Fischerhütte in Mestre, da ist auch mein Ro man«, flüsterte sie zurück.

»Steckt eure Köpfe nicht zusammen, es gibt nichts z tuscheln«, schrie ein Mann der *Signoria* und schwang eine Knüppel. »Gleich wird der Haufen angezündet, und dan ist Schluss mit allem reformatorischen Gerede.«

Andere Mitglieder der *Signoria* schleppten Strohballe herbei. Der Stoß wurde mit Fackeln entzündet. Es kni terte, Rauch stieg auf, Flammen züngelten heraus. Bal brannte der gesamte Haufen, die Zuschauer mussten zu rückweichen wegen der Hitze, die das Feuer ausströmt Celina sah, wie einzelne Bücher sich öffneten, als wollte sie um Hilfe schreien. Wenn einer der Zuschauer dies oder jenes Buch retten wollte, bekam er den Knüppel eine Signori zu spüren. Das Feuer sang und zischte, schwoll a zu einem ohrenbetäubenden Krachen und Knacken. D Haufen sank allmählich in sich zusammen.

Der Markusplatz war schwarz von den Menschen, die sic dort versammelt hatten, der Himmel war von schwere

rauen Wolken bedeckt; alles erschien Celina so grau, wie
s ihr noch nie im Leben erschienen war. Zwischen den
eiden Säulen zur Lagune hin war ein Schafott aufgebaut,
uf dem der Henker in seiner rotgrünen Kleidung stand.
n dem Stimmengewirr konnte Celina keine einzelnen Be-
nerkungen hören. Es wurde totenstill. Aller Augen wand-
en sich zur Treppe des Dogenpalastes, auf der Lion
rschien, begleitet von dunkel gekleideten Männern einer
ruderschaft. Einer von ihnen trug das Kreuz neben ihm
er und redete ihm zu, während Lion auf den Richtblock
uschritt, der auf dem Schafott stand. Gelegentlich stol-
erte er, und jedes Mal ging ein Stöhnen durch die Menge.
ion schaute sich einen Moment um, bevor er niederkniete
nd seinen Kopf auf den Richtblock legte. Der Henker
rachte das Beil in seinem Nacken in Position. Celina
agte kaum noch zu atmen. Alle hielten den Atem an. Der
Ienker schlug mit seinem Knüppel auf das Beil. Celina
uckte zusammen, aber nichts geschah. Scheinbar unver-
tzt kniete der Abt immer noch vor dem Richtblock. Der
Ienker schlug noch einmal zu, dreimal, viermal, fünfmal,
chtmal. Der Kopf wollte sich nicht vom Körper trennen.
ie Menge begann unruhig zu werden, da und dort war ein
ischeln zu hören. Ein Mann aus der Bruderschaft ergriff
en Knüppel und versetzte dem Abt vier weitere Schläge.
ergeblich. Celina hatte das Gefühl, sich gleich übergeben
u müssen. Der Henker schlug verzweifelt auf das Beil
n, ohne Erfolg. Schließlich reichte ihm eine der Wachen
n scharfes Messer, mit dem der Henker schließlich sein
Verk vollenden konnte. Der Kopf rollte auf die Erde, mit
rdrehten Augen und heraushängender Zunge, wie eine
ontäne schoss hellrotes Blut aus dem Rumpf.

Ein Mann in der Kleidung des päpstlichen Nuntius stieg
uf das Schafott und rief mit lauter Stimme: »Ich, Ippolito
apilupi, bin als Gesandter des Papstes in Eurer Stadt,

Bürger. Es ist Gottes Urteil, das es dem Henker so schwer gemacht hat, diesen Verbrecher vom Leben zum Tode z befördern. Aber nun ist die Strafe vollstreckt.«

Die Menge brach in tosenden Beifall aus; alles drängt sich um das Schafott, um einen Blick auf den enthauptete Abt zu werfen. Celina sah zu ihren Freunden hinüber, d während der Hinrichtung mit ausdrucklosen Mienen dag sessen waren. Eine elegante Frau mit gelbem Schleier stan bei ihnen. Als hätte sie Celinas Blick bemerkt, wandte s ihren Kopf und winkte ihr zu. Gleich darauf war sie bei ih sie duftete wie immer nach Bergamotteöl.

»Ich hoffe, du hast das alles gut überstanden«, sag Andriana. »Verzeih, wenn ich so mit der Tür ins Haus fall ich habe es den anderen schon gesagt. Die euch drohend Inhaftierung und Verurteilung ist nicht rechtens. Ich hab mit dem päpstlichen Gesandten gesprochen, Ippolit Capilupi. Er sagt, ihr habt euch um die Republik Vened verdient gemacht, indem ihr einen Feind derselben ausfin dig gemacht und zur Strecke gebracht habt. Papst Pius I selbst hat sich zum Inquisitor ernannt und einen neue Prozess gegen euch vier als Häretiker verlangt. Er ist je doch gar nicht für die Serenissima zuständig, sondern fü die Stadt Florenz. Unsere hiesigen Inquisitoren wären b reit, das Verfahren gegen euch niederzuschlagen.«

Trotz der schrecklichen Bilder, die sie immer noch v Augen hatte, fühlte Celina sich grenzenlos erleichtert.

»Dann sind wir also … frei?«

»Ja. Du und deine Eltern, ihr könnt die Häuser und d Vermögen wieder in Besitz nehmen. Ihr werdet sich noch eine schriftliche Auflage bekommen, eine Wallfah zu machen und Rosenkränze zu beten.«

»Und wir können gehen, wohin wir wollen?«

»Wohin ihr wollt«, sagte Andriana. »Ich hoffe, d bleibst in Venedig. Ich möchte dich und deine Freun

inladen, an unseren Treffen mit Lesungen und Musik teil-
unehmen.«

»Oh, das würde ich sehr gerne, das ist schon immer mein Vunsch gewesen«, sagte Celina.

Später saßen sie wieder in Brinellos Haus zusammen. elina fühlte sich zwar müde bis zum Umfallen und zuckte ei jedem lauten Geräusch zusammen, war jedoch zu aufge- gt, um schlafen zu können. Brinello, Hans und Christoph hen ebenfalls angegriffen aus. Die Magd brachte Brot, utter und Fleisch. Nach dem Essen, das im Schweigen ver- ef, ergriff Brinello das Wort.

»Freunde«, sagte er. »Wie durch ein Wunder sind wir – nd ein Teil unserer Bücher – gerettet worden.«

Christoph schaute einen nach dem anderen an und mein- : »Ihr erinnert euch doch sicher, dass ich den Auftrag atte, eine Tasche voller Bücher von Deutschland nach alien zu bringen. Nun, das hatte ich geschafft, trotz eini- er Hindernisse. Die Bücher habe ich von Mestre geholt nd an einem sicheren Ort versteckt.«

»Wo denn?« Celina konnte sich nicht vorstellen, dass gendwo irgendetwas vor dem Auge und dem Arm der quisition sicher war.

»Als wir beide damals in den Palazzo Gargana kletterten, tte ich einen Lederbeutel bei mir. Ich dachte mir, wenn eses Haus sowieso bald wieder dir gehören würde, wären e Bücher dort am sichersten.«

»Wie konntest du wissen, dass es so kommen würde?«

»Ich wusste es einfach.«

»Und wo dort hast du sie versteckt?«, fragte Celina weiter.

»Genau dort, wo wir den Brief des Erpressers gefunden ben. Der Hohlraum war groß genug für den Beutel.«

»Was für eine Idee!«, rief Celina aus. »Und es spricht cht gerade für meine Aufmerksamkeit, dass ich das Feh- n des Beutels später nicht bemerkt habe.« Sie gähnte.

»Ich glaube, wir haben jetzt alle eine ordentliche Mütz Schlaf verdient«, meinte Brinello.

»Allerdings«, entgegnete Hans und gähnte ebenfall »Dich hat es im Grunde am meisten getroffen, Ernest dich und deine Verleger, Buchhändler und Schriftstelle Gibt es von Celinas Buch noch ein Exemplar?«

»Meine handschriftlichen Aufzeichnungen«, sagte Ce lina. »Ich habe das Buch jetzt im Stillen ›Der unheimlich Aufstand‹ betitelt. Oder gefällt euch ›Verschlossen hint Klostermauern‹ besser?«

»Das werden wir später entscheiden, irgendwann wir auch einmal wieder ein anderer Wind wehen«, sagte Han »Im Übrigen: Es gibt noch mehr Plätze, an denen verbote Bücher versteckt sind. Immuti hat mir einen verraten.«

»Wo?«, fragten alle wie aus einem Munde.

»In der Scaligerburg in Riva. Breitnagel wusste nichts d von; die Bücher sind in einem geheimen Fach in der Wan verborgen. Ein Nachkomme der Scaliger, Julius Cäsar Sc liger, soll sie dorthin gebracht haben, bevor er 1557 starb

»Es gibt also noch Hoffnung in dieser Welt«, folger Brinello.

»Ich glaube, ich möchte nicht weiter an einem Ort l ben, an dem Bücher und Ketzer verbrannt werden und d wahren Schuldigen straffrei ausgehen«, sagte Celina.

»So ist es aber überall«, warf Christoph ein.

»Nein, nicht überall«, entgegnete Brinello. »Ich für me nen Teil gehe nach Paris. Die Hugenotten könnten mei Unterstützung brauchen.«

»Ich gehe mit!«, sagten Christoph und Celina wie a einem Mund. Hans lächelte und nickte stumm.

Epilog

as Spektakel der Vierteilung von Nannas Mörder, dem ıtriarchen Francesco Cornaro, hatten sie sich erspart. Es ır schon genug getötet worden in diesen Jahren. Nach-.rn berichteten, dass die vier Gäule dreimal angetrie-:n werden mussten, bis Beine und Arme sich vom Rumpf trennt hatten. Der Boden Venedigs war mit Blut ge-ınkt, und nichts in der Welt hätte Celina hier länger ge-.lten. Ihre Eltern bewohnten wieder ihren Palast in der adt und nahmen das Landhaus in Besitz. Andriana ging eiter ihrem Gewerbe nach und führte ihren literarischen rkel.

Celina und Christoph bestiegen eine Kutsche und mach-n sich auf nach Paris; Hans und Brinello wollten eine oche später folgen.

Sie fuhren über Mestre nach Bassano del Grappa. Celina .tte sich bald an das Rumpeln des Wagens gewöhnt, doch : sah alles wie durch einen Schleier. Noch konnte sie :ht vergessen, was geschehen war. Der Abschied von den tern war schmerzlich gewesen, aber Celina war sich si-er, dass es ihnen gut gehen würde in der Lagunenstadt. ne Zeitlang zogen sie die Straße an dem Fluss Brenta ent-ıg. Hier hatte alles angefangen, und inzwischen waren t zwei Jahre vergangen, die ihr wie ein halbes Leben er-ıienen. Vor ihrem inneren Auge sah Celina den Reiher, e er den Fisch aus dem Fluss holte, wie das Blut über ne Brust spritzte. Heute war wieder ein Reiherpärchen ; die Vögel saßen stumpf brütend auf einer der Krüppel-iden am Ufer. Christoph nahm Celinas Hand.

»Wie klein scheinen doch die eigenen Sorgen angesichts

dieser Landschaft, die nach nichts fragt und einfach nur «
ist«, sagte er.

»Ach, wenn es doch immer so sein könnte!«, antworte
Celina.

Christoph zog sie näher zu sich heran, als wolle er s
wärmen. Plötzlich lagen sie sich in den Armen und küs
ten sich. Langsam machte Celina sich wieder von ihm lc

»Darauf habe ich schon lange gewartet«, sagte Christop
leise. »Sehr lange, um es genau zu sagen.«

»Ich eigentlich auch«, antwortete sie. »Aber … «

»Aber die platonische Liebe steht ja weit über der kö
perlichen, wie unsere liebe Tullia verkündete. Nicht wahr

»Es ist nicht nur das.«

»Du willst dich jetzt noch nicht binden, hast das all
noch nicht verarbeitet, musst erst zu dir selber komme
Ich dränge dich nicht, weil ich dich liebe.«

»Ich liebe dich auch.«

»Was war eigentlich mit deinen Eltern?«, fragte sie. »D
hast nie darüber gesprochen.«

»Sie wurden in der Nähe von Paris als Ketzer aufgegr
fen, zusammen mit einer Gruppe, die sich regelmäßig tr
um die Schriften von Calvin zu lesen.«

»Die Hugenotten?«

»Ja, so werden sie genannt. Ich kann es dir nicht sage
nur so viel: Ich wurde gezwungen, ihre Verbrennung m
anzusehen.«

Celina nahm ihn in den Arm. »Und das hast du c
ganze Zeit mit dir herumgetragen. Dagegen ist das Le
das ich erlitten habe, gar nichts.«

»Sag so etwas nicht. Jedes Leid, durch einen Mensch
erfahren, ist ein großes Leid.« Sie nahm seine Hand. »Ei
noch: Was ist aus den Büchern geworden, die du aus de
deutschen Reich hergebracht hast?«

»Sie sind in meinem Gepäck.«

Celina lachte.

Er küsste sie abermals. Sie wollte dem Verlangen nachge-
en, erwiderte den Kuss. Dann zog sie sich zurück.

»Die fleischliche Liebe ist … «

»Minderwertig? Du musst sie nur einmal erleben, dann
innst du sagen, ob das, was Tullia gesagt hat, stimmt.« Er
isste sie erneut. Sie sanken in die Kissen der Kutsche zu-
ick. Es war Celina gleichgültig, was geschehen würde; sie
örte das Knarren der Wagenräder und das Plätschern des
lusses. Die Liebe ist unendlich, einen Moment lang, der
les überdauert. Hatte ein Reiher geschrien?

Nachwort

Die Personen und die Handlung dieses Romans sind frei e
funden. Es gab jedoch wirklich einen Abt namens Giovan
Pietro Lion, der an einem besonders grauen Novembert
im Jahre 1561 auf dem Markusplatz in Venedig hingericht
wurde. Auch den Dogen Priuli und den päpstlichen G
sandten Ippolito Capilupi gab es in Wirklichkeit. Diese u
weitere wertvolle Informationen habe ich dem Buch »D
Jungfrauen von Venedig« von Mary Laven zu verdanke
das mich auch zu dieser Romanidee inspiriert hat. G
brochene Gelübde, Theaterspiele, Orgien hinter Kloste
mauern – das alles hat es im Venedig des ausgehend
Mittelalters und der Renaissance gegeben. Die »Liste d
verbotenen Bücher« wurde erst im Jahr 1926, als sie c
6000 Titel umfasste, aufgehoben.

Ich danke Karl Kloiböck, Janna Ramm, Mia Schreib
Anja Labussell und Maren F. dafür, dass sie mich bei di
sem Roman begleitet haben. Meinem Agenten, Dirk
Meynecke, und meinem Lektor, Herrn Reinhard Roh
danke ich für Anregungen und dafür, dass sie sich intens
mit meinem Text auseinandergesetzt haben. Meinem L
bensgefährten Peter Steebenvoll sage ich Dank wegen se
ner Begleitung während der Recherchen und seine imm
währende Ermutigung.